VOYAGES

IMAGINAIRES,

ROMANESQUES, MERVEILLEUX,
ALLÉGORIQUES, AMUSANS,
COMIQUES ET CRITIQUES.

SUIVIS DES

SONGES ET VISIONS,

ET DES

ROMANS CABALISTIQUES.

CE VOLUME CONTIENT:

LES MÉMOIRES DE GAUDENCE DE LUQUES.

VOYAGES

IMAGINAIRES,

SONGES, VISIONS,

ET

ROMANS CABALISTIQUES,

Ornés de Figures.

TOME SIXIÈME.

Première division de la première classe, contenant
les Voyages Imaginaires *romanesques*.

A AMSTERDAM,

Et se trouve à PARIS,

RUE ET HOTEL SERPENTE.

M. DCC. LXXXVII.

MÉMOIRES

DE

GAUDENCE

DE LUQUES.

AVERTISSEMENT

DE L'ÉDITEUR.

Gaudence de Luques, héros de ce roman, eft dans les fers de l'inquifition de Bologne. Obligé de rendre un compte de fa conduite, qui le juftifie auprès de ce tribunal févère, il s'en acquitte avec une candeur intéreffante ; & ne peut mieux diffiper les foupçons injurieux que l'on avoit fait naître fur fa religion & fes mœurs, qu'en faifant le récit naïf de fa vie, & en donnant l'hiftoire d'un peuple inconnu à tout l'univers.

C'eft cette hiftoire, qui eft la partie la plus confidérable & la plus effentielle du roman, qui le range parmi les *voyages imaginaires* ; &, comme les mœurs, les loix, le gouvernement & les habitudes de ce peuple, quoiqu'extraordinaires, ne paffent pas les limites de la vraifemblance, l'ouvrage doit être mis dans la claffe des voyages purement romanefques.

On trouvera beaucoup d'analogie entre les Mezzoraniens & les Séva-rambes. L'un & l'autre peuple eft une nation douce, fage, & où la civilifation eft portée à un dégré encore plus haut que chez tous les peuples connus. Ils font, les uns & les autres, adorateurs du feu : élément vif & pur, qui, à des yeux peu inftruits, préfente une image fenfible de la divinité, & peut facile-ment furprendre leurs hommages. C'eft au milieu des déferts de l'Afrique, qu'il plaît à l'auteur de placer ce peuple nou-veau ; mais il lui crée un fol à fa guife. On doit être étonné que ces climats arides & brûlans renferment dans leur fein une étendue confidérable de pays où règne la température la plus douce. La terre fertile y produit, non-feule-ment tout ce qui eft néceffaire à la vie, mais tout ce qui peut contribuer à la rendre agréable & commode. Cette fuppofition, quoique invraifemblable, étoit néceffaire : eft-il poffible d'imaginer une nation douce, heureufe & civilifée, fur une terre aride & ingrate?

Si l'on en croit l'auteur, l'antiquité de fa nation imaginaire remonte aux tems les plus reculés, & date de plus loin que les annales des Chinois. Il faudroit être de mauvaife humeur pour critiquer cette fuppofition du romancier, & y attacher quelques idées fufpectes. Il ne promet point, dans un roman, d'obferver l'exactitude chronologique ; & ce n'eft pas dans une pure fiction, qu'il veut attaquer des vérités que fon ouvrage ne contrediroit, qu'autant qu'il feroit vraiment hiftorique. Laiffons donc les Mezzoraniens jouir d'un printems éternel au milieu des feux de la zone torride ; laiffons-les fe vanter d'une antiquité beaucoup plus haute que celle que nos livres faints donnent à la création du monde : l'une & l'autre fiction eſt également permiſe au romancier, & n'attaque ni la religion, ni la phyſique.

Nous connoiſſons une première édition de ce roman, donnée en 1746, ſous le titre de *Mémoires de Gaudentio di Lucca ;* mais nous imprimons d'après une ſeconde édition faite ſous les yeux & par les ſoins de M. Dupuy Demportes. Cette ſeconde édition eſt de 1754.

AVERTISSEMENT

Imprimé en tête de l'édition de 1754.

LES *Mémoires de Gaudence de Luques,* que l'on préfente aujourd'hui au public, font, en partie, dépouillés de ces ornemens de littérature, fouvent plus propres à éblouir l'efprit, & à corrompre le cœur, qu'à éclairer l'un, & à former l'autre : ils ont toute la fimplicité de l'hiftoire, & la fidélité de la traduction : ils font traduits de l'italien, comme on peut le voir dans la préface qui fuit, & qui a paru abfolument néceffaire.

J'ai enfin recouvré les cahiers qui furent égarés à la douane de Marfeille, lorfque l'on vifita les coffres du premier éditeur. Il étoit Anglois. Je liai connoiffance avec lui à Paris, en 1743 : il étoit homme de lettres, & d'une profonde érudition. Pour faire l'éloge de l'étendue de fes connoiffances, il fuffit de dire qu'il avoit entrepris, avec fuccès, la traduction de l'*Encyclopédie Angloife.*

Il joignoit, à fes connoiffances profondes, un cœur droit, beaucoup de politeffe, & un caractère excellent. Je laiffe mon lec-

teur maître de juger de l'idée avantageuse
que j'en donne , lorsqu'il lira le trait de
générosité qu'il verra dans la suite de cet
avertissement. J'ai formé mon cœur à la
gratitude. Je ne me plais point à imiter ces
gens qui rougissent d'être obligés , & dont
la reconnoissance est muette ; la mienne ne
cesse jamais de parler , si elle n'est pas toujours en puissance d'agir. Qu'on ne pense
pas que je veuille glisser ici mon éloge. Ce
sentiment ne me coûte rien : on sait que le
mérite d'une action dépend nécessairement
de la qualité de la victoire qu'on remporte :
point de gloire où il n'y a point de combat :
c'est ma philosophie , est-elle bonne , ou
mauvaise ? La décision ne me fera point
changer. Je ne reconnois sur ces matières
d'autre tribunal que mon cœur ; lui seul
juge en premier & en dernier ressort.

Je reprends mon éditeur , que je commençois de sacrifier à mes intérêts. On sait
combien les Anglois sont scrupuleux & délicats dans le choix des amis ; ils portent souvent la sonde dans le cœur d'un homme
avant que d'y placer leur confiance. Cette
sagesse , qui est le fruit d'une mure réflexion , rend, il est vrai, l'amitié très-rare en
Angleterre ; mais elle la rend solide & in-

violable. Après qu'il m'eut éprouvé, il me jugea digne de la sienne. Il me communiqua la copie des mémoires de *Gaudence de Luques*, & voulut m'associer au dessein qu'il forma d'en faire la traduction pour les mettre au jour. Mon amour-propre m'a toujours fait rechercher le commerce des gens savans. Ce sentiment ne messied point à un jeune-homme, il est le ferment de ses talens, ainsi c'est à tort, que l'on croit accuser une personne de vanité, comme d'un défaut; c'est, au-contraire, vanter toutes les dispositions qu'elle a aux vertus nécessaires pour le bien de la société (1). Delà l'erreur de ceux qui confondent ce principe excellent, avec l'orgueil. L'amitié de l'éditeur me flattoit infiniment ; il étoit à la tête d'un ouvrage sur lequel le monde savant tenoit les yeux ouverts : j'acceptai son offre, quoique je ne fusse que médiocrement versé dans la langue italienne : aussi ne m'étois-je engagé qu'à purger sa traduction des fautes & des *anglicismes* qui lui échapperoient.

Le long séjour que je fus obligé de faire à Versailles, m'empêcha de remplir mon

_____

(1) L'auteur de l'*Esprit des Loix* fait sentir la différence extrême qu'on doit mettre entre orgueil & vanité.

engagement : il donna ces mémoires pendant mon abfence. Obligé d'abandonner le projet de l'encyclopédie par des raifons qu'il convient de paffer fous filence, il repaffa en Angleterre ; après m'avoir chargé de l'édition, il m'écrivit plufieurs lettres. La traduction de celle qui fuit peut n'être pas inutile au lecteur.

M O N S I E U R,

« Je fais que je vous dois beaucoup, pour
» les foins que vous vous êtes donnés (1).
» Vous avez conçu de moi une idée avan-
» tageufe, & qui me flatte infiniment ;
» permettez que je vous en marque ma re-
» connoiffance. Vous m'écrivez, monfieur,
» que vous êtes affligé de vous voir dans
» l'impuiffance de vous acquitter envers
» moi ; vous continuez, en me priant de
» vous accorder encore quelque tems. Se
» peut-il que vous ayez oublié les expref-
» fions de l'amitié, au point de prier ! Souf-
» frez ce reproche ; il part du fond de mon
» caractère, & mon caractère ne devroit
» pas vous être inconnu. Si je ne vous ren-
» voie point certain papier, foyez perfuadé
» qu'il m'eft impoffible : je l'ai jetté au feu

_____

(1) Pour le débit des *Mémoires de Gaudence.*

» un inftant après l'avoir reçu. La véritable
» amitié détefte les engagemens inventés
» par la défiance. Ma lettre vous déchargera
» donc, s'il vous plaît, d'une obligation qui
» me paroît vous inquiéter.

» Vous êtes affez généreux pour me par-
» donner ma petite perfidie ; les conftruc-
» tions vicieufes qui me font échappées, &
» que vous auriez châtiées fi j'avois attendu
» votre retour, m'en ont affez puni : je ne
» dois qu'à l'indulgence du public, à l'ori-
» ginalité du fujet, & à vos mouvemens,
» la confommation de l'édition.

» J'ai appris, avec plaifir, que vous vous
» prépariez à en donner une feconde. Je fais
» que vous avez recouvré les cahiers que
» j'avois égarés à la douane de Marfeille, &
» que vous devez ce bonheur à l'exactitude
» d'un négociant de cette ville : je vous en
» félicite. Je fuis perfuadé que ce qui en
» fait le fujet, eft très-intéreffant, & qu'il
» le deviendra encore plus par la façon
» dont vous manierez les matières qui y
» font traitées.

» J'ai retrouvé, dans mes papiers, un
» cahier qui vous fera plaifir ; il contient
» une aventure de Gaudence ; elle eft affez
» intéreffante pour mériter une place dans

» l'édition que vous allez en faire. Marquez-
» moi, je vous prie, si, dans les cahiers
» retrouvés, vous n'avez point vu celui qui
» traite du dépériffement de la Mezzora-
» nie. Cet article doit être affez inftructif.

 » Je ne doute pas que vous ne relifiez
» tout l'ouvrage avec beaucoup de foin :
» j'ofe me flatter que vous m'accorderez ce
» plaifir ; c'eft une dette dont vous m'ac-
» quitterez envers le public. Paffez la lime
» & l'éponge fur tout ce qui vous paroîtra
» l'exiger. Obfervez fur-tout, monfieur, de
» mettre en titre *Gaudence de Luques* : le
» titre eft en françois dans l'original, comme
» vous pourrez le voir : vous devez cette
» fidélité au public.

 » Vous m'avez cru philofophe, & fupé-
» rieur à tous les événemens : vous laiffer
» plus long-tems une fi grande idée de moi,
» feroit un véritable larcin ; je n'aime à jouir
» que de ce qui m'appartient. Apprenez
» donc ma foibleffe, & foutenez-moi de
» vos confeils. Les défagrémens qu'on m'a
» donnés en France touchant l'ouvrage que
» j'avois entrepris, m'ont tellement péné-
» tré, qu'ils ont influé confidérablement fur
» mon caractère, encore plus fur ma fanté.
» Je détefte tout ce qui m'environne, & je

       » me

» me déteste moi-même : ce n'est pas sans
» raison ; car je suis l'être le plus détestable
» qu'il y ait dans toute la nature. J'attends
» ma fin avec tant d'impatience, que je lutte
» depuis long-tems contre le desir de ter-
» miner mes inquiétudes ; mais je sais que
» mon existence n'est qu'un dépôt dont je
» dois rendre compte à celui qui me l'a
» confié : ce principe arrête ma main , &
» soumet mon cœur & ma raison. D'ail-
» leurs, je sens que je dépéris insensible-
» ment. J'entrevois déja le jour où je
» tomberai dans une nuit éternelle ; si ma
» soumission aux décrêts du ciel ne me rend
» digne de cette lumière pure, qui ne finit
» point. Adieu, souvenez - vous toujours
» de votre ami. Rappellez-vous sans cesse ,
» que vous pouvez en trouver de plus puis-
» fant, mais non de plus fidèle. Je suis plus
» à vous qu'à moi - même ».

                                        M I L T s.

La traduction des cahiers retrouvés n'est
pas si servile que celle du reste de l'ouvrage :
nous avons cependant porté toute l'attention convenable pour ne pas nous écarter
de l'original : mais on sait que chaque langue a son génie : vouloir traduire littérale-

Tome VI.   b

ment , c'eſt défigurer l'original par une mauvaiſe copie. On a enrichi cette édition de figures deſſinées & gravées par des maî-tres dont le nom ſeul fait l'éloge.

Il y a beaucoup de cahiers & de para-graphes , dont le premier éditeur n'avoit point jugé à propos de donner la traduction : on n'a point cherché à en découvrir la rai-ſon : quelle qu'elle ſoit , le public nous en tiendra quittes. Nous avons ſeulement af-fecté de donner , dans chaque endroit du livre où ces cahiers , ces paragraphes ſe trouvent , des éclairciſſemens convenables.

Il eſt juſte de prévenir le public par un aveu , dont il tiendra ſûrement quelque compte. Mon tems ne m'appartient point ; j'ai été obligé de ſacrifier les intérêts du public , & par conſéquent les miens , aux devoirs d'un état gênant. Il m'a été impoſ-ſible de ſuivre l'impreſſion de l'ouvrage ; je ne puis m'acquitter envers mon lecteur que par un *errata*.

Il ne falloit pas moins qu'une circonſtance ſi intéreſſante , pour me perſuader que tout homme qui n'eſt pas maître de ſon tems peut être pauvre , dans le ſein même des richeſſes.

PRÉFACE
DE L'ÉDITEUR,

Imprimée en tête de l'édition de 1746.

IL est naturel de croire que le lecteur
sera curieux d'être instruit de deux
choses touchant ces mémoires : la première, comment ce manuscrit a pu
voir le jour, à cause du profond secret
avec lequel tout se fait dans l'inquisition : la seconde, comment il est
tombé entre les mains du traducteur.
Rien n'est plus juste que de le satisfaire.
Ce manuscrit a été envoyé par le secretaire de l'inquisition de Bologne au
savant M. Rhédi, bibliothéquaire de
Saint-Marc à Venise, son ami intime
& son correspondant, avec une relation de la façon dont on a arrêté l'auteur, comme on le verra par la lettre
du secretaire à M. Rhédi. Cette lettre
fait non-seulement connoître plusieurs
particularités curieuses de l'examen du

b ij

prétendu criminel, (car on l'avoit arrêté comme tel, quoiqu'on ne pût rien
prouver contre lui ; ce qui fit qu'on le
traita avec plus de douceur qu'on n'a
coutume d'en éprouver de la part de
ce terrible tribunal), mais elle fera voir
auſſi, que, loin d'agir par paſſion,
comme pluſieurs l'en ont accuſée, l'inquiſition procède avec beaucoup de
prudence & de circonſpection dans ſon
intérieur, quoique tout ce qui s'y paſſe,
ſoit enveloppé d'un voile impénétrable
à ceux qui ne ſont pas de ce corps.
Cependant la mort d'un pape, & le
changement des officiers, qui en eſt
preſque toujours une ſuite naturelle, a
pu faire que les inquiſiteurs fuſſent
moins ſur leurs gardes : c'eſt ce que le
ſecretaire ſemble vouloir inſinuer au
commencement de ſa lettre. Au reſte,
il ne pouvoit lui arriver aucun mal, en
cas qu'il fût découvert, d'autant plus
qu'il écrivoit à un ami de la même
religion que lui, & à un prêtre ; car

M. Rhédi l'étoit, & la lettre même en fait foi.

Quant à la seconde question, le lecteur saura que l'éditeur tient ce manuscrit de M. Rhédi même, qui étoit l'ornement de son église, de son état & de son pays, & un des hommes les plus savans de son siècle ; il aimoit & estimoit les gens de lettres, quoiqu'étrangers ou d'une opinion différente de la sienne. Cette façon de penser, si digne de l'homme, pouvoit venir, en partie, de ce qu'on respire, à Venise, un air plus libre que dans le reste de l'Italie. L'inquisition n'a rien à démêler dans les terres des Vénitiens ; quoiqu'ils soient catholiques romains, l'état n'y admet aucun tribunal indépendant du sien. D'ailleurs, comme ils sont tous commerçans, ils sont obligés d'avoir des égards pour toutes sortes de personnes, de quelque religion qu'elles soient, & sur-tout pour les étrangers.

L'éditeur, qui avoit déjà fait le

voyage d'Italie, avoit lié une étroite amitié avec M. Rhédi : cette amitié étoit cimentée par le goût qu'ils avoient l'un & l'autre pour les lettres & pour les antiquités, & par plusieurs services qu'ils s'étoient rendus réciproquement. Dans le dernier voyage qu'il fit à Venise avec une personne de la première distinction, qui aimoit autant que lui cette ville, il y resta plus de quinze mois ; de sorte qu'il eut tout le tems de s'entretenir avec son savant ami.

Un jour qu'ils se promenoient ensemble dans la grande bibliothèque de Saint-Marc, M. Rhédi, voulant reconnoître quelques plaisirs qu'il avoit reçus de son ami, ouvrit la porte d'un petit cabinet où étoient ses curiosités ; & , se tournant vers l'éditeur de cet ouvrage : « *Signor amico*, lui dit-il en souriant, » & lui montrant un manuscrit, voici » une curiosité que je suis bien sûr » que vous n'avez jamais vue, & dont » vous n'avez peut-être jamais entendu

» parler : c'eſt la vie d'un homme qui
» eſt actuellement dans l'inquiſition de
» Bologne, écrite par lui-même : il y
» rend compte d'un pays qui eſt au
» milieu des vaſtes déſerts de l'Afrique,
» dont les habitans ont vécu inconnus
» à toute la terre, plus de trois mille
» ans. Ce pays eſt inacceſſible de toute
» part, à l'exception du ſeul chemin par
» lequel on y a conduit notre voyageur.
» Les inquiſiteurs ſont ſi perſuadés de
» la vérité de ſon récit, qu'ils lui ont
» promis ſa liberté, s'il veut ſe charger
» d'y conduire quelques miſſionnaires,
» pour prêcher l'évangile à un peuple
» nombreux, qui, ſelon lui, a plus
» de connoiſſance que jamais nation
» payenne n'en a eue, plus même que
» n'en ont les Chinois, de la religion
» naturelle, & de la morale la plus
» pure. En mon particulier, j'aurois eu
» beaucoup de peine à croire ces mé-
» moires, ſi le ſecretaire de l'inquiſi-
» tion, qui (comme il eſt aiſé de juger

» par le poste qu'il occupe), n'est point
» un homme à qui on en impose faci-
» lement, ne m'eût assuré qu'il étoit
» présent, & à l'examen de l'auteur,
» & lorsqu'on l'a arrêté. C'est lui qui
» m'a envoyé cette copie de la vie de
» cet homme, écrite par ordre des in-
» quisiteurs ; &, en même tems, il m'a
» rendu compte du sujet pour lequel
» on s'est assuré de lui, & de la façon
» dont on l'a arrêté. Le secretaire me
» marque qu'il vivoit depuis quelque
» tems à Bologne, où il exerçoit la
» médecine, & se faisoit appeller Gau-
» dence de Luques, qu'il dit être son
» véritable nom : ce qui est confirmé
» par le lieu de sa naissance, le nom
» de ses parens, le tems de son escla-
» vage, &c. On lui avoit quelquefois
» entendu dire, d'un air mystérieux,
» qu'il avoit des secrets extraordinaires,
» & qu'il savoit un pays dont la reli-
» gion & les usages étoient inconnus à
» tout le monde. Ces discours, nou-

» veaux aux oreilles des Italiens, furent
» caufe que l'inquifition le fit arrêter ;
» &, par des moyens que ce tribunal
» fait employer, on l'obligea à faire
» l'hiftoire de fa vie, qui eft la chofe la
» plus furprenante que j'aie jamais vue.
» Cet homme foutient la vérité de ce
» qu'il dit, avec une fermeté furprenante.
» Il eft homme de lettres, a beaucoup
» de bon fens ; &, à ce qu'il a femblé
» aux inquifiteurs, (qui font des juges
» pénétrans), paroît homme de bonnes
» mœurs. Il fe dit très-zélé pour la re-
» ligion catholique romaine, & affure
» l'avoir toujours été ; c'eft une raifon
» qui engage les inquifiteurs à le traiter
» avec douceur. Mais je ne veux point
» anticiper le plaifir que vous aurez en
» en lifant ce cahier. » M. Rhédi remit
en même tems la lettre du fecretaire &
le manufcrit à l'éditeur, qui, l'ayant
parcouru pendant quelques momens,
fut fi frappé de la nouveauté de la
chofe, qu'il demanda à M. Rhédi la

permiſſion d'en prendre une copie : ce que M. Rhédi lui accorda.

C'eſt ainſi que l'éditeur a eu ce curieux manuſcrit, dont la traduction, à ce qu'il eſpere, fera autant de plaiſir au public, qu'il en a pris à lire l'original. On ne ſauroit révoquer en doute le caractère de Gaudence, & l'éditeur connoît aſſez celui des Italiens, pour ne pas s'être laiſſé tromper. La traduction eſt fidèle & littérale, autant qu'il eſt poſſible. Voilà ce que l'éditeur a cru devoir dire à ſon lecteur.

On ſe flatte que le public prendra plaiſir à lire des mémoires, où l'on a moins cherché à l'éblouir par les traits brillans d'une imagination féconde, qu'à l'inſtruire d'un pays juſqu'alors ignoré, par une peinture ſimple & naïve du caractère & des mœurs de ſes habitans. La vérité, même ſans ornemens, a des droits ſur l'eſprit & ſur le cœur des hommes, que ne peut balancer la fiction la plus ingénieuſe : l'une n'a beſoin d'aucun fecours étranger pour plaire, elle n'a qu'à fe montrer à nos yeux telle qu'elle eft : l'autre tire toute fa beauté du merveilleux de l'art avec lequel ils font amenés, des fituations heureufes, de la vivacité des images, de la no-bleffe des expreffions, & d'une agréable variété dans le ftile : mais toutes ces qualités ne font que de brillantes cou-leurs qui charment d'abord les yeux, mais qui perdent beaucoup de leur prix dès que l'on voit qu'elles font ap-pliquées fur un mauvais fond. La fiction n'eft heureufe, n'eft agréable, n'eft charmante, qu'autant qu'elle a de ref-femblance avec la vérité : c'eft un faux diamant qui jette un grand éclat ; mais on n'y remarque point, fi j'ofe m'expri-mer ainfi, une infinité de petites étin-celles qui femblent, à chaque inftant, fortir du véritable diamant. La première ne paroît être à la nature, que ce que l'autre eft à l'art : or, c'eft dans une hif-toire fidèle, que l'on trouve, à tous momens, cette précieuse lumière qui nous approche des tems les plus reculés, & des pays les plus éloignés. Ces mémoires ont la force de l'histoire. Le traducteur espère donc, sans trop de présomption, qu'ils seront goûtés de tous ceux qui préfèrent le solide aux frivolités que sèment dans le monde une foule de petits auteurs obscurs. Il ne lui reste donc plus qu'à se plaindre, & le public, des feuilles qu'il a malheureusement perdues en chemin, ou à Marseille, lorsqu'on a visité ses effets à la douane.

LETTRE

Du Père F. ALISIO DE SANCTO IVORIO, secretaire de l'inquisition de Bologne, à M. RHÉDI, bibliothéquaire de Saint-Marc à Venise, dans laquelle il lui rend compte des motifs qui ont porté l'inquisition à faire arrêter GAUDENCE.

MONSIEUR,

La crise (1) actuelle des affaires, qui occupe tant de monde de projets & d'intrigues, me fournit l'occasion de vous faire mille remercimens du beau présent que vous avez envoyé à un homme qui vous étoit déjà attaché par l'amitié & la reconnoissance la plus sincère.

(1) Il faut qu'il veuille parler de la mort du pape, ou de quelqu'autre évènement extraordinaire dans l'état ecclésiastique.

Le cabinet & les autres curiofités me font
parvenues, & font voir qu'on n'a point le
bonheur d'obliger M. Rhédi, fans en être récompenfé au centuple. La pauvreté de notre
état (1) ne me permet pas de vous offrir rien
qui approche de la magnificence de votre préfent ; mais auffi rien ne peut modérer le defir
que j'ai de vous témoigner ma reconnoiffance.
Pour vous en convaincre, & vous prouver en
même tems que la pauvreté même peut avoir
fes richeffes, je vous envoye, par le porteur,
l'hiftoire d'un homme dont la vie a rempli nos
inquifiteurs de furprife & d'étonnement. Il y a
environ deux ans qu'il eft dans l'inquifition de
cette ville : nous avons mis tout en œuvre
pour favoir au vrai ce qu'il eft ; & nous ne
pouvons rien trouver contre lui, à moins qu'on
ne le déclare coupable fur le rapport des chofes
prefque incroyables, qu'il nous fait.

Notre premier inquifiteur l'a obligé d'écrire
fa vie, & de rendre compte, de la manière
la plus fuccincte, de tout ce qui lui eft arrivé,
& l'a menacé en même tems, que fi on y trouvoit des fauffetés, il auroit lieu de s'en repen-

_____

(1) Le fecretaire étoit dominicain ; cet ordre eft
maitre de l'inquifition.

tir. Il nous conte les choses les plus étonnantes d'un des plus beaux pays du monde, situé au milieu des vastes déserts de l'Afrique, & inaccessible, si ce n'est par un seul chemin, qui paroît aussi extraordinaire que le pays même auquel il conduit. Je sais que vous avez une connoissance universelle de l'antiquité, & que vous aimez les curiosités de cette espéce ; ainsi je vous envoye une copie du manuscrit, dont je vous prie de me dire votre sentiment ; je vais vous instruire de tout ce que je sais sur le chapitre de celui qui en est le sujet.

Environ trois ans avant qu'il fût arrêté par l'inquisition, il avoit loué une jolie maison à Bologne, & s'y étoit établi en qualité de médecin, après avoir passé, pour la forme, par quelques légers examens, & avoir payé sa réception, comme font tous les étrangers. Il dit que son nom est Gaudence de Lucques, que sa famille est originaire de Lucques, mais qu'il est né à Raguse : il est très-bel homme, grand & fait à peindre ; il a l'air noble & un abord qui previent en sa faveur. Il paroît avoir environ cinquante ans ; il a beaucoup de bon sens, & parle facilement & avec éloquence, quoiqu'il ait un accent un peu étranger, ce qui provient, à ce qu'il dit, de ce qu'il a vécu tant de tems dans des pays étrangers. Il parle presque toutes les langues orientales, & outre la médecine qu'il fait affez bien, il n'ignore presque aucune partie des fciences.

Nous avons envoyé à Ragufe & à Lucques pour nous informer de lui ; mais jamais nous n'avons pu trouver qu'il eût été connu dans ces endroits. Il nous en a donné la raifon dans fa vie, comme vous le verrez : quelques-uns feulement à Ragufe fe fouvenoient qu'il y avoit environ vingt-cinq ou trente ans, un négcciant de ce nom demeuroit dans cette ville ; mais on apprit d'eux qu'il avoit été ou perdu fur mer, ou pris par des corfaires, & qu'on n'avoit plus entendu parler de lui.

Vous favez, monfieur, que rien n'échappe aux yeux de l'inquifition, & qu'elle veille les étrangers, fur-tout, de très-près. Auffi fûmésnous attentifs à toutes fes démarches, dès le moment qu'il s'établit à Bologne ; mais comme nous procédons toujours avec autant de juftice que de prudence, nous ne pûmes trouver aucun fujet de l'arrêter. Il vivoit auffi régulièrement que ceux de fa profeffion ont coutume de vivre : il eft vrai qu'il ne s'étoit fait médecin que pour dire qu'il faifoit quelque chofe : il n'alloit guères voir de malades, mais il fe

faifoit

faifoit confulter chez lui pour quelques fecrets extraordinaires qu'il prétendoit poffeder, & ne rendoit de vifites qu'aux dames, dont il étoit fort recherché. Elles difoient qu'il avoit quelque chofe de fi doux & de fi attrayant dans la converfation, qu'il n'étoit pas poffible de ne pas l'aimer. C'eft cet amour que toutes les femmes avoient pour lui, qui fit naître nos premiers foupçons: nous craignîmes qu'il n'inculquât des fentimens dangereux à ce fexe, fi crédule quand il aime.

Il profeffoit la religion catholique-romaine, dont il paroiffoit bien inftruit, &, pour un médecin, il parloit avec beaucoup de refpect de nos faints myftères: ainfi nous ne pûmes pas l'attaquer de ce côté-là.

Il vivoit honnêtement plutôt qu'avec magnificence. Nous vîmes, en plufieurs occafions, que l'argent que tous les hommes adorent, étoit ce dont il fe foucioit le moins, & nous crûmes qu'il avoit quelque reffource cachée.

Sa maifon étoit meublée avec propreté, il y avoit l'honnête néceffaire, mais rien de fuperflu. Il avoit deux laquais à livrée, & un valet-de-chambre, qui, étant de cette ville, ne favoit pas plus que nous les affaires de fon maître. Une dame âgée demeuroit avec lui; nous avons cru d'abord qu'elle étoit fa femme, mais nous nous fommes trompés ; elle eft étrangère, & il paroît avoir beaucoup de refpeΛ pour elle : la femme-de-chambre de cette dame eft étrangère auffi ; il y avoit encore une vieille fervante, qu'il avoit prife à Bologne. Toutes ces femmes font dans l'inquifition, mais il ne le fait pas.

Cette dame étrangère, qui parle fi mal l'italien qu'à peine pouvons-nous entendre un mot de ce qu'elle dit, a un air très-diftingué, & des reftes d'une beauté parfaite.

Je me flatte que le récit de toutes ces circonftances vous amufera, loin de vous ennuyer ; il y a quelque chofe de fi extraordinaire dans cet homme, que je crois ne devoir rien paffer fous filence de ce qui le regarde. Nous avons tenu, dans notre inquifition, plufieurs confeils à fon fujet ; nous avons mis tous nos émiffaires en campagne, fans pouvoir rien découvrir ni réfoudre fur le parti que nous devons prendre. Nous avons recherché quelles correfpondances il a dans les pays étrangers, & ordonné au maître des poftes de nous envoyer toutes fes lettres, que nous favons ouvrir & refermer fans qu'on puiffe s'en appercevoir ; mais il ne lui en eft venu que trois,

dont la première eft au fujet d'une rente de
quatre mille écus qu'il a fur la banque de Gènes ; & les deux autres font d'une dame de
votre ville (Venife), que nous favons être la
fameufe courtifane qui fe fait nommer Flavilla.
Nous voyons, par la dernière lettre de cette
femme, qu'il lui a donné de très-bons confeils,
& qu'il a gagné fur elle de renoncer à la vie
qu'elle menoit. Comme nous ne prenons pas
connoiffance des intrigues amoureufes, nous ne
penfâmes plus à lui pendant quelque tems,
d'autant plus que nous avions à examiner un
homme foupçonné d'être juif, & efpion du
Turc. D'ailleurs les bons confeils qu'il avoit
donnés à la courtifane, joints à ce qu'il étoit
déjà d'un certain âge, nous firent croire que,
dans le fond, il n'y avoit pas grand'chofe à
redire entre lui & les femmes, mais qu'étant
médecin, elles l'honoroient, comme dit l'é-
criture, *propter neceffitatem.*

Les jeunes dames fembloient cependant l'aimer plus que les autres ; il fe comportoit, à
leur égard, avec plus de douceur & de politeffe, que de marques d'amour, & paroiffoit
avoir les mêmes égards pour toutes en général :
enfin les perfonnes de la première diftinction,
de l'un & de l'autre fexe, fe plaifoient extrê=

mement dans fa compagnie, & peu-à-peu il fe faifoit aimer de tout le monde. A mefure qu'il gagnoit leur confiance, il s'ouvroit avec plus de liberté : il n'avoit montré d'abord que des façons aifées & une grande politeffe ; mais on s'apperçut, après l'avoir fréquenté quelque tems, qu'il poffédoit prefque toutes les fciences, & qu'il avoit un génie fupérieur en tout.

Nous employâmes des gens propres à s'infinuer chez lui, & qui devoient, dans la fuite, le confulter, comme un ami, fur plufieurs points délicats : mais il avoit tant de préfence d'efprit, & paroiffoit en même tems parler avec tant de fincérité & tant d'art, qu'ils avouèrent être encore novices en comparaifon de lui. S'ils parloient politique, il difoit, fagement, qu'il ne convenoit pas aux gens de fon état de fe mêler des affaires des princes, ni de vouloir approfondir ce qui fe paffe dans leur cabinet. Si on faifoit tomber la converfation fur la religion, il paroiffoit en être très-bien inftruit pour un homme de fon état ; & rien ne fortoit de fa bouche, qui ne fût parfaitement conforme à la foi catholique : il témoignoit même, pans toutes les occafions beaucoup de refpect pour l'autorité de l'églife. Les plus-clair-voyans

n'en étoient pas moins perſuadés qu'il ſe cachoit ſous de beaux dehors. Enfin un jour que
quelques-uns de nos eſpions lui parloient des
uſages & des mœurs des pays étrangers, il
leur dit qu'il connoiſſoit un pays, dans une
partie du monde extrêmement éloignée, où les
habitans, quoique payens, avoient une connoiſſance des loix de la nature & des bonnes
mœurs, plus parfaite que les chrétiens les plus
policés. Ce diſcours nous fut rapporté ſur le
champ, & interprêté comme un trait ſatyrique
contre la religion chrétienne. Comme il eſt
homme de beaucoup d'étude, il lui échappa,
un autre jour, quelques mots en faveur de
l'aſtrologie judiciaire, que vous ſavez, monſieur, être un crime capital chez nous. Nous
avions preſque réſolu de le faire arrêter, lorſqu'un accident qui ſurvint, nous y détermina
tout-à-fait.

Deux des plus belles femmes de Bologne
étoient devenues amoureuſes de lui, ſoit parce
qu'il eſt réellement bel homme, ou par un caprice du ſexe, aſſez porté pour tout ce qui eſt
nouveau, & qui vient de loin; ſoit que ces
dames cruſſent que le ſecret ſeroit plus ſûr avec
un étranger, & qui de plus étoit médecin, ou
enfin qu'il eût employé quelque amulette: ou

charme pour fe faire aimer d'elles. Leur paffion devint fi violente, que l'une des dames, croyant fa rivale plus favorifée qu'elle, & jaloufe autant qu'une italienne peut l'être, réfolut de fe venger. Pour cet effet, elle fit courir le bruit que c'étoit un homme dangereux, qu'il avoit de coupables fecrets pour s'attacher les cœurs; & que du moment qu'elle l'avoit vu, il lui avoit paru un homme extraordinaire. Elle ajoûta qu'elle l'avoit fouvent trouvé traçant fur du papier des cercles & des figures qui avoient l'air de conjurations.

Les amis de la dame eurent foin d'inftruire nos pères de ce qui fe paffoit; ainfi nous réfolûmes de l'arrêter, n'eût-ce été que pour favoir qui il étoit, & pour découvrir fes fecrets. Une autre raifon qui nous engagea à nous affurer de fa perfonne, & que le monde auroit de la peine à croire, quoique la chofe foit réellement vraie, c'eft que nous craignîmes que quelqu'un ne l'affaffinât par jaloufie de ce qu'il étoit fi bien auprès des dames : ainfi, pour lui fauver la vie, & en même tems pour ne point perdre les fecrets que nous efpérions tirer de lui, il fut réfolu qu'on s'en faifiroit fur le champ. Je fus dépêché avec trois de nos officiers fubalternes pour exécuter ce deffein, avec tout le fecret & toutes les précautions que nous favons employer en pareilles occaſions.

Il étoit environ minuit, quand nous vîmes entrer chez lui une des dames qui paſſoit pour être de ſes favorites. Nous étions dans un caroſſe bien fermé. Je frappai à la porte, ſecondé d'un de nos officiers; &, dès qu'un domeſtique l'eut ouverte, nous entrâmes, lui diſant qui nous étions, & lui ordonnant, ſous peine de la vie, de ne pas faire le moindre bruit. Les domeſtiques, qui étoient italiens, ſachant bien ce qu'ils avoient à craindre s'ils faiſoient la moindre réſiſtance, reſtèrent muëts & preſque immobiles. Nous entrâmes auſſi-tôt dans une ſalle, où, contre notre attente, nous trouvâmes celui que nous cherchions, la jeune dame avec ſa femme-de-chambre, & la dame âgée, qui demeuroit avec lui, tous à table, & une belle collation de fruits, de confitures, &c. dont nous jugeâmes que la jeune dame venoit de lui faire préſent.

Il parut d'abord plus ſurpris qu'effrayé de notre préſence : mais, comme nous ne faiſons jamais grands complimens, nous lui expliquâmes, en peu de mots, le ſujet de notre miſſion, avec ordre de nous ſuivre. Enſuite,

nous tournant vers la jeune dame , que nous
connoiſſions parfaitement , auſſi bien que ſa famille , nous lui dîmes que nous étions très-ſur-
pris de la trouver en pareille compagnie à une
heure ſi indue ; mais que , par rapport à ſes
parens , il ne lui ſeroit rien fait , pourvu que
la vie & l'honneur lui fuſſent aſſez chers pour
ne point parler de cette affaire. Elle nous répondit en tremblant , & prête à s'évanouir ,
qu'elle n'étoit venue là que pour conſulter ſur
ſa ſanté ; qu'elle avoit mené ſa femme - de -
chambre avec elle pour éviter tout ſoupçon ;
& , qu'étant maîtreſſe de ſa conduite & de ſa
fortune , on ne devoit pas trouver étrange
que des perſonnes de ſon rang fuſſent hors de
chez elles à pareille heure , ſur-tout dans la ſaiſon où nous étions. Mais , lorſque nous voulûmes emmener notre priſonnier , la dame âgée ,
au lieu de nous attendrir par ſes larmes , ſe jetta
ſur nous comme une tigreſſe , avec une fureur
dont je n'ai jamais vu d'exemple. Jugez de la
ſurpriſe de gens peu accoutumés à trouver de
la réſiſtance , & qui , de plus , étoient prêtres ,
& avoient à faire à une femme.

Les domeſtiques étant montés au bruit , nous
leur ordonnâmes , de par l'inquiſition , de la
ſaiſir. Le priſonnier s'entremit en notre faveur ,

& lui dit quelques mots, dans une langue qui nous étoit inconnue, pour l'appaiſer, du-moins à ce qu'il nous aſſura. Sa colère prit alors un autre cours ; elle tomba dans les convulſions les plus violentes.

Les deux autres officiers, ſurpris de ce que nous reſtions ſi long-tems, & étonnés de voir qu'on réſiſtoit aux ordres de l'inquiſition, vinrent à notre ſecours. Le priſonnier ſe rendit avec une ſoumiſſion reſpectueuſe, & nous pria d'excuſer les tranſports d'une perſonne qui ignoroit nos uſages, & dont la vie dépendoit, en quelque ſorte, de la ſienne. Il ajoûta qu'elle étoit une dame perſane, d'une naiſſance diſtinguée, que pluſieurs malheurs avoient conduite dans ce pays ; qu'elle lui avoit ſauvé la vie, comme, à ſon tour, il ſauva la ſienne quelque tems après ; qu'elle étoit dans le deſſein de ſe faire chrétienne, & de finir ſes jours dans un couvent. Que, pour lui, il ſe fioit à ſon innocence, & étoit prêt à ſe laiſſer conduire où il nous plairoit, & à ſe ſoumettre à notre autorité. Il dit cela avec un air de conſtance & de fermeté qui nous ſurprit. Nous le fîmes monter en caroſſe, & laiſſâmes deux des officiers avec la dame, en leur ordonnant, auſſi bien qu'aux domeſtiques de la maiſon, de

ne point fortir de la chambre jufqu'à nouvel
ordre.

Dès que nous fûmes arrivés à l'inquifition,
nous le mîmes dans une chambre fort honnête,
& le traitâmes plutôt en homme pour qui
nous avions du refpect, que comme un criminel. Nous le laiffâmes feul, & livré à fes
propres réflexions, pendant que nous retournâmes à fa maifon, pour prendre la dame
âgée, & fes papiers.

J'ai oublié de vous dire, qu'après avoir
renvoyé la jeune dame & fa femme - de -
chambre, Gaudence avoit parlé à l'autre dame
en italien dès qu'elle fut revenue à elle-même
(car nous ne voulûmes pas lui permettre de
parler dans une langue, inconnue, de crainte
de quelque connivence) & lui avoit fait entendre, avec beaucoup de peine, qu'il la prioit,
au nom de tout ce qui lui étoit cher, de fe
foumettre à ce que nous exigerions d'elle, l'affurant en même tems que, par ce moyen, tout
iroit bien pour elle & pour lui; ces dernières
paroles calmèrent fes inquiétudes, & répandirent fur fon vifage cet air de nobleffe & d'affurance qui caractérife fi bien l'innocence.

Vous pouvez bien croire, monfieur, que
nous fûmes très - furpris de la nouveauté de

toute cette affaire, & de ce que Gaudence avoit dit touchant la naiſſance de la dame ; mais, étant accoutumés à trouver, tous les jours, des impoſteurs, nous n'en ſuivîmes pas moins notre premier deſſein. Je lui donnai donc la main avec beaucoup de reſpect, & la fis monter dans le caroſſe qui nous attendoit. Comme nous avions été témoins de ſa violence, nous ne fûmes pas ſans crainte, qu'elle ne ſe portât encore à quelque excès. Elle reſta cependant aſſez tranquille ; mais elle paroiſſoit accablée de douleur. Nous la menâmes à l'inquiſition, où elle fut logée dans un très-bel appartement, ſéparé du couvent à cauſe de ſon ſexe, avec deux femmes-de-chambre pour la ſervir reſpectueuſement, en attendant que nous fuſſions mieux inſtruits de la vérité de ſa naiſſance.

Il falloit retourner encore à la maiſon de Gaudence, pour prendre ſes papiers, & tout ce qui pouvoit contribuer à notre éclairciſſement. J'y trouvai tout dans le même ordre que je l'avois laiſſé ; mais, comme j'étois extrêmement fatigué, je me mis à faire collation de ce qui étoit ſur la table, & enſuite je me couchai dans la même maiſon, pour avoir toute la matinée du lendemain à faire la revue de

ses effets. Je cachetai tous les papiers que je
pus trouver, afin de les examiner à loisir, &
fis un inventaire de tous les meubles, pour
qu'ils fussent rendus, en cas qu'on le trouvât
innocent; après quoi, je mis dans la maison
un officier qui devoit répondre de tout ce qui
y étoit.

Il y avoit deux cabinets d'un travail extrêmement curieux; l'un paroissoit lui appartenir, & l'autre à la dame étrangère; mais,
comme ils étoient pleins de petits tiroirs qui
s'ouvroient par des secrets, nous les empor-
tâmes. Ces cabinets & les papiers furent remis
aux chefs de l'inquisition, parce que nous ne
voulûmes pas les examiner que nous n'eussions
fait tout ce qui dépendoit de nous, pour
découvrir la vérité sur ce qui regardoit le prisonnier.

Nous plaçâmes deux habiles frères-laïcs
auprès de Gaudence, pour le servir en qualité
de domestiques, avec ordre à eux de tâcher
de gagner sa bienveillance par leurs attentions,
de le plaindre de son malheur, & de lui con-
seiller de dire toujours la vérité sur sa vie,
son état, ses opinions, en un mot, sur-tout
ce que nous lui demanderions, & de nous
avouer ingénûment tout ce qu'il savoit; que

c'étoit l'unique moyen de pouvoir attendre quelque grace des inquisiteurs.

Je fus le voir moi-même plusieurs fois avant son examen ; je lui donnai les mêmes conseils, & lui fis les mêmes promesses. Il m'assura qu'il nous parleroit avec sincérité ; il paroissoit si sûr de son innocence, & s'expliquoit avec tant d'agrément & avec une apparence de candeur si persuasive, que je ne pus m'empêcher de me laisser prévenir en sa faveur ; il ajouta, en souriant, que l'histoire de sa vie causeroit plus de surprise & d'étonnement, que d'indignation.

Pour ne pas abuser de votre patience, les chefs de l'inquisition se mirent avec moi à examiner ses papiers avec tout le soin possible ; mais nous n'y pûmes trouver rien de concluant contre lui, si l'on excepte quelques mémoires imparfaits sur les usages d'un pays & d'un peuple dont nous n'avions jamais entendu parler, avec quelques caractères ou mots extraordinaires, qui n'avoient aucune affinité aux langues ni aux caractères que nous connoissons. Nous trouvâmes quelques remarques très-curieuses sur la philosophie naturelle, & qui nous firent voir qu'il étoit très-versé dans cette science ; l'ébauche d'une carte géogra-

phique, où étoient repréſentés des villes, des
rivières, des lacs, &c. mais le climat du pays
n'étoit point marqué. Enfin, tous ſes papiers
ne contenoient autre choſe que quelques petits
eſſais de philoſophie & de phyſique, avec
quelques morceaux de poëſie d'un goût exquis.

Nous ne trouvâmes pas la moindre marque
d'aſtrologie judiciaire, ni de calculs de nati-
vités (ce qui avoit fait naître nos plus forts
ſoupçons), mais ſeulement deux globes, un
étui d'inſtrumens de mathématique, des cartes
marines, des deſſeins d'arbres & de plantes
inconnus chez nous, & d'autres choſes de cette
eſpèce, que toutes les perſonnes qui voyagent,
ſont curieuſes d'avoir. Il y avoit, à-la-vérité,
quelques lignes, des cercles, & des ſections
de cercles; & c'eſt apparemment ce dont la
dame qui avoit informé contre lui, vouloit
parler; mais ces figures reſſembloient plutôt à
un eſſai de longitude, qu'à des figures magiques.
Ses livres étoient dans le même goût; nous n'y
trouvâmes rien qui fut ſuſpect d'héréſie; ce
n'étoit que des ouvrages dont la lecture étoit
permiſe à un homme de lettres. Il y avoit pluſieurs livres de dévotion, approuvés par l'égliſe,
qui paroiſſoient avoir été bien feuilletés, ce
qui nous fit juger qu'il étoit réellement catho-

lique-romain, & même homme de bonnes mœurs.

Mais, comme les plus belles apparences font souvent trompeufes, nous ne fûmes pas encore tout-à-fait guéris de nos foupçons. A l'ouverture des cabinets, nous trouvâmes, dans un des tiroirs de celui qui lui appartenoit, environ quatre cens cinquante écus romains, avec quelque monnoye, & quelques pièces étrangères, comme des fequins de turquie, & autres qui nous étoient inconnues. Cette fomme n'étoit pas affez forte pour pouvoir en tirer quelqu'induction. Dans un autre tiroir étoient plufieurs pierres précieufes, les unes montées, d'autres qui ne l'étoient pas, toutes d'un prix très-confidérable. Il y avoit encore plufieurs morceaux d'or naturel, infiniment plus fin que tout ce que nous avons en Europe. Dans un troifième tiroir nous trouvâmes plufieurs médailles, dont la plupart étoient d'or, mais d'une figure & d'une antiquité qui nous étoient inconnues. Il y avoit des pierres étrangères de forme affez bizarre, que d'autres auroient pu prendre pour des talifmans.

Dans un tiroir caché au milieu du cabinet, nous apperçûmes quelque chofe d'enveloppé dans un morceau de foie verte d'une finesse furprenante, & tiſſue par-tout de cœurs & de mains jointes enſemble ; la broderie, qui étoit d'or, étoit faite avec un art admirable, & entre-mêlée de différentes fleurs inconnues dans cette partie du monde. Cette ſoie couvroit une pierre bleue, large comme la paume de la main, entourée de rubis d'un prix ineſtimable, & ſur la pierre étoit peinte, en miniature, une femme qui tenoit, par la main gauche, un petit garçon. Jamais on ne vit une plus belle femme ; ſon habit étoit de ſoie verte, parſemé de ſoleils d'or : elle avoit le teint un peu plus baſané que nos italiennes, mais tous ſes traits étoient ſi réguliers & ſi majeſtueux, qu'on l'eût priſe autrefois pour une divinité. Au-deſſous, on avoit gravé avec un diamant ces mots en italien, *Queſto Solo.*

Vous jugez bien, monſieur, que tout ce que nous venions de voir, nous donna des idées de cet homme encore plus grandes. Nous crûmes d'abord qu'il avoit trouvé le ſecret de la pierre philoſophale ; mais il n'y avoit chez lui aucun inſtrument de chymie. Il nous vint enſuite dans l'idée, qu'il avoit été pirate, & qu'il auroit bien pu voler le cabinet de quelque grand prince ; &, qu'enrichi de ces dépouilles, il étoit venu s'établir à Bologne en qualité de

médecin,

médecin, pour mieux se cacher. Mais, comme
il y demeuroit depuis trois ans, & qu'on n'en
avoit rien entendu dire, nous pensâmes ensuite
qu'il falloit, ou que ce qu'il disoit de ce pays
inconnu fût vrai, ou bien qu'il eût enlevé ces
richesses à quelques princes orientaux, & se
fût sauvé avec son butin. Enfin le portrait de
la femme nous détermina à croire qu'il avoit
épousé quelque reine étrangère, &, qu'après
sa mort, il s'étoit retiré avec ses effets.

Les autres tiroirs étoient pleins de curiosités
naturelles, de plantes étrangères, de racines,
d'os d'animaux, d'oiseaux, d'insectes, &c.
d'où il tiroit probablement ses secrets pour les
malades.

L'autre cabinet, qui appartenoit à la dame
âgée, étoit très-riche, mais il n'approchoit pas
du premier. Il étoit plein de quantité de petites
pierreries, de quelques perles extrêmement
belles, de bracelets, de boucles d'oreille, &
d'autres bijoux dont les dames ont coutume de
se servir; nous y trouvâmes encore le portrait
d'un très-bel homme, âgé d'environ trente ans,
habillé en guerrier, avec un cimeterre turc
à son côté, mais il ne ressembloit point du tout
à notre prisonnier. Il avoit l'air d'un homme
distingué; c'est tout ce que nous en pûmes

découvrir, & nous étions toujours également incertains à l'égard de nos nouveaux hôtes, enforte que nous inclinions déjà beaucoup à leur rendre la liberté: car quoique nous ne difions nos motifs à perfonne, cependant nous ne procédons jamais contre qui que ce foit fans avoir de très-forts foupçons.

Nous réfolûmes donc d'adoucir leur prifon, & de commencer par examiner la femme, afin de tirer d'elle quelques éclairciffemens, dont nous aurions profité pour interroger l'autre : mais, comme elle n'entendoit pas affez bien l'italien pour pouvoir s'exprimer, nous envoyâmes à Venife (avec le fecret qui nous eft ordinaire) chercher quelques-uns de vos gens qui commercent dans le levant, pour nous fervir d'interprêtes ; & , pour ne point perdre de tems, on jugea à propos d'entendre Gaudence, qui obéit auffitôt à l'ordre qu'il reçut de paroître.

Il entra avec un air aifé & modefte, qui marquoit plus d'étonnement que de crainte: le cabinet & les bijoux étoient devant nous; nous les lui montrâmes, avec l'inventaire de tous fes effets, l'affurant que tout lui feroit rendu fidélement, s'il pouvoit prouver fon innocence ; mais, en même tems, on lui confeilla,

& même on lui ordonna d'avouer la vérité, & de ne rien cacher ; on le menaça que, s'il lui échappoit quelque menfonge, tous fes biens feroient confifqués, & qu'il ne reverroit jamais le jour. Il nous affura avec refpect, & d'un air qui le juftifioit même avant qu'il eût parlé, qu'il nous avoueroit de bonne foi tout ce qui lui étoit arrivé : mais faites-moi la grace, dit-il, mes révérends pères, de me dire de quoi l'on m'accufe. Nous lui répondîmes, que ce n'étoit pas la coutume de l'inquifition, & que tous ceux qui étoient cités à notre tribunal, attendoient qu'on les interrogeât.

Comme le faint office fe mêle principalement des affaires de la religion, nous lui demandâmes d'abord quelle étoit fa croyance, parce que nous étions obligés, quoiqu'il fe dît catholique-romain, d'obferver les formes : d'ailleurs, que favions-nous s'il n'étoit point quelque efpion turc ou juif déguifé ? On lui demanda enfuite fon nom, le lieu de fa naiffance, où il avoit été élevé, comment il avoit eu ces bijoux, pourquoi il étoit venu s'établir à Bologne, qui étoit cette dame âgée, & enfin tout ce qui nous vint d'abord dans l'efprit, afin de pouvoir mieux comparer fes réponfes dans la fuite. Il nous dit qu'il étoit né catholique-ro-

main, qu'il avoit toujours professé cette croyance, & que, quelque chose qui pût lui arriver,
il vouloit vivre & mourir dans cette foi. Ensuite il s'expliqua sur les principaux points de
notre religion, pour nous faire voir qu'il en
étoit instruit : il en appella à toutes les recherches que nous pouvions faire, pour nous per-
suader qu'il s'étoit toujours comporté en bon
catholique, nous nommant un capucin de la
ville qui étoit son confesseur, & à qui, disoit-
il, il donnoit permission de nous déclarer tout
ce qu'il savoit de lui. Il nous dit que son véritable nom étoit *Gaudence de Luques*, qu'il étoit
né à Raguse ; que son père étoit négociant, &
faisoit le commerce du levant ; que lui-même
avoit voulu embrasser le même genre de vie,
mais que, dans son premier voyage, il fut pris
par un corsaire algérien, qui le vendit au grand-
Caire à un marchand qui le mena, à travers
les vastes déserts de l'Afrique, dans un pays
le plus policé qu'il y ait peut-être au monde.
Il ajouta qu'il avoit vécu près de vingt-cinq
ans dans ce pays ; mais, qu'ayant perdu sa
femme & le seul fils qui lui étoit resté, dont
les portraits étoient sous nos yeux, ce malheur
l'avoit porté à engager son beau-père, qui étoit
le marchand qui l'avoit acheté, à faire un autre

voyage au Caire, pour être à portée de pouvoir revenir dans son pays natal. Que le marchand (car il passoit pour l'être, quoique, dans son pays, il fût très puissant), y consentit; mais, qu'étant arrivés au Caire dans un tems où la peste ravageoit cette ville, son beau-père en avoit été pris, & en étoit mort, avec plusieurs gens de sa suite, le laissant héritier de la plus grande partie de ses effets. Qu'étant alors tout-à-fait libre, il étoit revenu du levant sur un vaisseau françois de Marseille, nommé le *saint François Xavier*, dont le capitaine étoit M. Godart, avec qui il étoit convenu qu'on le méneroit à Venise; mais, qu'ayant relâché en Candie, où il avoit eu le bonheur de sauver la vie à cette dame, & l'avoit amenée avec lui, il fut poursuivi, à cette occasion, par deux vaisseaux turcs, qui le prirent & le menèrent à Constantinople, où il fut mis en liberté par ordre de la sultane mère.

M. Godart, continua-t-il, est bien connu à Venise, particulièrement de M. Corridani, grand négociant de cette ville, & il peut certifier la vérité des faits que je rapporte. Il nous dit qu'étant arrivé enfin à Venise, & y étant resté quelque tems pour voir les curiosités de cette ville & le carnaval, il lui étoit arrivé une affaire qui regardoit la jeune dame que nous avions vue avec lui, lorsqu'il avoit été arrêté; & que cette affaire, jointe à l'amour qu'il avoit pour les lettres, lui avoit fait prendre le parti de venir s'établir à Bologne, dont l'université est célèbre, & où il présumoit que nous étions bien instruits de tout ce qu'il avoit fait. Voilà, dit-il, mes révérends pères, ce que je puis répondre de plus précis aux questions que vous m'avez faites : mais ma vie a été un mélange si bizarre de biens & de maux, & j'ai passé par tant d'épreuves, qu'il faudroit beaucoup de tems pour vous la développer dans tout son jour.

Nous nous regardâmes quelque tems, surpris de ce qu'il venoit de dire, & de l'air assuré avec lequel il nous avoit parlé, & qui ne permettoit point de douter de la vérité de son récit. Cependant notre supérieur, se tournant de son côté, lui dit : Gaudence, nous ne pouvons encore croire ni rejetter comme faux, ce que vous venez de nous raconter ; nous ne condamnons jamais personne sans une entière conviction de ses crimes, mais, aussi, nous ne nous laissons point surprendre : nous savons ce que peut l'artifice ; il est inutile &

dangereux d'en ufer avec nous. Tout ce que nous voyons devant nous, prouve qu'il vous eft arrivé quelque chofe de fort extraordinaire. Si nous trouvons que vous êtes un impofteur, vous ferez puni comme tel ; mais, en attendant que nous puiffions être mieux informés de ce qui vous regarde, nous vous ordonnons d'écrire votre vie, fans y rien omettre ; vous nous la lirez enfuite, & vous ferez interrogé comme nous jugerons à propos. Il eft donc de votre intérêt d'être très-véridique, car il n'y a que l'innocence, ou un fincère repentir, qui puiffe fauver ici.

C'eft cette vie, écrite par Gaudence même, que je vous envoye, monfieur, avec les interrogatoires des inquifiteurs, qu'il a fubis, à mefure qu'on examinoit fon ouvrage, article par article. J'y ai inféré ces interrogatoires dans les endroits où ils ont été faits.

Je vous prie de vouloir bien vous informer à Venife des faits que ces mémoires contiennent, & particulièrement de ce qui regarde M. Godart.

D'ailleurs, monfieur, perfonne n'eft fi bien que vous en état de juger de la probabilité de cette relation, par la grande connoiffance que vous avez de l'hiftoire ancienne. Gau-

dence eſt encore dans l'inquiſition, & il s'offre
de conduire quelques - uns de nos miſſionnaires, pour prêcher l'évangile à ce peuple
inconnu.

Je ſuis, avec toute l'eſtime poſſible,

MONSIEUR, &c.

F. ALISSIO DE S. IVORIO.

A Bologne, le 20 juillet 1721.

MÉMOIRES

MÉMOIRES
DE
GAUDENCE DE LUQUES.

PREMIERE PARTIE.

Qu'il est affligeant pour moi, mes révérends pères, de me voir accusé devant un tribunal, aussi saint & aussi auguste ! Le soin de se justifier fait rougir l'innocence, & le moindre soupçon l'allarme. Mais combien plus ne serois-je point mortifié, si ma religion vous étoit suspecte ! Né dans le sein de l'église & dans une soumission héréditaire à sa doctrine pure, j'ai le bonheur & la gloire de compter parmi mes ancêtres, des défenseurs qui ont même répandu leur sang pour ses intérêts sacrés. Eh ! plût au ciel me donner l'occasion de sacrifier tout le mien à une cause aussi glorieuse ! Je sais, mes révérends pères, que tout ce qui n'est pas connu de vous, peut & doit même vous être suspect. J'ai le malheur d'être dans ce cas plus que tout autre. Loin donc de me roidir contre la justice de votre procédé, je respecte, au contraire, la bonté que vous avez de me permettre de me justifier, par le fidèle récit de ma vie ; vous y trouverez des événemens également surprenans & incroyables. Mais souvenez-vous que j'obéis à vos ordres, & qu'ennemi du mensonge, je me donnerois bien de garde de le porter au tribunal de la vérité. Puissent ma candeur & ma sincérité me faire des protecteurs de mes juges !

Je m'appelle Gaudence de Luques. Ce nom me fut donné, parce qu'on prétend que mes ancêtres étoient originaires de cette ville, quoiqu'ils fussent établis depuis long-tems à Raguse où je suis né. Ces deux villes ne sont pas si éloignées que vous ne puissiez faire toutes les informations que vous jugerez à propos d'être faites. Mon père se nommoit Gasparino ; il étoit négociant ; & ma mère, qui étoit de Corse, descendoit d'une des premières maisons de cette île. Mon grand-père étoit aussi négociant. Mon bisaïeul Bernardino avoit pris le parti des armes ; il étoit capitaine de galères sous le grand Vénério, général des Vénitiens, dans la fameuse bataille de Lépante. La fable de notre famille porte qu'il étoit fils de Vénério & d'une dame Grecque descendue des Paléologues, empereurs de Constantinople ; mais qu'elle étoit morte en couche avant la déclaration du mariage, & que Vénério l'éleva sous le nom d'un de ses amis, qui avoit été tué à la guerre.

L'honneur que Vénério & les chrétiens acquirent dans cette bataille, loin d'affermir & d'aggrandir la fortune de mon bisaïeul, la détruisit au contraire. Infidèle par nécessité à sa vocation, il quitta le service pour se jetter dans le commerce. Une sévérité imprudente le réduisit à cette ressource. Vénério, amiral des Vénitiens, avoit fait pendre à la grande vergue du vaisseau un capitaine espagnol qui s'étoit mutiné. Cette justice (peut être imprudente), avoit choqué l'orgueil de la nation espagnole, & tellement déplu à don Juan d'Autriche, généralissime de la flotte, qu'après la bataille, les Vénitiens, pour appaiser don Juan & les Espagnols, furent contraints de sacrifier l'honneur de ce brave officier au ressentiment de l'armée espagnole. On lui ôta sa commission. Il se retira après cette disgrace ; & mon bisaïeul, dont la fortune dépendoit de la sienne, & qui avoit passé toute sa vie sur mer, entreprit le commerce, ou plutôt arma un vaisseau en courfe, contre les Maures. Son nom eft en confidération dans l'ordre de Malte ; les fer-vices fignalés qu'il lui a rendus, méritent cette reconnoiffance. Il fit une fortune confidé-rable.

Mon père, qui jouiffoit d'une affez belle fortune, donna à fes enfans une éducation qui répondoit à fes facultés. Il n'avoit que deux fils, dont j'étois le cadet, & une fille qui mourut jeune. J'avois un goût décidé pour les belles-lettres ; il le fit cultiver par d'excellens maîtres, jufqu'à ce que je fuffe en état d'aller à l'uni-verfité : rien n'eft plus utile à un jeune homme, que la connoiffance des langues. Je n'eus que lui pour maître de la langue franque, fi nécef-faire dans les pays orientaux. Pour la mater-nelle, nous difoit-il, vous l'apprendrez avec vos camarades auffi parfaitement que la langue latine avec des maîtres. Il m'envoya à la cé-lèbre univerfité de Paris, pour apprendre le françois en faifant mes autres études. C'eft au collège des Quatre Nations, que je foutins mes thèfes de philofophie fous le célèbre M. Du-hamel, un des premiers qui décrédita la philo-fophie d'Ariftote en faveur des opinions de Defcartes.

LE SECRETAIRE. Ici les inquifiteurs murmu-rèrent ; ils craignoient qu'il ne fût entiché du fyftême de Copernic (1) ; mais voyant qu'il ne s'agiffoit que de matières purement philofophiques, ils glifsèrent fur ce fcrupúle.

GAUDENCE. J'entrois dans ma dix-neuvième année, & déja je me fentois du penchant pour l'état eccléfiaftique, lorfque mon frère m'écrivit la mort de mon père & de ma mère. Les pirates avoient pris fon plus riche vaiffeau avec tous les effets qu'il portoit ; & comme les malheurs, je ne fais par quelle difpofition impénétrable de la providence, fe fuccèdent toujours de près, & forment cette chaîne falutaire qui fert à éprouver la patience & l'humilité du vrai chrétien, fon agent de Smyrne avoit fait banqueroute en même tems. Tous fes correfpondans tirèrent fur lui ; on eût dit que tout confpiroit à l'accabler. De forte que, ne pouvant faire face à tout, il fut, quoiqu'avec beaucoup de bonne foi, forcé à une efpèce de banqueroute, dont ils conçurent, ma mère & lui, un chagrin fi vif, qu'ils moururent l'un & l'autre en trois femaines de tems.

Mon frère me marquoit, dans la même lettre, que fa fituation ne lui permettoit pas de fournir aux frais de mes études ; qu'il avoit armé un petit vaiffeau dans lequel il avoit mis tous les

---

(1) Syftême qui a été condamné à Rome.

débris de fa fortune ; que fi j'y voulois joindre
le peu qui m'étoit tombé en partage , nous
irions enfemble tenter les moyens de ramener
une certaine aifance dans notre famille.

Cette lettre ne feroit point venue jufqu'à
moi, fi le célèbre M. Duhamel n'eût été auffi
généreux que favant, & s'il n'eût plutôt écouté
la voix de la juftice, que celle de la vengeance.
C'eft à l'événement que vous allez entendre ,
que commença la chaîne de mes malheurs.

Cet homme illuftre , que fa profonde érudition faifoit regarder dans le monde favant
comme unique , ne fe rendoit pas moins re-
commandable par fes autres vertus, que défi-
rable par d'excellentes qualités , qui concilient
ordinairement le cœur de ceux qui les connoiffent. Toujours occupé à piquer par d'af-
fables prévenances, l'émulation de ceux qui alloient écouter fes leçons , il récompenfoit les
difpofitions heureufes qu'il me trouvoit, de
mille petits égards dont un jeune homme doit
fe trouver flatté. Il voyoit avec plaifir mes progrès ; il m'appelloit fouvent chez lui ; fouvent
auffi il me faifoit l'honneur de me retenir à
dîner. Il y avoit un Anglois nommé Myrnnel,
jeune homme dans lequel on voyoit s'étendre
avec rapidité des talens fupérieurs, qui avoit
le bonheur de jouir, comme moi, des bontés

de notre commun maître. Il tenoit à M. Duhamel par les liens d'une amitié intime, dont il connoiſſoit trop bien l'étendue & les devoirs pour ne pas les remplir, & par des recommandations puiſſantes qu'il reſpectoit; il avoit pour lui toutes les attentions que mérite un jeune homme d'une naiſſance diſtinguée, & qui répond efficacement aux ſoins qu'on a de ſon éducation. Toutes ſes qualités cependant étoient chargées d'un caractère empreint de cette mélancolie noire, qui fait faire ſérieuſement les choſes les plus gaies; il étoit mélancolique juſques dans les amuſemens les plus vifs. Il avoit le cœur droit, mais ſuſceptible de ces paſſions qui ne ſe cachent que pour s'élancer avec plus de forces, & qui ſouvent le corrompent.

M. Duhamel faiſoit quelquefois venir chez lui une nièce, jeune perſonne à qui la nature avoit donné beaucoup de beauté, & les ſoins de ſon oncle, beaucoup de cette ſcience qui prend tant d'agrémens dans une belle bouche. Cette demoiſelle me faiſoit beaucoup de politeſſes; je les recevois avec toute la modeſtie qu'un jeune homme doit avoir, quand il cherche de bonne foi à ſe former. La nature ne m'avoit rien encore inſpiré pour elle, qui excédât le reſpect diſtingué qu'on doit à une jeune perſonne d'un mérite auſſi rare. Myrnnel, au

A iv

contraire , moins empreffé que moi auprès
d'elle , mais fans doute, plus tendre , nourriffoit
fecrettement dans fon cœur un feu qui le dévo-
roit. Plus on gêne cette paffion , & plus elle eft
dangereufe , parce qu'elle prend d'autant plus
de force. Je jouiffois de toute la confiance de
mon camarade ; mais il n'avoit pas jugé à propos de porter fon amitié jufqu'à me faire l'aveu
de fa paffion, J'étois fon rival , ou du moins
il me regardoit comme tel ; & l'on fait que la
rivalité eft méfiante.

Comme j'étois gai jufques dans mes occupations les plus férieufes , peut-être m'étois-je
rendu plus agréable à cette jeune perfonne. Le
férieux n'eft fait nulle part , & principalement
en France , pour la jeuneffe. Myrnnel étoit, au
contraire , méthodique en tout , même dans
l'amour ; & fans doute que fes yeux languiffans
& fes foupirs ne faifoient point autant de progrès que les étourderies que je faifois avec toute
la confiance d'un François. Allarmé des avan-
tages que j'avois fur lui , il me tira un jour en
particulier pour me confier fes chagrins. D'a-
bord il me demanda fi mademoifelle R. , qui
étoit la perfonne dont il eft queftion , avoit fait
quelqu'impreffion fur moi ; que , s'il le croyoit,
il me donneroit des preuves de l'étendue de
fon amitié , en fe privant , aux dépens même

de son cœur, de me traverser par sa présence.
Je lui répondis que je ne prenois d'autre intérêt à cette aimable personne, que celui que
peuvent inspirer les charmes d'un commerce
utile & amusant. Mais elle est belle, me dit-il.
Je ne m'en suis pas encore apperçu, lui répondis-je. Il me dit qu'il le sentoit depuis long-
tems. Tant pis pour vous, mon cher Myrnnel,
lui dis-je ; car un Anglois amoureux est fort à
plaindre. Oui, me répondit-il, parce qu'il est
jaloux. Mais je compte sur la complaisance
dont une amitié aussi vive & aussi sincère que
la vôtre peut être capable. Mon cher Gaudence,
privez-vous donc, par rapport à moi, d'aller
chez mademoiselle R. Vous ne l'aimez pas, me
dites-vous ; je veux le croire : mais vous êtes si
aimable, qu'elle pourroit vous aimer : hélas !
peut-être même est-elle déja vivement pénétrée de ce sentiment. Ce seroit un obstacle de
plus pour moi, qui n'ai point besoin de les
multiplier. Soyez sensible à mon état. Plus j'ai
fait taire mon cœur, & plus il s'est empreint
de ce sentiment que ses charmes y ont fait
naître. Myrnnel, que je vous plains ! lui dis-je,
vous devriez soumettre votre cœur à la raison :
je connois votre caractère ; il y règne une candeur & une fidélité qui deviendront l'instrument
des peines que vous vous préparez. Savez-vous

bien qu'il faut une vocation particulière pour oser aimer une Françoise & une Françoise savante ? Ne pensez pas que ce conseil parte de quelque motif intéressé. Non, vous savez à quel état je me destine. La pureté qu'il demande est pour moi une loi inviolable. Je consens de bon cœur à vous prouver combien je vous aime, si du moins vous regardez cette complaisance que vous exigez, & qui ne me coûte guères, comme une preuve bien forte de mon amitié. Oui, dès ce moment, je m'interdis la maison de M. Duhamel. Etes - vous content ? Cher ami, me dit-il en m'embrassant avec transport, comment pourrai-je reconnoître un trait si généreux ? En en faisant, lui dis-je, un usage honnête ; vous m'entendez ? Je suis jeune, vous l'êtes aussi...... Sur-tout n'ayez point la foiblesse de faire votre cour aux dépens de cette complaisance ; nous deviendrions ennemis ; je me connois : rien ne pourroit arrêter ma vengeance. Je le quittai.

J'aurois été fidèle à ma promesse, puisque cette privation ne m'auroit point coûté, si M. Duhamel, qui m'honoroit d'une estime distinguée, ne m'avoit représenté avec tendresse combien il étoit touché du peu d'attention que j'avois à lui rendre mes devoirs. Il me pressa vivement d'accepter son dîné. La parole que j'avois donnée, me fit faire quelque résistance ; mais pressé par un homme à qui je devois déférer à tous égards ; j'acceptai l'honneur qu'il m'offroit.

Myrnnel avoit été invité chez son correspondant. Son absence ne contribua pas peu à me déterminer. Mademoiselle R. étoit chez son oncle : elle me reçut avec une froideur qui me déconcerta : elle s'apperçut, sans doute, de l'effet qu'avoit produit en moi la singularité de cet accueil : elle égaya la conversation ; mais elle y répandit des ironies qui avoient rapport à l'extrême complaisance que j'avois eue pour Myrnnel. J'apperçus même, ou du moins je crus m'appercevoir, à travers ses badinages & ses plaisanteries piquantes, que mon absence l'avoit indisposée contre moi. Je tirai la conséquence en ma faveur ; & ce trait de l'amour-propre est bien étonnant ! j'avois respiré l'air de France. M. Duhamel m'accabloit de reproches, qui flattent toujours un disciple jaloux de l'estime de son maître. Ainsi je fus abreuvé de miel & d'absinte pendant ce repas. On ne fut pas plutôt sorti de table, qu'il laissa à sa nièce le soin de m'entretenir. La conversation devint sérieuse. Je vis que les belles-lettres n'avoient point occupé entièrement le cœur de mademoiselle R. Elle me fit entendre que je ne lui avois point été indifférent ; mais qu'enfin s'étant apperçue, par les discours de Myrnnel, que mon cœur & mon esprit ne passoient point les bornes de mes cahiers de philosophie, elle n'étoit point surprise qu'il m'eût renvoyé, comme un écolier, aux bancs de l'école. Je fis tous mes efforts pour contenir mon dépit, bien résolu cependant de prouver à mon lâche ami, qu'on ne fait pas impunément un tel usage de mes bontés. Je me composai du mieux qu'il me fut possible ; je soutins la conversation avec un extérieur aussi gai que mon cœur pouvoit me le permettre. Je pris congé d'elle ; elle me salua par un trait qui excita ma fureur contre mon faux ami. Souvenez-vous, me dit-elle, monsieur, de bien apprendre votre leçon : mon oncle est déja très-content de vous, ainsi ne vous démentez pas. Oui, lui dis-je, mademoiselle, vous verrez bientôt que je sais profiter de celles que je reçois ; mais vous apprendrez aussi que je sais en donner en maître. Je n'attendis pas la replique.

Mon cœur, empoisonné par l'idée de la lâcheté de Myrnnel, qui avoit si mal répondu à un sacrifice aussi généreux, soupiroit après le moment de la vengeance. Je me déterminai pourtant à dissimuler, pour mieux en assurer les effets. Je continuai de voir pendant quelques jours ce perfide ami, pour mieux le conduire au point que je m'étois proposé. Nous faisions tous les jours affaut de diffimulation ; il me vantoit plus que jamais ma générofité ; je lui vantois fa reconnoiffance. Je lui propofai un jour une partie de promenade au bois de Boulogne ; il l'accepta. Nous dînâmes enfemble : jamais je ne fentis une joie auffi vive : le moment de ma vengeance étoit affuré : j'étois au comble de mes vœux. Dès que notre dîné fut fini, je l'entraînai dans un détour du bois : j'entrai en matière. Vous m'avez tant vanté, lui dis-je, Myrnnel, les devoirs de l'amitié, que vous conviendrez avec moi, que quiconque les trahit, eft indigne de l'attachement du dernier des hommes. Oui, dit-il, mon cher ami, mais il n'eft que des ames baffes qui puiffent fe livrer à l'ingratitude : c'eft de tous les vices le plus déteftable. Quiconque peut être ingrat, eft capable de toutes les lâchetés les plus odieufes. Et bien, lui repliquai-je d'un ton affuré & foutenu d'un regard furieux, vous êtes cet homme dont il faut que je délivre la fociété. Rappellez-vous, monftre que vous êtes, l'ufage infame que vous avez fait de ma complaifance. L'épée à la main ! Ce début le déconcerta ; je le vis interdit, mais enfin il voulut s'excufer. Point d'excufe, lui repliquai je, c'eft la ref-

source des lâches. L'épée à la main…. Ce dernier trait l'enflamma ; il fondit fur moi avec
une précipitation à laquelle j'eus cependant le
bonheur d'oppofer beaucoup d'adreffe ; je pa-
le coup & je l'atteignis. Il tomba fur la place ;
je bandai fa playe avec fon mouchoir & le
mien, & courus à l'auberge où nous avions
diné, pour lui faire donner du fecours. Après
que j'eus pris toutes les précautions que l'humanité exige en pareil cas, mais dont fon infidélité le rendoit indigne, j'allai me jetter aux
genoux de M. Duhamel. Je lui racontai le fait
avec beaucoup de fidélité : il fut frappé de
cette cataftrophe. Myrnnel lui étoit recom-
mandé. Rien, au contraire, ne parloit pour
moi auprès de lui, que le mérite que fes foins
m'avoient fait acquérir ; mais c'étoit affez pour
un homme auffi généreux. Il m'envoya chez un
de fes amis pour me cacher jufqu'à ce que l'on
eût arrêté les fuites de ce trifte événement.
L'affaire fut fuivie avec vivacité, malgré tous
les mouvemens que la générofité de M. Duhamel lui infpira.

Toujours allarmé fur le fort de mon ami que
je méprifois encore, quoique je lui euffe fait
éprouver ma fureur, je recevois tous les jours
des nouvelles de M. Duhamel, qui m'inftruifoit
de fon état; il m'informoit de l'opiniâtreté avec

laquelle le correſpondant faiſoit des recherches
pour me faire arrêter.

Mademoiſelle R., qui ſans doute avoit appris
de ſon oncle le lieu où je m'étois réfugié, m'é-
crivit la lettre que j'ai toujours conſervée, plus
par défiance contre le ſexe, qué par vanité,
& dont je vais vous faire la lecture.

« J'ai appris avec une joie qu'on peut à peine
» exprimer, la vengeance que vous avez tirée
» d'un homme, qui, au flegme anglois, joi-
» gnoit toute la fatuité d'un François : les
» ſciences ne m'empêchent point d'être ſenſible.
» Si vous étiez témoin du plaiſir que me cauſe
» votre victoire, vous conviendriez avec moi
» que le cœur eſt fait pour aimer, comme l'eſ-
» prit eſt fait pour apprendre ; & que l'aliment
» de l'un eſt bien bien différent de la nourri-
» ture de l'autre. Mon bonheur ſeroit parfait,
» ſi la main de la rivalité avoit porté le coup
» qui l'a puni d'avoir oſé m'aimer, & m'enle-
» ver à un homme d'un mérite diſtingué. Vous
» le connoiſſez ; ainſi, ſi vous voulez m'obli-
» ger, portez-le à répondre à de tels ſenti-
» mens avec autant de vivacité, que je prends
» de plaiſir à m'y abandonner. Comptez ſur le
» zèle de mon oncle ; il vous aime : comptez
» ſur le mien ; je paſſe pour vous les bornes
» de l'eſtime. Une jeune perſonne qui a quel-

» ques qualités lève bien des obstacles ; on me
» dit que j'en ai ; je me plais à le croire, quand
» ce ne seroit que pour vous rendre service ».

Et par apostille :

« Le lâche n'en mourra point : on espère
» beaucoup, & c'est ce qui me désespère ; car
» un faux ami est une peste dans la société ».

Je me donnai bien garde de répondre à cette
lettre. Quoique j'eusse eu le malheur de m'a-
bandonner à une passion aussi aveugle que la
vengeance , je n'avois point perdu de vue
l'état auquel je me destinois. Ce trait de jeunesse , qui m'avoit fait oublier l'humilité chrétienne , excitoit dans mon cœur des remords
qui ne m'abandonnoient point un instant. L'i-
mage de ce perfide ami nageant dans son sang
me suivoit par-tout ; le souvenir de mon crime
étoit ma punition.

Il n'est qu'une chose sur laquelle mon cœur
ne pouvoit point revenir. C'étoit le mépris invincible que j'avois conçu pour lui. Je m'atta-
chois à le soumettre au précepte ; & plus je
redoublois d'attention, plus aussi la lâcheté de
cet indigne ami me paroissoit infâme.

Mais en apprenant le rétablissement certain
de Myrmel , je reçus cette lettre de mon frère
dont je vous ai déja parlé, & que M. Duhamel
me fit remettre. Les malheurs les plus récens

écartent

l'idée de ceux qui les précèdent. La mort de
mon père & de ma mère étoient des sujets assez
intéressans pour m'occuper tout entier : le ren-
versement de ma fortune, les propositions que
mon frère me faisoit, changèrent tous mes
projets. Je fis prier M. Duhamel, par l'ami chez
qui il m'avoit mis en sûreté, de m'accorder un
entretien. Je lui communiquai la lettre. Si je
passois sous silence la sensibilité qu'il marqua
pour mon infortune, je me rendrois coupable
de la plus noire des ingratitudes ; puisque je
n'ai point trouvé l'occasion de lui en témoigner
ma reconnoissance pendant sa vie, il doit m'être
permis de m'en acquitter envers sa mémoire,
qui me sera toujours chère. Il n'eut pas plutôt
entendu le détail des malheurs qui m'acca-
bloient, que, fondant en larmes, il m'embrassa
tendrement, me fit accepter une bourse de
louis, & alla prendre toutes les mesures possibles pour me procurer un départ prompt, &
me mettre à couvert de tout accident. Myrnnel
me poursuivoit aussi vivement que son correspondant, comme si j'eusse été coupable de sa
perfidie, & du sort qui l'en avoit puni par les
mains de l'offensé. Ainsi il étoit nécessaire de me
tenir sur mes gardes. Je partis pour me rendre
auprès de mon frère ; je consentis à la proposition qu'il m'avoit faite. Il vendit sa maison &

ſes jardins, pour payer une partie des créan-
ciers ; tout le reſte fut mis, avec ma petite
fortune, ſur cette barque.

Nous partîmes de Raguſe le 3 mars 1688,
& malheureuſement pour mon frère, comme
il paroîtra dans la ſuite, nous mouillâmes à
Smyrne pour apprendre quelque nouvelle de
l'agent de mon père. On nous dit qu'il s'étoit
fait turc, & qu'il étoit allé s'établir à Conſtan-
tinople. Quelques négocians chrétiens eurent la
probité de nous tenir compte des effets qu'ils
avoient à mon père : ce qui nous détermina à
aller en Chypre & à Alexandrie. Mais, comme
ſi c'eût été un décret du ſort, que la mer ſeroit
fatale à notre famille, à peine fûmes-nous ſur
ce dangereux élément, que, couverts d'un
brouillard épais, nous nous trouvâmes au milieu de deux corſaires algériens. Nous n'eûmes
pas le tems de nous regarder, qu'ils nous lâ-
chèrent quelques bordées de canon, & nous
ſommèrent de nous rendre, ou qu'il n'y avoit
point de quartier à eſpérer. Nous eûmes bientôt
réfléchi, mon frère & moi, ſur le parti que nous
devions prendre : il s'agiſſoit de perdre tout
ce que nous avions au monde ; ainſi il valoit
mieux mourir avec honneur, que de devenir
eſclaves de ces infidèles. Nous fîmes monter
tout notre équipage, qui conſiſtoit en vingt-

trois hommes, dont cinq étoient de jeunes
gentilshommes qui avoient résolu de tenter
fortune avec nous. Ils n'avoient d'autres armes
que des épées & des piftolets attachés à leurs
ceintures. Après une courte délibération, nous
réfolûmes de nous défendre jufqu'à la dernière
goutte de notre fang ; & nous mettant dos à
dos pour faire tête de chaque côté du vaiffeau,
mon frère fe mit au milieu de l'autre. Les ennemis nous abordèrent en foule ; leur contenance faifoit voir combien ils portoient com-
paffion à la vaine & folle réfiftance que nous
leur faifions ; mais bientôt nous les fîmes reculer ; car, comme ils étoient extrêmement
ferrés & près de nous, nous tirâmes fur eux
nos coups de piftolets fi à propos, que chacun
fit fon effet. Pour profiter de leur confufion,
nous les repoufsâmes vivement de chaque côté
fans fortir de nos rangs, & les précipitâmes en
bas de notre vaiffeau. Ils nous abordèrent une
feconde fois ; ils ne furent pas plus heureux.
Nous étions cramponnés de fi près, qu'ils ne
purent faire aucun ufage de leurs canons ni
de leurs fufils : à peine fongèrent-ils à nous
tirer un coup de piftolet ; ils comptoient que
nous nous rendrions dans l'inftant, ou que nous
ferions tous écrafés par la fupériorité.
Si j'entre dans le détail de ce petit combat,

c'eft parce qu'on a vu peu d'exemples qu'une
poignée de monde ait fait une fi longue réfiftance contre tant d'ennemis. Le pirate, qui
étoit un jeune homme bien bâti & très-robufte,
en étoit furieux ; il appelloit tous fes gens pol-
trons ; & crioit fi haut, que fa voix fe faifoit
entendre plus loin que les cris des foldats. Leur
rage diminuoit à mefure qu'ils voyoient tomber
un fi grand nombre des leurs ; ils commencèrent à tirer fur nous de plus loin : ce qui nous
incommoda plus que leurs affauts les plus viólens.

Mon frère voyant que fes hommes commençoient à tomber à leur tour, me dit de faire
face à l'un des vaiffeaux, pendant qu'avec fon
rang, il aborderoit l'autre. Il le fit avec tant
d'intrépidité, qu'il s'ouvrit dans l'inftant un
paffage au milieu des ennemis ; mais, comme
leur nombre augmentoit à tout moment, il fut
repouffé malgré tous fes efforts, & forcé de
regagner fon vaiffeau, après avoir perdu plufieurs hommes. L'ennemi ne vouloit plus, ni
nous aborder, ni nous quitter ; il continuoit
toujours à tirer fur nous, & à tuer plufieurs
de notre équipage. Nous n'étions plus qu'onze,
fans efpérance de pouvoir vaincre, & fans
pouvoir nous flatter qu'on nous feroit quartier
après une réfiftance fi obftinée. Cependant ils
n'osèrent venir à nous l'épée à la main ; mais

mon frère, voulant mourir avec honneur, sauta une seconde fois dans le vaisseau du pirate ; &, secondé du peu d'hommes qui lui restoient, il alla droit au capitaine. Il eut bientôt percé la foule ; mais, dans le moment qu'il l'alloit combattre, un turc s'approchant de lui, lui tira un coup de pistolet précisément au milieu du dos, & lui perça le cœur. Le turc qui avoit tué mon frère, fut tué à son tour par un de nos hommes, & celui-ci avec le petit nombre des autres qui étoit resté, accablé à la fin par la multitude des ennemis, périt avec eux.

Il me restoit encore quatre hommes, avec lesquels je combattois le plus petit des deux corsaires, & l'empêchois de nous aborder. Les cris de joie que les pirates poussèrent en voyant tomber mon frère, animèrent le capitaine du vaisseau que je combattois (il étoit frère du pirate), & lui firent crier à ses gens, qu'il étoit honteux de s'amuser à tirer toute la journée contre cinq hommes. Aussitôt il sauta sur mon tillac, & s'approcha de moi en homme d'honneur, le pistolet à la main. Je l'attendis de pied ferme : il tira son coup avec tant de justesse, qu'une des balles passa à travers mes cheveux, & l'autre m'effleura le côté du cou. Je ne lui donnai pas le tems de revenir à la charge ; je lui portai un coup de sabre entre la tempe &

l'oreille gauche avec tant de force, que je lui fendis le crâne.

J'avois à peine eu le plaisir de le voir tomber, qu'un coup de feu me perça le bras droit, & en même tems un turc me porta sur la nuque, avec la crosse de son fusil, un coup qui me renversa sur le corps de mon ennemi. Mes compagnons moururent tous honorablement à mes côtés, à l'exception d'un seul, si blessé, qu'il les suivit de près. Les turcs des deux vaisseaux accoururent comme des loups qui fondent sur leur proie ; &, pleins d'une joie barbare, se mirent à dépouiller les morts, & à les jetter dans la mer sans autre cérémonie.

Je restai donc le seul de tout mon équipage ; les ennemis perdirent soixante & quinze des leurs dans ce combat. Nous nous étions défendus en désespérés, sachant bien qu'après leur avoir tué tant de monde, nous n'avions point à espérer de quartier ; ainsi nous résolûmes de vendre nos vies le plus cher que nous le pourrions. On vint à moi pour me dépouiller comme les autres, dans le moment que je revenois de mon étourdissement : on jugea, par mes habits, que je devois être un des plus considérables du vaisseau ; j'étois sur mes genoux, tâchant de me relever & de prendre mon épée, résolu de me défendre jusqu'au der-

nier foupir ; mais la bleffure que j'avois au bras
me mettoit dans l'impoffibilité de la tenir , &
d'ailleurs la défenfe auroit été affez inutile ; car
trois turcs s'étant faifis de moi, me tinrent, pendant que d'autres allèrent chercher des cordes ,
& me lièrent les mains pour me mener au capitaine.

Il fe faifoit panfer d'une bleffure légère qu'il
avoit reçue à la jambe. Quatre femmes en habit perfan étoient auprès de lui , dont trois me
parurent être les fuivantes de la quatrième , qui
avoit une très-belle taille, & qui paroiffoit
âgée de vingt-cinq à vingt-fix ans , & d'une
beauté parfaite ; elle avoit cependant dans le
regard une certaine fierté qui ne plaît pas dans
le fexe. Lorfqu'on m'eut mené ainfi lié au capitaine, on l'affura que c'étoit moi qui avois
tué fon frère, & qui leur avois fait le plus de
mal. Il fe leva avec toute la fureur dont un
barbare eft capable; & demandant un cimeterre
neuf qu'il avoit dans fa chambre : que je voye,
dit-il, fi je puis fendre la tête à ce chien de
chrétien, comme il a fendu celle de mon frère;
après quoi vous le couperez en mille morceaux. Il tira auffitôt fon cimeterre , & m'en
alloit frapper, lorfqu'à la furprife même des
barbares , la dame inconnue s'écria: Ah ! fauvez la vie à ce brave jeune-homme ; & , dans

le moment, elle accourut à mon fecours, & me
prit entre fes bras; elle me ferroit contre fon
fein, & fe repliant fur moi : Frappez, dit-elle
encore, frappez cruel ! mais commencez par
moi, fi vous voulez lui ôter la vie. Les barbares
qui nous entouroient, étoient fi étonnés, qu'ils
ne purent ouvrir la bouche.

Le pirate élevant les yeux vers le ciel, &
pouffant un foupir qui fembloit lui fendre le
cœur : Femme cruelle, s'écria-t-il, fera-t-il
poffible que cet étranger obtienne de vous,
dans un inftant, plus que je n'ai pu obtenir
avec toutes mes larmes ! C'eft donc-là cet
amant qui m'enlève le bonheur que j'ai cherché au péril même de ma vie? Non, ce chrétien
ne fera plus mon rival. En difant ces mots, il
leva la main une feconde fois pour me frapper;
mais la dame me ferrant davantage entre fes
bras : Arrêtez, Hamet, lui dit-elle, ce n'eft
point un rival; je ne l'ai jamais vu avant ce
jour, & je ne le reverrai jamais, fi vous voulez
lui donner la vie; accordez-moi cette grace, &
vous obtiendrez de moi plus que tous vos fer-
vices n'ont pu faire.

Hamet s'arrêta; j'étois auffi furpris que lui
de tout ce que je voyois. Après avoir réfléchi
quelques momens : Cruelle, lui dit-il, d'où
vient donc cette pitié? Il y a, repliqua-t-elle,

quelque chofe dans ce jeune-homme (car je
n'avois que dix-neuf ans), qui me dit qu'il faut
qu'il vive ; & fi vous voulez me promettre
& jurer fur le très-faint alcoran, de ne lui point
faire de mal, je promets, non-feulement d'être
votre femme, mais, pour vous ôter tout fujet
de jaloufie, je confens que vous le vendiez à
quelque homme de bien, pour être efclave ; je
ne le reverrai plus de mes jours.

Elle ne voulut pas me quitter qu'il n'eût
juré, de la manière la plus facrée, de ne me
jamais faire de mal ; &, pour plus grande fûreté, elle ordonna à un de fes propres gens de
ne me point abandonner. On me délia : la dame
fe retira dans fa chambre avec fes femmes,
fans feulement me regarder, & fans attendre
que je l'euffe remerciée. Le pirate, qui, quoique turc, avoit quelque chofe de noble dans
fon regard, me confirma, en préfence de l'officier, la promeffe qu'il ne me feroit fait aucun
mal ; après quoi il me fit defcendre à fond de
cale, & donna ordre à fes gens de faire voile
pour Alexandrie, dans le deffein, à ce que je
penfois, de me vendre à la première occafion,
pour fe débarraffer d'un homme qu'il regardoit
comme un rival dangereux.

LE SECRETAIRE. En cet endroit, on vint avertir le fupérieur de l'inquifition, qu'on le deman-

doit pour quelques affaires : ainſi nous dîmes à
Gaudence que nous ferions nos réflexions ſur
ce qu'il venoit de nous dire, qui pouvoit être
vrai, quoique l'avẽnture fût extraordinaire ;
mais que nous entendrions une autre fois le
reſte de ſon hiſtoire. Il nous aſſura, de l'air du
monde le plus naturel, que quelque extraordinaire que ſon récit parût, tout ce qu'il nous
diſoit lui étoit réellement arrivé. Il n'importoit
au ſaint office que ce qu'il venoit dire fût vrai
ou non, qu'autant qu'il pouvoit ſe couper dans
la ſuite de ſa narration ; cependant quelques-
uns des inquiſiteurs lui firent les demandes ſui-
vantes.

PREMIER INQUISITEUR. Pourquoi ne vous
êtes-vous point rendus d'abord, voyant que
l'ennemi vous étoit ſi ſupérieur ? Vous auriez pu
eſpérer de vous rançonner dans la ſuite, au
lieu de vous faire hacher en pièces, en vous
défendant comme des inſenſés.

GAUDENCE. Je vous ai dit, mes révérends
pères, que nous avions mis ſur ce vaiſſeau tout
ce que nous avions au monde, & que, le per-
dant, il ne nous reſtoit rien pour nous racheter ;
nous ne pouvions nous attendre qu'à paſſer la
vie dans un affreux eſclavage. Nous étions tous
jeunes, plus courageux que prudens, & ne
doutant pas que nous ne puſſions les empêcher

de nous aborder, comme en effet nous les en empêchâmes, nous efpérions leur faire quitter la partie. D'ailleurs, en même tems que nous défendions nos vies & nos fortunes, nous avions à combattre des turcs & des infidèles : action qui nous parut méritoire, puifque c'étoit, en quelque façon, mourir pour notre fainte religion.

SECOND INQUISITEUR. Vous avez dit que la dame inconnue s'eft écriée : il y a quelque chofe dans ce jeune homme, qui me dit *qu'il faut qu'il vive*. Vous n'ajoutez pas foi, fans doute, à la fcience de la phifionomie, qui eft une des branches de la divination ; & vous ne penfez pas qu'une infidelle ou qu'une femme payenne puiffe avoir le don de prophétie ?

GAUDENCE. Je ne fais quelle raifon elle pouvoit avoir pour tenir un femblable difcours ; je ne fais que rapporter les chofes telles qu'elles fe font paffées. A l'égard de la phifionomie, je ne crois pas qu'il y ait rien de certain dans cette fcience ; non qu'une perfonne pénétrante, & qui a bien examiné les humeurs & les paffions des hommes, ne puiffe à-peu-près deviner quels font leurs penchans, quoiqu'il foit vrai que la raifon & la vertu puiffent vaincre & corriger les plus violens. Mais, en cela, je me foumets entiérement à vos lumières fupérieures.

Le Secretaire. Nous eûmes lieu d'être satis-
faits des réponses de Gaudence, dont l'air étoit
des plus distingués ; & sûrement il avoit été
fort bel homme dans sa jeunesse : ainsi il n'est
pas surprenant qu'une femme barbare ait été
amoureuse de lui, & se soit intéressée à sa vie.
Cependant nous le renvoyâmes à son appart-
tement ; &, quelques jours après, on le fit
revenir pour reprendre son récit, qu'il continua en ces termes :

Plusieurs des pirates sachant l'ascendant que
la dame avoit sur leur capitaine, & ayant vu
de quelle façon elle m'avoit sauvé la vie, me
firent assez de politesse, & me traitèrent avec
honnêteté pendant que j'étois relégué à fond
de cale. Mais la dame ne voulut jamais consentir de l'épouser, qu'elle ne fût assurée que
j'étois hors de son pouvoir. Le pirate ne venoit jamais me voir, soit qu'il craignît que
sa colère se réveillant, ne lui fît rompre son
serment, soit qu'il voulût employer chaque
moment pour faire sa cour à sa maîtresse. Un
jour que le mauvais air m'avoit beaucoup in-
commodé, je demandai la permission de monter
un peu sur le tillac : la dame, avec une de ses
femmes, y étoit à l'autre extrémité du vaisseau,
je la saluai respectueusement ; mais dès qu'elle
eut jetté les yeux sur moi, elle descendit dans

sa chambre, à ce que je crois, pour ne pas manquer à la promesse qu'elle avoit faite au capitaine, ni lui donner de sujet de jalousie. Je me fis descendre dans ma prison, pour ne point empêcher ma bienfaitrice de s'amuser.

Je ne sentois aucun amour pour elle, mais seulement de la reconnoissance de ce qu'elle ayoit fait pour moi, & en même tems je ne pus m'empêcher d'admirer la bizarrerie de l'aventure. Etant descendu à fond de cale, je m'adressai à celui des pirates qui me parut le plus civilisé & du meilleur sens, pour lui demander quel étoit leur capitaine, & quelle étoit la dame qui m'avoit protégé; depuis quand & comment elle étoit parmi eux, parce qu'elle me paroissoit être une personne de distinction. Il me dit que son capitaine s'appelloit Hamet, qu'il étoit fils du dey d'Alger, & qu'il avoit quitté la maison paternelle, parce que sa belle mère étoit devenue amoureuse de lui; que son père s'en étant apperçu, & le croyant consentant, avoit projetté de le faire assassiner; mais que son frère cadet ayant découvert ce dessein, ils avoient assemblé plusieurs jeunes gens de leur âge, tous bien déterminés, & s'étoient emparés des deux meilleurs vaisseaux de leur père, dans la résolution de continuer ce métier jusqu'à ce que leur père mourût. Qu'à l'égard de la dame qui m'avoit fauvé la vie , elle étoit femme d'un prince Curde , tributaire du roi de Perfe , & qui avoit été tué depuis peu, par la trahifon des Arabes fauvages. Que , felon ce qu'il avoit pu apprendre, le prince fon mari avoit été envoyé à Alexandrie par le roi fon maître, qui, craignant que fes fujets ne fe révol- taffent, lui avoit donné ordre de traiter pour quelques compagnies de cavalerie arabe.

Le prince, continua-t-il, fe rendit à Alexan- drie avec un très-bel équipage, & mena fa femme avec lui, dans le tems que notre capi- taine y étoit pour vendre fes prifes. Hamet avoit fouvent vendu des chofes de grande valeur au prince Curde & à la dame fon époufe ; il s'étoit même lié d'amitié avec lui, le tout, à ce que nous avons fu depuis, parce qu'il étoit amoureux de cette belle dame. Notre capitaine étoit l'homme du monde le plus complaifant, il les fuivoit par-tout, leur faifant des offres de fervice ; il eft bel homme, comme vous voyez, & très-entreprenant. Nous fûmes long-tems fans pouvoir nous imaginer pourquoi, contre fa coutume, il reftoit fi long-tems à Alexandrie, faifant des dépenfes confidérables. Enfin le prince Curde ayant fini fa négociation, fe dif- pofoit à s'en retourner : nous nous apperçûmes pour-lors que Hamet devenoit extrêmement

trifte & rêveur, mais jamais nous ne pûmes en
deviner la caufe. Il appella fon frère, le jeune
homme que vous avez tué, & moi, & nous
dit en fecret qu'il avoit remarqué que quelques-
uns de ces étrangers arabes s'étoient parlés à
l'oreille, comme s'ils avoient formé quelque
deffein, ou contre lui, ou contre le prince
Curde, & qu'ainfi il falloit l'accompagner bien
armés par - tout où il iroit. L'événement juftifia
fes foupçons ; car un foir que le Curde prenoit
l'air avec fa femme, & notre capitaine qui étoit
toujours de la partie, en paffant par un petit
bois, à environ une lieue de la ville, fix cavaliers arabes bien montés vinrent à nous au
grand galop ; & fans dire mot, deux d'entre
eux tirèrent leurs piftolets contre le prince
Curde, qui étoit le plus avancé, mais heureufement ils ne firent aucun mal à perfonne. Le
Curde brave, comme le font naturellement tous
ceux de fa nation, tira fon cimeterre, & fondant fur les affaffins, il coupa d'un feul revers
la tête de celui qu'il rencontra le premier ;
mais s'étant trop avancé, l'un d'eux fe retourna,
& lui tira un coup dans le flanc, dont il mourut fur-le-champ. Notre capitaine, fecondé de
fon frère & de moi, courut après les affaffins,
qui, dès qu'ils eurent vu mourir le prince, s'enfuirent à toute bride ; leurs chevaux étant meil-

leurs que les nôtres, nous les perdîmes de vue dans un inftant; nous efcortâmes la dame & le cadavre de fon mari à la ville, où fes gens ne fe mirent point en peine de ce qui étoit arrivé, comme s'ils étoient accoutumés à de femblables cataftrophes. Dès que fa douleur fut un peu modérée, Hamet lui dit qu'elle rifqueroit trop de vouloir s'en retourner chez elle par le même chemin qu'elle étoit venue; que ceux qui venoient de tuer fon mari, étoient fans doute du parti des mécontens, & qu'ils ne manqueroient pas de lui dreffer des embuches fur la route, ou pour avoir les papiers du prince, ou pour la voler elle-même; qu'il avoit deux vaiffeaux bien armés à fon fervice, avec lefquels il pouvoit fans danger la conduire par mer dans l'empire des Perfes, d'où il lui feroit facile de s'en aller chez elle.

Elle avoit été témoin de la valeur que mon maître avoit montrée, lorfqu'il avoit été queftion de la défendre; ainfi elle accepta fes offres, & vint à bord de fon vaiffeau avec fes fuivantes & fes effets, afin de fe faire tranfporter dans fon pays. Notre capitaine, comme vous pouvez croire, étant amoureux d'elle, ne fe preffa guères de la ramener; ainfi, au-lieu d'aller en Perfe, il donna ordre de faire voile pour Alger, ayant appris que fon père étoit mort;

mort ; nous vous avons rencontré & pris, &
cet événement l'a fait changer de deffein pour
le préfent. Il a tout effayé pour fe faire aimer
d'elle, mais jamais elle ne lui avoit donné la
moindre efpérance, que quand il s'eft agi de
vous fauver la vie. Je l'avois écouté avec
beaucoup d'attention ; & connoiffant le naturel
de ces pirates, je ne pus m'empêcher de croire
qu'il y avoit dans cette affaire une trahifon
des plus noires ; je plaignis beaucoup la pauvre
dame, tant par rapport à fon malheur, qu'à
caufe de la mauvaife compagnie où elle étoit.
Cependant je n'eus garde de dire ce que je
penfois.

Peu de tems après nous arrivâmes à Alexandrie, où le pirate vendit tous fes effets, c'eft-à-
dire, la marchandife qu'il avoit prife fur notre
vaiffeau, à l'exception de quelques petites
chofes qui appartenoient à mon frère & à moi,
comme des livres, des papiers, des cartes, des
tableaux, & autres chofes femblables. Il réfolut
de me mener au Caire à la première oecafion ;
& de m'y vendre, ou même de m'y donner
à un marchand étranger de fa connoiffance,
qui m'emmeneroit fi loin qu'il n'entendroit plus
parler de moi.

Il n'arriva rien de remarquable pendant notre
féjour à Alexandrie ; le capitaine, à ce qu'on

me difoit, avoit été de la meilleure humeur du
monde depuis que la dame lui avoit promis de
l'époufer. Mais pour s'affurer qu'on ne me feroit
aucun mal quand je ne ferois plus dans le vaiffeau, elle donna ordre à fon officier de m'accompagner par-tout, jufqu'à ce que je fuffe
remis en mains fures, & tout-à-fait hors du pouvoir de Hamet. A notre arrivée au Caire, je fus
mené à la place où les marchands s'affemblent
pour troquer leurs marchandifes; il y avoit des
gens de prefque toutes les nations de l'Orient
& des Indes. L'officier de la dame ne me quittoit
jamais, fuivant les ordres qu'il avoit reçus de
fa maîtreffe. Enfin, le pirate & un marchand
étranger s'étant apperçus l'un l'autre en même
tems, ils s'abordèrent & fe faluèrent en langue
turque que j'entendois affez bien. Après quelques complimens réciproques, le pirate lui dit,
en me montrant, qu'il avoit fon affaire, excepté
que je n'étois pas eunuque, mais qu'il ne tenoit
qu'à lui de me rendre tel.

Je vous avoue, mes révérends pères, que ce
difcours commençoit à m'inquiéter; j'allois répliquer que je perdrois plutôt la vie mille fois,
que de fouffrir qu'on me fît une pareille injure;
mais l'officier de la dame fe tournant vers le
pirate: Reffouvenez-vous, lui dit-il, de ce que
vous avez promis à ma maîtreffe; ne comptez

plus fur elle, fi vous violez votre ferment. Le marchand nous tira bientôt d'inquiétude, en nous affurant que leurs loix leur défendoient d'infulter ainfi à leur propre fexe; qu'à la vérité ils n'étoient pas fâchés de trouver quelquefois des hommes de cette efpèce, mais que ce n'étoit jamais l'ouvrage de leurs mains (1).

Enfuite fe retournant vers moi : Jeune-homme, me dit-il, en très-bonne langue franque, fi je vous achete, vous ferez bientôt convaincu que vous ne devez rien appréhender de moi. Il m'examina de la tête aux pieds, avec le regard le plus pénétrant que j'aye vu de mes jours, & en même tems, il me parut content. Il étoit vêtu fuperbement, & accompagné de trois jeunes gens habillés de même, mais moins richement ; ils avoient plutôt l'air d'être fes fils que fes domeftiques. Il me parut âgé d'environ quarante ans, mais il avoit le vifage le plus tranquille & le plus refpectable qui fe pût imaginer. Il étoit un peu plus bafané que ne font les Egyptiens ; on voyoit que c'étoit l'effet de fes voyages plutôt que de la nature ; il avoit

_____

(1) Il ne paroît point dans toute la fuite de l'hiftoire, que le peuple inconnu, chez qui Gaudence a paffé la plus grande partie de fa vie, fît ufage de cette forte de gens. Ce qui peut prouver que cette réponfe eft échappée mal-à-propos à Gaudence.

C ij

enfin un air fi peu commun que j'en étois furpris, & que je commençois à préfumer de lui
autant de bien qu'il me paroiffoit en préfumer
de moi.

Il demanda au pirate à quel prix il vouloit
me vendre. Hamet répondit que je lui avois
coûté bien cher, en même tems il lui raconta
tontes les circonftances de notre combat. J'avoue
que dans fon récit il me rendit juftice, mais ce
n'étoient pas là les talens que le marchand cherchoit ; il vouloit un homme de lettres, qui fût
en état de lui rendre compte des arts, des
fciences, des loix, des coutumes, &c. des
chrétiens. Hamet l'affura que je pouvois le fatisfaire, que j'étois chrétien européen, & homme
de lettres, comme il l'avoit pu voir par mes
livres & mes papiers ; que j'entendois la navi-
gation, la géographie, l'aftronomie, & plufieurs
autres fciences. J'étois déconcerté de me voir
vanté de la forte ; car quoi que j'euffe autant
de connoiffance de ces fciences qu'on en a communément à l'âge que j'avois, cependant j'étois
trop jeune pour en avoir appris plus que les
premiers principes, à l'aide defquels je pouvois
cependant me perfectionner dans la fuite.

LE SECRETAIRE. Les inquifiteurs l'arrêtèrent
un moment en cet endroit, craignant qu'il ne fe
fût appliqué à l'aftrologie judiciaire ; mais ayant

fait réflexion qu'il avoit fait sa philosophie, &
qu'il étoit destiné aux voyages de mer, ils
convinrent qu'il étoit obligé d'avoir une tein-
ture de ces sciences, & lui dirent de poursuivre.

GAUDENCE. Le pirate lui dit encore que j'étois
peintre & musicien : ayant vu parmi mes effets
des instrumens & des livres sur ces arts, il
me demanda si c'étoit vrai. Je lui répondis que
les jeunes gens de mon pays, à qui on donnoit une bonne éducation, avoient coutume
d'apprendre à fond ces deux arts, & que je
pouvois me flatter d'en avoir une assez bonne
connoissance.

Le marchand résolut donc de m'acheter, &
demanda le prix. Hamet lui dit qu'il vouloit
quarante onces d'or naturel, & trois de tapis
de soie qu'il lui voyoit, pour en faire présent
au grand-seigneur. Le marchand le prit au mot,
lui demandant seulement sur le marché, tous
mes livres, mes globes, mes instrumens de
mathématique, & enfin tous mes effets. Le pirate y consentit sans difficulté ; je fus livré, &
l'argent fut compté. Dès que je fus remis au
marchand, il m'embrassa avec beaucoup de tendresse, me disant que je ne serois pas fâché
d'être à lui : les gens de sa suite vinrent m'embrasser de même, m'appellant leur frère, &

C iij

témoignant beaucoup de joie de m'avoir avec
eux. Le marchand leur dit de me mener au
caravanférail où ils demeuroient, pour que je
puffe me rafraîchir & changer d'habit, pour en
prendre un femblable aux leurs. J'étois fort furpris que des étrangers me fiffent tant de poli-
teffes ; mais avant de m'en aller, je dis au pirate,
en me tournant vers lui avec un air qui frappa
le marchand, que je le remerciois de ce qu'il
avoit tenu fa parole en me fauvant la vie ; mais
ajoutai-je, quoique le fort des armes vous ait
rendu le maître de me vendre comme on vend
une bête, mon tour pourra venir, & je vous
rendrai le même fervice. Enfuite m'adreffant à
l'officier de la dame qui m'avoit gardé avec
tant de foin, & l'embraffant tendrement, je le
priai d'affurer fa belle maîtreffe de mes refpects,
& de lui dire que je me m'eftimerois heureux de
pouvoir reconnoître les obligations que je lui
avois, aux dépens même de ma vie, qu'elle
avoit fi généreufement fauvée.

Nous nous quittâmes enfuite. Hamet ne me
paroiffoit pas trop content, & en mon particulier j'étois dans la plus cruelle incertitude de
ce que j'allois devenir ; je faifois mille triftes
réflexions fur mon fort ; quoique j'euffe changé
de maître, j'étois encore efclave. Nous arrivâmes enfin au caravanférail; mes compagnons,

qui étoient les plus beaux hommes que j'eusse vus de mes jours, tâchèrent de me consoler par les expressions les plus touchantes, & les plus capables de me rassurer. Ils me dirent que je n'avois rien à craindre, que je m'estimerois l'homme du monde le plus heureux, quand ils seroient arrivés dans leur pays, & qu'ils espéroient que ce seroit bientôt. Que j'y serois aussi libre qu'eux, & que rien ne m'empêcheroit de suivre le genre de vie qui me plairoit le mieux. Enfin, leurs discours augmentèrent mon étonnement, & me donnèrent en même tems beaucoup d'envie d'en voir l'événement. On m'observoit si peu, que j'aurois pu aisément m'échapper si je l'avois voulu, & me cacher chez quelque chrétien arménien, en attendant une occasion pour m'en retourner dans mon pays; mais ayant perdu tous mes effets, je crus que ma condition ne pouvoit pas devenir plus mauvaise; ainsi je résolus de risquer tout. Un autre motif bien plus louable, & plus conforme aux sentimens que l'on m'avoit inspirés dans mon enfance, me retint; c'est la reconnoissance que je devois à mon patron, qui me traitoit avec toute l'affabilité & la confiance possibles.

Etant arrivé à la maison, je fus surpris de la magnificence, & sur-tout de la richesse des meubles; c'étoit une des plus belles du Caire,

mais baffe, dans le goût du pays. Ces marchands
y reftoient toujours un an, avant de s'en retourner dans leur patrie ; pendant ce tems ils
n'épargnoient rien pour adoucir ce qu'ils appelloient leur exil. On me régala de tout ce que
l'Egypte produit de plus rare ; les meilleurs
fruits, & les vins les plus exquis de la Grèce &
de l'Afie, furent fervis avec abondance ; je vis
par-là qu'ils n'étoient pas mahométans. Ne pouvant deviner ce qu'ils étoient, je leur demandai leur pays, leur religion, leur profeffion, &
leur fis mille queftions femblables : ils me répondirent en fouriant, qu'ils étoient les enfans
du foleil, nommés Mezzoraniens ; réponfe qui
m'étoit auffi peu intelligible que tout le refte.
A l'égard de leur pays, ils me dirent, que je le
verrois dans peu de mois, mais qu'il ne falloit
pas les queftionner davantage.

Mon maître arriva bientôt, & m'embraffant
encore, il me dit que j'étois le bien venu, avec
un air fi affable, que prefque toutes mes craintes
fe diffipèrent ; mais le difcours qu'il me tint,
me remplit d'étonnement. Jeune-homme, me
dit-il, felon les loix de ce pays, vous êtes à
moi ; je vous ai acheté, & même fort cher ; &
je donnerois encore le double pour vous avoir,
s'il le falloit ; mais, continua-t-il, en prenant
un air plus férieux, je ne connois dans l'univers

aucune loi juste qui puisse rendre un homme
né libre, esclave d'un autre qui est son semblable. Si vous voulez venir avec nous, vous
ferez aussi libre que je le suis moi-même : vous
ferez exempt des barbares loix de ces pays peu-
plés d'hommes inhumains, dont les vils usages
font honte à la nature humaine, & avec lesquels nous n'avons d'autre commerce que celui
qu'il faut avoir pour nous informer des arts &
des sciences qui peuvent contribuer à l'avantage & au bonheur commun de tout notre
peuple. Nous habitons le pays le plus opulent
qu'il y ait au monde ; vous êtes le maître de
choisir si vous voulez nous suivre, ou nous
quitter : si vous refusez de venir avec nous,
je vous rends ici votre liberté, & tout ce qui
reste de vos effets, avec tout le secours dont
vous pouvez avoir besoin pour retourner dans
votre patrie : il faut cependant que je vous dise,
que si vous venez avec nous, il est vraisem-
blable que vous ne reviendrez jamais ; peut-
être même ne le voudriez-vous pas, quand
vous le pourriez.

Il s'arrêta ici, & examina ma contenance
avec beaucoup d'attention. J'admirai sa générosité : la joie de me voir libre dans le tems
que je devois le moins m'y attendre, jointe aux
sentimens de reconnoissance que je devois à

mon bienfai
eur, excitèrent dans mon ame un
trouble qui me rendit muet ; j'avois autant de
peine à croire ce que j'entendois , que vous
pouvez en avoir à ajouter foi à mon récit , jufqu'à ce que la fuite vous ait fait connoître
pourquoi on agiffoit ainfi avec moi.

D'un côté, le defir naturel à tout homme de
jouir de fa liberté, me tentoit d'accepter l'offre
qu'on m'en faifoit; d'un autre côté j'envifageois
le trifte état de ma fortune , que j'étois dans
un pays étranger, loin de ma patrie , parmi des
Turcs & des infidèles : l'ardeur de ma jeuneffe
m'excitoit à tenter la fortune ; le récit qu'on
m'avoit fait d'un pays fi charmant, quoiqu'inconnu, redoubloit ma curiofité : je voyois que
l'or étoit la moindre partie des richeffes de ce
peuple, qui me parut le plus civilifé que j'euffe
jamais vu ; mais ce qui l'emportoit fur toutes
les autres confidérations , c'étoit les fentimens
de reconnoiffance que je devois à mon bienfai-

eur ; je voyois qu'il fouhaitoit que j'allaffe
avec lui , & que j'étois autant fous fa puiffauce
que je pouvois jamais l'être. Je me déterminai
donc à le fuivre ; mais je ne me ferois peut-
être pas décidé fitôt, tant j'étois livré à mille
réflexions différentes, s'il ne m'avoit tiré de ma
rêverie, en me difant : Eh bien, jeune-homme,
que dites - vous de ma propofition ? Je fortis à

l'inftant de ma léthargie, & lui faifant une profonde révérence : mon feigneur, lui dis-je, ou
plutôt mon père & mon libérateur, je fuis à
vous encore plus par la tendreffe & la reconnoiffance que vos bontés m'infpirent,
que par la puiffance que vous avez fur moi;
menez-moi où vous voudrez, je vous fuivrai à
l'extrémité du monde. Je prononçai ces paroles
avec tant de vivacité, que je crois qu'il lut dans
le fond de mon ame mes véritables fentimens;
car m'embraffant encore avec une tendreffe
inexprimable, je vous adopte, me dit-il, pour
mon fils; & voici vos frères, en me montrant
fes deux jeunes compagnons ; tout ce que
j'exige de vous, c'eft de vivre enfemble comme
tels.

Je dois ici vous avouer, mes révérends pères,
une des plus grandes fautes que j'aye commife
de mes jours : je ne m'inquiétai point de favoir
fi ces gens étoient chrétiens ou payens ; je m'en-
gageai avec un peuple, chez lequel il m'étoit
impoffible d'exercer ma religion ; quoique je
l'aye toufours confervée pure au fond de mon
cœur. Mais que pouvoit-on attendre d'un jeune
homme, entreprenant, qui venoit de perdre
toute fa fortune, & à qui il fe préfentoit une
fi belle occafion de la rétablir?

Peu de tems après il donna ordre aux gens

de fa fuite de fe retirer, comme s'il avoit voulu me parler en fecret ; ils obéirent fur-le-champ, avec autant de refpect que s'ils avoient réellement été fes enfans. Je ne rapporte ce trait, que pour faire connoître le caractère des gens avec lefquels je m'étois engagé. Dès que nous fûmes feuls, il me prit par la main, & me faifant affeoir auprès de lui, il me demanda s'il étoit réellement vrai que je fuffe chrétien & européen, comme le pirate le lui avoit dit. Qui que vous foyez, ajouta-t-il, je ne me repentirai jamais de vous avoir acheté. Je lui répondis que je l'étois, & que je voulois vivre & mourir dans cette croyance. Vous le pouvez, me dit-il, d'un air qui marquoit que ma réponfe ne lui avoit pas déplu ; mais je n'ai encore trouvé aucun européen qui m'ait paru avoir les difpofitions d'efprit que je crois entrevoir en vous ; en difant cela, il examinoit tous mes traits avec une attention extrême. On m'a dit, continua-t-il, que vos loix ne font pas comme celles de ces barbares, dont le gouvernement eft un compofé de brutalité & de tyrannie ; tout y eft gouverné par la crainte & par la force, ils rendent efclaves tous ceux qui tombent entre leurs mains ; au-lieu que les chrétiens européens, m'a-t-on dit, fe gouvernent par une loi divine, qui leur enfeigne à faire du bien à

tout le monde, & leur ordonne de ne faire de
mal à perſonne; & ſur-tout de ne point détruire
leur propre eſpèce, de ne point voler ni frau-
der perſonne, mais de faire en tout comme ils
voudroient qu'on leur fît ; regardant tous
les hommes comme frères, & ſe comportant
avec juſtice & avec équité dans toutes leurs
actions, comme s'ils devoient en rendre compte
au ſeigneur univerſel, le père de tous. Je lui
dis, qu'en effet notre loi nous commandoit tout
cela, mais qu'il y avoit peu de gens qui s'y con-
formaſſent; que par cette raiſon nous avions
été obligés de recourir aux loix pénales & à des
ſupplices, pour ramener à leur devoir ceux qui
s'en écartoient. Que, ſans la crainte de ces punitions, la plus grande partie des chrétiens ſeroit
pire que ces Turcs dont il venoit de parler.

Il parut extrêmement ſurpris de ce que je lui
diſois : quoi, reprit-il, eſt-il poſſible qu'on puiſſe
faire en ſecret des choſes que la raiſon & la loi
qu'on a embraſſée, défendent? Enſuite, s'adreſſant à moi, il me demanda : profeſſez-vous cette
loi ſi juſte & ſi ſainte dont vous venez de parler ?
je lui répondis qu'oui. Eh bien, me dit-il,
vivez ſelon votre loi ; on n'exige de vous rien
de plus. En me diſant cela, il frappa avec une
canne qu'il avoit à la main, & deux de ſes
gens entrèrent : il ſeur demanda ſi tous mes

effets étoient arrivés de chez le pirate ? on lui
répondit qu'ils l'étoient ; il les fit apporter, &
les examina avec beaucoup de curiofité. Il
y avoit entr'autres chofes quelques tableaux
que j'avois peints moi-même, une montre à
répétition, deux bouffoles, dont l'une étoit
artiftement travaillée en ivoire & en or, &
avoit été donnée à mon bifayeul par Vénério,
un étui d'inftrumens de mathématiques, &
plufieurs deffeins d'antiquité & d'architecture,
faits par les meilleurs maîtres ; il me parut fort
content de tout. Après qu'il les eut examinés
avec beaucoup d'admiration, il ordonna à un
de fes gens de lui apporter une caffette pleine
d'or, il l'ouvrit en me difant : jeune-homme,
je vous rends non-feulement tous vos effets
qui font ici, n'ayant aucun droit fur ce qui
appartient à un autre ; mais je vous offre encore votre liberté, & autant de cet or que
vous croirez néceffaire pour vous conduire dans
votre patrie, & pour vous y faire vivre à
votre aife le refte de vos jours.

Cette offre me déconcerta un peu, j'appré-
hendai que ce que je venois de dire des mau-
vaifes mœurs des chrétiens ne l'eût détourné de
m'emmener avec lui. Je lui répondis que fa
compagnie m'étoit plus chère que toute autre
chofe, que je le priois inftamment de me per-

mettre de m'attacher à lui pour toujours, &
d'accepter tout ce qui étoit à moi ; ajoutant
que je m'eftimerois heureux de pouvoir reconnoître par ces bagatelles les obligations infinies
que je lui avois. Je les reçois, me dit-il, avec
plaifir, & vous promets folemnemment d'avoir
foin de vous ; allez avec ces jeunes gens, &
jouiffez en effet de la liberté que jufqu'ici je
n'ai fait que vous promettre. Quelqu'un étant
furvenu comme pour parler d'affaires avec lui,
nous nous retirâmes, les jeunes gens & moi,
pour aller faire un tour de promenade dans la
ville.

Vous jugez bien, mes révérends pères,
que j'eus foin d'obferver toutes les actions de
mes compagnons avec toute l'attention dont
j'étois capable. Ils me parurent non-feulement
regarder avec horreur les mœurs barbares &
les vices des Turcs, mais méprifer même tous
les plaifirs & les divertiffemens du pays où
nous étions. Ils étoient uniquement occupés à
s'informer des chofes qu'ils croyoient pouvoir
leur être utiles dans leur patrie, & particulié-
rement de ce qui regardoit les arts & les différens métiers, & toutes les curiofités qui venoient des pays étrangers, écrivant fur-le-
champ tout ce qui leur paroiffoit le plus digne
de remarque. A certaines heures réglées ils

avoient des maîtres pour apprendre les langues
turque & perfane, & je profitai de l'occafion
pour m'y perfeétionner. Quoique ces inconnus
me paruffent les hommes du monde dont les
mœurs étoient les plus régulières, je ne pus
découvrir en eux aucun figne de religion, que
dans notre voyage où il s'en préfenta une occafion dont je rendrai compte dans la fuite de
ce récit. Ils ne fe cachèrent de moi qu'à cet
égard, ils m'en ont dit les raifons quelque temps
après ; leurs façons étoient au refte les plus
fincères & les plus ouvertes qu'on puiffe imaginer.

Nous vécûmes de la forte dans l'union la
plus parfaite tout le temps que nous demeu-
râmes au Caire, & je jouiffois de la même
liberté dont j'aurois pu jouir fi j'avois été en
Italie. Ce qui me frappoit le plus étoit l'inquiétude qu'ils témoignoient d'être fi longtemps ab-
fens de chez eux ; mais ils fe confoloient dans
l'efpérance de s'en retourner bientôt.

Je ne puis me difpenfer de rapporter une
remarque que je fis fur la conduite de ces jeunes
gens pendant notre féjour en Egypte. Ils étoient
tous à-peu-près de mon âge, forts & vigoureux, & c'étoit le plus beau fang du monde.
Nous étions dans la ville la plus voluptueufe
& la plus débauchée de l'Orient ; les jeunes
filles

nous agaçoient dans toutes les rues, & je ne
leur vis jamais le moindre penchant de s'y
laisser aller. J'imputois d'abord cette indifférence
à l'impression que la compagnie d'un étranger
pouvoit faire sur eux; mais je vis bientôt qu'ils
se gouvernoient par principes. Les jeunes gens
sont presque tous portés à s'exciter au mal, &
à se corrompre les uns les autres; aussi j'avoue
que je ne pus m'empêcher de leur témoigner
combien j'étois surpris de leur sagesse. Ils parurent étonnés de mon idée; mais les raisons
qu'ils me donnèrent étoient aussi peu communes, que leur conduite étoit rare. Toutes
ces femmes, me dirent-ils, sont ou mariées, ou
filles de particuliers, ou prostituées. A l'égard
des femmes mariées, rien n'est plus affreux que
de souiller la pureté du lit nuptial; c'est la
chose du monde la plus injuste; chaque homme
la regarde comme le plus grand affront qui
puisse lui être fait: comment donc pourrions-
nous, sans renoncer à l'usage de la raison, faire
à un autre ce que nous ne voudrions pas qu'on
nous fît? Si elles sont filles de particuliers,
élevées avec un soin & une tendresse infinie,
quel chagrin ne doivent pas avoir leurs parens,
& quelle douleur ne ressentirions-nous pas nous-
mêmes, en pareil cas, d'être témoins du déshon-
neur de nos filles ou de nos sœurs, après nous

être donnés tant de peine pour les garantir d'un
pareil malheur, & de voir souvent que celui
qui les séduit, est un ami qui avoit toute notre
estime? Si ce sont des femmes prostituées, quel
est l'homme raisonnable qui puisse les regarder
autrement que comme des bêtes brutes, qui se
livrent au premier venu pour un vil & méprisable intérêt; sans compter que, le plus souvent, l'excès de leurs débauches nuit totalement au grand dessein de la nature, qui est la
propagation de l'espèce, & que ces embrassemens impurs sont les sources de maladies dont
les enfans se ressentent aussi-bien que leurs
pères? Et quand même nous en aurions des
enfans, que deviendroient-ils? Mais quel est
l'homme, fût-il le moins sensible à la dignité
de sa naissance, qui voudroit avilir son sang,
& procréer une race misérable d'enfans, pour
les abandonner ensuite à la pauvreté & à l'infamie? Ils me disoient cela par rapport aux
grandes idées qu'ils avoient de leur propre nation, qu'ils estimoient bien supérieure à toutes
les autres. Quoique ces raisons regardent également tous les hommes, elles me donnèrent
une haute idée de la façon de penser de ces
jeunes gens; je les trouvai extrêmement judicieuses, & je ne les oublierai jamais.

Peu de tems après je vis, par le soin avec

lequel ils arrangèrent toutes leurs affaires, &
la joye qu'ils témoignèrent, qu'ils comptoient
bientôt quitter l'Egypte : ils paroiſſoient n'attendre que les ordres de leur chef.

Sur ces entrefaites, il m'arriva une aventure
que je vous tairois, mes révérends pères, ſi
vous ne m'aviez ordonné de vous rendre
compte de toute ma vie, & ſi elle ne ſe trouvoit
mêlée avec pluſieurs des événemens les plus
intéreſſans qui me ſoient arrivés. Notre chef,
que mes compagnons appelloient Pophar, nom
qui, dans leur langue, ſignifie *père de ſon peuple*,
& que je lui donnerai toujours dans la ſuite,
regardant ſon éphéméride, ce qu'il faiſoit ſouvent, vit, par ſon calcul, que nous avions
encore quelque tems à reſter dans ce pays, &
réſolut d'aller encore une fois à Alexandrie,
pour voir s'il trouveroit des curioſités européennes, que les vaiſſeaux, qui, dans cette ſaiſon, arrivent journellement dans ce port, ne
manquent pas d'y apporter. Il ne prit avec lui
que deux des jeunes gens & moi, pour me faire
voir, me diſoit-il, que j'étois entièrement
libre, étant facile de trouver là quelque vaiſſeau qui me remporteroit dans mon pays. De
mon côté, pour le convaincre de la ſincérité
de mes intentions, je ne le quittois que fort
rarement.

L'affaire dont je vais parler, lui donna une grande preuve de mon attachement. Pendant que nous étions à nous promener dans les places publiques pour voir toutes les marchandises & les curiosités qu'on y apportoit de toutes les parties du monde, il arriva que le bassa du Caire, qui y étoit venu aussi avec toute sa famille pour la même raison, & pour y acheter de jeunes filles, passa auprès de nous. Il étoit accompagné de sa femme & de sa fille. Sa femme étoit sœur du grand-seigneur ; elle paroissoit âgée d'environ trente ans, & étoit extrêmement belle. La fille, qui avoit environ seize ans, étoit d'une beauté si ravissante, que le plus grand prince du monde en auroit fait son unique bonheur.

Le Pophar, qui haïssoit naturellement les turcs, les ayant apperçus, se tint à l'écart, faisant semblant de parler en particulier à quelques marchands : moi qui étois jeune, & qui ne prévoyois pas les suites des choses, je ne pus me rassasier de la vue de la belle fille du bassa : je me tins, à la vérité, à une distance respectueuse ; la curiosité seule avoit attaché mes yeux sur elle. Elle ne nous regardoit pas moins attentivement mes compagnons & moi : la magnificence de ses habits & la beauté de ses traits me la firent regarder comme la première beauté du monde. Si j'avois pu prévoir les chagrins que cette courte entrevue devoit attirer, tant au Pophar qu'à moi-même, je l'aurois bien plutôt évitée.

Je remarquai que cette jeune dame disoit, avec beaucoup d'émotion, quelque chose à l'oreille d'une femme âgée, de sa suite, & qu'elle s'étoit encore adressée à un page, qui alla sur le champ trouver deux hommes du pays, dont le Pophar avoit coutume de se servir pour porter ses effets : c'étoit pour apprendre d'eux qui j'étois. J'ai su dans la suite, qu'on leur avoit dit que j'étois un jeune esclave que le Pophar venoit d'acheter. Le bassa s'en alla peu de tems après avec toute sa suite : je ne songeois plus à cette aventure. Le lendemain, comme je me promenois avec le Pophar, dans un des jardins publics, un petit vieillard qui avoit l'air d'un eunuque, accompagné d'un jeune homme d'une beauté parfaite, nous ayant suivi dans une des allées les plus couvertes, nous aborda ; & s'adressant au Pophar, il lui demanda quel prix il vouloit de son jeune esclave, en me montrant, parce que le bassa souhaitoit m'acheter. Jamais je ne vis le Pophar plus interdit qu'il le fut à cette demande imprévue ; je vis par-là, à n'en pouvoir douter, qu'il me vouloit réellement beaucoup de bien.

D iij

Comme il avoit une grande préfence d'efprit, il répondit, dès qu'il fut revenu de fa première furprife, que je n'étois point efclave, ni homme à être acheté pour quelque prix que ce fût, étant auffi libre qu'il l'étoit lui-même. Ils crurent que ce n'étoit qu'un prétexte pour me faire valoir davantage; ils montrèrent des perles d'orient & plufieurs autres bijoux dont la valeur étoit immenfe; & lui dirent de demander ce qu'il vouloit, & qu'il l'auroit fur le champ, ajoutant que je devois être le compagnon du fils du baffa, & que je pourrois faire ma fortune fi je voulois aller avec eux. Le Pophar leur fit encore la même réponfe, difant qu'il n'avoit aucun pouvoir fur moi. Ils répondirent qu'il n'y avoit que peu de tems que j'avois été acheté comme efclave dans les terres du grand-feigneur, & qu'abfolument ils vouloient m'avoir. Je pris la parole, & leur dis avec vivacité, que quoique j'euffe été fait prifonnier par le fort des armes, je n'étois cependant pas efclave, & que je ne voulois vendre ma liberté qu'au prix de ma vie. Le fils du baffa, car il dit alors qu'il l'étoit, au lieu de fe fâcher de ma réponfe ferme & réfolue, repliqua avec un fourire, que je ferois auffi libre que lui, faifant les fermens les plus folemnels fur le faint alçoran, que nos vies & nos morts feroient inféparables.

Je fus touché de l'air dont il me dit ces paroles ; mais faisant réflexion sur les obligations que j'avois au Pophar, je résolus de n'y point aller. Je lui fis une révérence respectueuse ; je lui dis que, quoique je fusse libre par mon état, j'avois des raisons indispensables de ne point m'attacher à lui, & que je le priois de se contenter de cette réponse. Je la lui fis d'un air si résolu, qu'il vit qu'il n'y avoit rien à espèrer. Soit que mon refus réveillât ses desirs, soit qu'il nous prît pour des gens de plus grande conséquence que nous ne paroissions l'être, c'est ce que je ne saurois dire : je vis qu'il prit un air affligé, & quelques larmes que je vis couler de ses yeux, me firent une peine que je ne puis exprimer. Je pouvois à peine proférer une parole, & je restai immobile comme une statue, les yeux fixés en terre. Mon embarras sembloit lui donner de nouvelles espérances ; il se remit un peu de son trouble, & me dit d'une voix tremblante : si c'étoit la fille du bassa, que vous vîtes hier, qui désirât de vous avoir à sa suite, qu'en diriez-vous ? Je fus surpris à ces paroles ; &, le regardant plus attentivement, je vis ses yeux baignés de larmes, & toutes les marques d'une tendresse capable de percer le cœur le plus dur. Je regardai le Pophar qui trembloit pour moi, dans la crainte que ce ne fût la fille

D iv

du baſſa même qui nous parloit. C'étoit elle en
effet. Elle ſe découvrit voyant qu'elle ne pouvoit plus ſe cacher, & me dit qu'il falloit aller
avec elle, ou qu'il en coûteroit la vie à l'un
des deux.

Je vous prie, mes révérends pères, d'excuſer
ce détail, que je ne fais que pour obéir aux
ordres que vous m'avez donnés, de vous faire
le récit de toute ma vie. Jamais embarras ne
fut égal au mien ; je faiſois réflexion qu'elle
étoit turque & moi chrétien ; & que je ne pouvois manquer de trouver une mort certaine
dans les ſuites d'une entrepriſe auſſi téméraire ;
que, ſoit qu'elle me tînt caché dans la cour de
ſon père, ſoit qu'elle voulût ſe ſauver avec moi,
il y avoit dix mille à parier contre un, que
nous ſerions découverts & punis. D'ailleurs,
quelle apparence qu'on pût cacher aux eſpions
du baſſa une paſſion auſſi violente ! En un mot,
je réſolus de ne point aller avec elle : mais la
plus grande difficulté étoit de nous ſéparer.

La plus belle créature du monde venoit de
me faire la déclaration d'amour la plus vive &
la plus tendre, & je la voyois encore toute
baignée de ſes larmes. La jeuneſſe, l'amour, la
beauté, & même un penchant ſecret combat-
toient pour elle ; mais à la fin, la vue des malheurs infinis que je ne pouvois manquer d'attirer

fur cette jeune dame, en confentant à ce qu'elle exigeoit de moi, l'emporta; & je réfolus, plus pour l'amour d'elle que de moi-même, de la refufer. J'allois me jetter à fes génoux, pour le lui dire, & pour tâcher de l'appaifer par les meilleures raifons dont j'étois capable; lorfqu'une autre fuivante accourut au faux eunuque (c'étoit auffi une femme): elle lui dit que le baffa alloit paffer par-là. Elle fortit auffitôt de fa léthargie; fa fuivante l'emmena dans l'inftant, & je fuivis le Pophar; elle n'eut que le tems de me dire, d'un ton menaçant: penfez-y mieux, ou vous mourrez.

Nous nous perdîmes de vue dans un moment. Ce fut alors que je vis mille raifons pour juftifier ce que j'avois fait, & auxquelles cette beauté enchantereffe m'avoit empêché de penfer plutôt. Je concevois toute la folie d'une paffion qui avoit pouffé la plus charmante perfonne de tout l'empire des Ottomans, capable, par fa beauté feule, de ravir le cœur du grand-feigneur, à me faire une déclaration d'amour, fi contraire au caractère & à la modeftie de fon fexe, auffi bien qu'à fon rang; & à vouloir facrifier fa réputation, fon devoir, fa liberté, & peut-être même fa vie, pour un inconnu, pour un homme qui avoit été efclave quelques momens auparavant. Je fentois, d'un autre côté,

que fi j'avois confenti aux defirs de cette belle
fille, j'aurois rifqué de perdre la vie, ou de
renoncer à ma religion ; peut-être même n'aurois-je pu éviter l'un & l'autre de ces malheurs.
Le Pophar ayant réfléchi un peu fur ce qui
s'étoit paffé, me tira de ma rêverie, en me
difant qu'il craignoit que cette malheureufe
affaire n'en demeurât pas là, & qu'elle pourroit
bien nous coûter la vie à l'un & à l'autre.

Il appréhendoit qu'une fi violente paffion
n'entraînât des fuites extrêmement fâcheufes,
connoiffant le caractère des gens chez qui nous
étions, & le tyrannique defpotifme de leur
gouvernement. Il réfolut cependant de ne point
m'abandonner, lui en dût-il coûter la vie, fi
je voulois me tenir fur mes gardes ; ajoutant
qu'il étoit de notre intérêt de partir au plutôt,
& qu'étant entourés d'efpions, il falloit être
auffi prudens & politiques qu'expéditifs. Il alla
donc auffitôt au port, &, en préfence de tout
le monde, loua un vaiffeau pour l'île de Chypre, dont il paya fur le champ tout le frêt, &
dit au capitaine, qu'il vouloit abfolument partir dès le même foir. Nous l'aurions fait réellement, fi nos compagnons & nos effets ne
nous euffent obligés de retourner au Caire. Au
lieu d'aller par mer, il fit donc venir le capitaine du vaiffeau, qui étoit de fes amis ; & en

secret convint avec lui qu'il sortiroit du port,
comme si nous étions sur son bord ; tandis que,
de son côté, il iroit à l'autre extrêmité de la
ville, louer un bateau pour nous conduire au
Caire. Dès que nous y fûmes arrivés, nous
eûmes soin de nous informer dans quel tems
on y attendoit le retour du baſſa. On nous dit
qu'il n'y seroit que dans quinze jours au plutôt ;
ainsi le Pophar avoit le tems de quitter sa maison, d'emballer ses effets, & d'apprêter tout
ce qui étoit néceſſaire pour le grand voyage
que nous allions entreprendre. Je remarquai,
pendant tout ce tems, qu'il étoit plus inquiet
que je ne l'avois jamais vu. Il nous dit cependant qu'il espéroit que tout iroit bien. En cinq
jours de tems, tout fut prêt pour notre départ.

Nous partîmes comme le soleil se couchoit,
selon la coutume du pays, & nous marchâmes
aſſez lentement pendant que nous étions près de la
ville, pour ne pas nous faire soupçonner. Après
avoir voyagé ainsi une lieue sur les bords du
Nil en remontant, le Pophar étant à la tête de
notre compagnie, nous apperçûmes cinq ou six
cavaliers qui venoient vers nous, & qui, par
leurs beaux turbans & leurs superbes habits,
nous paroiſſoient être les pages ou les suivans
de quelque personne de diſtinction. Le Pophar

s'éloigna de la rivière, comme pour leur céder le pas, & ils passèrent poliment sans s'arrêter. J'étois l'avant-dernier de notre bande, étant resté un peu derrière les autres pour abreuver nos dromadaires. Peu de tems après, nous vîmes paroître deux dames montées sur des jumens d'Arabie, superbement caparaçonnées, ce qui me fit juger qu'elles étoient des dames de qualité, & que c'étoient les gens de leur suite que nous venions de voir passer. A peine étoient-elles vis-à-vis de moi, que la jument de la plus jeune de ces deux dames commença à reculer effrayée, à frémir des narines, & à faire des bonds furieux qui me firent trembler pour elle : dans le même instant, un de nos dromadaires chargés, s'étant approché de plus près de la bête écumante, lui fit prendre le mords aux dents : elle étoit alors entre nous & la rivière ; mais tellement emportée, que ne pouvant plus s'arrêter, elle s'y précipita. La violence de la chute jetta la dame à la distance de huit ou dix pieds : heureusement qu'il y avoit une petite île auprès de l'endroit où elle tomba, & ses habits l'ayant soutenue quelque tems sur l'eau, le courant l'entraîna vers des piliers où ses habits s'accrochèrent & la retinrent. Ceux de ses gens qui étoient les plus près de nous, accoururent aux cris de l'autre dame, mais pas un de ces

Marillier inv.   Elluin Sculp.

lâches n'osa se jetter à la rivière pour la secourir.

Indigné de leur lâcheté, je sautai en bas de
mon dromadaire, & jettant mes habits & mes
sandales, je l'atteignis en nageant, &, avec
avec beaucoup de difficulté, je lui saisis la
main; en traversant le cours de l'eau, je la
menai à terre. Elle avoit perdu toute connoissance; je la tins quelque tems la tête en bas
pour lui faire rendre l'eau qu'elle avoit avalée:
mais quelle fut ma surprise, en la regardant, de
la reconnoître pour la fille du bassa, & de la
voir entre mes bras, sans sentiment, dans le
tems que je la croyois à Alexandrie! Elle ouvrit enfin les yeux; & m'ayant regardé fixe-
ment pendant quelque tems : ô Mahomet,
s'écria-t-elle, faut-il que je doive la vie à cet
homme! Elle s'évanouit en prononçant ces
mots.

L'autre dame, qui étoit sa confidente, eut
beaucoup de peine à la faire revenir; ouvrez
vos beaux yeux à la lumière, lui dit-elle,
vivez, charmante princesse. Non, répondit-
elle, rejettez-moi dans l'abîme dont vous
m'avez tirée; je ne veux point être redevable
de la vie à un barbare qui a été insensible à
mes bontés. Je lui dis dans les termes les plus
respectueux, que dans le danger qu'elle avoit

couru, l'empreſſement que j'avois apporté à la ſecourir, & la douleur que je reſſentois de ſon état préſent, juſtifioient mon cœur, & me vengeoient du peu de juſtice qu'elle me rendoit. Que je l'eſtimois trop pour ſouffrir qu'elle ſe fît un cruel ſort pour un homme tel que moi, pour un étranger, un chrétien, & enfin pour un malheureux qui étoit forcé d'agir comme je faiſois.

Elle parut un peu ſurpriſe de ce que je lui diſois; mais, après quelques momens de réflexion, elle répondit : ſoyez eſclave, ou infidèle, ou tout ce que vous voudrez, vous n'en êtes pas moins l'homme du monde le plus généreux. Je m'imagine bien que les obligations dont vous me parlez, regardent quelque femme plus heureuſe que moi; mais puiſque je vous dois la vie, j'aurai pour vous les mêmes égards que vous avez pour moi, & je ne veux point vous rendre malheureux. Non-ſeulement je vous pardonne, mais je ſens que mes prétentions ſont injuſtes & contraires à mon honneur. Elle dit ces mots avec un air digne de ſon rang. Elle me parut beaucoup plus tranquille, lorſque je l'eus aſſurée que je n'avois aucun engagement, mais que ſon ſouvenir me ſeroit toujours cher, & que je ne l'oublierois de mes jours.

'A peine eus-je achevé de parler, que dix ou douze turcs armés, venant de la ville, & nous pourfuivant à bride abattue, nous crièrent, en voyant le Pophar & fes compagnons: Arrêtez! arrêtez! c'eft de l'ordre du baffa. Nous regardâmes pour voir ce que c'étoit, quand la dame, qui les connoiffoit, nous dit de ne rien craindre; que c'étoient des gens à qui elle avoit donné ordre de nous pourfuivre, lorfqu'elle avoit quitté Alexandrie; qu'ayant appris que nous nous étions fauvés par mer, elle avoit prétexté une maladie pour obtenir de fon père la permiffion de s'en retourner au Caire, afin d'y pleurer en liberté fon malheur avec fa feule confidente; & qu'elle étoit encore livrée à ces triftes réflexions, lorfqu'elle nous avoit rencontrés; qu'elle comptoit que ces gens avoient découvert notre feinte, & qu'ayant fu le chemin que nous avions pris, ils nous avoient pourfuivis. Elle les renvoya fur le champ. L'incertitude où j'étois de mes propres réfolutions & des fiennes, me faifoit éprouver les plus cruelles agitations; ainfi je la priai de fe retirer, lui difant que j'appréhendois que l'humidité de fes habits ne nuisît à fa fanté. Je n'aurois pas eu la force de proférer ces paroles, fi le Pophar n'eût jetté fur moi un regard perçant, qui me fit fentir tout le danger que mes délais pouvoient entraîner. Elle parut même avoir plus de réſolution que moi.

Elle tira de ſon doigt cette bague que vous me voyez porter, mes révérends pères, & me dit, les yeux baignés de larmes : tenez, prenez cet anneau ; adieu. Auſſitôt elle s'en alla, & ne regarda plus de mon côté. Je reſtai étonné & preſque immobile ; & je ne ſerois pas ſorti de ma léthargie de long-tems, ſans le Pophar qui m'aborda, me diſant qu'il me félicitoit de ma délivrance. Je lui répondis que j'ignorois de quelle délivrance il entendoit parler, que, pour moi, je ne ſavois pas ſi j'étois mort ou vivant, & que je craignois qu'il ne ſe repentît de m'avoir acheté, ſi je lui attirois encore de pareilles aventures. Si nous n'en avons pas de plus malheureuſes, reprit - il, nous ne ſerons pas à plaindre ; on ne remporte jamais de victoire ſans danger.

Quoique le Pophar fût bien aiſe d'être débarraſſé de la belle dame & des turcs de ſa ſuite, cependant, dans le fond, il n'étoit pas fort preſſé d'aller loin, le tems de ſon grand voyage n'étant pas encore venu. La joie qui ſe répandoit ſur ſon viſage, ſembloit nous promettre un voyage heureux. Quant à moi, quoique je fuſſe charmé d'être échappé à ma dangereuſe beauté, je ſentois cependant un accablement

&

& une certaine tristesse que je ne pouvois dé-
finir ; mais l'idée de notre voyage , & de tous
les endroits inconnus que j'allois voir , la diffipèrent peu-à-peu. Nous étions au nombre de
douze , montés sur des dromadaires très-beaux
dans leur espèce. Cet animal est assez semblable
à un chameau , mais plus petit , & il marche
avec beaucoup plus de vîtesse ; les dromadaires
vivent long-tems sans boire , comme les cha-
meaux ; c'est pourquoi nous nous en servions,
à cause des sables arides qu'il falloit traverser ;
car ils ont dans leur pays les plus beaux chevaux que l'on puisse voir. On menoit en lesse
cinq autres dromadaires , tant pour porter nos
provisions, que pour pouvoir en changer , en
cas que quelqu'un se fatiguât en chemin. J'étois
monté sur un de ces cinq. Nous remontâmes le
Nil, le laissant à main gauche , & nous allâmes
directement vers la haute Egypte.

Vous savez , mes révérends pères, que le
Nil divise l'Egypte en deux parties , & que ce
fleuve descend de l'Abyssinie : son cours est si
plein & si prodigieux , que les Ethiopiens
croyoient qu'il n'avoit point de source ; il tra-
verse l'Ethiopie inférieure , & arrose toute
l'Egypte , comme le Rhin arrose les Pays-Bas
espagnols , & la rend un des plus riches pays
de l'univers. Nous visitâmes toutes les villes

qui font fituées fur ce fleuve fameux, fous
prétexte du commerce qui y règne ; mais la véritable caufe de notre délai étoit que le tems
favorable pour le grand voyage du Pophar
n'étoit pas encore venu. Il regardoit à toute
heure fon éphéméride & fes notes, & chacun
remarquoit avec attention jufqu'à fes moindres
actions. Lorfque nous approchâmes de la haute
Egypte, à ce que j'ai pu deviner, à-peu-près
à la hauteur des déferts de Barca, ils commencèrent à faire leurs provifions de ris, de
fruits fecs, & d'une forte de pâte sèche, qui
nous fervoit de pain ; mais, pour ne rien faire
foupçonner, ils ne les achetèrent que peu-
à-peu, dans différens endroits ; je vis cependant qu'ils en amaffoient une quantité confidé-
dérable, tant pour eux-mêmes que pour leurs
dromadaires ; d'où j'augurai que notre voyage
devoit être fort long.

Lorfque nous fûmes à la hauteur de la côte
mitoyenne du vafte défert de Barca, nous trouvâmes un petit ruiffeau d'une eau extrêmement claire & pure, qui fortoit du fable, &
dirigeoit fon cours vers le Nil. Nous mîmes pied
à terre pour nous y rafraîchir, & pour faire
boire nos dromadaires. Après quoi nous rem-
plîmes nos vaiffeaux, qui étoient faits exprès :
la quantité d'eau que nous prîmes, étoit beau-

coup plus grande, à proportion, que celle des autres provisions.

J'oubliois de vous dire, mes révérends pères, qu'en plusieurs endroits par où nous passâmes, mes compagnons descendirent de leurs dromadaires, pour baiser la terre avec une dévotion tout-à-fait superstitieuse, & pour en recueillir un peu, qu'ils mirent dans des urnes d'or qu'ils avoient apportées exprès. Quant à moi, ils me laissoient la liberté de faire comme je voulois. Je devinai pour lors, & la suite me fit voir que je ne m'étois pas trompé, que cette dévotion étoit la principale cause des voyages qu'ils faisoient dans ce pays, & que le commerce n'étoit qu'un prétexte dont ils se servoient. Ils baisèrent la terre, & en mirent dans leurs urnes auprès de ce ruisseau; & après cette cérémonie, le Pophar regardant ses papiers & sa boussole, s'écria : *Goulo Benim*, ce qui signifie, à ce que j'ai appris depuis : *mes enfans, nous avons tout à craindre*; & sur le champ, au lieu de continuer notre route vers le midi, comme nous avions fait jusques-là, nous tournâmes à main droite précisément vers le couchant, & nous commençâmes à traverser le vaste désert de Barca, avec toute la vîtesse dont nos dromadaires étoient capables. Nous ne voyions devant nous que le ciel & des sables arides, &

en peu d'heures, nous fûmes hors de danger d'être pourſuivis.

Pendant que nous étions ainſi embarqués ſur une mer de ſable, ſi j'oſe ainſi parler, mille réflexions embarraſſantes me vinrent dans l'eſprit; je me voyois au milieu des vaſtes déſerts de l'Afrique, où des armées entières avoient ſouvent péri. Plus nous y avancions, plus le danger devenoit grand. J'étois avec des gens que non-ſeulement je ne connoiſſois pas, mais qui n'étoient connus de perſonne au monde. D'ailleurs, je ne pouvois plus douter qu'ils ne fuſſent payens & idolâtres; car, outre leur cérémonie ſuperſtitieuſe de baiſer la terre en pluſieurs endroits, je voyois qu'ils levoient les yeux vers le ſoleil, & ſembloient adreſſer des prières à cette planète, qui, bien qu'elle ſoit la plus belle de toutes les créatures, n'en eſt pas moins une. C'eſt pour lors que je me rappellai ce que le Pophar m'avoit dit, lorſqu'il m'acheta, qu'il n'y avoit pas d'apparence que je revinſſe jamais de leur pays. Il ſe peut, me diſois-je, que ces gens aient deſſein de me ſacrifier à quelqu'un de leurs dieux au milieu de ce vaſte déſert; mais, faiſant attention qu'ils n'avoient aucunes armes, à l'exception des petits aiguillons dont ils ſe ſervoient pour faire hâter le pas à leurs dromadaires, je me raſſu-

rai. Je m'étois garni, en secret, de deux pistolets de poche, dans la résolution de me défendre, en cas d'accident, jusqu'au dernier
soupir. Mais lorsque je me rappellois la justice
& l'humanité sans exemple, que j'avois remar-
quées dans toutes leurs actions, je bannissois
mes craintes. A l'égard de la difficulté de passer
les déserts ; je voyois qu'ils risquoient eux-
mêmes autant que moi, & qu'il falloit qu'ils
fussent des chemins inconnus aux autres pour
les traverser, sans quoi il n'étoit pas probable
qu'ils se fussent exposés à tant de dangers.

J'aurois dû vous dire, mes révérends pères,
que nous commençâmes ce grand voyage le 9
juin 1688, un peu avant le coucher du soleil,
pour éviter les grandes chaleurs. La lune étoit
dans son premier quartier, & nous éclaira jusqu'à la pointe du jour. Les grains de sable gros
& graveleux, mêlés d'une infinité de petites
pierres qui jettoient autant d'éclat que le cristal,
ajoutèrent à la clarté de la lune ; de sorte que
nous n'eûmes pas de peine à nous gouverner
par notre boussole. Nous allâmes d'une vîtesse
extraordinaire ; car les dromadaires, assez semblables en cela aux mules, courent plutôt qu'ils
ne galoppent. Je crois, en vérité, que nous
fîmes près de cent vingt milles italiennes, entre
six heures du soir & dix heures du lendemain

E iij

matin. Nous ne nous arrêtâmes pas un inftant, allant toujours en ligne droite, comme un vaiffeau qui eft en pleine mer ; les chaleurs ne furent pas, à beaucoup près, auffi infupportables que je le croyois : car, quoique dans ces déferts immenfes, on ne vóie rien qu'on puiffe nommer montagne ou colline, cependant les fables, ou du moins les chemins que nous avions pris, formoient un terrein très-élevé ; de forte que nous avions toujours en face un vent frais & agréable, mais fi doux, qu'à peine faifoit-il élever la moindre pouffière. Cela venóit en partie de ce que les fables par où nous pafsâmes, n'étoient pas fins, comme ceux de quelques parties de l'Afrique, qui le font beaucoup, & dont le vent forme des tourbillons fi prodigieux, qu'il eft impoffible d'y réfifter ; ils étoient plus gros & plus graveleux ; & il tomboit une rofée imperceptible, dont toute la furface étoit humectée.

Le fecrétaire. Ici les Inquifiteurs furent obligés de le remettre à une autre fois, parce qu'ils furent mandés pour une nouvelle affaire furvenue dans la communauté.

Fin de la première partie.

SECONDE PARTIE.

LE lendemain, fur les neuf heures du matin, nous arrivâmes à un endroit où il y avoit quelques troncs d'arbres defféchés, avec un peu de mouffe qui couvroit la terre, au lieu d'herbe. Ici le vent tomba, & les chaleurs devinrent très-violentes. Le Pophar nous ordonna de mettre pied à terre, & de dreffer nos tentes pour nous garantir & nos dromadaires de l'ardeur du foleil. Leurs tentes étoient faites d'une toile cirée fi fine, que je n'en ai jamais vu de femblable, extrêmement légères, & par conféquent très-faciles à porter ; elles étoient cependant à l'épreuve du foleil & de la pluie.

Nous reftâmes dans ce lieu jufqu'à 6 heures du foir, & après nous être bien rafraîchis, & avoir fait rafraîchir nos dromadaires, nous nous remîmes en chemin, allant toujours en ligne droite vers le couchant. Nous voyageâmes ainfi pendant trois jours & trois nuits fans aucun événement remarquable ; j'ai obfervé feulement qu'il me fembloit que nous allions toujours en montant, & que le vent devenoit non-feulement plus fort, mais que l'air étoit même beaucoup plus frais.

E iv

Le lendemain, fur les dix heures, nous apperçûmes encore quelques arbres à main droite,
qui paroiſſoient plus ſerrés & plus verts que
les autres, & ſembloient être le commencement d'une vallée habitable ; ils l'étoient en
effet. Le Pophar nous dit d'aller de ce côté-là ;
c'étoit la première fois que nous nous étions
détournés de notre route. Je crus, par la joie
que mes compagnons témoignèrent, que c'étoit-
là le commencement de leur pays ; mais je
me trompois bien, nous avions encore à faire
un chemin beaucoup plus long & plus dangereux que celui que nous avions fait. Cet endroit
étoit cependant une des ſtations les plus re-
marquables de notre voyage, comme vous le
verrez par la ſuite.

A meſure que nous avancions, le terrein s'ouvroit, & formoit une deſcente qui conduiſoit
dans une très-belle vallée de palmiers, de dattes,
d'orangers, & d'autres arbres fruitiers, tout-
à-fait inconnus dans ce pays, avec une quantité prodigieuſe d'arbriſſeaux odoriférans, qui
répandoient dans l'air un parfum délicieux.

Nous pénétrâmes dans l'endroit le plus couvert, & nous commençâmes d'abord par ſoulager nos dromadaires de leurs fardeaux, car
notre ſalut dépendoit d'eux. Après que nous
nous fûmes rafraîchis, le Pophar nous ordonna

à tous d'aller dormir, & de mettre le temps à profit, parce qu'il y avoit apparence que nous n'aurions guères celui de nous repofer les trois jours fuivans.

J'aurois dû vous dire qu'en mettant pied à terre, tous mes compagnons fe profternèrent & baiférent la terre avec tant de joie & d'ardeur, que je croyois réellement qu'ils fe félicitoient d'être arrivés dans un lieu fi fertile ; mais c'étoit par un motif bien différent. J'étois le premier éveillé ; mes craintes & mes inquiétudes ne me permirent pas de dormir auffi tranquillement que les autres. Voyant que l'heure de partir n'étoit pas venue, je me levai, & m'allai promener dans ce bocage, qui me parut d'autant plus délicieux que les déferts que nous venions de paffer étoient affreux. Je defcendis vers le centre de la vallée, ne doutant pas, à la verdure & à la fraîcheur du lieu, qu'il ne dût y avoir une fource d'eau. En effet, je n'eus pas fait beaucoup de chemin, que je vis un ruiffeau qui fortoit de deffous un rocher, & qui formoit un baffin naturel qui alloit ferpentant vers le centre de la vallée, croiffant toujours à mefure qu'il s'éloignoit de fa fource, de forte qu'il y a apparence qu'il doit former une petite rivière, à moins que les fables ne l'engloutiffent.

Le penchant de la vallée commençoit à se former en colline, ensorte que de l'endroit où j'étois, je voyois au-dessous de moi une très-grande étendue d'arbres & d'arbrisseaux, qui devenoit plus large ou plus étroite, selon que les monts de sable (car je vis bien de-là que c'étoient des monts) bornoient plus ou moins ma vue. L'imagination la plus vive ne sauroit se figurer rien de plus riant que l'aspect de cet endroit. Les sables arides relevoient de tous côtés la beauté de la verdure, & en faisoient mieux goûter la fraîcheur ; le chant d'une infinité d'oiseaux inconnus, la variété des fruits & des parfums qu'exhaloient les aromates, rendoient ce lieu, charmant au-delà de l'imagination. Après que j'eus bu de cette source, & que j'eus regardé avec admiration toutes ces curiosités naturelles, je vis un grand lion sortir des arbrisseaux, à environ deux cens pas de moi, & aller tranquillement boire au ruisseau. Après qu'il eut bu, il se roula sur l'herbe, & je saisis ce moment pour me sauver & aller rejoindre mes compagnons, que je trouvai tous éveillés, & très-inquiets de mon absence.

Le Pophar me parut un peu fâché de ce que je l'avois quitté : il me dit, avec une douceur qui lui étoit naturelle, que je m'étois exposé à devenir la proie des bêtes sauvages ; mais lorſque je leur eus parlé de l'eau & du lion, ils furent encore plus ſurpris, & ſe regardèrent avec un étonnement mêlé de crainte, que je croyois cauſé par l'idée du danger auquel je venois d'échapper, mais je me trompois.

Après s'être dit quelque mots en leur langage, le Pophar prit la parole, & dit tout haut, en langue franque, je crois que nous pouvons laiſſer voir à ce jeune homme toutes nos cérémonies, d'autant qu'on n'aura plus à craindre bientôt qu'il lui prenne envie de les révéler. Sur cela ils prirent de leurs meilleurs fruits, une cruche d'excellent vin, un peu de pain, un verre ardent, un encenſoir, & d'autres inſtrumens, dont les payens ont coutume de ſe ſervir dans leurs ſacrifices. La vue de tout cet attirail me faiſoit frémir, jamais je ne leur avois vu faire rien de ſemblable, & je commençois à craindre réellement que je ne fuſſe deſtiné à être ſacrifié à quelque dieu infernal; même je n'en doutois plus, lorſque je comparois les dernières paroles du Pophar avec tout ce que je voyois, & je cherchois déjà les moyens de vendre ma vie le plus cher que je pourrois.

Le Pophar nous ordonna de mener avec nous les dromadaires & tout ce que nous avions, de crainte, diſoit-il, qu'ils ne fuſſent dévorés

par les bêtes fauvages. Nous defcendîmes vers
le centre de la vallée où j'avois vu la fontaine.
Ils continuèrent à marcher jufqu'à ce que la
defcente devînt impraticable, mais nous y
trouvâmes un chemin étroit que l'art avoit
pratiqué, & qui me paroiffoit être fraîchement
battu; ce que je trouvai d'autant plus furprenant, que je croyois ce lieu tout-à-fait inha-
bité, & même inacceffible à tout autre qu'aux
gens avec qui j'étois. Il falloit y defcendre un
à un, menant nos dromadaires à la main; j'eus
grand foin d'être le dernier, & de me tenir
un peu éloigné des autres, de crainte de furprife. Ils faifoient en defcendant une proceffion
lugubre, & gardoient un filence profond. Nous
parvînmes enfin à un amphithéâtre formé par
les mains de la nature, & le plus beau que
l'on puiffe s'imaginer; on n'y voyoit de toutes
parts que des arbriffeaux odoriférans, & à main
droite, la vue s'étendoit le long de cette belle
vallée, qui étoit bornée par des montagnes de
fable. Au milieu de cet amphithéâtre étoit une
ancienne pyramide d'une forme femblable à
celles d'Egypte, mais beaucoup moins grande
que la moindre de celles-ci; on avoit pratiqué
dans le côté de cette pyramide, qui faifoit
face à la vallée, des degrés au-deffus defquels
étoit une efpèce d'autel, fur lequel étoit pofée

la statue d'un vénérable vieillard, extrêmement belle, & faite d'un très-beau marbre poli, ou plutôt de quelque pierre que nous ne connoissions pas, même plus belle que le marbre. Je ne doutois pas alors qu'on ne voulût me sacrifier à cette idole, & ma crainte redoubla, quand le Pophar me dit d'approcher pour être témoin de leurs cérémonies. Je crus qu'il étoit temps de parler, & lui dis, mon père, car vous m'avez permis de vous donner ce nom, je suis prêt à obéir à tous vos ordres, lorsqu'il ne s'agit pas de violer la gloire du dieu que je sers ; mais j'aime mieux mourir mille fois que de voir attribuer à un autre ce qui n'appartient qu'à lui seul : je suis chrétien, & ne reconnois qu'un seul dieu, auquel je dois tout ce que je suis : il est le maître absolu de l'univers, & sa loi me défend d'en reconnoître d'autres que lui ; ainsi je ne puis participer à votre culte idolâtre. Si, par cette raison, vous voulez me faire mourir, je vous offre ma vie, mais si votre dessein est de vous servir de moi pour vos sacrifices, je me défendrai jusqu'à la dernière goutte de mon sang. Loin d'être fâché de ce que je venois de dire, le Pophar me répondit en souriant, que quand je les connoîtrois mieux, je verrois qu'ils n'étoient pas gens à faire mourir personne pour ne point penser comme eux ; qu'au reste ce n'étoit qu'une cérémonie religieuse qu'ils faisoient en l'honneur de leurs ancêtres décédés, & que si je n'avois pas envie d'y assister, je pouvois m'asseoir, en attendant, où je voudrois.

LE SECRETAIRE. Les Inquisiteurs furent très-contens du commencement de son discours, où il témoigna tant de courage pour la défense de sa religion, & de sa résolution de mourir plutôt que de participer à leur culte idolâtre; mais sa conclusion le fit soupçonner, car un des Inquisiteurs l'interrompant, lui fit la demande suivante.

L'INQUISITEUR. J'espère que vous ne pensez pas qu'il ne soit point permis de persécuter, & même de faire mourir des hérétiques obstinés qui tâchent de renverser la religion de leurs pères, & d'entraîner les autres dans leur perte. Si la trahison contre son prince peut être punie de mort, pourquoi ne puniroit-on pas de même une trahison contre le roi des cieux? Prenez garde de ne point attaquer la sainte inquisition.

GAUDENCE. Mes révérends pères, je ne fais que rapporter ce qui s'est passé, & ce qu'a dit un payen qui ignoroit nos saints mystères. J'ai tout le sujet du monde de louer la justice de la sainte inquisition, & je crois que dans les cas dont vous venez de parler, il peut être très-

permis d'employer les moyens les plus sévères
pour prévenir de plus grands maux. Mais il me
parut que le Pophar donnoit en cela l'exemple
d'une modération admirable, & j'ai trouvé dans
la suite qu'il pensoit réellement ainsi. De pareils
sentimens ne sont point, je crois, indignes d'un
chrétien ; mais en cela, comme en toute autre
chose, je me soumets à vos décisions.

LE SECRETAIRE. Je fis ici remarquer aux Inquisiteurs qu'il n'y avoit rien que de juste dans ses
réponses ; que nous-mêmes, nous n'avions coutume d'agir avec rigueur qu'à la dernière extrémité, pour prévenir de plus grands maux :
ainsi on lui dit de continuer sa lecture.

GAUDENCE. Le Pophar m'ayant rassuré de la
sorte, se prosterna avec ceux de sa suite, &
tous baisèrent la terre : après quoi il mirent
le feu à quelques bois odoriférans à l'aide d'un
verre ardent : ils levèrent les yeux & les mains
au ciel, puis encensèrent l'idole ou la statue ;
ils versèrent ensuite du vin sur l'autel, &
mirent du pain d'un côté & des fruits de l'autre ;
& ayant allumé deux petites pyramides de
parfums exquis, à chaque extrémité de la grande
pyramide, ils s'assirent autour de la fontaine,
dont les eaux sortoient, si je ne me trompe,
de dessous cette grande pyramide, & formoient
un bassin au milieu de l'amphithéâtre. Ils s'y

rafraîchirent & mangèrent avec appétit des fruits dont les arbres étoient couverts, m'invitant à faire de même. Je fis d'abord quelques difficultés, croyant que ce pouvoit être une partie de leur facrifice ; mais fur ce qu'ils m'afsurèrent que le tout n'étoit qu'une cérémonie civile, je me mis à faire collation avec eux.

Le Pophar me dit, en se tournant vers moi: Mon fils, nous adorons, comme vous, un seul Dieu tout-puiffant : ce que nous venons de faire, ne doit pas vous perfuader que nous croyons qu'il y a une divinité dans cette ftatue, ni que nous l'ayons adorée comme fi c'étoit un Dieu ; nous la refpectons feulement en mémoire de notre grand ancêtre, qui a conduit nos aïeux dans ce lieu, & qui a été enterré fous cette pyramide. Ceux de nos ancêtres qui font morts avant que cette vallée ait été abandonnée, font enterrés tout autour de nous ; c'eft par cette raifon que nous avons baisé la terre, perfuadés qu'il n'eft pas permis de troubler le repos des morts. Nous avons fait de même en Egypte, parce que nous fommes originaires de cette terre. Nos ancêtres habitoient la partie qu'on a nommée depuis Thèbes. Le tems ne me permet pas de vous dire à préfent comment nous avons été chaffés de notre pays natal, & comment nous fommes venus en ce lieu, que nous

avons quitté pour un autre pays que vous verrez bientôt. Ce font des chofes que je vous
détaillerai dans la fuite. Le pain, les fruits & le
vin, que nous avons placés fur l'autel, font les
grands fuppôts de la vie ; nous les y laiffons,
pour marquer que le vénérable vieillard dont
vous voyez la ftatue, a été, après Dieu, l'auteur & le père de notre nation.

En finiffant ces mots, il dit qu'il étoit tems
de s'en aller. Tous fe levèrent ; &, après qu'ils
eurent baifé la terre encore une fois, les cinq
plus âgés de la compagnie en mirent dans des
vafes d'or avec beaucoup de foin & de refpect.
Après avoir pris encore quelques rafraîchiffemens, nous fîmes provifion de fruit & d'eau ;
& retournant par le même chemin, nous montâmes fur nos dromadaires, & pourfuivîmes
notre voyage.

Nous avions paffé le tropique du cancer, à
ce que je jugeois par nos ombres, qui s'étendoient vers le fud. Nous continuâmes notre
route en tournant encore un peu vers le couchant, en ligne prefque parallèle avec le tropique. L'air devenoit plus frais qu'il n'avoit été,
de forte que, fur le minuit, il faifoit très-
froid. Nous donnâmes à boire à nos dromadaires, au lever du foleil, & nous prîmes nous-
mêmes quelques rafraîchiffemens ; après quoi

Tome VI. F

nous continuâmes notre chemin, avec une vîteffe extrême. Il ne faifoit plus de vent entre
neuf & dix heures, mais nous ne laifsâmes
pas d'avancer, parce que la plus grande chaleur étoit entre trois & quatre heures. Les
fables étoient d'autant plus ardens, que nous
étions en parallèle avec le tropique, & que
nous allions en defcendant; au lieu que, quand
nous avions été vers le midi du côté de la
ligne, le terrein devenoit de plus en plus élevé:
les chaleurs auroient été infupportables dans
les fables plats où nous étions, fi nous n'avions
pas été près de chaîne des montagnes d'A-
frique, qui tempéroient les ardeurs de l'air.

Il ne fuffifoit pas, dans les endroits où nous
nous reposâmes, de dreffer nos tentes pour
nous mettre à l'ombre avec nos dromadaires,
le fable étoit fi chaud, qu'il falloit encore mettre
quelque chofe fous nos pieds pour les empêcher
d'être brûlés. Nous voyageâmes de la forte
pendant quatre jours dans ces affreux déferts,
fans y voir le moindre animal vivant. Le fable
& le ciel étoient tout ce qui s'offroit à la vue,
& jamais je n'ai fouffert une fatigue auffi rude.

Le quatrième jour, fur les huit heures du
matin, foit par hafard, foit par la prudence &
la prévoyance du Pophar, qui favoit tous les
endroits où il falloit s'arrêter, nous décou-

vrîmes une autre vallée à main droite, avec
quelques arbres épars, mais qui n'avoient point
la fraîcheur & la verdure des derniers que
nous avions quittés. Nous y allâmes au plus
vîte, ayant beaucoup de peine à soutenir les
chaleurs. Nous mîmes aussitôt pied à terre, &
menâmes nos dromadaires par une descente
aisée, pour chercher un endroit où nous mettre
à couvert des rayons du soleil. Les premiers
arbres étoient vieux & en petit nombre, &
sembloient ne pouvoir tirer de la terre que
l'humidité qu'il falloit pour les empêcher de
mourir. La terre étoit couverte d'un peu de
mousse, que le soleil avoit desséchée ; & tout
espoir de découvrir de l'eau dans ce lieu,
nous étoit ôté : heureusement notre provision
n'étoit pas encore épuisée. A mesure que nous
avancions, les arbres nous paroissoient en plus
grand nombre & plus gros. Nous trouvions aussi
quelques dattes, mais qui n'étoient pas aussi
bonnes que celles de l'autre vallée. Nous nous
reposâmes un peu, & continuâmes ensuite à
descendre, jusqu'à ce que nous fussions parvenus à un endroit plus commode & plus frais.

Le Pophar nous dit qu'il falloit rester là deux
ou trois jours, & peut-être davantage, s'il ne
voyoit pas les signes accoutumés pour pouvoir
continuer son voyage ; & qu'ainsi, il falloit

ménager notre eau crainte d'accident. Nous eûmes foin de faire rafraîchir nos dromadaires; mais pour nous, nous étions fi fatigués, que nous préférâmes le repos à la nourriture. Le Pophar nous fit prendre un peu de vin cordial dont il s'étoit muni; & nous dit de dormir tant que nous voudrions, mais d'avoir foin fur-tout de nous bien couvrir, les nuits étant longues, & fraîches fur le minuit. Nous nous endormîmes tous en peu de tems, & ne nous réveillâmes qu'à quatre heures du lendemain matin. Le Pophar fut débout le premier, tant il étoit inquiet pour nous & pour lui-même, parce que nous étions dans le tems le plus critique de tout le voyage. Dès que nous eûmes pris quelques rafraîchiffemens, il nous dit qu'il falloit remonter fur les fables pour obferver les fignes. Nous y menâmes nos dromadaires, craignant pour eux les bêtes fauvages; cependant nous n'en vîmes aucune, & nous allâmes au petit pas gagner un terrein fort élevé. Tant que la vue pouvoit s'étendre, on n'appercevoit autre chofe que des plaines arides, fans la moindre verdure, pas même l'ombre d'herbe, à l'exception de la vallée où nous avions paffé la nuit, & qui s'étendoit au loin.

Le Pophar nous affura que les inftructions que fes ancêtres lui avoient laiffées pour le

guider dans ce voyage, parloient d'une source
d'eau dans cette vallée, qui formoit une petite
rivière, mais que quelque tremblement de
terre, ou bien quelque inondation de sable,
l'avoit tarie, & qu'elle devoit couler actuellement sous terre, à moins qu'elle ne fût tout-
à-fait engloutie. Il nous dit aussi que, selon les
écrits les plus anciens qu'il tenoit de ses ancêtres, ces sables n'étoient autrefois, ni si
étendus, ni si dangereux à passer qu'ils le sont
aujourd'hui, mais qu'il y avoit plusieurs vallées
fertiles, assez près les unes des autres. Il ajouta
qu'il espéroit voir les signes qu'il cherchoit, &
sans lesquels il n'y avoit pas moyen d'aller plus
loin ; que, selon son éphéméride & ses mémoires, ils devoient paroître vers ce tems, à
moins qu'il n'arrivât quelque chose de fort extraordinaire. C'étoit le neuvième jour de notre
voyage dans ces déserts, & il étoit alors environ huit heures du matin. Le Pophar regardoit à
tout moment vers le sud, ou le sud-ouest, &
paroissoit extrêmement inquiet de ce qu'il ne
voyoit rien. Il s'écria enfin avec une grande
joie : ils viennent ! Regardez-là vers le sud-
ouest, & étendez votre vue aussi loin que vous
pourrez, pour voir si vous n'appercevez pas
quelque chose. Nous lui dîmes que nous n'y
voyions autre chose que des tourbillons de

E iij

fable que le vent chaffoit de côté & d'autre.
Juftement, dit-il, c'eft le figne qu'il nous faut ;
mais regardez bien de quel côté le vent les
chaffe. Nous répondîmes que c'étoit vers l'eft,
autant que nous en pouvions juger. Cela eft
encore vrai, repliqua-t-il. Puis fe tournant vers
l'oueft, avec un peu de variation vers le fud,
tous ces vaftes déferts, continua-t-il, font actuellement dans une confufion fi affreufe, que
les hommes & les beftiaux y feroient enfévelis
d'abord fous ces montagnes de fable. A peine
eut-il achevé de parler, que nous vîmes, dans
l'éloignement, dix mille petits jets de fable,
qui s'élevoient & tomboient vers l'eft avec une
rapidité & une confufion épouvantables, &
des nuées épaiffes de fable & de pouffière qui
les fuivoient. Allons, dit-il, defcendons dans
la vallée, car il faut que nous y reftions jufqu'à
ce que nous voyions comment les chofes tour-
neront.

Comme cet évènement me paroiffoit plus
nouveau que tout ce que j'avois encore vu, &
que j'avois une grande idée de la fcience du
Pophar, je pris la liberté de lui demander quelle
étoit la caufe de ce phénomène fubit. Il me dit
que quand la lune étoit dans fon plein, il tomboit
toujours des pluies prodigieufes, qui venoient
de la partie occidentale de l'Afrique, en-deçà

de l'équateur ; que, dans le commencement, elles alloient pendant quelque tems vers le fud-oueft, après quoi elles tournoient plus au fud, & traverfoient la ligne jufqu'à ce qu'elles parvinffent à la hauteur de la fource du Nil, où elles tomboient pendant trois femaines ou un mois de fuite, ce qui étoit caufe des inondations de ce fleuve. Mais qu'en deçà de l'équateur, il ne pleuvoit qu'environ quinze jours, & que ces pluies étoient précédées de tourbillons & de nuées de fable, qui rendoient ces déferts impraticables, jufqu'à ce que la pluie les fît ceffer.

En difcourant ainfi, nous arrivâmes à l'endroit que nous avions choifi pour nous repofer ; & quoique nous n'euffions befoin ni de fommeil, ni de rafraîchiffement, nous ne laifsâmes pas de profiter du tems, pour goûter la fraîcheur de la foirée, & nous recréer après tant de fatigues, n'y ayant pas d'apparence que nous puffions nous remettre en route avant le foir du lendemain, au plutôt.

A cinq heures du foir, le Pophar nous dit de retourner avec lui à l'endroit le plus élevé du défert ; qu'il lui manquoit encore un figne ; qu'il efpéroit voir le même foir ; fans quoi nous rifquions de manquer d'eau, notre provifion étant prefque épuifée, & n'ayant point d'efpé-

rance de trouver de fources dans les déferts
que nous avions encore à traverfer, fi ce
n'étoit à deux journées près de la fin de notre
voyage. Mais comme il étoit prefque fûr de
voir le figne qu'il demandoit, il ne me paroiffoit pas, à beaucoup près, auffi inquiet,
qu'il l'avoit été la première fois; car, quoiqu'il fût notre gouverneur ou notre capitaine,
& qu'on eût pour lui les égards les plus refpectueux, cependant il nous traitoit en tout
comme fes enfans, & nous témoignoit toute la
tendreffe d'un père. S'il marquoit de la préférence pour quelqu'un, c'étoit pour moi; il me
témoignoit continuellement la plus grande tendreffe, dont mes compagnons furent charmés,
loin d'en être jaloux. Jamais frères n'ont vécu
avec plus d'union que nous. Les plus âgés pre-
noient plaifir à voir nos jeux & nos divertiffemens; ils étoient d'un caractère un peu plus férieux que les Italiens; mais leur gravité étoit
accompagnée d'une tranquillité admirable & de
la meilleure humeur du monde. Jamais je n'ai vu
de peuple qui ait un air auffi libre; ils fembloient
ne reconnoître d'autre fujettion que celle qu'impofe le refpect dû à leurs parens.

Nous vîmes, de la hauteur où nous étions
montés, les tourbillons de fable qui volti-
geoient encore; mais ce qu'il y a de furprenant,

c'eſt que ce tumulte aërien ne ſe fit point ſentir
du côté où nous étions ; tout l'orage alloit en
ligne preſque parallèle avec l'équateur : l'air paroiſſoit comme un brouillard noir & épais vers
l'eſt & le ſud-eſt, car tous les tourbillons étoient
portés de ce côté-là. Au bout de quelque tems,
le ciel s'éclaircit vers l'oueſt, comme ſi un
vent fort & réglé eût chaſſé les nuages. Enfin
nous apperçûmes, à l'extrémité de l'horiſon, le
bord d'une nuée prodigieuſe, extrêmement
noire, qui s'étendoit vers le ſud-oueſt &
l'oueſt, & qui s'élevoit lentement. Nous vîmes
bien qu'elle nous pronoſtiquoit une pluie abon-
dante.

A cette vue, tous ſe proſternèrent ; puis,
levant les mains & les yeux vers le ſoleil, ils
ſembloient adorer ce grand luminaire. Le Pophar prononça, à haute voix, quelques paroles
que je n'entendis point, mais je compris qu'il
remercioit cet aſtre de ce qu'il avoit vu. Je
me retirai, & me tins éloigné, non par crainte
pour ma vie, comme auparavant, mais pour
ne point participer à leur culte idolâtre. Car
je ne pouvois plus ignorer qu'ils n'euſſent une
fauſſe idée de Dieu, & que, s'ils en recon-
noiſſoient un, c'étoit le ſoleil : ce qui eſt, à
la vérité, l'idolâtrie la moins déraiſonnable
que l'homme puiſſe commettre ; mais cepen-

dant qui en eſt une toujours très-criminelle.

Lorſqu'ils eurent fini leurs prières, le Pophar me dit, en ſe tournant vers moi : je vois bien que vous ne voulez pas vous joindre à nous dans nos cérémonies religieuſes ; mais je puis vous aſſurer que c'eſt à cette nue que nous devons tous la vie ; & comme ce grand ſoleil, continua-t-il en montrant cette planète, eſt la cauſe qui l'élève, comme il eſt le conſerva-teur de tous les êtres, nous croyons devoir lui rendre des actions de graces. Il s'arrêta en cet endroit, comme pour attendre ma ré-ponſe.

Je ne voulois pas entrer dans une diſpute ſur la religion, ſachant que rien n'eſt plus inutile, ni moins convaincant que ces ſortes de diſ-cuſſions, dont tout le fruit eſt communément d'engendrer des querelles & des animoſités ; cependant je me crus obligé, en cette occa-ſion, de faire profeſſion de ma croyance, & de défendre l'honneur de mon Dieu contre un culte idolâtre. Je lui répondis donc avec beau-coup de reſpect, que cette belle planète étoit bien une des cauſes phyſiques de la conſerva-tion de nos êtres, & de la production de toutes choſes ; mais qu'elle avoit été elle-même créée par un Dieu tout-puiſſant, la cauſe première, & l'auteur de tout ce qui eſt aux cieux & ſur la

terre. Le soleil ne faisant que se mouvoir par
ses ordres, comme un être inanimé, incapable
d'entendre nos prières, & ne pouvant agir que
par sa direction; cependant, que je voulois bien
me joindre à lui pour rendre de sincères actions
de grace au Dieu tout-puissant, de ce qu'il
avoit créé le soleil, dont la chaleur efficace
avoit fait élever cette nue pour sauver nos
jours. C'est ainsi que, sans blesser ma religion,
je tâchai d'ajuster ma réponse avec son discours.
Je n'avois pas bien démêlé encore ce qu'étoient
ces inconnus; car je vis qu'ils étoient plus mystérieux dans ce qui regardoit leur religion, que
dans toute autre chose; ou plutôt c'est en cela
seul qu'ils sembloient se cacher de moi.

Le Pophar réfléchit quelque tems sur ce que
je venois de lui dire, & me dit : Vous ne vous
trompez pas de beaucoup, vous & moi nous dis-
cuterons cette affaire une autre fois. Il changea
ensuite de discours par rapport aux jeunes gens
qui nous entouroient, parce qu'il ne vouloit
pas piquer leur curiosité sur les matières de
religion

Le soleil étoit couché lorsque nous arrivâmes
au petit bois que nous avions choisi pour le lieu
de notre repos; nous vîmes quelques grains de
sable semés çà & là, comme de la grêle qu'un
vent impétueux, joint à quelques tourbillons,

avoit chaffés de notre côté, ce qui nous fit appréhender une pluie de fable; mais il nous dit
de ne rien craindre, parce qu'il voyoit, par fes
papiers, que les ouragans n'étoient jamais violens dans l'éloignement où nous étions, leur nature étant d'aller plus en parallèle avec l'équateur; mais qu'il étoit sûr que nous aurions un
peu de pluie; qu'ainfi il falloit bien affermir nos
tentes, & mettre tous nos vaiffeaux à l'air pour
faire provifion d'eau.

Après avoir foupé, nous allâmes nous promener dans la vallée, en difcourant fur la nature de ces phénomènes. Nous ne nous mîmes
pas en peine de dormir fitôt, nous étant fi bien
repofés le même jour, & devant y refter la nuit
fuivante, & le lendemain encore. La vallée devenoit plus agréable à mefure que nous avancions; nous trouvâmes des dates & d'autres
fruits, mais ils n'étoient pas auffi bons que ceux
de la première vallée. Je demandai au Pophar
quelle étoit l'étendue de cette vallée, & fi elle
étoit habitée: il me répondit qu'elle pouvoit
s'étendre de plufieurs côtés entre les montagnes, où il y avoit eu autrefois une rivière
qui étoit perdue aujourd'hui dans les fables,
mais qu'il ne croyoit pas que perfonne avant
eux eût ofé fe hafarder fi avant dans ces horribles déferts; & que, fuivant fes mémoires,

leurs ancêtres étoient les premiers qui s'y étoient frayés un chemin.

Pour voir s'il avoit quelque connoiſſance certaine de la longitude, objet de tant de travaux & de recherches chez les européens, je lui demandai comment il pouvoit être sûr que ce fût-là l'endroit dont ſes mémoires parloient, & par quelle règle il pouvoit juger du chemin qu'il avoit fait, ou ſavoir quand il falloit ſe détourner à droite ou à gauche. Après quelques momens de réflexion, il me répondit, ſans paroître embarraſſé, qu'ils ſavoient, par l'aiguille, combien ils s'éloignoient du pôle boréal ou du pôle ſeptentrional, du moins juſqu'à ce qu'on fût arrivé au tropique ; qu'outre cela, on pouvoit prendre le méridien & la hauteur du ſoleil ; & que, ſachant la ſaiſon de l'année, on pouvoit voir par-là combien on s'approchoit, ou l'on s'éloignoit de l'équateur.

Cela eſt vrai, dis-je ; mais, comme à chaque pas que vous faites, le méridien change, comment pouvez-vous ſavoir combien vous faites de chemin vers le levant ou vers le couchant, lorſque, de l'un ou de l'autre côté, vous allez en ligne parallèle avec le tropique ou l'équateur ? Il rêva encore quelque tems ; & ſoit qu'il ne pût me donner une réponſe ſatisfaiſante, ſoit qu'il ne voulût pas me dire ſon secret (le premier eſt le plus probable) : vôtre curioſité, dit-il, me fait plaiſir ; je vois que vous êtes au fait de la difficulté. Nous n'avons, continua-t-il, d'autre façon que de remarquer exactement combien de chemin nos dromadaires font par heure, ou par jour ; nous allons toujours, comme vous avez vu, à-peu-près le même pas ; nous ſavons tous les endroits où nous devons nous arrêter pour nous rafraîchir, & le tems que nous y mettons. En partant d'Egypte, nous avons voyagé directement vers le couchant ; nos dromadaires font tant de chemin par heure : ainſi nous ſavons combien de chemin nous faiſons vers le couchant. Si nous déclinons vers le nord ou le ſud, nous ſavons auſſi combien de milles nous avons fait en tant d'heures ; & par-là il nous eſt aiſé de calculer de combien nous nous éloignons du couchant. Il eſt vrai que nous ne pouvons pas le faire avec une exactitude démonſtrative, mais auſſi nous ne nous trompons que de très-peu de choſe.

C'eſt tout ce que je pus apprendre de lui pour lors ; mais ce n'en étoit pas aſſez pour réſoudre la difficulté. Je lui demandai enſuite ce qui les avoit engagés à tenter ce chemin, & à chercher une demeure inconnue à tout le reſte du monde ; il me dit que c'étoit pour con-

ferver leur liberté & leurs loix. Voyant qu'il
me répondoit en des termes fi généraux, je
craignis de lui en demander davantage.

La nuit devenoit fombre & noire, quoique
la lune fût dans fon plein. Il s'éleva un vent
furieux ; le tonnerre commença à gronder ; les
éclairs brilloient de toutes parts : bientôt tout
le ciel nous parut embrafé. Nous retournâmes
au plus vîte à nos tentes ; & quoique nous ne
fuffions couverts que des bords d'un nuage
épais, il tomba tant de pluie, que nous eûmes
bientôt rempli tous nos vaiffeaux. Le tonnerre
fe faifoit alors à peine entendre : & ce qui nous
confoloit, c'eft qu'il s'éloignoit de nous vers
l'eft. Les plus âgés de notre compagnie paroiffoient peu s'inquiéter de ces fignes affreux,
parce qu'ils y étoient accoutumés ; mais, pour
moi, j'avoue que je ne fus pas fans crainte ;
j'attendois avec impatience la fin de l'orage,
faifant mille réflexions fur la grande connoiffance que ces hommes devoient avoir des loix
de la nature.

Je repaffois dans mon efprit tout ce que
j'avois vu & entendu, ne pouvant pas deviner
encore quels étoient ces étrangers, lorfqu'un
accident imprévu me fit voir que je me con-
noiffois auffi peu moi-même, que je les con-
noiffois : la chaleur étoit fi violente, que nous

nous étions mis en chemife, la poitrine toute
découverte pour mieux nous rafraîchir ; un
éclair prodigieux donna contre la poitrine d'un
des jeunes-gens qui étoit précifément vis-à-vis
de moi, & me fit voir une médaille d'or très-
brillante, qu'il avoit pendue au col, fur laquelle
étóit gravée la figure du foleil, entourée de
caractères inconnus ; elle reffembloit parfaitement à celle que ma mère avoit toujours portée, & que, depuis fa mort, j'avois gardée fur
moi pour l'amour d'elle. Que fignifie cette me-
daille, domandai-je alors avec un air extrêmement expreffé : j'en ai une toute femblable.

Quoi ! vous ? reprit le Pophar, frappé d'é-
tonnement : vous, une de ces médailles ! Grand
Dieu ! feroit-il poffible ! ..... Mais, par quel
hafard, comment, & de qui la tenez-vous ?
Je lui dis, en la tirant de ma poche, que ma
mère l'avoit toujours portée à fon cou depuis
fon enfance. Il me l'arracha des mains à l'inftant ; il la regarda à la lumiere des éclairs ; il
la reconnut. Grand foleil, s'écria-t-il alors,
quel eft donc ce myftère ! Il me demanda encore comment je l'avois eue ; comment elle
étoit tombée entre les mains de ma mère, &
qui étoit ma mère. Dès qu'il eut repris fes fens,
je lui dis qu'elle étoit fille adoptive d'un noble
commerçant de Corfe, qui lui avoit donné tous

fes

fes effets, lorfque mon père l'époufa ; qu'elle avoit été mariée à l'âge de treize ans ; que j'en avois actuellement dix-neuf ; & que, comme j'étois fon fecond fils, elle devoit avoir quarante ans lorfqu'elle mourut. Il faut que ce foit la fille d'Ifiphéna, s'écria t-il tout tranfporté, ce ne peut être qu'elle. Enfuite me ferrant entre fes bras, vous êtes maintenant, me dit-il, réellement un de nous, puifque vous êtes petit-fils de ma chère fœur Ifiphéna. Ce fouvenir fit verfer des larmes au vénérable vieillard. Hélas ! continua-t-il, votre mère fut perdue au Caire, à-peu-près dans le tems dont vous parlez, avec une fœur jumelle, dont je crains bien de ne pouvoir jamais découvrir la deftinée. Je me rappellai alors que j'avois ouï dire à ma mère, que le gentilhomme dont elle tenoit fa fortune, l'avoit achetée très-jeune d'une femme turque de cette ville ; qu'étant charmé de fes façons & de fa beauté naiffante, & n'ayant aucun enfant, il l'avoit adoptée. Ah ! fans doute, c'étoit elle-même, dit le Pophar ; mais fa fœur, qu'eft-elle devenue ? car Ifiphéna mourut en couche des deux. Je lui dis que je n'en avois jamais entendu parler.

Il m'apprit que c'étoit le mari de fa fœur qui étoit le conducteur des Mezzoraniens qui alloient vifiter les tombeaux de leurs ancêtres ;

comme il l'étoit alors ; qu'ayant été forcé de
céder aux importunités de fa femme, il avoit
confenti à la mener avec lui dans le dernier
voyage qu'il fit, quoique les loix de leur pays
défendiffent abfolument aux femmes de faire ce
voyage ; mais qu'elle s'étoit habillée en homme,
& avoit paffé, à la faveur de ce déguifement,
pour un des jeunes gens qui devoient l'accompagner. Elle fe trouva, me dit-il, enceinte au
Caire, où elle accoucha de deux filles, &
mourut en couche, amèrement regrettée de
fon mari. On tranfporta fon corps à Thèbes, où
repofoient fes ancêtres, pour y être inhumé ;
mais, lorfqu'ils quittèrent le Caire, ils furent
obligés de laiffer les enfans à une nourrice du
pays, avec quelques domeftiques égyptiens,
chargés du foin de la maifon & des effets. La
nourrice & les domeftiques profitèrent de leur
abfence, emportèrent tout, & s'enfuirent. Nous
avons cru, continua-t-il, qu'ils avoient tué les
enfans, après avoir pillé la maifon (car on n'a
jamais pu découvrir ce qu'ils étoient devenus);
mais ils ont mieux aimé les vendre ; j'en juge
par le fort de votre mère. A l'égard de fa fœur,
le grand auteur de notre être peut feul favoir
fi elle eft encore vivante, & quel lieu de la
terre elle habite. Nous fommes charmés, pour-
fuivit-il, d'avoir trouvé en vous un rejetton

précieux de notre famille ; je crus aussi, la première fois que je vous vis, entrevoir en vous
quelque chose qui n'est pas donné aux autres
hommes. Mais c'est trop long-tems, dit-il, priver mes compagnons & mes enfans du bonheur
de reconnoître un frère, & de l'embrasser.
Venez, vous allez être uni, encore une fois, à
nous par les liens les plus doux, & en même
tems les plus saints & les plus sacrés. Nous
nous embrasâmes tous alors avec des transports de joie inexprimables, & toutes mes
craintes se dissipèrent. Au lieu du pays où le
hasard m'avoit fait naître, j'avois trouvé une
patrie qui devoit d'autant plus me flatter,
qu'elle étoit habitée par le peuple le plus poli
& le plus civilisé du monde ; je m'en formois
les idées les plus agréables & les plus riantes ;
le plaisir que je me promettois, n'étoit altéré
que par la triste réflexion que je faisois, que
je serois obligé de vivre avec des payens.
  Je résolus cependant de n'oublier, en aucune
occasion, que j'étois chrétien ; c'est pourquoi,
lorsque le Pophar voulut attacher la médaille
à mon cou, comme une marque de ma naissance, je fis quelque difficulté, craignant que
ce ne fût un emblême de leur idolâtrie ; d'autant plus que je voyois qu'ils étoient extrêmement superstitieux. Je lui demandai donc ce que

signifioit la figure du soleil, & les caractères inconnus qui y étoient gravés : il me dit que ces caractères se prononçoient : *omabin*, qui veut dire, *le soleil est l'auteur de notre être*, ou, dans un sens plus littéral, *le soleil est notre père*; *om* ou *on*, signifiant le soleil ; *ah*, père ; & *im* ou *mim*, nous. Cela me fit ressouvenir qu'ils m'avoient dit, en Egypte, qu'ils étoient les enfans du soleil, & me donna en même tems quelque inquiétude ; j'appréhendois toujours qu'ils ne fussent idolâtres : ainsi je lui dis que je gardois la médaille comme une marque de ma patrie, mais que je ne pouvois reconnoître que Dieu pour l'auteur suprême de mon être. Quant à cet auteur suprême, me dit-il, vos opinions diffèrent un peu des nôtres ; mais laissons à un autre tems les affaires de religion, & finissons cette heureuse journée par des actions de graces à l'Etre suprême, pour la découverte que nous venons de faire ; demain matin, puisque vous êtes à cette heure réellement un de nous, je vous instruirai de votre origine, & des causes qui nous ont fait chercher un asyle dans ces tristes déserts.

Le Pophar m'appella le lendemain matin. Mon fils, me dit-il, pour m'acquitter de la promesse que je vous fis hier au soir, je veux vous apprendre quels étoient nos ancêtres, afin de vous diftinguer de ces hommes groffiers qui ignorent la fource d'où ils ont pris naiffance, & qui s'embarraffent peu de la connoître, pourvu qu'ils continuent de ramper fur la terre. Il faut vous rappeller la converfation que nous eûmes dans la première vallée où nous nous fommes arrêtés ; je crois qu'il vous fouvient encore que je vous ai dit que nous fommes originaires d'Egypte : quand vous m'avez demandé ce qui avoit pu nous engager à tenter le paffage de ces affreux déferts, je vous ai répondu que c'étoit pour conferver notre liberté & nos loix. Aujourd'hui que vous nous appartenez de fi près, je veux vous inftruire davantage touchant notre origine.

Nos ancêtres viennent originairement d'Egypte, pays jadis le plus heureux du monde ; mais il n'a porté le nom d'Egypte, & fes habitans celui d'Egyptiens, que long-tems après que nous en fommes fortis : fon premier nom étoit Mezzoraïm ; c'étoit auffi celui du premier homme qui peupla ce pays, & dont nous tenons encore le nom de Mezzoraniens.

Nos premiers ancêtres nous ont tranfmis une tradition, qui porte que, lorfque la terre fortit de deffous l'eau, fix perfonnes, favoir trois hommes & trois femmes, en fortirent auffi en même tems. Elles avoient été, ou produites par

G iij

le soleil, ou envoyées par la suprême puissance pour l'habiter. Mezzoraïm, notre premier fondateur, en étoit un. Leur nombre augmentant considérablement, il choisit pour sa demeure le pays qu'on nomme aujourd'hui l'Egypte, & alla s'y établir avec soixante de ses enfans & petits-enfans, qu'il mena tous avec lui, les gouvernant en vrai père, & leur apprenant à vivre ensemble comme les frères d'une même famille.

Mezzoraïm aimoit la paix & la tranquillité; il haïssoit l'effusion de sang, dont Dieu, disoit-il, juste & puissant comme il est, ne manque jamais de punir le coupable auteur. Il s'appliqua principalement à l'étude du ciel avec beaucoup de succès; &, à force de méditer & de réfléchir sur les grands ouvrages du créateur, il créa lui-même nos arts. Tha-oth (1) son petit-fils les perfectionna, & le surpassa de beaucoup en connoissances, sur-tout dans les sciences sublimes. Nos ancêtres vécurent ainsi pendant quatre cens ans; ils étoient répandus par toute l'Egypte, & jouissoient du bonheur de la paix & des sciences, sans connoître ce que c'étoit

(1) Tha-oth, philosophe égyptien, vivoit avant Mercure ou Trismégiste; quelques-uns croyent que c'est le même.

que de tromper, ni d'être trompés, & fans
faire, ni craindre qu'on leur fît aucun mal. Mais
les malheureux defcendans des Hicksoes, en-
vieux des douceurs dont ils jouiffoient, & de
la richeffe de leur pays, vinrent fondre fur eux
comme un torrent ; &, après avoir tout détruit, ils s'emparèrent de l'heureux féjour que
nos ancêtres avoient rendu fi floriffant. Les innocens Mezzoraniens, qui haïffoient l'effufion
de fang, & qui ignoroient l'injuftice & la violence, fe laissèrent tuer comme des agneaux ;
ils virent violer leurs filles & leurs femmes ;
& ceux que l'impitoyable ennemi épargnoit,
furent faits efclaves, & condamnés à labourer
la terre pour leurs nouveaux maîtres.

Le Secretaire. Les inquifiteurs l'interrompirent en cet endroit, pour lui demander s'il
ne croyoit pas qu'il fût permis, dans certains
cas, de repouffer la violence par la violence ;
ou fi, felon les loix de la nature, les Mezzoraniens n'étoient pas en droit de réfifter à leurs
cruels ennemis, même jufqu'à répandre leur
fang ; & s'il penfoit qu'il ne fût pas bien de
punir de mort des malfaiteurs publics, pour
la confervation de tout un état. Comme ils
craignent toujours qu'on ne veuille femer de
nouvelles opinions, leur intention étoit de le
fonder, pour voir fi, par hafard, il n'avoit pas

G iv

deffein de dogmatifer , & d'avancer des opinions erronées , foit en foutenant pour permifes
des chofes qui ne l'étoient pas , foit en niant
l'équité de chofes que la loi de la nature autorife.

GAUDENCE. Ils auroient , fans doute , pu
réfifter dans le cas dont il s'agit , & même répandre le fang de leurs ennemis ; & je ne doute
point qu'il ne foit permis de facrifier au repos
d'un état ces monftres qui le troublent & qui le
dévorent. Je ne fais que vous raconter , mes
révérends pères , la façon de penfer de ce
peuple. Quant à la punition de leurs criminels ,
vous verrez , lorfque je parlerai de leurs loix
& de leurs coutumes , qu'ils ont d'autres façons
de punir les crimes , auffi efficaces que la mort
même. Il eft vrai que , comme ils font renfermés en eux-mêmes , & qu'ils n'ont aucun commerce avec les autres nations , ils ont fu conferver , dans un degré éminent , leur première
innocence.

L'INQUISITEUR. Pourfuivez.

GAUDENCE. Le Pophar continua fon récit en
ces termes. Mais ce qu'il y avoit de plus affreux , c'eft que ces impies Hickfoes les for-
çoient d'adorer des hommes , des bêtes , &
même des infectes , comme autant de dieux ;
ils les obligèrent même de venir voir facrifier

leurs enfans à ces dieux inhumains. Cette af-
freuse calamité se fit sentir d'abord dans les
contrées de la basse Egypte, qui étoit alors la
plus florissante. Ceux qui purent échapper à
leur fureur, se réfugièrent dans l'intérieur du
pays, flattés de l'espérance de voir adoucir,
dans peu, l'excès de leur infortune. Mais,
hélas ! que pouvoient-ils faire ? ils ne con-
noissoient pas l'usage des armes, & leurs loix
leur défendoient de détruire leur propre espèce. Ils s'attendoient cependant, à tout moment, à être massacrés par leurs cruels ennemis.
Le pays où ils s'étoient retirés, étoit trop petit
pour les contenir, quand même ils auroient
pu y vivre en paix. Dans cette détresse, les
chefs des familles ne furent pas d'accord sur le
parti qu'il y avoit à prendre, ou plutôt ils n'en
voyoient aucun. Les uns se sauvèrent dans les
déserts voisins, qui s'étendent de chaque côté
de la haute Egypte : déserts horribles, comme
vous l'avez pu voir. Enfin, tous étoient dis-
persés comme un troupeau de timides mou-
tons, qui fuit devant des loups ravissans. La
consternation étoit si grande, qu'ils résolurent
de fuir jusqu'aux extrémités de la terre, plutôt
que de tomber entre les mains de ces monstres
inhumains. La plus grande partie fut d'avis de
bâtir des vaisseaux, & de se confier à la mer.

Notre illuftre père Mezzoraïm leur avoit enfeigné l'art de conftruire des bateaux, dans
lefquels ils traverfoient les bras de la grande
rivière (le Nil) : quelques-uns prétendent qu'il
les inventa lui-même, & qu'il s'étoit fauvé, par
ce moyen, dans le tems d'un grand déluge qui
inonda tout le pays. Dans la fuite, ils perfec-
tionnèrent fi bien cette invention, qu'ils paffoient la petite mer fans aucune difficulté. Ils
convinrent donc de bâtir des vaiffeaux ; mais
l'embarras étoit de favoir où ils iroient. Les
uns vouloient aller par une mer, les autres par
une autre. Cependant ils fe mirent tous à travailler : de forte que, dans l'efpace d'un an, ils
eurent fabriqué un grand nombre de barques,
qu'ils effayèrent en faifant de petits voyages le
long des côtes, redreffant chaque fois tout ce
qui leur paroiffoit défectueux, & y ajoutant ce
qu'ils croyoient pouvoir contribuer à leur plus
grande fûreté. Ils fe flattèrent alors, ou du
moins le defir qu'ils avoient de fuir leurs ennemis, leur fit imaginer qu'ils pouvoient paffer
l'océan, même fans danger. Comme nos ancêtres s'étoient adonnés principalement à l'é-
tude des arts & des fciences, & à la connoiffance de la nature, il n'y avoit pas de peuple
au monde auffi propre qu'eux pour de pareilles
entreprifes ; la connoiffance du danger qui les

menaçoit, reveilla leur industrie, & leur fit trouver des expédiens qu'une cruelle & pressante nécessité peut seule faire imaginer.

La plûpart de ces infortunés étoient des hommes qui avoient fui en foule de la basse Egypte. Les habitans de la haute Egypte, quoiqu'ils fussent extrêmement consternés, & qu'ils construisissent à la hâte des vaisseaux, n'étoient cependant pas agités de craintes aussi vives que les autres, voyant que les Hicksôes se tenoient encore tranquilles dans leurs nouvelles possessions. Mais, sur la nouvelle qu'ils apprirent, que les Hicksôes commençoient à renuer encore, & qu'il en arrivoit de nouvelles légions qui alloient se répandre par-tout le pays, ils résolurent de ne plus différer leur départ, & de s'abandonner, eux, leurs femmes & leurs enfans, avec tous leurs effets les plus précieux, à la merci des flots, plûtôt que de s'exposer à la cruauté de ces farouches usurpateurs. Ceux qui étoient venus de la basse Egypte résolurent de traverser la grande mer, & portèrent, avec un travail incroyable, tous leurs matériaux & leurs effets, tantôt par terre, tantôt par eau, jusqu'à ce qu'ils fussent arrivés au bras extérieur du Nil; car, quoique leurs ennemis passassent l'isthme pour arriver en Egypte, ils ne s'étoient point encore emparés de ce paſſage. Il ſeroit inutile de vous dépeindre les regrets qu'ils eurent d'être obligés de quitter leur chère patrie. Je vous dirai ſeulement qu'ils traversèrent la grande mer, & ne s'arrêtèrent que lorſqu'ils furent parvenus à une autre mer, auprès de laquelle ils fixèrent leur demeure, afin de pouvoir ſe ſauver encore, au cas qu'ils fuſſent pourſuivis. C'eſt ce que nous avons appris par les relations de nos ancêtres, qui rencontrèrent quelques-uns d'eux qui venoient viſiter, comme nous, les tombeaux de leurs parens décédés ; mais il y a un tems infini que nous n'en avons entendu parler.

Les autres, qui étoient en bien plus grand nombre, deſcendirent la petite mer ; ils ne s'arrêtèrent ni ne mouillèrent en aucun endroit, qu'ils ne fuſſent arrivés à un débouché de cette mer fort étroit, & par lequel ils paſſèrent dans le vaſte océan ; & de-là, prenant leur route à main gauche, ils entrèrent dans la mer orientale. Mais nous ignorons ſi l'impitoyable abîme ne les aura point engloutis, ou bien ſi les vents ne les auront point jettés dans quelque pays inconnu, car on n'a jamais eu de leurs nouvelles. Il eſt vrai que depuis peu d'années nous avons entendu parler au Caire d'une nation extrêmement nombreuſe, & très-civiliſée dans les parties du monde oriental, & dont les loix

& les ufâges ont quelque reffemblance aux nôtres ; mais comme nous n'avons jamais vu de gens de ce pays-là, nous ne faurions dire ce qu'ils font.

Le père de nôtre nation, & qui étoit le prêtre du foleil à No-om, que ces infidèles nommèrent dans la fuite No-Ammon, par rapport au temple d'Hammon, étoit cruellement agité pendant cette calamité générale ; mais il ne croyoit pas encore que les Hickfoes pénétraffent fi avant dans le pays. Il jugea cependant que la prudence vouloit qu'il cherchât un afyle pour lui & pour fa famille, en cas de befoin. Il defcendoit en ligne directe du grand Tha-oth, & étoit parfaitement verfé dans toutes les fciences de fes ancêtres. Il conjectura qu'il devoit certainement y avoir quelque pays habitable au-delà des fables qui l'entouroient, & où il pouvoit fe réfugier avec fes enfans, & y demeurer au moins jufqu'à ce que ces troubles fuffent paffés, s'il trouvoit un chemin pour les y conduire ; car il ne comptoit pas pour lors être obligé de quitter fa patrie pour toujours. Il réfolut donc en vrai père de fon peuple, comme le nom de Pophar le fignifie, de rifquer fa propre vie plutôt que d'expofer toute fa famille au danger de périr dans ces affreux déferts. Il avoit cinq fils & cinq filles, tous mariés à autant de fils & de filles de son frère, qui étoit mort. Ses deux fils aînés avoient même des enfans, mais les autres n'en avoient point encore. Il laissa à son fils aîné le gouvernement & le soin de tout, au cas qu'il lui arrivât malheur, & mena avec lui les deux plus jeunes de ses enfans, dont la famille pouvoit plus aisément se passer. S'étant pourvu de la quantité d'eau qu'il falloit pour dix jours, de pain & de fruits secs autant qu'il leur en faudroit pour vivre, il résolut de voyager cinq jours sur ces sables; & si au bout de ce tems il ne découvroit rien, de revenir avant que leurs provisions fussent épuisées, & de tenter ensuite la même chose d'un autre côté.

Il partit enfin avec beaucoup de secret, & allant toujours directement vers le couchant, afin de pouvoir mieux connoître la route qu'il tenoit, il arriva à la première vallée que nous avons vue: il y trouva de l'eau & des fruits en abondance; il en examina l'étendue, & il vit qu'il y avoit assez de place pour plusieurs milliers d'habitans, au cas que leur nombre augmentât, & qu'ils fussent forcés d'y faire un long séjour, comme en effet cela arriva. Ils firent ensuite leur provision de dattes & des fruits, que la terre produisoit naturellement, beaucoup plus beaux qu'en Egypte, afin de les

faire voir à leurs compatriotes pour les encourager à entreprendre cette tranfmigration. Le
tems fixé pour fon retour s'étoit écoulé dans
le long féjour qu'il avoir fait pour examiner
cette vallée, & fes gens le crurent perdu. Mais
la joie qu'ils eurent de le voir revenir lorfqu'ils
ne l'efpéroient plus, & la peinture qu'il leur
fit de cette belle & heureufe retraite, les fit
réfoudre d'une voix unanime à le fuivre. Ainfi,
fur la première nouvelle qu'ils eurent des mouvemens des Hickfoes, ils emballèrent tous leurs
effets & toutes leurs provifions, avec tout le
fecret poffible ; & fur-tout ils eurent foin d'emporter tous les monumens des arts & des fciences que leurs ancêtres leur avoit laiffés, & de
faire des remarques exactes fur chaque partie
de leur chère patrie qu'ils alloient quitter, non
fans efpérance de la revoir quand l'orage feroit
paffé.

Ils arrivèrent fans accident, & réfolurent de
ne vivre que fous des tentes, en attendant qu'ils
puffent retourner dans leur pays natal. A mefure que leur nombre augmentoit, ils s'étendoient plus avant dans la vallée, qui devenoit
plus fpacieufe, & leur fourniffoit abondamment tout ce qui eft néceffaire & utile à la vie;
enforte qu'ils vécurent dans l'exil le plus heureux qu'ils puffent fouhaiter, mais fans ofer,

pendant plufieurs années, fortir de la vallée,
de crainte d'être découverts.

Le Pophar fentant fa vieilleffe (car il avoit
prefque atteint l'âge de deux cens ans), quoiqu'il fût encore vigoureux & robufte pour fon
âge, réfolut de revoir fa patrie avant de mourir, & d'y apprendre tout ce qu'il pourroit
pour l'intérêt commun de fon peuple. Il fe dé-
guifa donc, & repaffa les déferts avec deux
hommes déguifés comme lui : mais quelle fut fa
douleur en arrivant fur les bords de l'Egypte,
de trouver que ces barbares Hickfoes s'étoient
répandus par-tout, & de voir les triftes reftes
de Mezzoraniens dans l'efclavage ! Ces barbares
avoient commencé à fe bâtir des habitations,
& à s'établir comme s'ils euffent formé le deffein de ne jamais abandonner ce pays. No-om
étoit devenu une de leurs principales-villes, &
ils avoient bâti un temple à leur dieu cornu,
qu'ils nommèrent No-Hammon; ils avoient établi des loix fi inhumaines, & commis tant de
cruautés, que ce vénérable vieillard ne put
s'empêcher de verfer un torrent de larmes fur
les malheurs de fa patrie défolée. Mais, comme
il étoit extrêmement pénétrant, il jugea aifé-
ment, par leur odieufe conduite, qu'ils ne
pouvoient pas manquer d'effuyer quelque nouvelle révolution en peu de tems. Quand il
eut

eut fait toutes ses observations, & qu'il eut
visité les tombeaux de ses ancêtres, il revint
à la vallée, & mourut dans l'endroit où vous
avez vu la pyramide qu'on a bâtie en son honneur. En effet, ce qu'il avoit prévu arriva peu
de générations après. Les naturels du pays désespérés de la domination tyrannique des Hicksoes, furent forcés d'enfreindre leurs loix primitives, qui leur défendoient de répandre le
sang : ils se soulevèrent tous ; & appellant leurs
voisins à leur secours, ils attaquèrent les Hicksoes dans le tems qu'ils s'y attendoient le moins,
& les chassèrent du pays. Ils avoient pour chef
un brave jeune homme, dont la mère étoit une
belle Mezzoranienne, & le père étoit Sabéan.
Après que ce jeune conquérant eut chassé les
Hicksoes, il établit une nouvelle forme de gouvernement, & se fit roi de ses frères, qu'il
gouverna dans un esprit de douceur & d'équité,
& devint très-puissant. Nos ancêtres envoyèrent de tems en tems quelques-uns des leurs
pour voir ce qui se passoit. Ils trouvèrent le
royaume dans un état très-florissant, sous le
conquérant Sofs (1), car c'est ainsi qu'il se nommoit. Lui & ses successeurs l'avoient rendu un
des plus puissans royaumes du monde ; mais les

_____

(1) Ou Sésostris.

Tome IV.   H

loix étoient différentes de ce qu'elles avoient
été du tems de nos ancêtres, & même de celles
que Sofs avoit établies. Quelques-uns de ses successeurs commencèrent à devenir tyrans ; ils
rendirent leurs frères esclaves, & inventèrent
une nouvelle religion ; les uns adoroient le soleil, d'autres les dieux des Hicksoes ; de sorte
que nos ancêtres, quoiqu'ils eussent bien pu retourner dans leur patrie, voyant qu'il leur seroit impossible de changer les loix injustes qui
y étoient établies, aimèrent mieux vivre inconnus dans leur vallée, & sous leur gouvernement patriarchal.

Dans la suite des tems, le nombre de nos ancêtres s'accrut si considérablement, que le pays
qu'ils habitoient ne pouvant plus les contenir,
ni fournir à leur subsistance, ils eussent été
obligés de retourner en Egypte, si une autre
révolution, qui y arriva, ne les eût forcés de
chercher une nouvelle habitation.

Ce changement fut causé par une race
d'hommes nommés Cnanims (1), aussi barbares
& aussi scélérats dans le fond, mais plus politiques que les Hicksoes. Quelques-uns prétendent que c'étoit un même peuple, & qu'étant
chassés de leur pays par d'autres plus puissans

_____

(1) Ou Chananéens.

qu'eux, ils étoient venus infester non-feulement toute la terre de Mezzoraïm, mais encore les côtes des deux mers, détruifant tout ce qu'ils rencontroient, & commettant des horreurs qui auroient fait frémir les Hickfoes mêmes. Perfide race d'hommes, qui a corrompu les mœurs innocentes de toute la terre !

Jamais nos ancêtres ne s'étoient trouvés dans un fi grand embarras ; il ne leur reftoit plus d'efpérance de revoir leur patrie ; de tous côtés ils étoient entourés de déferts. L'endroit qu'ils habitoient étoit trop petit pour tant de milliers d'hommes qu'ils étoient ; même ils ne favoient pas fi les détestables Cnanims, la nation la plus entreprenante qu'il y eût fous le foleil, ne les découvriroient pas quelque jour.

Dans cette détreffe ils réfolurent de chercher une nouvelle demeure : pour cet effet ils fe rappellèrent toutes les obfervations qu'ils avoient faites fur les cieux, le cours du foleil, les faifons & la nature du climat, & tout ce qu'ils crurent propre à leur faire connoître de quel côté il falloit aller. Ils ne doutèrent pas qu'il ne pût y avoir quelque pays habitable au milieu de ces vaftes déferts, peut-être auffi beau que la vallée où ils étoient, pourvu qu'ils puffent y arriver. Ils envoyèrent plufieurs per-

fonnes à la découverte, mais fans fuccès. Les
fables étoient trop étendus pour pouvoir les
traverfer fans eau, & ils n'y purent trouver ni
rivières ni fources. Les plus fages d'entr'eux
commencèrent enfin à réfléchir que les débordemens annuels de la grande rivière (le Nil),
dont on n'avoit jamais pu découvrir la fource,
ne pouvoient provenir que d'une grande quantité de pluie qui devoit tomber quelque part au
fud de la vallée qu'ils habitoient, & environ
dans la faifon de l'année où ils étoient ; & ju-
gèrent que s'ils pouvoient avoir le bonheur de
rencontrer ces pluies, non-feulement elles leur
fourniroient de l'eau, mais que le pays où elles
tomboient devoit certainement être fertile.

Le grand Pophar, affifté de quelques uns des
hommes les plus fages de l'état, réfolut généreufement de rifquer tout pour le falut de fon
peuple ; ils fupputèrent exactement en quel tems
arrivoient les débordemens du Nil, & le tems
que mettoient les eaux à defcendre jufques dans
l'Egypte. Ils crurent donc que s'ils pouvoient
feulement porter avec eux affez d'eau pour leur
fubfiftance, ces pluies, qu'ils efpéroient découvrir, les aideroient enfuite à aller plus loin.

Ils partirent enfin au nombre de cinq, avec
dix dromadaires chargés d'autant d'eau qu'il en
falloit pour quinze jours, dans le deffein de re-

venir au bout de ce tems, si leur voyage ne
leur réussissoit pas : ils prirent donc le même
chemin que nous avons pris, & arrivèrent à
l'endroit où nous sommes actuellement. Les observations qu'ils ont laissées, disent qu'ils y trouvèrent une petite rivière (elle a été engloutie
depuis par les sables) ; ils remplirent les vaisseaux d'eau, & montèrent sur les hauteurs,
comme nous avons fait, pour voir ce qui se
passoit. Les signes des terribles ouragans, qui
nous ont fait tant de plaisir, les mirent d'abord
au désespoir ; car le Pophar connoissant le danger qu'on court d'être enséveli sous ces sables,
ne songea qu'à s'en retourner au plus vîte, & à
se sauver des affreux tourbillons qui s'élevoient
dans l'air : cette crainte lui ôta toute espérance
de pouvoir jamais réussir de ce côté là : ainsi,
il ne pensa plus qu'aux moyens de s'en retourner avec sa compagnie. Voyant cependant que
l'orage ne les gagnoit pas, ils s'arrêtèrent dans
le dessein de faire encore quelques observations :
il leur parut qu'il ne tomboit que peu ou point
de pluie, excepté au-delà du sud de l'Egypte,
quand on avoit passé les tropiques ; d'où ils
conclurent qu'il falloit que les pluies fussent pa-
rallèles avec l'équateur, jusqu'à ce qu'elles
vinssent à la source du Nil, où elles causoient
ces débordemens prodigieux, dont les autres

H iij

hommes avoient tant de peine à rendre compte;
qu'il falloit enfin que ces pluies durassent long-
tems, & qu'il étoit probable que quoiqu'elles
commençassent par des tempêtes, elles pouvoient devenir fixes & continues, & qu'alors
elles ne devoient pas empêcher de voyager. Il
résolut donc d'abord de retourner à la première
vallée ; mais comme il étoit extrêmement prudent, il fit réflexion aussi-tôt que la même raison qui l'empêchoit de poursuivre son chemin,
le mettoit dans l'impossibilité de pouvoir revenir, & que cela ne pouvoit être que dans un
an, parce que ces pluies ne tomboient que dans
une seule saison ; cependant il résolut de continuer son voyage, ne doutant pas que s'il pouvoit trouver un pays habitable, il n'y trouvât
aussi des fruits dont il pourroit se nourrir en attendant le retour de la même saison.

Il ordonna donc à deux de ses compagnons
de s'en retourner par le même chemin qu'ils
étoient venus, & de dire à ses chers enfans de
ne pas l'attendre avant l'année prochaine, au
cas qu'il plût à la providence de permettre son
retour; mais que s'il ne revenoit pas à-peu-près
dans le tems du débordement du Nil, ils pouvoient le croire perdu, & qu'il ne falloit plus
tenter le même chemin. Ils prirent congé les uns
des autres, comme s'ils s'étoient dit un éternel

adieu, & partirent tous en même-tems ; les
deux reprirent le chemin de la première vallée, & les trois autres continuèrent courageu-
fement à chercher ces régions inconnues.

Les trois revinrent à l'endroit où nous fommes : ils furent furpris d'un orage femblable à
celui que nous venons d'effuyer : mais le Pophar remarquant que la tempête alloit toujours
obliquement, s'imagina que lorfque la première
violence feroit paffée, les pluies pourroient fe
fixer. Ce qu'il avoit prévu arriva le lendemain ;
& dès qu'il s'en apperçut, il fe recommanda au
grand auteur de notre être, & s'embarqua fur
ce vafte océan de fable, allant toujours vers le
fud-oueft, & côtoyant un peu le fud. Ils allèrent
auffi vîte qu'ils purent fur ce fable humide, jufqu'à ce que leurs dromadaires fuffent fatigués :
alors ils dreffèrent leurs tentes, & prirent quelques rafraîchiffemens pour fe mettre en état de
recommencer leur courfe, fachant bien que
leurs vies dépendoient de la diligence qu'ils feroient. Ils remarquèrent que les fables étoient
différens de ceux qu'ils avoient vus jufques-là,
& fi fins, que fans la pluie qui les avoit ab-
battus, le vent les auroit élevés de façon,
qu'ils n'auroient pas manqué d'en être étouffés.
Pour ne vous pas tenir trop long-tems en fuf-
pens, ils voyagèrent ainfi pendant dix jours,

H iv

au bout desquels la pluie commença à diminuer ; ils virent alors que leur vie ou leur mort seroient bientôt décidées. L'onzième jour la terre devenoit plus ferme en quelques endroits : ils commencèrent à voir un peu de mousse en plusieurs lieux, & de tems à autre quelques troncs d'arbres desséchés : l'espérance qu'ils avoient de trouver bientôt un pays habitable, se fortifia à cette vue. En effet, le terrein devenoit meilleur à chaque pas ; ils découvroient des endroits élevés couverts d'herbe, & des vallées qui sembloient servir de lit à des ruisseaux & à des rivières.

Le douzième & le treizième jour les tirèrent d'inquiétude, & leur firent voir un pays qui, quoiqu'il ne fût pas extrêmement fertile, avoit cependant & de l'eau & des fruits, & plus loin des montagnes & des vallées qui paroissoient florissantes & propres à être habitées.

A cette vue ils se prosternèrent par terre, & adorèrent le souverain créateur qui les avoit conduits sans accident au milieu de tant de dangers ; ils baisèrent ensuite la terre qui devoit être leur nourriture commune, &, à ce qu'ils espéroient, de toute leur postérité. Après s'être reposés pendant quelques jours, ils pénétrèrent plus avant dans le pays, qui devenoit meilleur à mesure qu'ils y avançoient.

Comme ils favoient qu'ils ne pouvoient s'en retourner que l'année fuivante, ils choifirent l'endroit le plus commode pour y établir leur féjour, & mirent des marques, de diftance en diftance, póur ne pas s'égarer. Ils montèrent d'abord fur les montagnes les plus élevées : mais quelle fut leur furprife , ou plutôt leur raviffement, en voyant de tous côtés un pays immenfe & floriffant , & qui , pour comble de bonheur, leur paroiffoit n'être point habité ! Ils fe promenèrent à loifir dans ces jardins naturels, où un printems éternel fembloit faire naître les fleurs & la verdure, tandis que l'automne mûriffoit les fruits les plus exquis. Ils découvroient des hauteurs fur lefquelles ils s'étoient placés, non-feulement des fources & des fontaines, mais encore des lacs & des rivières très-fpacieux. Enfin, ils ne doutèrent plus que le pays ne fût affez étendu pour contenir à l'aife des nations entières.

Ils virent, par le foleil, qu'ils étoient plus près de l'équateur qu'ils ne fe l'étoient imaginé, de forte qu'ils paffèrent-là l'efpace moyen entre le tropique & la ligne.

Etant de retour à leur première ftation, ils y attendirent la faifon pour leur retour. La pluie les prit un peu plutôt que l'année précédente, parce qu'ils étoient plus vers l'oueft ; mais les ouragans n'étoient pas à beaucoup près auſſi violens que dans les déſerts.

Dès qu'elle eut recommencé à tomber ils partirent, & en vingt jours de tems ils arrivèrent ſans accident au lieu où ils avoient laiſſé leurs amis & leurs parens, qui les reçurent avec ces tranſports de joie qu'excite en nous un bonheur imprévu.

C'eſt ainſi que ce héros immortel acheva ſa grande entrepriſe, plus glorieuſe que toutes les victoires des plus fameux conquérans, puiſqu'elle étoit ſon propre ouvrage.

Il ſeroit trop long de vous raconter toutes les difficultés & tous les embarras qu'ils eurent lors de cette tranſmigration ſi dangereuſe, à tranſporter tous leurs effets les plus précieux ; il l'exécuta avec un courage inébranlable, marcha toujours d'un pas ferme au milieu des dangers, n'eſtimant ſa vie qu'autant qu'elle pouvoit être utile à ſon peuple, & à le conduire dans ces déſerts arides, qu'on ne pouvoit traverſer que dans un ſeul tems de l'année, avec un ſi grand nombre d'hommes, de femmes & d'enfans. Mais le voyage ayant enfin été réſolu, & le Pophar faiſant ſagement attention aux difficultés préſentes, la néceſſité, mère de l'invention, lui fit naître l'idée qu'il falloit gagner la vallée où nous ſommes actuellement, comme un lieu propre à fournir à leurs besoins, jusqu'à ce que les pluies vinssent. Il mena donc tout son peuple dans cette vallée, afin d'être prêt pour la saison favorable.

Les enfans nouveaux nés furent laissés avec leurs mères, & des gens choisis pour en avoir soin, en attendant qu'ils fussent en état de supporter les fatigues du voyage. C'est ainsi que dans l'espace de sept ans tous arrivèrent heureusement au pays où nous espérons être nous-mêmes dans dix ou douze jours d'ici. C'est avec raison que nous honorons ce grand héros, comme un autre Mesraïm, le second fondateur de notre nation. C'est de lui que vous sortez vous-même du côté de votre mère, & vous allez être incorporé avec les descendans de vos premiers ancêtres.

Le Pophar finit ainsi son récit, qui me remplit d'étonnement & d'admiration. Tout ce que je venois d'entendre me donna une si grande idée de ce peuple, que je fus charmé, jeune & sans appui comme j'étois, de me voir bientôt allié à une nation aussi florissante & aussi civilisée. Mon attente étoit proportionnée à mes idées ; j'étois persuadé que j'allois voir un beau pays : mais il me falloit vivre avec des payens. Cette cruelle réflexion revenoit toujours à mon esprit empoisonner mes plaisirs, & faisoit éva-

nouir en vains fonges mes idées de félicité. Je
réfolus cependant de conferver ma religion,
s'il le falloit, aux dépens même de ma vie. J'é-
tois livré à ces triftes penfées, lorfque le Pophar nous ordonna de prendre quelques rafraîchiffemens, & de préparer tout pour notre départ, quoique l'orage ne fût pas encore tout-
à-fait paffé.

Tout étant prêt, & l'orage ayant ceffé vers
la pointe du jour, nous nous mîmes en marche,
& parvînmes en peu de tems aux lieux où la
pluie tomboit. C'étoit une pluie douce & ré-
glée : tout paroiffoit auffi calme que la tempête
avoit été violente. Mes compagnons, qui y
étoient accoutumés, s'étoient pourvus de grands
vaiffeaux découverts, qu'ils avoient attachés
aux côtés des dromadaires, pour y recevoir
l'eau qu'il nous falloit pendant ce voyage, &
ils s'étoient couverts, eux & leurs montures,
de la toile cirée dont j'ai déja parlé. La pluie,
qui avoit rendu le fable très-ferme, l'empêchoit
de s'élever ; mais il s'attachoit aux pieds des
dromadaires, & les fatiguoit beaucoup. Cependant nous marchâmes pendant cinq jours avec
toute la vîteffe poffible, ne nous arrêtant pour
prendre quelques rafraîchiffemens, que quand
il le falloit abfolument : la ftérile étendue de
ces déferts obfcurs m'accabloit d'un ennui mor-

tel ; ni le foleil ni la lune ne s'offroient à nos regards ; à peine une fombre lumière nous conduifoit à l'aide de la bouffole.

Le fixième jour nous crûmes appercevoir quelque chofe qui paffoit auprès de nous à main-droite , lorfqu'un des jeunes gens s'écria : *les voilà* , & auffi-tôt il tourna du même côté. Nous vîmes alors que c'étoient des hommes qui voyageoient comme nous , & qui dès qu'ils nous eurent apperçus, vinrent à notre rencontre. Je fus extrêmement furpris que d'autres que nous fuffent le chemin de ces déferts ; mais le Pophar me tira bientôt d'embarras, en me difant que c'étoient des hommes de leur pays qui profi-toient de la faifon des pluies pour aller en Egypte, conduits par le même motif de piété qu'ils avoient eue.

Lorfqu'ils nous eurent abordés , le chef de l'autre caravane mit pied à terre avec toute fa compagnie, & fe profterna devant notre Pophar, qui recula en s'écriant : *hélas ! notre père eft-il donc mort ?* on lui répondit qu'oui , & qu'étant le premier de la feconde branche, c'étoit à lui d'être régent du royaume, en attendant que le jeune Pophar eût atteint l'âge de cinquante ans. Alors mes compagnons fe prof-ternèrent auffi devant le Pophar ; & comme on voyoit que j'étois furnuméraire ; & par conféquent étranger, on ne se scandalisa pas de ce que je ne me prosternois pas comme les autres: au contraire, dès que leurs cérémonies furent finies, ils vinrent m'embrasser, & me féliciter d'être entré dans leur société, avec autant de cordialité que si j'avois réellement été de leur pays. Les caresses qu'ils me firent, & leurs transports de joie, expression naturelle à cette nation, redoublèrent, lorsque le Pophar leur eut fait connoître qui j'étois.

Après que ceux de notre troupe se furent informés de leurs amis & de leurs parens, & qu'on les eut assurés que tout alloit bien, à l'exception de ce qu'ils venoient d'apprendre, le Pophar demanda aux autres pourquoi ils avoient pris si fort à main gauche, & leur dit qu'il s'étoit attendu à leur rencontre dès la veille, mais qu'il lui sembloit qu'ils s'écartoient du chemin. Ils répondirent qu'en effet ils s'en étoient apperçus, & qu'ils l'alloient regagner; mais que le tems obscur, joint à leur trop grande sécurité, avoit manqué de les faire périr la veille; & qu'ayant pris trop à main gauche, un de leurs dromadaires avoit été englouti dans un sable mouvant, où le cavalier n'eût pas manqué d'être enseveli, s'il ne se fût jetté légèrement en arrière de son dromadaire.

Le Pophar les reprit avec douceur d'avoir

été si peu sur leurs gardes en traversant ce vaste océan, & les félicita en même-tems d'avoir échappé à ce danger.

Le tems ne nous permettant pas de nous arrêter davantage, chaque caravane reprit sa route : nous n'avions plus que cinq ou six jours de chemin à faire, c'est-à-dire, en voyageant jour & nuit, car nous ne nous arrêtions que pour faire de légers repas.

La pluie avoit tempéré l'air, au point qu'il faisoit plutôt froid que chaud, & sur-tout pendant les nuits, qui devenoient plus longues à mesure que nous approchions de la ligne. Nous nous détournâmes encore vers l'ouest, mais de manière que nous conservions toujours le terrein le plus élevé. Je remarquai que plus nous approchions du couchant, plus la pluie diminuoit, & toujours de même à mesure qu'il nous restoit moins de chemin à faire : ce qui nous fit juger qu'elle venoit directement du lieu où nous allions.

Le dixième jour de notre voyage, à compter de la dernière vallée où nous nous étions reposés, un de nos dromadaires se lassa. Nous les avions déja changés plusieurs fois pour rendre leur fardeau plus égal. On ne voulut pas le laisser mourir, parce qu'il nous avoit été utile ; ainsi, deux de la compagnie ayant assez d'eau,

& sachant bien où ils étoient, restèrent pour en avoir soin, & pour le ramener avec eux.

Nous commençâmes bientôt à nous apperce-voir du changement de terrein que le Pophar m'avoit prédit : la terre étoit couverte d'une sorte de mousse, qui de loin ressembloit assez à de l'herbe, & le terrein, en certains endroits, paroissoit fertile.

Ce fut enfin avec une joie inexprimable, du moins pour moi, qui ne pouvois pas être sans inquiétude de me trouver dans un pays si in-connu, que nous découvrîmes des arbres, de la verdure, & les commencemens de quelques vallées qui sembloient s'étendre à perte de vue. Les pluies avoient cessé, mais l'air étoit rempli d'un brouillard épais, qui provenoit en par-tie des exhalaisons de la terre après les pluies, & en partie de ce que les arbres & les monta-gnes empêchoient les nues de s'élever. Cela me fit croire que le tems est plus lent à s'éclaircir dans les déserts que dans les pays habités. Le Po-phar me dit que s'il y avoit eu moins de brouil-lard, il m'auroit fait voir le plus beau pays de l'univers. Je n'eus aucune peine à le croire ; les parfums qu'exhaloient les arbrisseaux odorifé-rans & les fleurs, m'enchantèrent au point de me faire presque oublier toutes mes fatigues pas-sées. Je ne crois pas que tout ce que l'Arabie-

Heureuse

Heureuse produit de plus exquis puisse en approcher : il me sembloit sortir du repos le plus délicieux.

Le Pophar nous ordonna de nous arrêter en cet endroit, & de nous rafraîchir, ajoutant qu'il y falloit rester jusqu'au lendemain. Nous campâmes, à l'extrémité de ces vastes déserts, auprès d'un ruisseau, en attendant de nouveaux ordres.

LE SECRETAIRE. L'heure du dîné étant venue, les inquisiteurs interrompirent Gaudence en cet endroit de sa narration, & remirent à l'après-midi la lecture de la suite de ses mémoires.

GAUDENCE. Nous séjournâmes en ce lieu ; il fallut y attendre nos compagnons, qui avoient été obligés de retarder leur marche, à cause du dromadaire que nous avions besoin de ménager : nous avions aussi été retenus pendant quelque tems par une cérémonie religieuse. Chacun avoit changé d'habits pour paroître dans la couleur de sa tribu : cet usage est ainsi établi, parce que ce peuple est divisé en cinq nomes ou tribus, dont chacune avoit eu originairement pour chef un des fils du premier Pophar, qui s'étoit mis à leur tête lorsqu'elles sortirent d'Egypte : c'est la statue de ce sage conducteur que nous vîmes à la pyramide dont j'ai déjà parlé.

Chaque nome, suivant les loix du pays, doit être distingué par sa couleur ; il n'est point de rang, de dignité ou de poste qui n'ait aussi quelque marque de distinction : par une loi si sage on a évité la confusion des états ; & quoiqu'il n'y ait personne qui ne soit égal aux autres, on a cru cependant nécessaire d'établir des marques qui indiquassent en quoi & comment on peut être utile à l'état ; de sorte qu'une semblable politique paroît être inventée plus pour donner de l'émulation, que pour inspirer le desir de dominer.

Le grand Pophar, descendant du fils aîné de l'ancien Pophar, portoit une couleur de flamme à peu-près aussi vive que celle des rayons du soleil : cette couleur indiquoit qu'il en étoit le grand-prêtre.

Notre régent portoit le vert, parsemé de soleils d'or, comme vous l'avez vu dans le portrait. Cette couleur est l'emblême du printems, dont ils jouissent pendant la plus grande partie de l'année.

La couleur du troisième nome étoit un rouge vif, symbole de l'été.

Celle du quatrième étoit jaune, elle représentoit l'automne.

Celle du cinquième, qui étoit pourpre, étoit l'image de l'hiver,

Les femmes font fujettes à la même loi.
Chacune porte la couleur de fa tribu refpec-
tive, avec cette différence cependant, que
leurs habits font parfemés de foleils & de
lunes d'argent. J'ai toujours penfé, quoique le
Pophar n'ait jamais voulu me l'avouer, que les
lunes n'avoient été ajoutées que pour exprimer
les rapports intimes qu'on apperçoit entre les
variations de cette planète & l'inconftance du
beau fexe.

On diftingue les jeunes filles, par une nouvelle lune ; les nubiles, par une lune en fon
plein, qui décroît à mefure qu'elles vieilliffent ;
les veuves font diftinguées par une lune dans
fon décours. Tous ces fignes font exprimés fi
diftinctement, que, quoiqu'étranger, je ne prenois plus le change quelques jours après mon
arrivée.

Les defcendantes du premier Pophar furent
mêlées avec les autres femmes ; celles de la
fille aînée portèrent la couleur du fils aîné, avec
une marque de diftinction par laquelle on voyoit
auffi qu'elles étoient exclues du Popharat ou de
la régence, excepté dans le cas où les enfans
mâles des autres Pophars ou de leurs defcendans manqueroient, ou qu'ils n'auroient point
atteint l'âge compétent pour gouverner.

Quelque précaution que ce peuple judicieux

ait pris pour l'ordre de la succeſſion dans le
gouvernement, on voit cependant qu'il eſt con-
fus. Déplorable effet de la ſageſſe humaine,
dont les vues bornées ne peuvent s'étendre ſur
l'avenir, fécond en circonſtances que le légiſla-
teur le plus éclairé ne peut prévoir. Je tâcherai
cependant d'y jetter quelque jour, en vous donnant une idée claire des mœurs & du gouvernement de la nation la plus ſage & la plus ver-
tueuſe, de la nation enfin qu'on pourroit, avec
raiſon, appeller *le peuple choiſi de Dieu*, ſi elle
étoit éclairée du ſoleil de juſtice, qui eſt l'ame
du chriſtianiſme.

Ils ont la liberté de choiſir une des cinq couleurs, lorſqu'ils paſſent dans des pays étrangers;
mais tous ceux qui ſont du voyage, ſont obligés de ſe mettre uniformément, pour mieux
ſe reconnoître : on regarde au contraire comme
un crime d'état de paroître dans le pays avec
une couleur différente de celle qui eſt affectée
au nome auquel on appartient. Une précaution
auſſi ſage les éclaire ſur les vertus ou les vices
de chaque famille ; ils ſavent ainſi quelles ſont
celles qui dégénèrent de la vertu de leurs ancêtres.

Toute la caravane ſe préparoit ainſi à paroître dans la couleur de ſa tribu reſpective, & ce
préparatif ne laiſſa pas que de nous retarder.

Comme étranger je ne changeai point d'abord de robe ; je fus dans la suite incorporé à la famille du Pophar, & revêtu de la couleur de son nome ; leurs robes de soie, parsemées de soleils d'or, & leur front orné d'un bandeau d'une couleur éclatante, enrichi des plus belles pierreries, formoient un coup-d'œil charmant. On diroit d'ailleurs que la nature a extrait les beautés de tous les hommes de l'univers, pour les rassembler dans ceux-ci.

La vue s'égaroit dans des bocages qui, par leur immensité, se perdoient dans le plus bel horison du monde ; soit qu'on la tournât sur les collines, soit qu'on la portât sur les vallées, tout le pays paroissoit une forêt continue, coupée cependant par intervalles, d'espaces régulièrement quarrés ; les couleurs des feuillages, des fleurs & des fruits se confondoient avec les rayons que des globes d'or envoyoient à travers les branches des arbres, & formoient un tapis vert brodé en or, qui paroissoit suspendu en l'air, & sembloit peindre d'après nature ces lieux enchantés, que l'être, qui en étoit l'auteur, avoit destinés à la plus parfaite & à la plus ingrate de ses créatures.

Je demandai au Pophar s'ils vivoient dans les bois, & si tout le pays n'étoit qu'une forêt. Quand vous y serez arrivé, dit-il en souriant,

vous verrez bien autre chose. Regardéz derrière vous, continua-t-il, comparez les sables
affreux que nous avons traversés, avec la perf-
pective qui vous enchante. Je remarquai en effet
que la triste stérilité du pays que nous quittions,
ne servoit qu'à relever la riante fécondité de
celui où nous allions entrer.

Si tout le pays vous paroît, me dit le Pophar, une forêt immense, vous n'en serez pas
surpris lorsque vous verrez que non-seulement
nos campagnes, mais encore toutes les rues de
nos villes sont plantées d'arbres de toute espèce.
Lorsque nous nous sommes attachés à l'utile,
nous n'avons pas perdu de vue le commode &
l'agréable; il nous reste cependant assez de terrein, qui nous fournit toutes les choses nécessaires à notre subsistance. Les rayons qui vous
éblouissent, même à travers les arbres, partent
des soleils d'or dont nous ornons le comble de
nos temples, de nos édifices publics & de nos
maisons: cet éclat est tranché d'un vert de certaines plantes vivaces & odoriférantes que nous
y cultivons, aussi ne voyez-vous de toutes parts
que de la verdure.

Je lui représentai que des agrémens si recher-
chés me paroissoient trop tenir à la volupté,
pour que la pureté des mœurs, dont il m'avoit
fait l'éloge si énergiquement, pût s'y conserver.

Rassurez-vous, me dit-il, je lis dans vos yeux
que vous craignez de m'offenser par cette ob-
servation ; il n'est point difficile de vous faire
sortir de votre erreur. Tout cet or que nous exposons au grand jour, tous ces ornemens ne sont
qu'un sacrifice continuel que nous offrons au
soleil : c'est de cet astre que nous tenons tous
ces biens, il est auteur de notre bien-être : n'est-
il pas juste que notre reconnoissance nous acquitte envers lui de tant de bontés, en exposant
à ses rayons les biens que son influence produit ?
S'il rend fécondes toutes les matrices que l'El a
dispersées dans le sein de la terre, est-ce pour
que les hommes y laissent corrompre de si excellentes productions, ou bien afin qu'après les
avoir arrachées de leurs prisons, ils les enfer-
ment dans une autre, qu'ils les adorent, & rendent un hommage servile à une matière qui n'est
que ce qu'ils la font être ? Non sans doute, mon
fils, les biens de la terre, produits par le soleil,
ne sont faits que pour les hommes ; ils doivent
en jouir, après toutefois en avoir fait hommage
à cet être lumineux, qui est le père commun
de toute la nature. Nous exposons à ses regards
l'or, la verdure, enfin tout ce que nous avons
de plus riche, afin que par son mouvement d'at-
traction, il en prenne la quintessence, & nous
jouissons de ces précieux restes. Si, après ce que

I iv.

vous venez d'entendre, nous vous paroissons voluptueux, vous ne nierez pas du moins que nous le sommes avec sagesse.

L'INQUISITEUR. Que pensez-vous de cette réponse ?

GAUDENCE. Je pense, mes révérends pères, qu'il est peu de chrétiens qui rapportent avec une reconnoissance aussi vive à leur Dieu, qui est le seul, & le seul véritable, tous les biens dont sa providence inépuisable les comble; que puisque des idolâtres sont pénétrés de sentimens si pieux pour des divinités imaginaires, le chrétien, qui a la foi pour guide & le vrai Dieu pour objet, devroit rougir d'être si tiède pour son conservateur éternel.

L'INQUISITEUR. Reprenez le fil de votre histoire.

GAUDENCE. Je lui demandai si le dedans de leur maison étoit aussi riche que le dehors paroissoit l'être. Non, me répondit-il, il y règne une grande simplicité : si nous avions permis, continua-t-il, à chaque citoyen d'embellir sa maison suivant sa fantaisie, nous aurions manqué contre le principe fondamental de l'union & de la société : chacun s'abandonnant à ses caprices, auroit cherché à faire d'un lieu qui, dans l'ordre des choses, n'est destiné qu'à servir d'asyle contre les intempéries de l'air, un lieu de délices ; le cœur & l'efprit fe feroient fixés à cet objet unique. Chacun trouvant toutes fes aifances dans fa maifon, fe feroit fuffi à lui-même, & n'auroit point cherché, dans le commerce des autres, un bien dont il n'auroit pas eu befoin. De ce principe funefte on auroit vu éclore l'intérêt particulier, ennemi capital de l'intérêt général. Il falloit donc, par la conftitution, laiffer aux hommes des befoins qu'ils ne puffent fatisfaire qu'en commerçant avec les hommes, & c'eft ce que nous avons fait, en les mettant dans l'heureufe néceffité de fortir de chez eux.

D'ailleurs, fi nous avions fouffert les meubles fomptueux, nous aurions entendu bientôt le tien & le mien. La comparaifon du particulier au particulier auroit fufcité la jaloufie ; & la plus grande partie de la nation, féduite par le démon de la propriété, auroit trouvé un plaifir inhumain dans le befoin de l'autre. De quels triftes effets n'auroit point été fuivi le luxe ? Injuftices, concuffions, intrigues, manœuvres fecretes & infames, autant de crimes que le fuccès auroit divinifés. Delà les plaintes des opprimés, la défunion, les querelles particulières qui précèdent ordinairement les querelles générales ; delà enfin, par une néceffité inévitable, la rupture de ce lien, qui fait les charmes de notre vie, la folidité de notre gouvernement, le bonheur de l'état, & qu'on appelle amitié : le citoyen, au contraire, ne trouvant chez lui rien qui le féduife & qui l'attache, va, après avoir rempli les devoirs de fon état, chercher, dans les places publiques, le délaffement de fes occupations. Là il trouve fes amis, c'eſt-à-dire, les premiers concitoyens qu'il rencontre. Environné d'édifices fomptueux & magnifiques, il admire avec eux, hors de chez lui, ce qui eſt deſtiné au plaiſir de tous en général.

Nous avons ſi bien difpofé des plaiſirs, qu'il n'en eſt point qui ne foit en commun, ſi vous en exceptez ceux qui néceffairement font particuliers, comme celui de s'attacher à quelqu'état, & de s'y diſtinguer.

Il n'eſt rien, dans la nature, qui lie ſi étroitement les hommes que le plaiſir en général ; il n'eſt rien, au contraire, qui les divife ſi fort que le plaiſir particulier, parce qu'il part toujours d'un intérêt particulier. Auffi avons-nous établi la communauté du premier, à l'exclufion de la particularité du dernier. De cette caufe, qui prend fa fource dans la nature même, viennent cette union intime & cette amitié réciproque, qui font notre gloire & notre bonheur.

Nous quittâmes le défert pour traverfer plufieurs bocages, qui exhaloient des parfums bien différens de ceux qu'on connoît en Europe ; là fraîcheur de l'air du matin, & les odeurs que répandoient non-feulement des fleurs, mais encore des plantes vertes les rendoient infiniment plus vifs, mais plus doux & plus agréables que ceux que l'on refpire dans ce pays.

Nous arrivâmes enfin à une plaine fpacieufe, couverte d'herbe & de mouffe, dont la defcente étoit aifée. C'étoit l'extrémité du défert ; un peu au-delà couloit une petite rivière fablonneufe qui bornoit ce royaume, ou plutôt ces états anarchiques.

Nous nous arrêtâmes pour attendre dix hommes que nous vîmes venir d'un pas affez lent au-devant de nous. Ils étoient habillés des différentes couleurs de leurs nomes ; leurs robes étoient parfemées de foleils d'or, comme celles de mes compagnons, mais leurs têtes étoient couvertes de pouffière. (C'eft le figne de deuil.) Lorfqu'ils furent à une certaine diftance, ils fe profternèrent devant le Pophar, & reçurent, dans un filence refpectueux, les urnes d'or, avec la terre ou les cendres qu'elles renfermoient ; ils fe tournèrent enfuite, & marchèrent fur la même ligne devant nous, tenant les urnes auffi élevées qu'ils pouvoient. Leur marche lente, leurs vifages triftes & abattus exprimoient la couleur profonde & la confternation d'une famille défolée, qui conduit fon chef au tombeau : ces dix perfonnes étoient députées des cinq nomes, pour venir au-devant des urnes.

Nous les fuivîmes, imitant leur maintien, jufqu'à la rivière où étoit un très-beau pont, & un arc de triomphe orné de magnifiques foleils d'or; nous le paffâmes pour entrer dans un bocage en cercle, qui nous conduifit dans une plaine charmante, bordée d'une efpèce d'amphithéatre; cinq avenues y aboutiffoient; on voyoit un nombre infini d'hommes & de femmes, qui repréfentoient les cinq nomes ou gouvernemens de ce pays immenfe; chaque nome avoit fa couleur relative. Cette diverfité, dont l'éclat des foleils d'or relevoit la magnificence, formoit un fpectacle raviffant.

Dès que nous fûmes entrés dans l'amphithéatre, le profond filence que l'on avoit gardé jufqu'alors fe changea en cris de joie & d'acclamations, dont l'air retentiffoit : auffi-tôt la multitude fe profterna, & adora les urnes. Dix chars de triomphe, ornés de foleils, avancèrent enfuite felon l'ordre des nomes, ce qui étoit indiqué par chaque couleur affectée à tel & tel nome. Neuf de ces chars étoient tirés par fix beaux chevaux, & le dixième, qui étoit deftiné au Pophar régent, par huit. Les cinq députés, qui étoient les chefs des différens nomes, montèrent, avec ceux de leur fuite, dans cinq des chars, où ils posèrent les urnes. Mais comme j'étois surnuméraire & étranger, on me plaça derrière le Pophar ; il me dit que c'étoit la seule marque d'inégalité que j'aurois à éprouver parmi eux.

Nous fûmes escortés de cinq escadrons de cavalerie, de cinquante hommes chacun, tous habillés de la couleur de leur nome, avec des drapeaux de la couleur uniforme de chaque tribu respective, & un soleil d'or au milieu.

Dans cet ordre nous traversâmes l'avenue qui étoit vis-à-vis de nous ; elle menoit à un autre amphithéâtre d'une étendue immense, où nous vîmes un nombre infini de tentes de soie de toutes les couleurs des différens nomes, & enrichies de soleils d'or. Il fallut s'y reposer & prendre des rafraîchissemens. La tente du Pophar étoit au centre des tentes vertes, c'étoit sa couleur & celle de son nome, qui étoit le second en dignité. Cette description m'a paru nécessaire, parce que je crus appercevoir que cette cérémonie tenoit plus à la religion qu'à la politique. Ce peuple est extrêmement mystérieux dans la moindre action. Souffrez, mes révérends pères, que je vous explique en peu de mots cette cérémonie : je pense que les intérêts de ma religion l'exigent ; au surplus, vous en déciderez.

La pause que nous fîmes avant que d'arriver au pont, la lenteur de la marche, le silence & l'air affligé marquoient non-seulement les honneurs funèbres qu'ils rendent à leurs ancêtres décédés, mais encore toutes les calamités & les fatigues auxquelles l'homme est sujet pendant le cours d'une vie, qu'il doit regarder comme un triste exil, où il est continuellement en proie à mille desirs déréglés, & dans lequel tout se réduit à naître pour le travail, à travailler pour vivre, & à vivre pour mourir.

Le passage du pont signifie, selon eux, que l'homme ne peut trouver le véritable repos que par la mort; que la mort est par conséquent pour lui la porte du bonheur, lorsque sa vie ne le met point dans la triste nécessité de la craindre.

Je demandai au Pophar si ces honneurs qu'ils rendoient à leurs ancêtres, ne tenoient point un peu de l'idolâtrie. Non, me répondit-il; lorsque nous élevons les jeunes gens dans ce respect pour les cendres de leurs pères, nous n'entendons point qu'ils leur portent ce respect & cette adoration qui n'appartiennent qu'à la divinité. Nous prétendons seulement, par cette politique fondamentale de notre gouvernement, leur prouver combien ils doivent d'égards aux auteurs de leur vie, pendant qu'ils sont vivans; puisqu'après leur mort même, qui est un état

d'impuiſſance, on leur doit cet hommage reſ-
pectueux que nous leur rendons avec tant de
pompe.

Les cris de joie qu'ils pouſſèrent, lorſque les
urnes furent arrivées dans cet heureux pays,
ſignifioient le bonheur de la vie future. (Ce
peuple eſt très-perſuadé de l'immortalité de
l'ame, & croit qu'il n'y a que des bêtes brutes
qui puiſſent en douter). Ces cris marquoient
encore qu'ils croyoient que leurs ancêtres, dont
ils apportoient les cendres, jouiſſoient déja d'un
repos éternel.

L'Inquisiteur. Vous ne penſez pas, ſans
doute, ſi favorablement des payens, quelque
amour qu'il aient pour la vertu; puiſque l'écriture ſainte ne promet de vrai bonheur dans
l'autre monde, qu'à ceux qui ſont régénérés en
Jéſus-Chriſt, & par Jéſus-Chriſt?

Gaudence. Non, mes révérends pères, je
ne parle de leur religion que pour vous la faire
connoître : comme je crois en Jéſus-Chriſt, je
ſais que ce n'eſt que par les mérites de ſon ſang
que je puis parvenir à ce ſéjour heureux, dont
les délices ne peuvent être exprimées.

L'Inquisiteur. Pourſuivez.

Gaudence. Chaque cérémonie, chez eux,
couvre toujours quelque myſtère; il ne m'a pas
paru qu'il y eût de mal dans aucune, à l'excep-

tion de ce qu'ils fe proſternoient devant les urnes, ce qui avoit bien l'air d'idolâtrie, mais ils diſoient toujours que ce n'étoit qu'une cérémonie purement civile, une marque de reſpect pour leurs parens décédés.

Avant que de vous décrire les beautés de ce pays, permettez, mes révérends pères, que je parle d'une choſe plus eſſentielle, c'eſt-à-dire, de la forme du gouvernement, des loix & des coutumes, tant religieuſes, que civiles. Je vous donnerai auſſi dans la ſuite une idée de la magnificence, jointe à beaucoup de ſimplicité naturelle, de leurs villes, temples, écoles, collèges, &c. Comme le même goût règne dans tous leurs édifices, à l'exception de ceux qui ſont deſtinés à des uſages particuliers, à des manufactures, ou à d'autre choſes de cette nature, vous aurez une idée générale de tous, lorſque je vous aurai décrit ceux de la grande ville de Phor, qui, dans leur langue ſacrée, eſt nommée *No-om*; car ſi je m'arrêtois à la deſcription des richeſſes immenſes, de la fertilité & des beautés de ce pays, ce récit, qui eſt une relation véritable d'un endroit où j'ai demeuré tant d'années, auroit plutôt l'air d'un roman que d'un voyage réel. Je me contenterai donc de vous dire, mes révérends pères, qu'après avoir fait, ſous ces tentes, un repas magnifique,

fique, compofé des fruits & des vins les plus délicieux, nous arrivâmes, le même foir, à une
de leurs villes, d'où, voyageant avec toute la
pompe que je viens de décrire, & toujours lo-
gés fuperbement, nous allâmes à la capitale de
ce nome, qui, comme je vous l'ai déjà dit,
étoit le nome vert, appartenant au Pophar
régent, & le fecond en dignité de tout l'empire.

L'urne des cendres qui appartenoient à ce
nome, fut dépofée dans une efpèce de taber-
nacle d'or, enrichi de pierres précieufes d'un
prix immenfe, au milieu d'un temple fpacieux,
dont je ferai la defcription dans la fuite.

Après huit jours de réjouiffances & de fêtes
célébrées à l'occafion de l'heureux retour du
Pophar, & de fon élévation à la régence, nous
partîmes pour aller vifiter les autres nomes, &
dépofer les autres urnes dans leurs temples.

Le pays eft un peu montagneux, fur-tout au-
deffous de la ligne, & affez irrégulier : il y a
des vallées qui s'étendent entre les déferts : on
voit auffi, dans le cœur du pays, de vaftes
chaînes de montagnes, dont les entrailles renferment des richeffes immenfes. La ville capitale de l'empire eft fituée, à-peu-près, au centre
de tous les nomes, & au milieu du pays : les
quatre nomes inférieurs forment les quatre
coins de l'état, & le nome couleur de flamme,

où réside le régent, eſt au centre du quarré.
Leur coutume eſt de viſiter les quatre nomes
inférieurs, & d'y dépoſer les urnes avant que
d'aller à la capitale du premier nome, où l'on
achève la cérémonie.

Je me ſuis apperçu que la politique entroit
pour beaucoup dans la viſite que nous fîmes
des cinq nomes: politique d'autant plus louable,
que, ſous le prétexte de la religion, on prend
connoiſſance des malverſations, & qu'elles ne
peuvent échapper aux regards du miniſtère.
Nous arrivâmes enfin à la grande ville de Phor,
qu'on appelle auſſi No-om, où il falloit dépoſer
la dernière urne, & où tout le peuple devoit
rendre hommage au grand Pophar, ou au régent, quand le premier eſt mort.

Le concours, tant de ceux qui avoient accompagné la proceſſion des urnes, que des habitans de cette ville, étoit ſi prodigieux, que l'on
ne conçoit pas comment des peuplades ſi peu
nombreuſes dans leur commencement, ont pu ſe
multiplier à ce point, ſur-tout les liens du mariage y étant auſſi ſacrés : preuve triomphante
contre les défenſeurs de la poligamie, qui, ſous
le faux amour de la ſociété, s'intéreſſent pour
un ſyſtême qui ne ſert qu'à la détruire. On peut
ſe convaincre de cette vérité par la comparaiſon des Aſiatiques avec les Européens, où le

mariage eſt indiſſoluble, & la pluralité des femmes également condamnée par la loi divine, & par les loix civiles.

Mais ce qui excitoit encore plus mon admiration, c'étoit l'ordre & la décence qui régnoient parmi eux, étant tous diſtingués par leurs rangs, leurs tribus & leurs couleurs. La terre étoit couverte de tentes magnifiques.

Je ne doute point, mes révérends pères, que vous n'entendiez avec plaiſir la deſcription de cette ville; je crois devoir la faire, parce que, comme elle eſt le modèle des autres, ſi on en excepte celles que l'on deſtine aux arts & au commerce, en la connoiſſant, vous aurez une idée juſte de toutes les autres. Le caractère de ce peuple eſt d'affecter l'uniformité & une égalité parfaite; auſſi ne manque-t-on point d'inſinuer aux jeunes gens, qu'ils ſont tous frères & membres indiviſibles d'un même corps.

La ville de *Phor*, qui veut dire *gloire*, ou de *No-om*, qui ſignifie *maiſon du ſoleil*, eſt bâtie en cercle à l'imitation du ſoleil & de ſes rayons; elle eſt ſituée au milieu de la plus large plaine de tout le pays, & ſur la plus grande rivière, qui eſt à-peu-près auſſi large que le Pô. Elle prend ſa ſource dans une chaîne de montagnes ſous la ligne, & coule vers le nord, où elle forme un grand lac, qui eſt

comme une mer : il n'a point de fortie ; fes eaux
s'évaporent, fans doute, par la chaleur du foleil, où elles fe font frayées un paffage à travers les fables des vaftes déferts dont elles
font entourées. Du lit de ce lac fe détache un
canal magnifique, qui partage la ville ; mais,
pour empêcher les inondations, & pour la
commodité des habitans, l'eau, avant d'entrer
dans la ville, forme plufieurs grands baffins,
où l'on a élevé des éclufes qui fervent,
ou à la retenir, ou à la faire paffer dans les
canaux collatéraux, qu'on y a pratiqués.

Le canal du milieu traverfe toute la ville
jufqu'à la grande place, qu'il entoure de deux
demi-cercles fermés par une éclufe, ce qui fait
une efpèce d'île, au centre de laquelle on a
élevé un temple au foleil. En parallèle de
l'éclufe, on voit les eaux des deux demi-cercles
fe rejoindre & fe perdre dans la totalité du
canal. Il y a douze ponts à une arche, dont dix
font élevés fur les canaux circulaires, & les
deux autres fur la féparation & le confluent
des eaux ; on en a auffi pratiqué de diftance en
diftance fur les canaux droits. Avant que la
rivière entre dans la ville, la première éclufe
la partage en deux demi-cercles prodigieux
qui l'entourent ; tous les canaux font plantés
de deux rangs de cèdres, qui forment des allées
charmantes.

La grande place eſt au centre de la ville :
c'eſt un cercle ou vaſte théâtre entouré des
eaux du canal. On voit, au centre, le temple
du ſoleil : il eſt compoſé d'autant de doubles
colonnes de marbre, qu'il y a de jours dans
l'année ; elles ſont à triple étage : au haut du
temple eſt un dôme ouvert, par lequel on
peut voir le ſoleil. Ces colonnes ſont de
l'ordre ionique, & d'un marbre auſſi blanc
que la neige : elles ſont fluttées, & portent
des corniches & des chapiteaux dorés : les
vaſtes galleries portées ſur ces colonnes ſont
peintes en dedans : le mouvement du ſoleil,
de la lune & des étoiles y eſt paſſablement
bien répreſenté : l'enſemble eſt orné d'hiérogliphes, dont le ſens n'eſt connu que d'un petit
nombre de chefs ou d'anciens. L'extérieur du
temple eſt ſurdoré dans le même goût que ce
dôme ouvert, qui eſt ſurmonté d'un globe
percé à jour, en côtes de melon. Au milieu
du dôme, eſt un ſoleil d'or, ſuſpendu dans le
vuide, & ſoutenu par des tringles de même
métal, attachées à l'ouverture : ce ſoleil artificiel regarde en bas comme pour éclairer un
globe terreſtre, qui eſt ſur un piédeſtal en forme
d'autel, au-deſſous du ſoleil, ſelon la ſituation
de leur pays, à l'égard de ce corps lumineux:
c'eſt là où ſont renfermées les urnes remplies

des cendres des ancêtres des Mezzoraniens.

Les sièges des anciens ou chefs de l'état, qui tiennent publiquement conseil dans ce temple, sont pratiqués au-dedans des colonnes. Il y a douze portes pour entrer dans le temple ; elles répondent parallèlement à douze grandes rues : on voit, à chaque porte, un escalier superbe & de l'architecture la plus hardie, qui conduit aux galeries, où l'on met en dépôt les loix, les registres de l'état, les découvertes qui ont été faites pour le bien de la société pendant l'administration de chaque Pophar, ou pendant les régences : on y conserve aussi, avec le même soin, la vie des hommes illustres, qui se sont distingués dans quelque art ou quelque science, ou par quelque trait extraordinaire de vertu. On ouvre deux fois la semaine ces archives. Quelque ancien est préposé pour faire des lectures utiles aux jeunes gens, qui ont ordre de s'y rendre : ces galeries sont enrichies d'une balustrade dorée, qui règne dans tout le pourtour intérieur du temple.

On voit sur les piédestaux des colonnes, des hiérogliphes & des caractères dont le sens n'est connu que des cinq grands Pophars. Il leur est expressément défendu, sous peine de dégradation & de prison perpétuelle, d'en donner l'explication à d'autres qu'au successeur de celui d'entre eux qui vient à mourir, ou à manquer par quelqu'autre accident. Je m'imagine que les fecrets importans de l'état, peut-être même ceux de la religion, font voilés fous ces fymboles myftérieux. Ce temple eft un chef-d'œuvre de l'art. Je n'y trouve d'autre défaut, que le fluté des colonnes. Cet ornement m'a paru trop recherché pour la fimplicité majeftueufe que ce peuple affecte en d'autres occafions.

Les maifons font bâties en cercle autour de la grande place, excepté les endroits où les grandes rues aboutiffent : ces rues font au nombre de douze, qui eft celui des fignes du zodiaque : elles font tirées au cordeau depuis le temple, qui en eft le centre, jufqu'aux extrémités de la ville. Ce vafte cercle eft entouré d'un double rang de cèdres, plantés devant les maifons à diftances égales : l'ornement des rues eft le même de chaque côté, de forte qu'elles reffemblent à autant d'avenues fuperbes, qui forment un ombrage extrêmement agréable, dans un pays auffi expofé au foleil. Les grandes rues font traverfées par d'autres, celles-ci forment autant de cercles paralèles à la grande place & au temple, qui eft le centre de tout : ces cercles s'aggrandiffent à mefure que la ville s'élargit. Quand on bâtit de nouvelles maifons, c'eft toujours en cercle, jufqu'à ce que le rond foit achevé, après quoi on en recommence un autre, &c. Les rues, comme je l'ai déjà dit, tant droites que circulaires, font plantées de deux rangs de cèdres. Les carrefours, où les rues fe croifent, font auffi en cercle : ils s'étendent latéralement à mefure qu'on s'éloigne de la grande place, qui en eft le centre : au milieu de ces cercles font autant de jardins, bordés tout autour d'arbres, de fontaines & de ftatues d'hommes illuftres ; de forte que la ville femble n'être qu'un vafte jardin rempli de temples, de pavillons, d'avenues, & de ronds de gazons & de fleurs. Il feroit difficile de vous donner une jufte idée de la beauté de ce lieu. J'ai oublié de vous dire, mes révérends pères, que les douze grandes rues s'élargiffent à mefure qu'elles s'éloignent du centre de la ville, de forte qu'en y entrant du côté de la campagne, on voit le temple & la grande place, d'où l'on découvre les plus belles avenues & le plus beau pays du monde.

Les grandes villes des Mezzoraniens font toutes bâties de la même façon. Ils commencent par lever le plan du terrein, enfuite ils bâtiffent un temple, autour duquel ils laiffent une grande place ; cette place eft bornée par un cercle de maifons ; & à mefure que le nombre des habitans augmente, ils en bâtiffent d'autres, formant cercle fur cercle. Ils tournent en ridicule les autres nations, dont les villes confiftent en un nombre de maifons & de rues confufes, fans fimétrie & fans ordre. Dans tous les carrefours où les rues fe croifent, il y a des fontaines publiques, dont l'eau vient par des tuyaux d'une montagne affez éloignée : ces places font encore ornées, comme je l'ai dit, de ftatues de grands-hommes, qui ont en main le fymbole de l'action éclatante qu'ils ont faite, ou du fervice qu'ils ont rendu à l'état : comme ils ne font jamais la guerre, ce mérite ne peut confifter que dans l'invention ou la perfection des arts & des fciences, ou dans quelque action mémorable faite pour le bien de la patrie. Ces motifs, felon eux, font infiniment plus nobles & plus louables, que ceux des autres nations qui font dreffer des ftatues & des trophées à des hommes qui ne s'immortalifent qu'à force de donner la mort.

Toutes leurs maifons font bâties fur le même modèle, & elles font baffes, comme je l'ai déjà remarqué, à caufe des tempêtes & des ouragans, qui font fréquens dans ce pays : elles font d'une égale hauteur, les toits en font plats, & il y a au comble de chaque maifon un jardin artificiel, rempli de fleurs &

d'arbriffeaux odoriférans. Si du haut de quelque éminence on regarde dans les rues, tous les cercles & toutes les avenues paroiffent au-deffous comme un autre monde ; & fi on regarde au niveau les toits de toutes les maifons, on eft enchanté de la vue de dix mille jardins différens, de quelque côté que l'on fe tourne ; en un mot, je ne crois pas que l'univers entier ait rien de comparable à ce féjour. Ce pays fournit mille autres beautés, & le génie induftrieux des habitans a inventé tant de chofes utiles à la vie, qu'il faudroit un volume entier pour en donner une idée : ce feroit trop abufer de votre patience, mes révérends pères, que de vous en entretenir plus longtems.

Les richeffes des Mezzoraniens font immenfes, & elles font, en quelque façon, communes à tout le monde, comme je le ferai voir en parlant de la nature de leur gouvernement : les habitans font les hommes du monde les plus ingénieux & les plus induftrieux ; leurs chefs ou gouverneurs n'ont en vue que la grandeur & le bien du public : chacun jouit abondamment de tout ce que l'homme peut fouhaiter, dans un pays que le fléau de la guerre n'a point approché depuis près de trois mille ans ; car ils n'ont d'autres ennemis que les affreux déferts qui les entourent, & qui fervent de barrière contre l'ambition des autres peuples de la terre : ils fe regardent tous comme frères, qui doivent vivre fous les loix d'un père commun. Il n'eft pas étonnant que des gens élevés dans les principes folides de la loi naturelle, foient parvenus à une grandeur & à une magnificence, qu'on ne peut ni croire, ni concevoir en Europe.

Après qu'on eût fatisfait aux devoirs qu'on rend ordinairement aux urnes (les cérémonies religieufes vont toujours chez ce peuple avant les cérémonies civiles), on procéda à l'inftallation du Pophar régent. Cette cérémonie ne fut pas longue : on le plaça dans un fauteuil tourné vers l'orient, fur le fommet de la montagne la plus haute du nome, pour fignifier qu'il devoit avoir infpection fur tout le pays : il avoit les yeux fixés fur le temple du foleil, qui étoit devant lui, pour le faire fouvenir qu'avant toutes chofes, il devoit avoir foin de la religion de fes ancêtres. Lorfqu'il fut placé de cette façon, trois cens foixante-cinq des principaux habitans du nome, qui repréfentoient tous les autres, s'approchèrent de lui & le faluèrent refpectueufement, en lui difant : *Eli Pophar*, c'eft-à-dire, *nous vous faluons, père de notre nation*. Il les embraffa avec toute

la tendreſſe d'un véritable père, en leur ré-
pondant, *cali benim*, c'eſt-à-dire, *mes chers enfans*. Enſuite il fut ſalué par le même nombre
de femmes. C'eſt-là tout l'hommage qu'on lui
rendit ; mais ils regardent cette cérémonie
comme une choſe ſi ſacrée, que rien au monde
ne peut la faire violer. Toute la différence de
ſon habillement conſiſtoit en un grand ſoleil
qu'il portoit ſur l'eſtomac, les pierres pré-
cieuſes du bandeau dont ſon front étoit ceint,
& celles qui enrichiſſoient une eſpèce de bonnet à jour, dont le haut étoit garni d'une magnifique houpe de franges d'or, & d'une plaque
d'or mince en forme de ſoleil, étoient plus
grandes que celles dont les autres habitans ſe
parent.

Dès que les cérémonies & les réjouiſſances
qui ſe faiſoient dans les tentes aux dépens du
public, furent finies, le Pophar fut conduit au
milieu des acclamations du peuple & au ſon
de mille inſtrumens de muſique, à une tente
magnifique, à la tête de tout le camp de côté
de l'Orient ; c'eſt la place d'honneur chez ce
peuple, parce que c'eſt-là que le ſoleil ſe léve ;
il ſe rendit enſuite à petites journées à la ville
capitale du nome.

On reitéra les mêmes cérémonies dans les
autres nomes, tant pour marquer que tous dé-

pendoient de lui, que parce que l'empire étoit
trop vaſte & trop peuplé pour que tous puſſent
s'aſſembler en un même lieu.

Je ne puis exprimer les careſſes que chacun
me fit, ſur-tout lorſqu'on apprit que ma mère
étoit du pays, & que j'appartenois au Pophar.
Chaque fois que j'étois introduit dans une nouvelle compagnie, tout le monde m'embraſſoit
avec une tendreſſe infinie, & me donnoit le
tendre nom de frère. J'avoue que quelques dames me parurent pouſſer ce ſentiment un peu
trop loin. J'ai eu dans la ſuite, & à mon grand
regret, occaſion de m'en convaincre. J'imputois cependant leurs prévenances au caractère
naturel du ſexe, qui ſe porte plus volontiers
à aimer les étrangers, que ceux du pays,
quand même ils auroient moins de mérite. Que
ce ſoit l'effet d'un défaut de jugement, de la
légéreté & de l'inconſtance, qui ſont comme
de ſon eſſence, ou bien d'un eſprit de contradiction, qui lui fait deſirer avec ardeur ce
qu'il devroit éviter avec le plus de précaution;
c'eſt ce que je ne prétends pas décider; peut-
être les femmes s'imaginent-elles qu'un étranger eſt moins prompt à découvrir leurs défauts, & plus propre au myſtère : ce qu'il y a
de certain, c'eſt que j'ai eu beaucoup à ſouffrir
de leur jalouſie.

Mais pour achever le portrait de ce peuple, avant que de reprendre ma narration, c'est, comme je l'ai déjà remarqué, le plus beau sang que la nature ait jamais formé ; le seul défaut que je lui trouve, si cependant c'en est un, il a un air de famille trop marqué. Ce qui vient d'une cause très-louable ; ils sortent tous d'un même tronc ; leur sang n'a jamais été corrompu par des alliances étrangères. Comme ils n'ont ni guerre ni commerce avec aucune nation, ils ignorent les vices qui en sont souvent les fruits. Ils ont les yeux trop petits ; cependant plus grands que ceux des chinois, les cheveux généralement noirs, courts & frisés, leur teint est basané, mais leurs traits sont réguliers. Dans les pays montagneux, vers la ligne, où le climat est moins chaud, par rapport aux vents qui y régnent, les femmes sont même un peu plus blanches que nos Italiennes. Les hommes sont en général grands & bien faits, à moins qu'ils ne leur soit arrivé quelque accident, ce qui est fort rare. Les femmes sont les plus belles & les mieux faites du monde ; mais encore une fois elles se ressemblent toutes : tant de douceur & d'innocence régne dans leurs yeux, une modestie si naturelle est répandue sur leurs visages, qu'il est difficile de décrire des appas qu'on ne peut qu'admirer.

La hardieffe leur déplaît beaucoup dans le fexe, auffi je leur dois rendre cette juftice, que je ne crois pas qu'il y ait de femmes au monde plus chaftes qu'elles; ce qui eft fans-doute le fruit du grand foin qu'on a de l'éducation de la jeuneffe, dont j'aurai occafion de parler plus amplement dans la fuite.

Les voyages que l'on fit dans les différens nomes pour y dépofer les urnes, me procurè-rent, dès mon arrivée, l'occafion de voir la plus grande partie du pays, je l'examinai dans la fuite plus à loifir. Il eft en général affez mon-tagneux, il y a même de vaftes chaînes de montagnes qui ont plufieurs centaines de milles de longueur, & qui s'étendent ou au-deffous de l'équateur, ou en ligne parallèle.

Les vents frais qui s'y élèvent, & un nombre infini de rivières qui y prennent leur fource, & qui arrofent les plaines, coulent vers le nord & vers le fud, mais principalement vers le nord; ce qui rend ce climat beaucoup plus tempéré qu'il ne devroit l'être naturellement; ces montagnes, & les grands bois dont elles font ordinairement couvertes, caufent les pluies auxquelles ce pays eft fujet. Il y a des forêts & des bois extrêmement étendus, que les habitans coupent à mefure qu'ils veulent étendre leur terrein; mais ils ont toujours foin

de laisser de distance en distance des bocages,
qui sont d'une grande utilité, & en même tems
d'un grand agrément dans la campagne. La
quantité de pluies & l'inégalité du pays rendent les chemins mauvais ; mais on est bien
dédommagé de cette incommodité par le grand
nombre de fontaines, de ruisseaux & de vallées
charmantes, qui, jointes à l'innocence des habitans, feroient regarder la Mezzoranie comme
un paradis terrestre.

La terre est si fertile, & produit si abondamment non seulement plusieurs sortes de
grains & de riz, avec une espèce de froment
beaucoup plus grand & meilleur que le bled
des indes, & une variété infinie de fruits, de
légumes & d'herbes extrêmement nourrissantes
& délicates, que le moindre soin qu'ont les
habitans, est de faire la provision de fruits nécessaires pour tant de monde. On seroit tenté
de croire que la providence a excepté cette
partie de l'univers des malheurs que la chûte
d'Adam a entraînés après elle, ou bien qu'elle
a proportionné la fertilité du pays à l'innocence de ses habitans. Ce n'est pas que l'industrie de ce peuple, jointe à la paix & à la tranquillité dont il a toujours joui, n'ait pu contribuer beaucoup à ses richesses & à son abondance.

Leurs

Leurs villages, dont la plupart font bâtis fur des rivières ou des ruiffeaux, à caufe du commerce & des manufactures, font fans nombre ; leurs montagnes font remplies de mines de toutes fortes de métaux, & ils ont tout ce qu'il faut pour les travailler : l'argent eft le métal le plus rare chez eux, & je crois que l'or eft le plus commun : il en fort fouvent de gros monceaux des rochers où font les mines, ou par la chaleur naturelle de la terre, ou par d'autres caufes inconnues. Cet or eft plus malléable, & plus propre à toutes fortes d'ouvrages que celui qu'on tire de la mine. Leurs inventions pour les arts, pour tout ce qui eft utile à la vie, & même pour la magnificence, font étonnantes. En parlant de leurs fruits, j'aurois dû faire mention d'une petite forte de raifin qui y croît naturellement, & dont ils font un vin, un peu aigre quand il eft nouveau, mais qui fe garde plufieurs années, & fe bonifie à mefure qu'il vieillit. Ils cultivent auffi fans beaucoup de peine des raifins plus beaux, qu'ils font fécher.

Leurs vins font plus cordiaux que propres à enivrer ; c'eft leur boiffon ordinaire avec de l'eau. Il ne me fouvient pas d'avoir jamais vu dans ce pays aucune bête à corne, fi l'on en excepte quelques chèvres très-grandes, qui

Tome VI. L

fourniffent du lait excellent: il y a des bêtes fauves fans nombre, & de plufieurs efpèces, qu'on ne connoît point en Europe ; on y voit auffi un petit animal qui tient de la nature du chevreuil & du mouton ; la chair en eft extrê-mement délicate & nourriffante ; on en fert dans tous les feftins. Ils mangent ordinairement peu de groffe viande, affez de volaille ; mais en général ils croyent que la viande eft une nourriture trop groffière ; ils aiment mieux le poiffon, parce qu'il eft plus aifé à digérer, auffi en ont-ils d'excellent & en abondance: il eft vrai qu'ils n'ont que du poiffon d'eau douce, parce qu'aucune de leurs rivières ne commu-nique avec la mer.

Leur chevaux font petits, mais forts & pleins de vivacité, & extrêmement légers à la cour-fe. Ils ont une forte d'âne fauvage, plus long que le cheval, très-fort, & propre à porter des fardeaux pefans ; toutes les couleurs de l'iris femblent raffemblées fur le poil de cet animal. Leurs voitures font traînées par des élans ; ils ne fe fervent des dromadaires que pour traverfer les déferts dans le tems des caravanes : leurs rivières, dans les pays plats, font divifées en canaux, qui rendent facile le tranfport des provifions & des effets.

Je n'ai voulu, mes révérends pères, vous

donner qu'une idée générale de ce pays ; je
fais que ce récit ne vous intéreffe pas autant
que la religion , les mœurs , les coutumes, les
loix & la forme du gouvernement ; cependant
je ne puis m'empêcher de dire qu'il n'y en a
point dans le monde connu, qui puiffe l'égaler
en richeffes & en toutes les chofes que l'on
peut fouhaiter pour rendre la vie heureufe ;
on en trouve encore moins où l'on ait porté
certains arts & certaines manufactures à un fi
haut degré de perfection ; mais il eft des cas
où ils font autant hommes que les autres hommes , comme vous pourrez le voir dans la
fuite.

Je laiffe donc mes aventures , je ne vous
dirai pas exactement les différens états par lefquels la providence m'a fait paffer ; cet article n'eft pas auffi intéreffant pour vous que
la religion , fes intérêts me font plus chers que
les miens propres. Aux obfervations que j'ai
faites fur leur religion , je joindrai celles que
j'ai cru devoir faire fur leurs ufages & leurs
coutumes , qui diffèrent autant de celles des
autres peuples , que leur pays eft différent du
nôtre ; je vais donc commencer par leur religion &....

L'INQUISITEUR. Cet article eft le plus intéreffant & demande le plus d'attention : il faut

L ij

que nous perdions l'idée de ce beau pays, dont vous nous avez fait une si belle description, avant que de vous entendre fur un point aussi saint que celui dont vous devez nous entretenir : nous le remettons à un autre tems.

LE SECOND INQUISITEUR. Souvenez-vous de votre promesse, & n'abusez point du penchant que ce saint tribunal a à vous croire véridique ; plus nous nous intéressons à vous, & plus vous avez à craindre de notre saint ressentiment si vous nous trompez. Vous n'avez plus que la maison pour prison ; rendez-vous digne d'une telle bonté par votre bonne-foi, & justifiez, par la vérité de votre récit, la douceur que nous avons pour vous. Allez.

TROISIEME PARTIE.

LE SÉCRETAIRE. Notre prisonnier ne jouit pas long-tems de la douceur que les inquisiteurs lui avoient accordée. Il nous arriva un avis qui nous parut important, quoiqu'il ne nous fut donné que sous le voile de l'anonymité. Cette lettre portoit en substance que l'étranger dont la sainte inquisition s'étoit saisi, étoit un homme extrêmement dangereux, & qu'il étoit d'autant plus à craindre, qu'il étoit de tous les hommes le plus aimable; que l'on ne connoissoit point de mortel qui fût plus insinuant, & dont les talens multipliés à l'infini & réunis, fussent plus ornés de ces airs & de ces manières engageantes qui attirent les cœurs; qu'il étoit bien fâcheux qu'un homme aussi instruit fût ennemi de la religion; que la sainte inquisition devoit se tenir en garde contre les réponses d'un tel criminel; que le mensonge prenoit dans cette bouche d'or le caractère de la vérité même; qu'il n'étoit point de tribunal qu'il ne fût en état de rendre la dupe de l'ingénuité dont il voiloit son imposture; qu'enfin on l'avoit surpris faisant l'éloge d'une nation dont il faisoit consister le bonheur dans une indé-

L. iij

pendance univerfelle ; que pour jouer fon rôle avec plus d'adreffe & plus efficacement, il affeçtoit beaucoup d'attachement pour la reli- gion catholique ; mais que l'attaquant dans la fuite par degrés, il en minoit fourdement les principes fondamentaux ; que s'appercevant de l'effet de fes entretiens, il les terminoit toujours par un trait d'autant plus funefte à notre croyance, qu'il étoit enveloppé d'une douceur féduifante. Si le ciel, dit-il, ne m'a- voit point accordé la grace de naître dans la religion catholique, j'aurois cru trouver la tranquillité de ma confcience dans les fages er- reurs de cette nation fortunée ; l'anonyme ajou- toit que cet homme étoit à craindre, parce qu'il étoit fait à tous égards pour plaire, qu'il s'emparoit infenfiblement de l'efprit des fem- mes, idolâtres de la nouveauté ; que cette par- tie du gouvernement, quoique la plus foible, devenoit ordinairement la plus forte fur l'arti- cle de l'innovation ; que les jeunes-gens fe fai- foient un plaifir de l'entendre, & regardoient comme l'organe de la vérité ce miniftre du menfonge ; que l'afcendant du fexe fur les hom- mes influoit confidérablement fur le fort d'un état ; que les femmes, une fois féduites, en- traîneroient bientôt les jeunes-gens, & que d'une petite étincelle naîtroit immanquable-

ment un incendie univerfel; qu'au furplus l'inquifition ne feroit point qualifiée de fainte, fi
elle n'étoit fage, qu'ainfi lui anonyme ne donnoit fes avis qu'afin de répondre au zèle qui
l'animoit pour la gloire de la religion, pour
la fureté de l'état & de fa propre confcience.

On le refferra dès qu'on eut fait la lecture
de cette lettre. Il voulut favoir d'où venoit
un changement fi inattendu: il n'eut pour réponfe qu'un févère filence, plus expreffif dans
ces occafions, que toutes les paroles du monde.

Nous jugeâmes à propos de retarder fon
interrogatoire pour prendre les informations
les plus convenables; nous craignions de nous
être laiffés éblouir par cette fimplicité qui paroiffoit lui être fi naturelle, & qui eft le vrai
langage de la vérité. Nous interrogeâmes tous
ceux de la maifon avec qui il avoit déjà fait
connoiffance, (il faut l'avouer, tout le monde
recherchoit fa converfation); les éclairciffemens que nous en tirâmes étoient en fa faveur.

Cependant les avis que nous avions reçus,
rouloient fur une matière trop intéreffante pour
la négliger: on fit fubir encore quelques interrogatoires à la dame que nous avions arrêtée,
elle perfifta dans fes réponfes; nous cherchâmes
à découvrir l'auteur de la lettre, il ne fut pas

L iv

possible de le trouver, pas même de le soupçonner. Ce délateur pouvoit être quelque ennemi secret de Gaudence ; & il auroit été injuste
de faire languir dans les fers un innocent, à
qui on n'avoit peut-être d'autre crime à reprocher, que d'avoir excité par un mérite réel
la jalousie de quelque personne d'un mérite
superficiel. On ne voit que trop de gens dont
la bile s'échauffe de la tranquillité des autres,
Cette réflexion appaisa un peu la pieuse colère
de l'inquisition : on avoit arrêté qu'on ne l'in-
terrogeroit que dans deux mois ; ce cruel retar-
dement fut abrégé de quelques jours ; toutes
les informations que nous avions prises soit à
Venise, soit à Bologne, le rendoient digne de ce
tempérament. Il fut donc appellé à l'audience,

Cette dernière épreuve avoit pris si violem-
ment sur sa santé, que nous avions de la peine
à le reconnoître ; la pâleur répandue sur son
visage ne servoit cependant qu'à le rendre plus
intéressant. Il n'avoit point perdu cet air de
tranquillité qui ne se sépare jamais de l'innocence ; il approcha du tribunal avec une confiance qui prévient toujours lorsqu'elle est
accompagnée d'une noble modestie.

PREMIER INQUISITEUR. Approchez, Gaudence. Tremblez. Nous ne sommes point les
dupes de votre imposture ; vous apprendrez

inceffamment qu'on ne trompe point un tribunal auffi faint & auffi augufte que l'inquifition,
fans être puni d'une telle audace. Quoi, lors
même que nous violons les facrés ftatuts de
notre tribunal pour rendre votre prifon plus
douce, vous vous jouez de vos juges, & vous
ofez abufer du penchant que nous avions à
vous croire innocent ! Eh bien ! le feu fera la
récompenfe d'une femblable témérité, nous
avons des preuves plus que fuffifantes pour
vous faire fentir toute la rigueur de notre
juftice.

GAUDENCE. Mes révérends pères, la mort
ne m'épouvante point ; je la regarde comme le
terme heureux de mes malheurs ; la providence
m'a fait naître, la providence m'a confervé,
elle peut me rappeller quand elle voudra ; je fuis
réfigné à fes décrets, je ne demande à Dieu que
de mourir comme je fuis né, dans le fein de fon
églife. Je lui demande encore, mes révérends
pères, de m'éclairer fur le motif qui peut avoir
irrité contre moi un tribunal que je refpecte autant, & qui mérite autant de l'être, pour avoir
la confolation de lui demander pardon d'un
crime dont je puis être innocemment coupable.
Ne penfez pas, mes révérends pères, que la
crainte du fupplice dont vous me menacez,
m'infpire de tels fentimens ; mon cœur formé

à la candeur, nourri dans les folides principes de la religion chrétienne, & fortifié par les revers que la divine providence lui a fait éprouver, détefte cette baffeffe qui eft la reffource des lâches & des méchans.

LE SÉCRETAIRE. En effet. auffi tranquille après cette menace que lorfqu'il fe préfenta pour la première fois, il fit cette réponfe avec un air de vérité qui toucha les inquifiteurs.

PREMIER INQUISITEUR. C'eft le propre des gens fans religion, de favoir adroitement adopter celle qui leur convient, fuivant les circonftances fâcheufes, où la corruption de leur cœur les précipite, & de ceux qui faifant un mauvais ufage des connoiffances qu'ils ont acquifes, ne défendent fouvent la vraie, puifqu'elle eft l'unique, que pour mieux la combattre. On dit que vous êtes de ce nombre; Gaudence, prenez garde à votre réponfe, nous avons des preuves; foyez véridique, voilà la feule reffource qui vous refte, ou dans un moment fur l'échafaud. Etes-vous chrétien ?

GAUDENCE. Si je le fuis, mon Dieu, mon fauveur! s'il eft vrai qu'il fuffit de défirer fincérement d'être chrétien pour l'être, ô mon divin rédempteur, pourquoi ne m'avouez-vous pas pour votre fils, moi qui ne reconnois d'autre père que vous, qui m'avez racheté de votre fang: mais hélas ! je me fuis égaré dans la voie du monde, je mérite bien, feigneur, que vous fermiez les oreilles à mes cris. Oui, mon Dieu, mon ame altérée de vous, expiera dans les tourmens, auxquels mon corps va être expofé, toutes les infidélités qu'elle vous a faites. O mon divin fauveur, ma mort, j'ofe l'efpérer, fera précieufe à vos yeux, vous ouvrirez les tréfors inépuifables de votre miféricorde, j'y trouverai la récompenfe d'une mort que je n'ai point méritée, & que la calomnie me fait fubir : daignez la recevoir, feigneur, en expiation des crimes dont vous êtes le feul juge, faites que ce faint tribunal apprenne au moins après ma mort, mon innocence, s'il eft important pour votre gloire & pour mon falut qu'il l'ignore pendant ma vie.

Oui, mes révérends pères, je fuis chrétien : périffent mille fois les ennemis de mon Dieu, qui eft le Dieu d'Ifraël, le Dieu fort, le Dieu tout-puiffant, feul créateur de toutes chofes, le feul qui en eft le confervateur, le Dieu qui a parlé à Moïfe, le Dieu bon & miféricordieux, le Dieu qui a bien voulu m'arracher des horreurs du péché, en me lavant de mes fouillures dans le propre fang de fon fils; de ce fils, qui, par amour pour moi & pour tous les hommes, a voulu fe foumettre à l'humiliante néceffité de naître, de

vivre en proie aux infirmités de l'humanité, &
de mourir dans les tourmens deftinés aux hommes les plus méchans; de ce fils enfin, qui, triom-
phant par fa mort de la colère de fon père, nous
a laiffé par amour fon faint-efprit, qui eft l'ame
de cette augufte églife, dont les tendres confeils nous guident dans la voye du vrai bonheur.

LE SÉCRETAIRE. Il s'exprima avec tant de
fentiment, qu'il tomba après dans une efpèce
de foibleffe: nous en fûmes émus; le premier
inquifiteur lui-même y parut extrêmement fenfible. Nous profitâmes de ce moment pour voir
entre nous quel parti nous devions prendre;
il fut arrêté que le prifonnier pouvoit être innocent, qu'il falloit reprendre la voie de la douceur; parce que fi l'hiftoire qu'il avoit com-
mencée de ce pays inconnu étoit vraie, les
éclairciffemens qu'il nous donneroit pourroient
être, un jour, utiles à la religion.

PREMIER INQUISITEUR. Remettez-vous,
Gaudence, foyez perfuadé que plus on cherche
à vous noircir, plus nous ferons ardens à vous
protéger, fi en effet vous êtes auffi innocent
que vous paroiffez l'être: tenez, voyez cette
lettre: regardez la communication que nous
vous en donnons comme une faveur finguliére,
& comme un gage affuré de notre bienveil-

lance ; mais sur-tout soyez sincère. Connoissez-
vous cette écriture ? croyez-vous qu'on vous
ait traité trop durement, après l'énormité des
faits dont on vous y accuse ? répondez.

GAUDENCE. Il vous est facile, mes révérends
pères, de prouver vous-mêmes ma justification.
On m'accuse d'avoir abusé d'un prétendu ascendant que l'on me donne sur le sexe, d'avoir
fait un usage criminel de la crédulité de la jeunesse : rien ne peut échapper à vos perquisi-
tions ; je vais moi-même vous en faciliter le
succès en deux mots. Si je vous dis le nom des
jeunes-gens qui ont trouvé quelque agrément
dans mon commerce, & si je ne vous tais point
celui des femmes que ma qualité d'étranger &
mes remedes ont sans-doute plus attirées chez
moi, que mon mérite personnel, je crois avoir
plus que suffisamment répondu aux accusations
injustes dont on me charge, sous une anonymité
d'autant plus odieuse, que je ne me le suis point
attiré par quelque tort que j'aye fait à quelqu'un ; je déteste les hommes, cependant je vis
avec eux en ami. Je sai quelle est la corruption
de leur cœur, mais je ne m'éloigne point d'eux ;
je ne me suis jamais prêté à une philosophie si
mal entendue. Ils me sont nécessaires, puisque
leur perfidie est utile à mon salut. Je ne connois
point cette écriture, ni ne veux la connoître ;

homme autant & peut-être plus qu'un autre, mon cœur qui ne se plaît qu'à aimer, seroit déchiré d'un sentiment contraire. Vous pouvez, mes révérends pères, interroger toutes les personnes qui m'ont honoré de leur estime & de leur confiance ; & s'il en est quelqu'une qui me charge des faits que l'on m'impute, je me déclare d'avance digne des terribles effets de votre sainte colère.

PREMIER INQUISITEUR: En attendant que nous ayons connu la vérité de vos réponses, continuez votre histoire. Vous en êtes resté à la religion des Mezzoraniens. Faites ensorte surtout de ne point oublier la plus petite circonstance ; c'est le point le plus intéressant pour nous ; il ne l'est pas moins pour votre tranquillité.

De la religion des Mezzoraniens.

GAUDENCE. Les Mezzoraniens sont réellement idolâtres, mais avec autant de simplicité que des payens puissent l'être. Il est vrai qu'ils ne veulent pas l'avouer dans le sens que nous entendons ce mot, c'est-à-dire, adorateurs de faux Dieux ; ils détestent, comme les chinois, le nom d'idolâtres, quoiqu'ils le soient de fait, puisqu'ils adorent le soleil matériel, & qu'ils rendent à leur ancêtres décédés un culte extrê-

mement superstitieux, dont je vous ai déjà parlé.
Ils reconnoissent cependant un seul Dieu suprême, créateur de toutes choses, qu'ils nom-
ment *El* (1), ou le très-haut. La raison naturelle, disent-ils, leur apprend l'existence de cet
être, & leur raisonnement à cet égard, quoique
juste, est bien différent de celui des autres hommes. Ils disent que toute leur science, & même
celle de tous les hommes les plus savans du monde
mises ensemble, n'auroient jamais pu former ce
monde tel qu'il est, ni ajuster toutes ses causes
& tous ses effets avec tant d'ordre & d'harmonie, pour le bien de chaque espèce qui l'habite;
& qu'ainsi il faut que celui qui l'a créé, soit un
être infiniment plus sçavant que tous les
êtres intellectuels. Ils tournent en ridicule ceux
qui pensent qu'une chose peut produire sans une
cause première, & demandent, pourquoi si
cela étoit, on ne verroit pas arriver tous les
jours des effets sans causes. De-là ils concluent
qu'il faut qu'il y ait une cause première & indé-
pendante, sans laquelle rien n'auroit pu être
produit. Quoiqu'ils fassent un Dieu du soleil,
ils ne prétendent pas qu'il soit indépendant à
l'égard de son propre être, mais qu'il l'a reçu de
cet El. Quelques-uns des plus sensés conve-

_____

(1) *El* ou *Al*, d'où dérive *Alla*.

noient même, quand je leur parlois, que le foleil eft un être matériel, créé par Dieu ; mais
d'autres le croyent une efpèce de vice-gérent
dont l'El fe fert, comme de la première caufe
inftrumentale de toutes les productions. C'eft
par cette raifon qu'ils adreffent toutes leurs
prières au foleil, quoiqu'ils conviennent que
c'eft à l'El qu'il faille attribuer originairement
toute puiffance. Les hommes regardent la lune
comme un être purement matériel, & dépendant
du foleil ; mais les femmes femblent vouloir en
faire une Déeffe ; elles ont la foibleffe de croire
qu'elle eft mariée avec le foleil, qu'elle accou-
che tous les mois, lorfqu'elle eft en fon plein ;
& que les étoiles font les fruits de leur mutuel
amour : l'un & l'autre fexe également fatisfaits
de leur croyance, fe fixent à ces idées fuperfi-
cielles, & n'étendent pas plus loin leurs recherches, par le refpect qu'ils difent être dû à un
être fi infiniment fupérieur aux mortels. Ils
penfent qu'il vaut mieux l'adorer dans la profondeur impénétrable de fon effence, & dans
un filence refpectueux, que de difputer d'une
chofe que l'homme ne fauroit concevoir : toutes leurs recherches ont pour objet les caufes
fecondes, & la connoiffance de la nature, autant qu'elle peut être utile au genre-humain.

Je cherchai l'occafion de mettre le Pophar
fur

fur ce fujet. Elle fe préfenta bientôt. Je lui repréfentai le ridicule inféparable d'une idée auffi
bizarre. Pas fi ridicule, me dit-il, elle eft au-
contraire extrêmement fage, puifqu'elle fe ma-
rie parfaitement avec la politique de notre
gouvernement; en rendant un culte au foleil,
& en laiffant croire aux femmes que cet être
bienfaifant eft marié avec la lune, nous leur
faifons contraĉter l'habitude de fe regarder comme inférieures aux hommes, puifqu'elles voyent
que nous ne partageons point l'hommage que
nous rendons au foleil, qu'il eft entiérement
pour lui, & que nous ne le rendons point à la
lune, dont la grande fécondité prouvée par le
nombre infini des étoiles, leur donne cet amour
pour la propagation, que les femmes des autres
pays facrifient à la confervation de leurs appas,
appas que la nature ne leur a cependant donnés
que pour animer dans l'un & l'autre fexe le
defir de fe perpétuer. Quoique la politique paroiffe d'abord ne pas concourir avec la religion, il eft cependant certain qu'elle contribue
beaucoup à la folidité & à la gloire d'un gouvernement. De la pureté de la religion dépendent les mœurs des peuples, & de la fageffe
de la politique naiffent les ufages avantageux
au gouvernement. Elles fe prêtent donc mutuellement la main, & s'entr'aident pour affu-

rer le bonheur des états. D'ailleurs ce n'est qu'en se pliant insensiblement à la bizarrerie de ce sexe, qu'on parvient à le familiariser avec des usages utiles.

L'INQUISITEUR. Je suis persuadé que vous conviendrez qu'on peut avoir des idées fausses de la divinité, dont il est à propos d'être éclairci, & que par conséquent vous ne condamnez pas toutes les disputes dans lesquelles on entre sur l'existence & la nature de Dieu.

GAUDENCE. Non, mes révérends pères, je me flatte que vous regardez ce que vous venez d'entendre, comme l'opinion de ce peuple, & non comme la mienne, qui est parfaitement conforme aux saints principes dont j'ai été allaité pendant ma jeunesse, & dont je me suis nourri dans quelque état que la providence m'ait placé.

J'ai souvent dit au Pophar, à qui je parlois avec confiance, que comme l'homme ne peut pas expliquer l'essence incompréhensible de Dieu, la raison veut cependant que nous croyions son existence; que cette même raison demande que nous soyons instruits ou par lui-même, ou par quelque législateur envoyé de sa part, pour nous empêcher de nous égarer dans un point aussi essentiel; que nous autres chrétiens croyons qu'il nous a donné ce législateur, en la personne de son fils unique qu'il nous a envoyé, pour nous instruire sur ce qui regarde la divinité éternelle ; que non seulement il nous a donné les idées les plus justes, mais qu'il a confirmé la vérité de sa doctrine par des signes & des miracles qu'une personne envoyée de Dieu pouvoit seule opérer.

L'INQUISITEUR. Continuez.

GAUDENCE. Quand j'ai dit que leurs prières & leur culte s'adressent au soleil, j'avoue cependant que ce n'est en quelque façon qu'un acte de reconnoissance, qu'il seroit facile de rectifier. Ils regardent cette planète comme la cause physique de la production de toutes choses par son influence naturelle. Les plus sensés, quand on raisonne à fond avec eux, conviennent que tout est émané de l'El ; il y en a même qui avouent que le soleil est un être purement matériel, mu par une cause supérieure ; cependant la plupart n'y font pas d'attention, & ils sont réellement coupables d'idolâtrie, en ce qu'ils adorent une créature. Mais quant aux effets moraux de l'univers, ou aux actions libres des hommes à l'égard de l'équité, la justice, la bonté, la droiture, &c. qu'ils reconnoissent être proprement le devoir de toute créature raisonnable & d'une conséquence infiniment plus grande que ne l'est la partie physique du

monde , ils rapportent tout à l'être fuprême,
dont l'intention eſt que nous ſoyons doux , mi-
ſéricordieux , bons & équitables envers tous,
conformément aux juſtes idées du ſage auteur
de notre exiſtence , dont la raiſon fuprême ,
incapable de la moindre imperfection , doit
ſervir de régle à des créatures qui dépendent
de lui , & qui participent en quelque façon à
ſes perfections. Ils appuyent cette idée d'une
comparaiſon très-juſte : agir contre les loix de
la nature dans des productions phyſiques, c'eſt,
diſent-ils , cauſer des productions monſtrueuſes;
à plus forte raiſon dans la morale , combien n'eſt-
on pas condamnable aux yeux du grand être ,
d'agir contre les idées de ſa fuprême raiſon.
J'avoue que je fus charmé de ce raiſonnement
ſimple & naturel.

Je leur demandai enſuite s'ils penſoient que
l'être ſuprême ſe melât de la partie morale du
monde? Ils parurent ſurpris de cette queſtion,
& me demandèrent ſi je croyois qu'il fût poſſible qu'il ne s'intéreſſât pas à la plus belle partie
de ſa création , lorſqu'il ſe donnoit la peine,
(car c'eſt l'expreſſion dont ils ſe ſervent) de
créer le moindre inſecte , ſelon les régles d'une
ſageſſe profonde , dont les effets admirables ſont
infiniment au-deſſus de tout ce que l'art peut
faire ou imiter ? Je leur demandai encore quel-

les étoient les regles que cet être vouloit que des agens libres, tels par exemple que l'homme, suiviffent dans leur conduite ? La raifon, me répondirent-ils, & la juftice, à l'imitation de la fuprême raifon qui l'éclaire : car, ajoûterent-ils, pouvez - vous croire que l'être fuprême puiffe approuver les crimes que les hommes commettent, ou que leurs baffeffes puiffent s'u-nir avec les fublimes idées de fa fageffe éter-nelle ? Il faut donc qu'elles foient oppofées à la raifon qui eft non feulement en Dieu, mais auffi dans les hommes, & par conféquent elles mé-ritent d'être punies par cet être équitable, qui régit tout, & qui ne peut rien fouffrir qui ne foit dans l'ordre.

C'eft à vous, mes révérends pères, à pro-noncer fur ce raifonnement : pour moi j'avoue qu'il m'a étonné dans un peuple, qui n'a pour regle de fa conduite qu'une lumière naturelle. Se peut-il que les conféquences qu'il tire de ces principes, ne foient pas auffi juftes que les principes mêmes ? Déplorable effet de l'aveu-glement des hommes : ils font inconféquens, lorfque leurs principes ne font point étayés de la foi. Voici, mes révérends pères, en quoi con-fifte principalement la théorie de leur religion.

Ils difent, 1°. Que l'El eft l'être le plus intel-ligent, le plus raifonnable, & le plus noble de

M iij

tous ; qu'il eft du devoir de tous les êtres intellectuels d'imiter & de fuivre les juftes loix de fa raifon fuprême ; fans quoi ils s'éloignent de la vraie regle fur laquelle ils doivent diriger toutes leurs actions ; l'objet de toutes les prières qu'ils adreffent à cet être fuprême, & de toutes les graces qu'ils lui demandent, c'eft de les rendre bons & juftes comme il l'eft lui-même.

2°. Que le foleil eft la grande caufe, ou du moins la caufe inftrumentale de l'exiftence de leurs corps, & de tous les autres effets phyfiques. Vous favez, mes révérends pères, mieux que je ne puis vous le dire, combien ils fe trompent en cela. C'eft à lui qu'ils adreffent leurs prières pour la confervation de leurs vies, des fruits de la terre, &c.

3°. Que leurs parens font la caufe immédiate & inftrumentale de leur exiftence naturelle, qu'ils dérivent en partie d'El, & en partie du foleil ; &, par cette raifon, ils refpectent d'autant plus leurs parens, qu'ils les regardent comme les Vicegérens d'El & du foleil ; ils croyent que leur partie fpirituelle ou intellectuelle eft immortelle, & par conféquent qu'ils font en état de les aider, & qu'ils font difpofés à le faire, à proportion du refpect qu'ils leur témoignent, en vifitant leurs tombeaux, & en honorant leur mémoire. Il eft cependant vrai, qu'en exami-

vant la chose de plus près, j'ai trouvé qu'il y
avoit autant de politique que de religion dans
l'institution du culte superstitieux qu'ils rendent
à leur ancêtres décédés. Comme leur gouvernement est patriarchal, le respect inviolable
qu'on leur apprend, dès la plus tendre jeunesse,
à porter à leurs parens, fait qu'ils obéissent à
leurs anciens gouverneurs, non seulement avec
la plus grande soumission, mais encore avec
joie.

Ils croyent l'immortalité de l'ame, les récompenses & les châtimens d'une autre vie,
quoiqu'ils s'expliquent là-dessus d'une façon
assez extraordinaire. Ils assurent que l'ame est
un être indépendant de la matière, quant à
son essence; puisqu'elle a les facultés de penser,
de vouloir & de choisir, opérations dont la
matière, quelque subtile qu'elle soit, ne peut
jamais être capable; mais leur idée de la préex-
istence de l'ame avec l'El, avant qu'elle anime le corps, est très-confuse.

Voici en quoi ils pensent que consisteront
les récompenses & les punitions de l'autre vie :
il s'imaginent que plus leurs actions dans celle-
ci auront été conformes à la sagesse infinie de
Dieu, plus leurs ames approcheront dans l'autre de la souveraine perfection de ce divin modèle; que si au contraire ils s'en sont éloignés

M iv

dans cette vie, Dieu permettra qu'ils perfévè-
rent toujours dans cette contrariété, jufqu'à
ce qu'ils deviennent à la fin fi vicieux & fi méchans, qu'ils fe déteftent eux-mêmes.

Cette idée des degrés de perfection, qui
doivent être la récompenfe des hommes fuivant
les degrés de leur vertu, paroît avoir quelque
rapport à la hiérarchie que nous croyons être
de la juftice divine, foit dans les peines, foit
dans les récompenfes éternelles : elle eft en effet
une preuve de l'équité de celui qui récompenfe
ou qui punit.

Les plus fenfés des Mezzoraniens croyent
la métempficofe, ou la transmigration des ames
non comme une punition de l'autre vie, ce
qui étoit le fentiment de quelques-uns des anciens philofophes payens, mais comme un châ-
timent mérité dans celle-ci. Cette transmigration des ames eft entiérement différente de l'o-
pinion qu'on en a conçue, & de ce que les
anciens entendoient par le terme de métempficofe, favoir, que les ames des méchans, des
voluptueux, &c. paffoient après leur mort dans
le corps de telle ou telle bête, felon les paffions
dominantes auxquelles ils s'étoient abandonnés,
jufqu'à ce qu'ayant expié leurs crimes, il
leur fût enfin permis de rentrer dans un corps
humain.

Les Mezzoraniens croyent au-contraire que les ames des bêtes entrent dans les corps des hommes dès cette vie. Ils difent que les corps humains font des demeures fi délicates, que les ames des bêtes les envient aux hommes, & tâchent continuellement de s'y infinuer & de s'y établir ; qu'elles y réuffiffent dès qu'on ceffe de fuivre les lumiéres de la raifon, qui peut feule nous garantir de ces ennemis toujours prêts à nous furprendre ; & que fi nous ne nous tenons fur nos gardes, ces ames animales s'emparent de l'ame raifonnable, de façon qu'elle ne peut plus gouverner le corps, ni agir, fi ce n'eft de concert avec l'ame animale pour affouvir fes paffions brutales, où qu'elle ne fait tout au plus que de foibles efforts pour fortir de cet efclavage.

J'ai cru d'abord que ce fyftême étoit allégorique, pour marquer la reffemblance qu'il y a entre les paffions des hommes, lorfque la droite raifon ne les gouverne pas, & celles des bêtes. Mais j'ai fu dans la fuite qu'ils croyent que cette transmigration arrive réellement : je n'en doutai plus après le dernier voyage que je fis en Egypte avec le Pophar ; quand il voyoit paffer les Turcs ou d'autres étrangers, & même des Arméniens & des chrétiens Européens, il me difoit fouvent en langue mezzoranienne, voilà un cochon, voici un lion, un loup, un renard, un chien; ou quelqu'autre animal semblable; c'est-à-dire, qu'ils croyent le corps d'un homme voluptueux possédé par l'ame d'un cochon; celui d'un luxurieux par l'ame d'un bouc; celui d'un traître par l'ame d'un renard; celui d'un tyran par l'ame d'un loup, & ainsi des autres. On leur inculque ces idées dès leur plus tendre jeunesse, & avec tant de soin, qu'elles contribuent beaucoup à les retenir dans les bornes de la raison.

Dès qu'un jeune-homme se trouve enclin à quelqu'une de ces passions, il s'adresse aussitôt à un ami qu'il croit plus sage que lui; cet ami l'assure que l'ame de telle ou telle bête, tend des piéges pour supplanter la sienne, & se mettre à sa place. Cela les rend circonspects; ils se tiennent en garde contre leurs propres passions, pour ne point être surpris par cet ennemi impitoyable. Le premier remède qu'ils employent, est de se recueillir attentivement en eux-mêmes pour y contempler la divine lumière qui les éclaire; à l'aide de ce céleste flambeau ils cherchent, ils fouillent dans tous les replis de leur ame; & quoiqu'il soit très-difficile de déloger ces ames brutales, dès qu'elles ont pris possession; cependant, ennemies de la clarté, elles s'enfuyent, lorsqu'elles sentent que leurs desseins sont découverts.

La crainte d'être livré à la tyrannie de ces esprits immondes, est si bien gravée dans leur ame, même dès leur enfance, que c'est à cette doctrine qu'ils attribuent la régularité de leur vie. Les femmes ont adopté le même système, avec cette différence, qu'elles croyent que les ames animales qui s'emparent de leurs corps, sont d'une autre espèce que celles qui tendent des piéges aux hommes. Elles disent, par exemple, que c'est l'ame d'un caméléon qui les rend fausses & inconstantes ; que les coquettes & les petites-maîtresses ont de ames de paon ; les cruelles & les capricieuses des ames de tigresse & ainsi des autres. Elles font encore un aveu, qui est d'autant plus surprenant, que comme les femmes se font une loi d'idolâtrer leurs défauts, elles conviennent rarement des imperfections qui obscurcissent leurs appas. Elles avouent qu'il est encore plus difficile de chasser de leur corps les ames animales qui en ont pris possession, que du corps des hommes. Et c'est sans doute, parce que, disent-elles, les mauvaises ames par la duplicité qui est naturelle à notre sexe, se tiennent beaucoup plus long-tems cachées chez les femmes ce n'est qu'à l'âge de vingt-cinq ou trente ans qu'on commence à les apperce-voir ; dans la plupart des hommes au contraire,

elles se montrent presque aussitôt qu'elles s'y
sont glissées.

J'ai vu, en plusieurs occasions, que c'est par
rapport à cette doctrine que les Mezzoraniens
se sont tant appliqués à l'étude de la physiono-
mie : aussi ont-ils établi des régles pour connoître par la contenance d'un homme, par ses
traits & par ses regards, si l'ame animale n'a
point pris possession de son corps, afin d'appli-
quer des remèdes convenables. Cette science,
toute incertaine & douteuse qu'elle est parmi
les chrétiens, qui ont les secours plus efficaces
de la vertu & de la grace pour résister à leurs
passions, ces ennemis redoutables de l'homme,
est cependant portée chez les Mezzoraniens à
un degré de perfection & de certitude beaucoup
plus évident qu'on ne se l'imagineroit. Ce peuple, qui n'a pas les mêmes lumieres que nous,
ne se donneroit pas sans doute tant de peine
pour réprimer ses passions, s'il ne connoissoit
d'avance tous les dangers que l'on court à ne
pas les combattre : c'est pourquoi tous les anciens s'étudient à faire l'application des connoissances qu'ils ont acquises dans la science de
la phisionomie : lorsqu'ils se trouvent avec les
jeunes gens, ils ont soin d'examiner attentivement leurs traits, leur complexion, leurs mouvemens, leur tempérament, le ton de leur voix,

le tour de leur vifage, de leur nez, de leurs oreilles, &c. Ils obfervent fur-tout fort fcrupuleufement leurs yeux & leurs regards ; c'eft dans cette partie plus que dans toute autre, que l'ame, felon eux, exprime les divers mouvemens qui l'agitent, & qu'ils prétendent connoître les paffions qui dominent en eux. Cette conduite les éclaire fur la nature de l'ame animale, qui attaque l'ame raifonnable. Ils connoiffent fi elle a dejà pris la place, ou fi elle en eft encore aux attaques : ils font fi prévenus de la certitude de leurs obfervations, que frappés d'une idée defavantageufe contre les étrangers, ils évitent avec foin leur compagnie, ou du-moins fe tiennent fur leurs gardes, & n'ont avec eux aucun commerce intime.

Mais fi la perfonne attaquée par une mauvaife ame eft de leur pays, ils l'avertiffent auffitôt du danger qui la menace. Cet avis, joint à l'horreur qu'on leur infpire continuellement de ces ennemis de leur repos, fuffit pour les retenir dans l'ordre ; de forte qu'il n'eft point de peuple dont les mœurs foient fi pures & fi innocentes. Ces qualités cependant perdent de leur éclat par la haute idée qu'ils ont d'eux-mêmes, & par le mépris marqué qu'ils ont pour le refte des hommes, comme s'ils n'avoient avec eux d'autre reffemblance que la figure.

Il eſt vrai que les Mezzoraniens les plus ſenſés reprennent les autres de cette foibleſſe, & leur en font ſentir l'injuſtice, du moins autant qu'on le peut, quand on ignore la loi de la grace, en leur traçant toutes les miſères & les infirmités de la vie humaine, qui étant des maux réels, doivent être la punition de quelque faute; ils leur repréſentent que les plus parfaits ſont ſujets à la mort, qui ne met point de diſtinction entre eux & le reſte des humains; que l'humilité & la compaſſion ſont des vertus émanées de la divine eſſence, qu'ils doivent imiter. C'eſt à ces inſtructions que les Mezzoraniens doivent leur extrême politeſſe, leur douceur & le tendre intérêt qu'ils prennent aux malheurs des étrangers, avec qui ils ne veulent point lier commerce; ils croyent ſérieuſement qu'ils ſont poſſédés d'un mauvais génie. Croiroit-on qu'une prévention auſſi ridicule pût produire cependant le principal bien des Mezzoraniens; ſi du moins on peut regarder comme tel le bonheur d'être ſi intimement unis, qu'ils n'ont jamais voulu depuis leur tranſmigration hazarder d'alliance étrangère. Ainſi la raiſon humaine pèche ſouvent dans les principes, &, par un ordre impénétrable de la providence, elle ſe rectifie par les conſéquences. C'eſt à un prodige ſi étonnant que la nature doit ſa conſervation; & comme chez les Mezzoraniens c'eſt le même ſang qui circule dans tous les individus raiſonnables, il n'eſt pas merveilleux de les voir animés de cet eſprit de fraternité, principe de leur bonheur.

Leur prière du matin ſe borne à demander au ſoleil de faire fructifier la terre, & de verſer d'heureuſes influences ſur toute la nature. Toutes les prières ſe font au temple du ſoleil; on eſt obligé de s'y trouver; il n'y a que des raiſons d'état qui puiſſent juſtifier ceux qui y manquent. Les hommes dans le temple ſont ſéparés des femmes & des filles. Pluſieurs vieillards ſont chargés d'obſerver ſcrupuleuſement ſi l'un & l'autre ſexe ſont attentifs aux cérémonies; & ces prières ſe terminent toujours par des hymnes aux ancêtres, pour les implorer, & obtenir d'eux leur médiation auprès du vicegérent de l'El. La prière du ſoir ſe fait dans le même lieu, au ſoleil couchant: celle-ci eſt plus ſpirituelle, elle eſt conçue en termes qui indiquent qu'ils s'adreſſent auſſi au maître du ſoleil. Ils demandent à l'El d'écarter d'eux pendant le ſommeil, les ames animales dont ils ſe croyent toujours environnés.

Il n'eſt point de code plus abrégé, & qui contienne moins de loix, que le code Mezzoranien: auſſi n'eſt-il pas de peuple qui les obſerve plus rigoureusement que celui dont je vous parle. J'ai souvent entendu le Pophar parler contre sa coutume avec aigreur, des jurisconsultes des autres pays, qui font loix sur loix, & accumulent préceptes sur préceptes : on diroit d'eux, ajoutoit-il, qu'ils n'ont affecté de faire tant de loix & tant de commentaires sur chaque loi, que pour dégoûter les gens qui ont quelqu'intérêt à s'en éclaircir. Je ne vois rien de plus facile, disoit-il, que de faire des loix courtes & claires. Si je défends à mon fils de faire tort aux autres, pourquoi lui détailler toutes les choses, l'instruire sur les moyens, & l'éclairer par un détail dangereux de toutes les circonstances dans lesquelles on peut faire tort à quelqu'un ? Il n'y a qu'à exposer le fait de part & d'autre : tout homme de bon-sens & d'équité, vous dira sur le champ si l'un d'eux est lésé, ou non ; mais dès que vous entassez une infinité de circonstances, il sera beaucoup plus difficile de décider ce qui est juste d'avec ce qui ne l'est pas, qu'en prenant pour régle la défense simple & absolue de ne faire à qui que ce soit le moindre mal, ou le moindre tort. A peine pourrez-vous croire en combien peu de tems, & avec quel discernement leurs juges décident les différens qui surviennent, (à la vérité bien rarement entre eux.) Ils se croiroient flétris

du

du crime le plus honteux, s'ils apprécioient une caufe fuivant le crédit & les facultés : il n'y a aucune cour de juftice où les affaires puiffent être traitées d'une façon fi abrégée ; on expofe l'affaire aux affemblées publiques, ou à un, ou à deux hommes prudens & juftes, qui fur le champ la décident fans appel. Leur grande loi eft, *tu ne feras aucun tort à qui que ce foit :* on part de ce principe fondamental, qui doit être gravé dans le cœur de tous les hommes, pour juger du droit des uns & des autres, fans entrer dans des difcuffions inutiles qui ne fervent qu'à embrouiller une affaire. Tous les cas que l'on a coutume de fuppofer pour fervir d'éclairciffe-mens, font, difent-ils, plus de fourbes & de trompeurs, que de gens habiles à fe garantir des pièges qu'on leur tend.

Les loix des Mezzoraniens ne font donc autre chofe, que les premiers principes de la juftice naturelle, expliqués par leurs anciens en pré-fence de tous ceux qui veulent s'y trouver : on ne fait ce que c'eft que de remettre la décifion d'une caufe d'année en année, ni de folliciter les juges pour obtenir un prompt jugement.

On a tant de foin de faire connoître aux en-fans dès la plus tendre jeuneffe, ce qu'ils doivent à la divinité, le refpect qu'ils doivent avoir pour leurs parens vivans, & le culte (trop fuperftitieux) qu'il convient de rendre à leurs ancêtres décédés, qu'il n'est besoin d'aucune loi écrite pour les engager à s'y conformer. Un homme qui négligeroit ces devoirs, ou qui en douteroit, seroit regardé comme déjà possédé par l'ame immonde de quelque animal.

Par une loi fondamentale de l'état il leur est expressément défendu de répandre le sang humain de dessein prémédité. Ils portent si loin cette loi si chère à la nature, qu'ils ne font jamais mourir aucun criminel, pas même pour meurtre : il est vrai qu'il faut des siécles pour qu'ils trouvent l'occasion de la mettre en pratique. S'il est constant qu'un homme en ait assassiné un autre, ce qu'ils croyent presqu'impossible, alors le criminel convaincu de son crime, est enfermé pour le reste de ses jours. A sa mort son crime est publié dans tous les nomes, de-même que lorsqu'on l'enferme ; son nom est rayé de leurs généalogies, & son corps est mutilé de la même façon que celui de la personne qu'il a tuée, on le brûle ensuite, on jette ses cendres au vent ; dès-lors on ne le compte plus de la race des Mezzoraniens.

Si je croyois ne point choquer vos chastes oreilles par le détail de certaines punitions qu'ils ont attachées à certains crimes, je vous ferois par cette idée connoître plus exactement celle qu'ils ont des vertus opposées.

L'INQUISITEUR. Nos cœurs habitués à la pureté, ne craignent point d'être souillés par les sons qui frappent nos oreilles. Il n'est rien, quelqu'éloigné qu'il vous paroisse de notre objet (c'est la religion), que nous ne sachions rapporter à sa gloire. Parlez.

GAUDENCE. L'adultère est de tous les crimes celui que les Mezzoraniens paroissent avoir le plus en horreur, si l'on en juge du-moins par la punition qu'ils ont inventée. Lorsqu'un homme & une femme sont surpris en flagrant délit, trois des plus anciens du nome s'assemblent, & condamnent les deux coupables à une prison perpétuelle. On habille l'homme d'une toile sur laquelle on a peint des boucs, & on lui met sur la tête un bonnet armé des cornes du même animal : la femme est aussi couverte d'une toile sur laquelle sont représentées des chattes; on attache au col de l'un & de l'autre des grelots, on proméne les deux coupables attachés l'un à l'autre par les parties qui font leur honte, desorte que l'instrument du crime devient celui du supplice.

Si une fille au-contraire est surprise avec un homme marié, on lui fait grace de la chaîne avec laquelle on les attache l'un à l'autre, quand les deux coupables sont liés par le mariage; parce que la loi présume qu'elle a été séduite,

N ij

mais elle eſt renfermée pour le reſte de ſes jours, condamnée à un régime de vie propre à anéantir des feux qui lui ont fait oublier la pureté de ſes ancêtres. L'homme, deſtiné auſſi à une priſon perpétuelle, eſt obligé de travailler au bien public : mais admirez l'équité de cette nation : ſi l'un ou l'autre des coupables parvient dans ſa retraite à ſe diſtinguer par quelque talent, on le récompenſe d'une ſtatue. Le ſeul meurtre détruit toutes les récompenſes dues aux talens; la raiſon de cette différence eſt priſe dans la nature même. Un homme, me diſoit le Pophar, qui en tue un autre, ceſſe d'être homme, puiſque dès ce moment il ceſſe de reſpecter l'image de ſes ancêtres, l'ouvrage du ſoleil, & l'ordre établi par l'auguſte ſageſſe de l'El.

Mais j'abuſerois ſans doute d'un tems qui vous eſt précieux, ſi j'entrois dans le détail de toutes leurs loix, dont la ſageſſe me paroît admirable, quoiqu'à dire vrai, la coutume ait beaucoup plus de part que les loix écrites au réglement des affaires ordinaires de la vie, comme vous le conclurez de ce que vous allez entendre ſur la forme de leur gouvernement & de leurs inſtitutions particuliéres. Je vous demande ſeulement de m'arrêter un peu ſur deux circonſtances qui m'ont frappé. La pre-

miére, c'eſt que tous les habitans du nome dans
lequel le crime a été commis, tant hommes
que femmes, doivent ſe trouver préſens aux
punitions exemplaires, & expliquer à leurs
enfans quel eſt le crime qu'on punit, afin de
leur en inſpirer une juſte horreur. L'autre regarde les fraudes ou les injuſtices des hommes. Si
les anciens découvrent qu'un citoyen ait été
trompé par un autre, ou qu'il en ait reçu un
tort conſidérable, le coupable eſt condamné à
reſtituer neuf fois la valeur. L'homme, convaincu d'avoir ſurpris la religion des juges, eſt envoyé aux extrémités du royaume, pour y vivre ſeul pendant un tems proportionné à ſa
faute, après qu'on lui a mis préalablement une
marque ſur le front, pour avertir chacun de
l'éviter : par une précaution auſſi ſage, on
empêche la propagation de ces principes dangereux.

De leur gouvernement.

J'ai déjà eu l'honneur de vous dire, mes
révérends pères, que le gouvernement des
Mezzoraniens eſt patriarchal : cette forme a
toujours été obſervée inviolablement, car il
n'y a pas au monde de peuple ſi fortement attaché à ſes inſtitutions primitives, mais l'ordre
de la ſucceſſion eſt unique. Vous vous ſou-

venez fans doute, mes révérends pères, que les
Mezzoraniens font tous fortis d'une même
famille, dont le chef étoit prêtre du foleil,
lorfqu'ils furent obligés de quitter l'Egypte.
Cette forme de gouvernement avoit fubfifté
depuis le tems que Mifraïm prit poffeffion de
cette terre pour y demeurer : mais lorfque
dans la première vallée dont j'ai parlé, ils fe
virent à couvert de toutes les entreprifes de
leurs voifins, ils établirent cette forme de gouvernement d'une façon particulière.

Le grand Pophar s'étant établi dans cette
vallée avec fes cinq fils, & fes cinq filles, qui
étoient tous mariés, il les gouverna pendant fa
vie en père ou en patriarche. La grande vénération que les Mezzoraniens ont pour leurs
parens, jointe à ce qu'ils étoient féparés du
refte du monde, rendoit cette forme de gouvernement infiniment plus pratiquable qu'on
ne fe l'imagineroit d'abord. Comme ils étoient
tous les enfans d'un même père, l'intérêt commun & l'intérêt particulier n'en faifoient qu'un.
Dans la première tranfmigration toute la nation étoit compofée des enfans, des petits-enfans, & des arrière-petits-enfans du vénérable
vieillard qui les avoit conduits dans cette vallée. N'ayant à faire ni guerre, ni voyages fur
mer, & par conféquent n'étant point expofés

à gagner ni les maladies, ni les vices des autres nations, qui font généralement parlant, auffi différentes les unes des autres par leurs façons de vivre, que par les climats qu'elles habitent; n'ayant, dis-je, aucune de ces voies ouvertes pour la deftruction de leur peuple, non feulement le nombre en augmenta prodigieufement fans le fecours de la pluralité des femmes, mais encore leur genre de vie fimple & naturel, les faifoit parvenir à une grande vieilleffe, les uns vivant plus de cent ans, & d'autres plus de cent cinquante. Le premier Pophar, fuivant leur hiftoire, avoit vecu cent cinquante-cinq ans; fon fils aîné, qui lui fuccéda, & qui étoit d'un tempérament plus robufte, étoit parvenu à l'âge de cent foixante ans.

Peu de tems après fon établiffement dans la première vallée, il partagea font petit état en cinq nomes ou gouvernemens, qu'il donna à fes cinq fils, qui devoient tous être fubordonnés à l'aîné, mais d'une fubordination purement patriarchale. Les autres gouverneurs, & même les pères étoient les difpenfateurs fouverains des loix, chacun dans fa propre famille; mais en même tems ils étoient fujets à l'infpection de leurs fupérieurs immédiats, comme ceux-ci l'étoient à celle du grand Po-

N iv

phar, fecondé d'un nombre de confeillers qu'on établit dans la fuite.

Pour vous donner, mes révérends pères, une idée plus diftinéte de ce gouvernement extraordinaire, je puis commencer par le grand Pophar, & defcendre jufqu'aux familles particulières, ou remonter de ces familles jufqu'au Pophar. Je parlerai enfuite de leurs droits de fucceffion. La chofe fera plus fimple & plus claire en partant du premier établiffement de la colonie des Mezzoraniens, avant que leur nombre fût fi confidérable.

A la première tranfmigration, le Pophar marqua les limites de chaque nome; chaque fils prit poffeffion, pour lui & pour fes héritiers, du terrein qui lui étoit donné en partage. Tant que les enfans de chacun de ces fils du Pophar reftoient fans fe marier, ils étoient fous le gouvernement de leur père, qui cultivoit autant de terre qu'il en falloit pour les befoins & les commodités de la vie. Mais dès qu'un d'entre eux fe marioit, ou du-moins dès qu'on pouvoit le nommer père de famille, fon père, du confentement du Pophar, lui donnoit en partage affez de terre pour fervir aux mêmes fins: ainfi chaque famille s'étendoit comme d'un centre commun, a-peu-près de la même manière qu'ils bâtiffent leurs vil-

les, jufqu'à ce que tout le nome fût occupé.
Vous me direz qu'il faudra par la fuite des
tems que ce peuple augmente à l'infini, & qu'il
n'y aura pas affez de terre pour le contenir
& pour fournir à fa fubfiftance : ce qui en effet
lui eft arrivé dans la première vallée, qui
devint fi peuplée, que fi le fameux Pophar,
qui les conduifit dans le vafte continent qu'ils
habitent aujourd'hui, n'eût fait cette glorieufe
découverte, au péril même de fa vie, ils auroient été forcés de retourner en Egypte, ou
de fe manger les uns les autres ; mais le pays
qu'ils habitent actuellement, eft affez étendu,
quelque nombreux que foit le peuple, pour
les contenir encore plufieurs fiècles.

J'ai cependant repréfenté au Pophar qu'ils
fe trouveroient tôt au tard réduits à la même
extrémité : cette idée l'inquiéta d'abord, & ne
fut point infructueufe ; elle occafionna une découverte dont je rendrai compte dans la fuite.
Le nombre de ceux qui s'adonnent aux arts &
aux manufactures, eft fi grand, & le pays eft
fi fertile, qu'ils paroiffent affez tranquilles fur
le néceffaire.

De tous les arts l'Agriculture tient chez eux
le premier rang, après les fciences libérales,
& on la regarde comme la nourrice de tous
les autres ; la terre eft fi fertile, qu'elle

produit, quoique cultivée fort légérement ; une si grande abondance de légumes, de fruits délicieux, que les habitans n'ont, pour ainsi dire, que la peine de les cueillir : il faut observer qu'ils ont deux étés & deux printems, & que chacune de ces saisons produit des fruits différens. Mais pour revenir à l'idée de leur gouvernement, chaque père de famille gouverne, tant qu'il vit, tous ses descendans mariés ou non mariés. Si ses fils font pères comme lui, ils ont sous lui un pouvoir subordonné : s'il meurt avant d'être grand-père, le fils aîné, ou l'oncle le plus âgé, prend soin de tous jusqu'à ce qu'ils soient en état d'établir eux-mêmes des familles.

Le chef d'une famille est sujet, dans les cas extraordinaires, à l'inspection de cinq des chefs les plus prudens du canton : ceux-ci le font à leur tour à celle de cinq autres, choisis d'une commune voix dans les cinq cantons voisins, qui font eux-mêmes sujets aux chefs des cinq nomes, comme tous les nomes le font au grand-Pophar, aidé de trois cens soixante-cinq anciens ou sénateurs choisis dans chaque nome. Ce qu'il y a de plus singulier dans cette forme de gouvernement, c'est que tous font en quelque façon absolus & indépendans, (aussi se regardent-ils tous comme égaux par

la naiſſance,) quoiqu'il y ait cependant une
dépendance & une ſubordination naturelle ,
dont le droit d'ancienneté eſt la baſe, dans toute
l'économie de cet état, comme vous le verrez, mes révérends pères, par ce que je dirai
de leurs loix à l'égard des ſucceſſions. Chacun
eſt ſeigneur & maître de ſes propres poſſeſſions ;
cependant le Pophar peut en diſpoſer quand
il s'agit du bien public. Jamais ils ne s'oppoſent
à ſes volontés, parce qu'ils le regardent comme
leur père commun par ſa dignité , & comme
leur propre père par la tendreſſe qu'il a pour eux.

L'ordre de ſucceſſion par droit d'aîneſſe eſt
ſi particulier, qu'il paroît impliqué. Pour vous
donner tout enſemble une idée de la ſupériorité
des aînés, & de l'égalité qui régñe entre les
cadets, j'expliquerai de mon mieux quelle en
eſt la régle. Le fils aîné du premier Pophar eſt
toujours grand-Pophar , dès qu'il eſt en âge
de gouvernèr l'état, c'eſt-à-dire, quand il a
cinquante ans. Mais s'il meurt ſans laiſſer d'enfant mâle , ce n'eſt point au fils de l'oncle,
ni à perſonne du même nome que la ſucceſſion
tombe, mais à l'héritier préſomptif du chef du
nome voiſin. Si celui-ci n'a point encore atteint
l'âge porté par la conſtitution , on paſſe dans
l'autre nome , & toujours ſuivant le même
ordre, juſqu'à ce qu'on ait trouvé un ſujet habile à ſuccéder.

Si cet héritier mâle manque dans tous les nomes, c'eſt alors au fils aîné de la ſeconde perſonne du premier nome à ſuccéder à la dignité de grand-Pophar, & toujours par gradation de nome en nome; du fils aîné de la première perſonne du nome dans lequel on eſt, à celui de la ſeconde, & de celle-ci au fils aîné de la troiſième en revenant au premier nome; la régle eſt invariable. Ils diſent s'être trouvés dans ce cas pluſieurs fois depuis leur premier établiſſement: la choſe en effet n'eſt point ſurprenante, s'ils ſont auſſi anciens qu'ils prétendent l'être. Par cette chaîne de ſucceſſions chacun peut prétendre à la dignité de Pophar, quoiqu'elle paroiſſe héréditaire; mais ſi l'héritier préſomptif eſt mineur (il eſt toujours ſenſé l'être juſqu'à l'âge de cinquante ans), l'aîné du ſecond fils du nome voiſin eſt régent du royaume, juſqu'à ce que l'héritier ſoit en état de gouverner. Cette conſtitution regarde auſſi la régence, de ſorte que chacun peut y prétendre, de même qu'au popharat: il eſt vrai cependant que l'héritier préſomptif ne peut jamais être régent. Cette excluſion fait paſſer cette dignité ſucceſſivement dans toutes les familles: c'eſt au grand Pophar, au Sanhedrim & aux députés de chaque nome à nommer conjointement tous les autres officiers

publics, les profeffeurs des arts & des fciences,
les infpecteurs des emplois publics. Ainfi chacun, appellé par le droit qu'il porte en naiffant
à la régence ou au popharat, travaille, à force
d'obéir, à fe rendre digne de commander, ou
pour mieux dire, de conduire tendrement
fes frères.

Quoique j'aye dit ci-devant, mes révérends
pères, que le Pophar eft en quelque façon
propriètaire de tout le pays, en qualité de
chef de l'état & de premier patriarche, cependant le paradoxe de ce gouvernement con-
fifte en ce que tous font également maîtres,
ne reconnoiffant pour fupérieurs que les aînés,
& ceux qui font revêtus de quelque dignité;
mais ils font dédommagés par le droit délibé-
ratif qu'ils ont aux élections. En un mot, tout
ce royaume n'eft qu'une même famille fort
nombreufe, gouvernée par les loix de la nature, adminiftrée par des officiers fages & habiles, qui font nommés d'un confentement unanime, pour le bien, l'ordre & la confervation
commune; chaque particulier fe regardant
comme une partie de cette grande famille. Le
grand-Pophar en eft le père commun : il
chérit tous fes fujets comme fes enfans, &
les appelle toujours de ce nom. Il régne entre
eux une union de frères; ce qui ne convient

point à l'un, l'autre le prend, & ils s'obligent ainsi mutuellement. Tous contribuent, à proportion de leurs moyens, à toutes les dépenses publiques, aux édifices, aux écoles, à la fondation de nouvelles villes, &c.

Toutes les provisions superflues font déposées dans des magasins publics, pour l'usage de tout le peuple; on nomme des inspecteurs qui doivent en avoir soin, ils font chargés aussi de maintenir l'ordre dans la distribution. Chacun contribue ainsi à toutes les dépenses de l'état, aux fêtes publiques, &c. Ces fêtes font quelquefois extrêmement magnifiques; les Mezzoraniens affectent un dehors pompeux en tout ce qu'ils font. Dans leurs villes chacun est libre d'entrer dans les maisons qu'il lui plaît, comme s'il en étoit le maître: ils font de-même quand ils voyagent, troquant les curiosités d'un endroit contre celles d'un autre, de sorte qu'on croiroit qu'ils vont plutôt se rendre des visites que trafiquer. Les chemins font aussi fréquentés que les rues des villes, on y voit un mouvement perpétuel; ils voyagent fréquemment pour entretenir une correspondance avec tous les nomes; de crainte que l'éloignement des lieux ne leur fasse oublier à la fin qu'ils font tous frères & d'une même famille.

Comme le pays produit abondamment, & sans beaucoup de culture, tout ce que la nature peut fournir de plus exquis, le plus grand nombre des habitans est employé aux arts & aux métiers, chacun est libre sur le choix; aussi les ont-ils portés à une perfection surprenante; la paix dont ils ont toujours joui; leur établissement dans un même pays, & sous une même forme de gouvernement depuis tant de siècles, l'esprit du peuple naturellement laborieux & inventif, la connoissance des arts qu'ils ont apportés d'Egypte, & tout ce que leurs anciens, & leurs citoyens les plus éclairés ont appris d'utile & d'instructif dans les voyages qu'ils ont faits pour visiter les cendres de leurs ancêtres, ont contribué beaucoup à les polir, & à les perfectionner.

On peut dire des Mezzoraniens qu'ils sont tout à la fois maîtres & domestiques; chacun a son emploi, les jeunes servent les plus âgés, c'est aux supérieurs à régler les fonctions des autres, comme on le pratique dans nos communautés. Tous les enfans, sans exception, font leurs études, & sont élevés aux dépens du public, comme appartenans à l'état, sans autre distinction que celle que leur donne leur *mérite personnel*. C'est à leurs régens, ou à ceux qui ont soin de leur éducation, à juger de leur génie, & de l'état auquel il convient de les deftiner. Les fciences les plus fublimes font cel-les qu'ils refpectent le plus : c'eft aux grands-hommes, aux gouverneurs, & aux chefs à les cultiver. La raifon que les heureux Mezzora-niens en apportent, c'eft que, difent-ils, com-me il faut avoir l'âge de cinquante ans pour prétendre aux grandes dignités, ils ont plus de tems pour fe perfectionner.

Ils fuppofent, avec raifon, que les perfonnes qui excellent dans les fciences fublimes, font non feulement les plus propres à gouverner un peuple raifonnable, mais encore les plus capables de bien conduire, & de bien exécuter ce qu'elles entreprennent. Cet article important fixe toutes les attentions de ceux qui font chargés de l'édu-cation de la jeuneffe, deftinée par les difpofi-tions qu'on lui trouve, aux grandes dignités : on communique peu-à-peu & felon les talens, les règles de l'art de gouverner, non par un efprit d'ambition. Tous les emplois font regar-dés plutôt comme un embarras honorable, que comme un avantage : auffi n'ont-ils pour objet que le bien réel de la fociété, à l'exclufion de tout intérêt perfonnel.

Notre deffein, me difoit le Pophar, eft de ne pas voir un homme dans l'humiliante & dangereufe néceffité de ne voir que par les

yeux

yeux d'autrui : quand on ne fait que par les autres, on fait d'une manière trop équivoque : un aveugle qui n'a pour fe conduire que les yeux d'une autre perfonne, eft fouvent la dupe de fa confiance ; & les lumières de l'efprit font bien douteufes, quand on les tire de l'efprit des autres. D'ailleurs il faut être auffi fupérieur par fes connoiffances, que par les dignités auxquelles on eft élevé. Quoi de plus humiliant que d'avoir pour flambeau des inférieurs que par état on devroit éclairer ! Croyez-vous qu'un patriarche qui n'a pour téléfcope que le favoir de ceux qui font au-deffus de lui, reçoive des rapports bien fidèles.

Ne croyez pas cependant, mes révérends pères, que les Mezzoraniens ayent des connoiffances bien étendues dans les fciences qui fleuriffent en Europe : vous verrez, dans la fuite, que l'étude trop profonde des fciences abftraites eft défendue par la conftitution de leur gouvernement. D'ailleurs la fcience qui chez eux eft le plus en vénération, c'eft la phyfionomie, parce que, comme vous avez pu déjà le remarquer, ils en tirent des conjectures qui les éclairent beaucoup fur les penchans & les inclinations de la jeuneffe. Ils appellent la morale au fecours, & d'une telle politique naiffent des vertus qui étouffent dans le cœur des jeunes-gens tous les germes des vices. Bien différens fur ce point de prefque toutes les autres nations, qui ne connoiffent point de topique plus effi-cace pour les paffions que d'y fuccomber.

Ils font très-peu de cas de ces fciences qui aiguifent l'efprit & aigriffent le cœur, ils n'eftiment même des mathématiques que la partie qui peut les aider à perfectionner les arts.

L'agriculture tient, comme je vous l'ai déjà dit, mes révérends pères, le premier rang après les arts libéraux: les arts les plus néceffaires font les plus eftimés ; ceux qu'on prife le moins font les moins utiles, quoiqu'ils foient fouvent les plus agréables.

Comme chaque particulier eft plus occupé du bien public que du fien propre, on pour-roit s'imaginer qu'ils ne font point induftrieux, parce qu'ils ne font point excités par l'intérêt particulier, par le défir d'amaffer des richeffes, par l'ambition d'aggrandir leurs familles, ni par d'autres motifs femblables qui font agir toutes les autres nations. Je l'ai cru d'abord moi-même ; mais l'expérience m'a convaincu du contraire, & m'a fait connoître qu'il n'y a peut-être pas dans l'univers un peuple auffi induftrieux. *La grandeur de leur patrie eft toute leur ambition.*

Ils comparent l'homme occupé de son seul intérêt à celui qui préfére la partie au tout ; aussi partent-ils de la noblesse de ce sentiment pour s'estimer beaucoup plus que les autres nations. Après l'amour des louanges, la gloire de la patrie est leur passion dominante ; mais ce peuple qui vous paroît si rempli d'orgueil à l'égard des autres nations , est sans contredit de tous les peuples le plus modeste , quand il se renferme en lui-même : leurs expressions font celles de l'humilité & de la modestie même. Ils disent , par exemple , lorsqu'ils vont à la pêche, ou à la chasse : *Je vais manquer des poissons , je vais manquer des oiseaux.* Lorsqu'ils présentent à quelque ancien quelque essai dans un art, ils répondent modestement, s'ils en font approuvés: *Mon père, je crois avoir réussi, puisque vous me l'assurez.* On n'entend jamais sortir de leur bouche un ton affirmatif. Tous leurs entretiens font dictés par la défiance d'eux - mêmes; ils ne passent en effet jamais pour si parfaits entr'eux , que lorsqu'on s'apperçoit qu'ils ne se croyent aucune perfection.

Il est vrai que les gouverneurs savent parfaitement exciter l'émulation de la jeunesse par des honneurs publics, des harangues & des panégyriques dans les assemblées, & par mille autres marques extérieures de distinction ,

O ij

les arts les plus bas font encouragés de-même ; par cette excellente politique tous les états fe plaifent dans leur fphére. L'ambition, ce tyran de l'humanité, ne trouve point d'entrée dans leurs cœurs ; l'ouvrier voyant qu'il trouve les honneurs & la récompenfe de fes talens, ne reffent point les aiguillons empoifonnés de la jaloufie.

J'admire encore jufqu'où va chez eux le pouvoir de l'amour fraternel, puifque cette émulation ne dégénére point en envie, dont les effets font fi funeftes chez les autres nations.

Ceux dont la conduite femble promettre un degré fupérieur de fageffe & de prudence, font deftinés aux gouvernemens, & font avancés à proportion de leur mérite : on érige une ftatue fuivant l'utilité de l'invention, à celui qui en eft l'auteur ; le nom & la famille de l'inventeur font enrégiftrés dans les archives de l'état : enfin, quiconque fe diftingue d'une manière utile, eft fûr de recevoir des honneurs proportionnés dans les affemblées publiques ; ce font des guirlandes, des couronnes, des loüanges, des chanfons, ou des hymnes en fon honneur, &c. Il n'eft pas croyable combien ces fortes de récompenfes réveillent l'induftrie d'un peuple auffi fenfible à la gloire

que le font les Mezzoraniens. On punit au-
contraire les crimes par un mépris public : il
n'y a que le meurtre & l'adultére , & quelques autres crimes capitaux , auxquels on ait
attaché une punition plus fevère.

Les Mezzoraniens regardent la jeuneffe comme la femence de la république : fi cette femence délicate, difent-ils , fouffre la moindre
altération, elle ne peut point éclorre heureufement: ils concluent de ce principe fi fage ,
que l'on ne fauroit veiller trop fcrupuleufement
à l'éducation des jeunes gens : je ne crois point
en effet, qu'il y ait de nation qui furpaffe celle-
ci fur ce point important.

On permet à la jeuneffe beaucoup de recréa-
tion, on lui donne beaucoup de relâche, c'eft
un effet de la fageffe des anciens, qui connoiffant à fond le caractère & le tempérament
de leurs compatriotes, infpirent aux jeunes-
gens une honnête gaieté, pour déraciner peu-
à-peu une efpèce de mélancolie, à laquelle
les Mezzoraniens font naturellement enclins.

Le tems eft fi bien partagé, qu'on ne voit
perfonne vivre dans l'anéantiffement de l'oifiveté : on y regarde, il eft vrai, les divertiffemens comme une occupation, & une occupation importante, puifqu'ils entrent en partie
dans la conftitution du gouvernement , &

qu'ils contribuent à fortifier la jeuneſſe.

Outre leurs recréations journalières, ils ont dans certaines ſaiſons des exercices auxquels ils ſe livrent. La courſe à cheval & à pied, la pêche des crocodiles, ſont ceux qu'on leur permet ſous les yeux de quelque ancien, qui ne perd point de vue la moins importante de leurs actions. C'eſt dans le tems de ces innocens plaiſirs que leur ſurveillant fait ces obſervations, parce que c'eſt dans les plaiſirs, que l'ame ſe dilate & ſe montre plus à découvert.

Comme la raiſon n'eſt point aſſez formée dans cet âge, expoſée à la fougue des paſſions, elle ne peut point défendre le cœur contre les attaques des ames impures qui l'environnent. C'eſt pourquoi on ne les laiſſe jamais ſeuls. Il eſt encore plus expreſſément défendu de les laiſſer coucher enſemble, parce que, diſentils, les ames des boucs tendent des pièges à l'ame raiſonnable, principalement dans cette ſituation, où le corps ſemble communiquer ſon ſommeil à la raiſon.

Les femmes ſont élevées à peu près demême : pour prévenir des accidens, dont je dirai quelque choſe en parlant de leur éducation ; cet uſage eſt ſi généralement reçu & pratiqué, que les jeunes-gens ne ſont jamais expoſés à trouver des compagnies qui les engagent à faire des extravagances, ni des femmes de mauvaises mœurs qui corrompent la pureté des leurs. Tout le tems de l'un & de l'autre sexe, est partagé entre les emplois & les recréations publiques : cette attention, jointe au soin qu'on a de les instruire de bonne heure des principes fondamentaux de la morale du pays, prévient efficacement les désordres qu'on voit la jeunesse commettre par-tout ailleurs. De ces précautions sages, naît cette force du corps & de l'esprit dans les hommes, & cette beauté modeste qui est si charmante dans les femmes : les uns & les autres possèdent ces belles qualités à un tel point de perfection, qu'on seroit tenté de croire que la nature n'a point dégénéré chez ce peuple heureux, mais qu'elle s'y est au contraire conservée dans sa première beauté.

La ressemblance universelle des Mezzoraniens, qui est le fruit de la fidélité conjugale, & de l'attention qu'ils ont eue à ne point mêler un sang si pur avec un sang étranger, réunit en une même personne tous les traits de ses ancêtres, & donne aux anciens la douce consolation de se voir renaître dans leurs enfans. J'avoue cependant que cette ressemblance seroit une imperfection si la nature inépuisable ne traçoit sur chaque visage des traits de beauté

O iv

différens de ceux d'un autre qui pourtant lui reſſemble.

Dans tous les exercices publics, les filles ſont placées de manière qu'elles peuvent voir & être vues : rien ne donne plus d'émulation aux hommes. On leur permet dans ces occaſions une familiarité décente, les jeunes-gens peuvent faire leur choix, les filles ont la même liberté : on ignore dans ce pays juſqu'au nom de dot & d'intérêt ; il n'y a que le mérite perſonnel qui forme le contrat. L'argent & les bijoux ne ſont point de l'eſſence du mariage.

Voilà, mes révérends pères, une idée générale du gouvernement & de l'économie d'un peuple dont les coutumes ſont auſſi différentes de celles des autres nations, que leur pays en eſt éloigné, & qu'il eſt difficile d'y parvenir.

L'INQUISITEUR. Vous me paroiſſez, monſieur, avoir une haute idée de ce gouvernement patriarchal, parce qu'il eſt fondé ſur la loi naturelle : mais répondez : eſt-on moins obligé, ſuivant cette même loi, d'obéir à d'autres formes de gouvernement ?

GAUDENGE. Non, mes révérends pères, je ne le nie en aucune façon ; je ne prétends pas même comparer les unes avec les autres, je ne ſuis ici qu'hiſtorien. Il eſt certain que différentes formes de gouvernement peuvent convenir à différentes nations ; il ne l'eſt pas moins que dès qu'une certaine forme eſt légitimement établie dans un pays, le devoir des ſujets eſt de s'y ſoumettre, pour éviter l'anarchie & la confuſion. Celui, par exemple, qui attenteroit à un gouvernement monarchique légitimement établi, enfreindroit toutes les loix de la juſtice & de l'équité, & par conſéquent celles de la nature, qui en font la baſe, & ainſi des autres.

L'INQUISITEUR. Pourſuivez.

GAUDENCE. Avant de vous informer de la façon dont on éléve les femmes Mezzoraniennes, & des formalités qu'on obſerve dans les mariages, je ſuis obligé de vous faire le détail d'une fête qu'ils appellent la fête de *Santé*, ou de la *Plante* ; le trouble où m'avoit jetté le dernier ordre que vous donnâtes, mes révérends pères, de reſſerrer ma priſon, m'avoit fait oublier de vous entretenir de cette cérémonie ; il eſt d'autant plus important que vous en ſoyez inſtruit, qu'elle eſt de tous les points de leur culte celui qui me paroît le plus ſuperſtitieux.

Cette plante qui eſt ſi fort en vénération chez ce peuple, eſt digne de votre curioſité, l'occaſion ſe préſentera de vous en faire la description dans la suite de mon histoire.

Après la fête du soleil, il n'en est point de plus pompeuse que celle-ci. Vingt-quatre jeunes Mezzoraniennes vêtues de blanc, & les cheveux entrelassés de diamans & de fleurs, portent chacune un flambeau composé d'une matière bitumineuse & odoriférante ; autant de jeunes gens vêtus de la même couleur, portent aussi des flambeaux de la même composition : deux cens femmes, & autant d'hommes richement habillés, précédent ce cortége avec une palme à la main. Les cinq anciens du conseil vont après le Pophar, qui tient pendant toute la marche la main droite sur le vase où la plante est renfermée ; tous les autres habitans, soit de la ville principale, soit des villes voisines & de la campagne, suivent cette espèce de procession, qui dure au-moins quatre heures. A la tête de la marche, sont les hérauts d'armes, les trompettes & les timbaliers, on chante des hymnes à l'honneur de la plante, en actions de graces des grandes guérisons que son suc a opérées.

On sort du temple par la porte qui est à l'orient, & l'on rentre par celle qui est au couchant.

On fait une station à chacune des douze portes de ce superbe édifice : & l'on chante

en chœur, les inftrumens répondent à chaque
verfet : on ferme la ftation par une efpéce de
bénédiction que le Pophar donne en tournant
la plante vers le peuple qui eft profterné : on
paffe par toutes les grandes rues de la ville. Il
faut l'avouer, je n'ai jamais vu acte de religion
fait avec autant de décence.

Après qu'on a fini la marche fixée par les
ftatuts de la religion, & que l'on eft rentré
dans le temple, le Pophar remet la plante
fur l'autel. Les vingt-quatre jeunes Mezzoraniennes, & les vingt-quatre jeunes Mezzoraniens, après avoir pofé leurs flambeaux fur
des candelabres d'or travaillés avec tout le
goût imaginable, vont prendre de petits pa-
niers extrêmement propres, remplis d'encens,
qu'ils jettent à tour de rôle dans des réchauds.
Cette cérémonie fe répéte trois fois ; le Pophar
prend enfuite la plante, & va, accompagné
des cinq anciens, dans une voûte fouterraine
pratiquée entre deux colonnes : là, après avoir
exprimé quelques gouttes du fuc de cette plante, il les verfe dans un grand cuvier d'or
plein d'eau ; il revient enfuite à l'autel, donne
encore une bénédiction générale, & dit au
peuple : enfans du foleil, heureux Mezzoraniens, il vous eft permis d'aller chercher votre fanté dans fa fource ! N'oubliez jamais les

bienfaits que verfe continuellement fur vous cet aftre lumineux; c'eft lui qui vous a fait naître, c'eft lui qui vous conferve; que tous les momens de votre vie foient autant d'actions de graces que vous lui rendrez. Cette exhortation finie, chacun va par ordre & fans tumulte dans le fouterrein puifer de cette eau, qu'ils appellent l'*Eau falutaire*.

Les Mezzoraniens ne fe bornent point à donner à cette plante la vertu de conferver leur fanté; ils croyent encore qu'elle les garantit des ames animales; parce que, difent-ils, cette plante eft trop pure pour fouffrir quelque chofe d'impur.

Je voulus faire fentir au Pophar le ridicule d'une telle croyance. Mon fils, me répondit-il, ne vous moquez jamais de ce que vous ne connoiffez pas. Si nous n'avions point éprouvé l'efficacité que vous prétendez tourner en ridicule, croyez-vous que depuis trois mille ans nous n'euffions pas eu affez de bon-fens pour en connoître l'abus, & conféquemment pour le réformer. Prenez garde, mon cher fils, vous êtes la dupe de l'amour-propre; je crains bien que l'ame de quelque paon ne triomphe de votre ame raifonnable. Quoi! à votre âge, vous vous croyez capable d'affoiblir une tradition confirmée par tout ce que

nous avons eu de perfonnages les plus refpec-
tables depuis tant de fiècles ? Mon cher Gaudence, vous tenez encore aux maximes dont
on empoifonne les jeunes gens dans votre pays:
prenez garde d'être femblable à ceux qui après
avoir méprifé, & tourné en ridicule pendant
toute leur vie des ufages fimples & pieux, ne
font que trop heureux d'y recourir, mais peut-
être trop tard, fur la fin de leurs jours ? Ne
feriez-vous pas de ces gens qui penfent qu'il
n'y a point de fageffe hors de leurs pays, &
qu'ils font feuls dépofitaires de celle que l'El
& le foleil ont répandue dans la nature pour
fa confervation ? Cependant je fuis content
de vous ; vous vous êtes comporté avec décence, & cette conduite me fait bien augurer
de vous. Mais, croyez-moi, mon fils, ne
critiquez jamais des ufages confacrés, quand
même il feroit vrai qu'ils font abufifs.

Pourquoi refufer à une plante, qui ne vous
eft pas connue, une propriété que vous ac-
cordez peut-être à tant d'autres que je ne
connois pas ?

Qu'une chofe matérielle, lui répondis-je,
agiffe heureufement ou malheureufement fur
la même fubftance, je n'y trouve rien qui
révolte la faine raifon ; mais que le fuc d'une
plante influe favorablement ou défavorable-

ment fur une fubftance fpirituelle, c'eft ce que je ne conçois ni ne concevrai jamais, parce que j'en fens toute l'impoffibilité. Pardon, mon père, fi je parle librement.

Mon fils, me répondit-il, croyez-vous qu'une chofe n'eft pas, parce que vous ne la concevez point ? L'incompréhenfibilité eft-elle une raifon convaincante ? Devroit-elle fortir de votre bouche, mon cher Gaudence ?

J'apperçus quelque aigreur dans ce ton affectueux ; il falloit ne pas le heurter de front, fi je voulois parvenir à lui faire goûter des vérités que je devois lui annoncer. Je pris le parti du filence : après lui avoir dit cependant que le tems de la véritable lumière viendroit, & que lorfque les yeux de fon ame feroient défillés, je me flattois qu'il gémiroit de l'aveuglement & des ténèbres où étoit plongé le peuple le plus aimable & le plus fait à tous égards pour être véritablement vertueux....

Nous ne le fommes donc pas, me dit-il, d'un ton ironique ? Si vous l'êtes, lui dis-je, que je vous plains ; car vous l'êtes infructueufement, & la véritable vertu n'eft jamais infructueufe. Heureufement cet entretien fût interrompu par fon époufe, qui vint lui communiquer quelque chofe d'important.

LE SECRÉTAIRE. Comme Gaudence alloit

contiuer, le second Inquisiteur demanda permission au premier de faire une question qui
étoit importante. Il la fit en ces termes.

LE SECOND INQUISITEUR. Vous nous avez
dit, monsieur Gaudence, qu'après que le Pophar avoit exprimé le suc de la plante du soleil
dans l'eau dont étoit rempli le cuvier d'or,
chacun des assistans en alloit prendre ; mais
vous ne nous avez pas dit quel usage les Mezzoraniens faisoient de cette eau, ni comment
ils s'en servoient.

GAUDENCE. Pardonnez, mes révérends pères, un oubli involontaire. C'est avec raison
que vous m'interrogez sur ce point, il n'est
pas moins important que les autres : chacun
des assistans va donc prendre sa provision de
cette eau, qui doit durer depuis une fête jusqu'à l'autre, c'est-à-dire, un an. Les Mezzoraniens la portent chez eux, & en mettent
tous les soirs, avant que de se coucher au milieu du front, au nez, sur la bouche, sur
les paupières, & dans les oreilles. Ils prétendent par cet usage qu'ils appellent pieux, fermer l'entrée aux ames animales, qui pourroient les surprendre pendant le sommeil. Si
quelqu'un d'entr'eux étoit accusé avec raison
d'avoir manqué à cette cérémonie, qu'ils nom-
ment *Gali-an-gingor*, qui signifie à-peu-près

Purification des cinq sens, il seroit reprimandé par le premier des anciens qui en seroit informé.

Cet article que vous m'avez rappellé, mes révérends pères, me fait ressouvenir d'un autre qui ne vous intéressera pas moins. Les Mezzoraniens paroissent avoir chez eux une espèce de confession, qu'ils font en présence de tout le peuple. Les jours qu'on s'assemble solemnellement dans le temple pour quelque grande fête, ceux qui se confessent disent à haute voix, en s'adressant au Pophar & aux assistans : mon père, & vous mes frères, il y a trois mois que je combats contre une ame animale, je ne puis point la vaincre ; enseignez-moi par quel moyen je pourrai triompher d'elle ; je prierai le soleil d'éclairer de plus en plus vos ames, afin qu'elles ne s'égarent jamais de la vertu, & qu'elles n'entrent point dans la voie où les ames ennemies veulent les conduire. Le Pophar interroge alors le pénitent, & lui demande de quelle nature est l'ame qui déclare la guerre à l'ame raisonnable. Après qu'il a satisfait par sa réponse, le Pophar l'embrasse tendrement, & s'adressant à l'assemblée : mes enfans, leur dit-il, mes chers enfans, que vos prières donnent à votre frère le courage & la fermeté nécessaires pour

abattre

abattre fon ennemi. Mon fils, continue-t-il, l'aveu que vous faites, eft un commencement de victoire : allez, vous êtes fecouru des tendres prières de vos frères, vous vaincrez infailliblement ; ne vous rebutez pas. On prie pour lui ; on chante des hymnes : & l'on continue les cérémonies ordinaires. Je dois dire cependant que cette forte de confeffion eft extrêmement rare, ou qu'il y a (ce qu'affurément je ne crois point) bien peu d'ames animales dont les attaques foient vives, ou (ce que je crois encore moins) que le fuc de la plante a une vertu bien efficace ; car enfin les Mezzoraniens ne font point des anges, & puifqu'ils font hommes, ils font faillibles ; cependant je n'ai vu que deux fois cette efpèce de confeffion.

L'INQUISITEUR. Mais n'avez-vous pas quelquefois, pour leur complaire, fait ufage du fuc de cette plante de la même façon que les Mezzoraniens ?

GAUDENCE. Vous verrez, mes révérends pères, que je ne m'en fuis fervi qu'une feule fois en ma vie, mais comme d'une plante dans laquelle Dieu pouvoit avoir mis une propriété, ainfi que dans toutes les plantes dont on fe fert dans la médecine : d'ailleurs, libre comme je vous ai déjà dit que je l'étois, aurois-je pu oublier à ce point ma religion, que de la mêler avec une cérémonie superftitieufe; me préferve le ciel d'une telle infidélité.

L'INQUISITEUR. Continuez.

GAUDENCE. Je me rappelle, mes révérends pères, que j'en étois à la manière dont on élève les femmes Mezzoraniennes, & que je devois vous parler auffi de leur mariage.

Des femmes Mezzoraniennes, & de leurs mariages.

Le Pophar me difoit, que les femmes étoient précifément ce qui embarraffoit le plus l'état; que leurs archives rapportoient, qu'il s'étoit tenu anciennement plufieurs affemblées d'hommes les plus éclairés de la nation, pour délibérer fur la façon dont il convenoit de les traiter, & pour remédier aux inconvéniens qui naiffent de la liberté que les uns leur ac-cordent, & de la dépendance dans laquelle les autres les retiennent. Laiffez-les libres, me dit-il, votre honneur dépend de leur conduite, fouvent même de leur caprice; tenez-les ren-fermées, elles ne manqueront pas de fe venger à la première occafion. Toutes vos précau-tions deviendront inutiles. Les femmes ne veu-lent point être gouvernées par les mêmes régles que les hommes; ceux-ci fe prêtent tôt ou tard à la raifon; il n'y a qu'à la leur préfenter, ils fe rendent à fes charmes: mais

les femmes ne fuivent que leur humeur &
leur caprice.

Cependant le fexe n'eft affurément point
indifférent dans un gouvernement ; il eft donc
très-effentiel de le bien gouverner. Une jeuneffe débauchée eft le plus grand des maux
dans un état ; rien ne porte plus au liberti-
nage , que des femmes abandonnées à leurs
paffions.

Toutes nos femmes , continua le Pophar ,
font , comme vous voyez , extrêmement belles : nos hommes font robuftes & vigoureux :
il faut donc les refferrer par liens les plus forts,
pour les retenir dans le devoir. Quant à nos
jeunes-gens , nous avons foin de les occuper
continuellement , & de les exciter à la gloire
par tous les attraits capables de toucher des
ames bien nées. Nous tenons la même conduite
à l'égard des jeunes filles : nous nous plions à
leur génie autant qu'il eft poffible ; mais fur-
tout , nous n'épargnons rien pour engager l'un
& l'autre fexe à prendre le parti du mariage ,
comme l'état le plus heureux dont on puiffe
jouir dans cette vie. Pour le rendre tel , nous
croyons qu'il eft plus effentiel de confulter le
goût & le penchant de la femme , que celui
de l'homme ; par ce que fi le mari qu'on lui
donne ne lui plaifoit pas, le dégoût , le dépit ,

la vengeance, & peut-être même une paſſion plus
honteuſe, lui inſpireroient le déſir de ſe venger
aux dépens même de ſon honneur ; par-tout où
les femmes ceſſent d'être vertueuſes , on trouve
des hommes prêts à devenir criminels. L'eſprit
des femmes eſt d'autant plus dangereux , qu'il
eſt inſinuant ; elles fourniſſent des occaſions
aux hommes. Ceux-ci , par un penchant irré-
ſiſtible , entrent dans leurs vues criminelles. Il
eſt donc permis à la femme de choiſir un
époux , de-même qu'à l'homme de faire choix
d'une épouſe , mais la femme doit montrer au
public, par une marque ſincère, la préférence
qu'elle donne à celui qui a trouvé la route de
ſon cœur ; une fleur qu'elle porte , eſt le ſigne
certain de l'ardent amour qui la détermine en
faveur de l'objet dont elle eſt aimée.

Les épreuves par leſquelles il faut paſſer,
ne peuvent qu'augmenter la tendreſſe de la
femme pour ſon mari ; d'un autre côté, la difficulté de trouver une épouſe infidèle , ne laiſſe
point entrevoir à l'homme la moindre lueur
d'eſpérance de ſatisfaire ſes deſirs déréglés.

Quant aux filles , elles ſont engagées dans
un âge ſi jeune avec leurs amans , ou elles ſont
tellement prévenues de l'idée qu'un homme
marié ne ſauroit être à elles , que ni les diſcours les plus touchans de ſa part , ni les mar-

ques de l'amour le plus paſſionné, ne ſauroient corrompre la pureté de leurs ſentimens, encore moins les ſéduire.

A l'égard de l'intérêt, il eſt entièrement exclus de nos mariages, l'amour réciproque peut ſeul les former; c'eſt aux parens à éprouver la conſtance de l'amant & de l'amante; dès qu'ils s'en ſont aſſurés, il n'y a plus d'obſtacle: nous avons préféré cette méthode, parce qu'elle nous a paru la plus propre à conſerver la fidélité conjugale, ſeul principe infaillible de la paix & du bonheur des familles.

Lorſque nous commençâmes, continua-t-il, à devenir nombreux & à vivre dans l'abondance, la liberté qu'avoient les jeunes-gens de l'un & de l'autre ſexe de ſe voir & de ſe parler ſans témoins, fit bientôt perdre de vue les ſages loix de nos pieux ancêtres. Leurs gouverneurs, qui dans le commencement les avoient négligés, ne pouvoient plus les contenir; des vices inconnus juſqu'alors ſe gliſſèrent dans le cœur de la jeuneſſe; nos hommes devinrent mous & efféminés, & nos femmes voluptueuſes; les uns & les autres prodiguèrent ſi honteuſement les dons précieux de la nature par leſquels elle ſe perpétue, que le vice nous fit bientôt ſentir l'horreur de ſes ravages: nous perdîmes une quantité prodigieuſe de jeunes-gens, sans pouvoir soupçonner la cause de ce malheur; les femmes mariées brisèrent les liens sacrés du mariage, & les hommes commencèrent à chercher des plaisirs illégitimes dans des bras criminels.

Je lui demandai pourquoi ils n'avoient pas d'abord attaqué la cause de si grands maux pour en arrêter les progrès.

Il n'étoit pas facile, me répondit-il : comme les gouverneurs ne veilloient point sur les actions des jeunes-gens; & comme ils les laissoient libres dans les plaisirs, les ames animales qui rôdoient sans cesse autour de ces jeunes gens sans expérience, trouvèrent bientôt le moyen de se glisser dans leurs cœurs; elles ne firent au commencement sentir leur tyrannie que par des ridicules que l'on regardoit comme des qualités; elles établirent leur empire, en inspirant du mépris pour notre simplicité primitive; elles répandirent dans les cœurs dont elles s'étoient emparées, du dégoût pour les plaisirs innocens que nos ancêtres se permettoient. Les jeunes-gens dont le maintien & la marche indiquoient auparavant un tempérament ferme & robuste, un air mâle & raisonnable, ne ressembloient plus qu'à des poupées. Tout ce qui étoit naturel, étoit ridicule; penser comme nos ancêtres, c'étoit radoter;

& l'on taxoit de respect superstitieux, la vénération que certaines personnes sages & pruden-
tes avoient pour les usages des anciens. L'esprit
de la nouveauté avoit pris le dessus ; rien n'é-
toit estimable s'il n'étoit nouveau ; la constance
étoit la vertu des sots, & des cœurs étroits
qu'un seul objet pouvoit remplir. La religion
même n'étoit qu'un jeu, que la politique avoit
cependant rendu sérieux pour ses propres intérêts ; la piété n'étoit tout au plus que l'amuse-
ment des esprits dont la sphére étoit si étroite,
qu'ils ne voyoient rien que par les yeux d'un
Pophar, ou d'un Régent, qui savoit rapporter
à ses intérêts leur aveugle confiance.

A ces innovations en succédèrent d'autres,
qui commençoient à gagner la tête du gouvernement ; l'uniformité des habillemens devint
d'abord fade, ensuite ridicule, & bientôt après
odieuse ; & le cœur variant, ainsi que l'esprit,
on vit bientôt succéder à l'inconstance des habits, l'infidélité des femmes : celles-ci devenues
savantes, rougissoient de leur précédente ignorance, & faisoient un usage criminel des connoissances qu'elles avoient acquises, soit en se
plaignant de l'injustice des hommes qui les
avoient entretenues dans l'ignorance, soit en
défaisant les nœuds sacrés des femmes simples
& ingénues, qui n'osoient encore y porter

P iv

leurs innocentes mains ; foit enfin en prouvant
aux autres qu'elles devoient fecouer le joug
que les hommes leur avoient impofé. Un des
Pophars même accréditoit par l'exemple ce
fyftême auffi dangereux que nouveau ; il porta
fi loin le mépris des loix, qu'en protégeant
ces innovations qui plaifent ordinairement à
la jeuneffe, il avoit fait de la plupart des jeunes-gens autant de défenfeurs de la tyrannie
qu'il vouloit établir fur un peuple qui n'avoit
jamais ceffé d'être libre ; mais heureufement
le foleil le punit de mort avant qu'il exécutât
le perfide deffein qu'il avoit formé de foumettre la Mezzoranie à fes criminelles loix.

Le vice ainfi protégé, fit des progrès confidérables ; l'impudence des filles encouragea
l'inconftance des époux ; de l'inconftance de
de ceux-ci fortirent les honteufes infidélités,
les horribles adultères ; le danger étoit encore
plus preffant que les fages du pays ne fe l'ima-
ginoient. Comme le foleil, miniftre fidèle de
l'El, voit jufqu'aux actions les plus cachées,
ou pour les récompenfer, ou pour les punir,
il ne laiffa pas long-tems impunis les crimes
qui avoient inondé la Mezzoranie : une maladie
d'autant plus dangereufe qu'elle nous étoit inconnue, infecta le fang de toute la jeuneffe,
fi vous en exceptez quelques jeunes-gens, qui

vertueux, peut-être plus par tempérament que par tout autre motif, écoutoient encore les pieux conseils des sages de la nation. Le suc de la plante dont l'efficacité est universelle, sembloit ne pas vouloir se mêler à un sang corrompu par le crime : envain nous en faisions prendre à nos pestiférés, il ne séjournoit point dans leur estomac, il en sortoit sans avoir produit aucun effet ; nous voyions avec douleur la vigueur de notre jeunesse s'éteindre insensiblemeut ; leurs corps, rongés intérieurement par un acide contagieux, se desséchoient, & ne sembloient plus dans les rues que des squelettes animés encore d'un soufle de vie. La Mezzoranie touchoit à son dernier instant, si les anciens, s'armant enfin d'une fermeté dont ils n'avoient point eu encore besoin de connoître l'usage, ne s'étoient assemblés pour opposer une digue à la violence d'un torrent si dangereux.

Des raisons aussi affligeantes avoient presque déterminé nos ancêtres à interdire aux femmes la vue de tout homme jusqu'à ce qu'elles fussent mariées ; &, alors, les remettre à leurs maris, dont l'autorité auroit été aussi despotique qu'on la dit être dans certains pays : on regarda cette voie comme assurée pour constater la légitimité des enfans, &

pour remédier à la jaloufie, fource de tant de maux. D'autrés s'oppofèrent à cette févé-rité: il ne convenoit point, difoient-ils, de rendre efclave la plus belle partie de la créa-tion, ni de flétrir, par une conduite fi injufte, la gloire d'un peuple né libre: ils ajoutoient qu'une telle autorité priveroit le mari du plai-fir de fentir qu'il eft aimé de fon époufe d'un amour de prédilection, & qu'on lui ôteroit le fentiment le plus flateur du mariage: qu'au-refte ce feroit punir les femmes d'être belles, fi on les chargeoit entièrement d'une faute que les hommes partagent, & que leurs recherches féduifantes font très-fouvent commettre.

Ceux qui avoient opiné pour la clôture, répondirent qu'elles s'étoient rendues indignes de cette liberté, par le mauvais ufage qu'elles en avoient fait. Enfin, après plufieurs difcuffions, on jugea que l'abus de l'état du mariage, & la corruption de la jeuneffe qui en étoit la caufe, étoient un point affez intéreffant pour que l'on cherchât à y remédier d'une manière effi-cace. Tous les gouverneurs & les hommes les plus éclairés deliberèrent donc, & réfolurent unanimement de mettre en exécution les loix les plus févéres contre l'adultère & le concu-binage: cet arrêt fut publié fur le champ; on enferma toutes les perfonnes qui avoient co-

rompu la jeuneſſe ; on s'aſſura des jeunes-gens
qui s'étoient attachés au Pophar mort , pour
favoriſer la révolution ; on décida que quelques perſonnes graves & de mœurs à toute
épreuve , ſe trouveroient dans les aſſemblées
tant des garçons que des filles : on maria au
plutôt tous ceux qui étoient en état de l'être ;
mais le tempérament des jeunes gens étoit ſi
uſé , que les familles ne purent ſe multiplier
que fort lentement.

Les Mezzoraniens penſent bien autrement
que toutes les autres nations, qui mettent tout
en uſage pour régler les ſentimens de tendreſſe
des jeunes-gens , de peur qu'ils ne faſſent des
mariages mal aſſortis : ce peuple au contraire ſe
fait une loi inviolable de rejetter les vues inté-
reſſées , & de regarder l'intérêt comme desho-
norant , ſur-tout dans le mariage , qui doit n'ê-
tre fondé que ſur le rapport d'humeurs , de caractères & de vertus. Il ſe fait un devoir d'encourager un amour généreux , & de le récompenſer dès que l'âge & le caractère des enfans
permettent de juger ſainement de leurs inclinations ; on les éprouve , tantôt en applaudiſ-
ſant à leur choix , tantôt en leur ſuſcitant mille
difficultés.

Ils rapportent des exemples d'une fidélité &
d'une perſévérance héroïques dans l'un &

l'autre fexe, mais fur-tout dans les jeunes filles : on ne cessé de leur prêcher qu'il vaut mieux perdre la vie que de manquer à la foi promise.

Par ces principes puisés dans le fein même de la nature, ils sont parvenus à faire de leur nation un peuple d'amans aussi tendres que fidèles : d'une éducation aussi pure, naît cette horreur invincible pour l'infidélité qu'ils regardent, après le meurtre, comme le crime le plus affreux.

L'égalité est la base de leur gouvernement ; elle peut l'être aussi de cette fidélité réciproque, puisqu'il n'y a que le mérite personnel & la tendresse mutuelle qui puissent déterminer leur choix ; il faut des preuves signalées que la femme préfère à tout autre homme celui qu'elle époufe ; l'homme de son côté est soumis à la même loi : lorsque ces preuves sont faites & approuvées par les gouverneurs & les anciens, si la femme persiste dans la résolution, l'homme qu'elle demande doit être son mari. Ils se donnent la main en présence du public, ensuite ils s'embrassent tendrement, & restent dans cette attitude, tandis que le plus ancien du lieu leur met autour du corps un cercle d'acier, pour leur signifier que leur union est indissoluble : ce cercle est orné de fleurs, on le met d'abord autour du cou, enfuite autour de la ceinture, enfin auprès du cœur, pour marquer que leur ardent amour fe changera en parfaite amitié. Pendant cette cérémonie, l'air retentit des acclamations de toute l'affemblée, & des fouhaits que chacun fait pour le bonheur des nouveaux époux. Je ne crois pas qu'on puiffe trouver dans le monde entier, une fidélité conjugale femblable à celle des Mezzoraniennes. Les veufs n'époufent jamais des filles, ni les veuves des garçons, on les voit rarement fe remarier, à moins qu'ils ne foient fort jeunes. Il faut, lorfqu'ils paffent à de fecondes noces, qu'ils faffent les mêmes épreuves, & qu'ils recommencent fur nouveaux frais. Si on leur permet un fecond mariage, ce n'eft que pour prévenir les défordres; car la tendreffe eft chez eux un fentiment fi délicat, qu'ils regardent un homme, qui du lit de deuil paffe au lit nuptial, comme infidèle à la mémoire de fa première époufe, auffi la cérémonie en eft-elle moins brillante. Par ces fages précautions, on évite une infinité de malheurs qui ont leur fource, non feulement dans les mariages mal-affortis & dans les alliances forcées, mais auffi dans les vils projets de ceux qui ne fe donnent que par intérêt, ou qui vivent d'intrigue & aux dépens des autres, jufqu'à ce qu'ils trouvent à faire un mariage avantageux.

Voilà, mes révérends pères, une idée générale du gouvernement & des coutumes des
Mezzoraniens ; la fuite de ma vie vous fera
connoître plufieurs autres ufages, à la vérité
d'une moindre conféquence. Permettez que je
remette à un autre tems, à vous en faire le récit, & que je n'oublie point aujourd'hui l'ordre que vous m'avez donné de vous rendre
compte de ce qui me regarde perfonnellement.

Le Pophar régent m'avoit choifi pour être à
fa fuite avec deux de mes plus jeunes compagnons de voyage. Il avoit encore, en qualité de régent, plufieurs autres officiers nommés par le peuple, pour recevoir & porter fes
ordres. On les changeoit tous les cinq ans,
de même que ceux des gouverneurs des autres
nomes, afin que chacun pût jouir à fon tour
du même honneur : c'eft pourquoi ils chan-
geoient d'emploi tour à tour, & fe fervoient
de même les uns les autres felon l'ordre des
gouverneurs, fi vous en exceptez ceux qui
avoient embraffé l'étude des arts & des fciences, ce qui contribue beaucoup à la magnificence de leurs cérémonies publiques : il ne fe
fait, pour ainfi dire, aucune fête, pas même
celles que les tribus particulières fe donnent
réciproquement, qu'il n'y ait des officiers nommés pour les ordonner. On a foin auffi qu'il s'y

trouve des infpecteurs qui ayent l'œil à ce qui
fe paffe ; toutes les dépenfes fe prennent dans le
tréfor public.

Leurs maifons fe communiquent par une
galerie qui régne le long du bâtiment. Le premier appartement de chaque coin de rue appartient aux hommes, l'appartement fuivant
eft pour leurs femmes, leurs filles, leurs fœurs,
&c. A celui-ci fuccède l'appartement des femmes de la famille voifine, enfuite celui des
hommes de la même famille, & ainfi des autres jufqu'au bout de la rue. Il y a dans tous
ces édifices, de diftance en diftance, de grandes
falles publiques, où fe tiennent les affemblées.
Leurs ufages font autant de paradoxes pour
nous ; c'eft le peuple le plus libre, en même
tems le plus affujetti aux régles, qu'il y ait au
monde. Toute la nation, comme je l'ai déjà
dit, femble n'être qu'une même communauté
gouvernée par les mêmes loix.

Les femmes font continuellement occupées
auffi-bien que les hommes : elles font les habits
que l'on porte dans le pays ; & comme ils font
tous à peu-près femblables, aux devifes, fleurs,
ou autres ornemens près, qu'elles y mettent
pour leurs amis ou pour leurs amans, elles ont
moins de peine à les faire. La plus grande différence eft dans la façon de les porter. Mais ce

qui diftingue principalement les deux fexes, ce font les ornemens & la façon d'ajufter les cheveux. Les femmes portent des diadêmes & des bandeaux fur le front, dans le goût de ceux du petit portrait que vous avez vu dans mon cabinet. Toutes les tapifferies, les broderies, & une infinité d'autres curiofités qu'on voit dans ce pays, font l'ouvrage des femmes, de forte que les mieux élevées font celles qui font les plus habiles. Depuis mon arrivée en Mezzoranie, on a ajouté à leurs autres occupations, fuivant le défir du Pophar, l'art de la peinture, dans lequel je ne doute pas que ce peuple, naturellement vif, & d'une heureufe imagination, ne furpaffe dans la fuite les autres nations. J'ai cru devoir enrichir cet aimable peuple d'un art qui ne peut qu'étendre fon génie, & accroître fa gloire : la jeuneffe naturellement polie, & toujours mife avec décence, ignore l'art méprifable d'employer une partie du tems à la toilette, autel élevé à l'oifiveté ; l'autre au cérémonial ridicule de vifites frivoles, où les gens fe voyent, non pour s'exciter mutuellement à la vertu, mais pour la déchirer par la calomnie ou la tourner en ridicule par des facéties infoutenables.

Quand je leur ai parlé de la façon de vivre

de

de nos gens de qualité, ils se sont écriés, quelle espèce d'hommes ! Y a-t-il rien au monde qui puisse orner la beauté, comme les connoissances & les lumières de l'esprit.

Les jeunes femmes de ce pays m'ont souvent demandé quel étoit le genre de vie de nos dames Européennes ? si elles aimoient le travail ? à quoi elles s'occupoient dans la journée, comment elle vivoient avec leurs maris, en un mot, quelles étoient leurs inclinations & leurs mœurs ? Je leur répondois qu'elles ne menoient pas une vie à beaucoup près aussi douce & aussi tranquille que celle des Mezzoraniennes : qu'occupées la moitié du jour, à répéter devant une glace toutes les mines & les airs propres à séduire les hommes, elles empruntoient de l'art, des couleurs qu'elles appliquoient sur leur visage pour les mieux tromper ; que leur phisionomie étoit un composé de noir, de rouge, de bleu & de blanc ; qu'elles destinoient l'autre partie de la journée aux jeux, aux spectacles, aux bals, où leurs yeux perfides formoient des attaques contre les hommes qui s'y rassembloient ; que là, sous ce masque trompeur, tous les âges étoient confondus ; que la vieille, dont les rides étoient plâtrées avec art, avoit l'injuste satisfaction d'étendre ses droits sur les cœurs avec autant de puissance qu'une

Tome VI. Q

jeune beauté ; qu'enfin, pour terminer le jour
auffi utilement qu'elles l'avoient commencé,
elles fe retiroient accablées de laffitude, &
jouiffoient pendant la nuit des fruits honteux
du travail de la journée ; que leurs maris livrés aux plaifirs comme elles, & auffi peu délicats, fe repofoient de leur fidélité fur leur
modeftie & leur fageffe.

Mais qu'eft-ce que ce bal où vous dites que
vos femmes fe raffemblent, me difoient-elles,
il doit donc être bien amufant ? Bien fatiguant
au contraire, leur répondois-je ; le bal eft un
lieu où l'on s'excède de danfer pendant toute
la nuit ; où l'on fe parle fans fe connoître ; où
une liberté indécente autorife des entretiens
équivoques ; où l'un & l'autre fexe rougiffant
de fes extravagances, fe déguife pour n'être
point reconnu ; où l'humanité même, cachée
fous les figures de divers animaux, perd fes
plus beaux droits ; & où l'égalité qui fait ici
votre bonheur, ne fert qu'à faire oublier qu'on
eft homme.

Mais, difoient-elles, la vertu ne fauroit donc
amufer les Européens ? non, leur repliquois-je,
elle eft chez eux une véritable occupation,
& il n'eft pas de peuple moins occupé.

O que vous êtes heureux, ajoûtoient-elles,
que votre captivité vous ait mis à portée de

connoître une autre efpèce de femmes, qui
met les beautés de l'efprit & les qualités du
cœur infiniment au-deffus de celles du corps,
vous êtes fans-doute redevable du mérite &
des talens que nous admirons en vous, au
bonheur d'être né d'une Mezzoranienne. Allez,
continuoient-elles, il faut bien que votre père
ait auffi été formé de notre fang, vous êtes
Mezzoranien fans le favoir. Après leur avoir
marqué combien j'étois flatté de leurs éloges,
je leur parlai ainfi. Je ferois bien glorieux d'être
né d'un peuple auffi fage que vous l'êtes; mais
penfez que vos vertus viennent moins de vous,
que de vos premiers légiflateurs. Nous defcendons tous originairement d'un même père,
dont nous tenons les mêmes difpofitions au
mal; perfonne n'a donc droit de fe glorifier de
fa naiffance. Nôtre cœur eft au fond le même,
quoiqu'il foit diverfement affecté; tous les peuples penferoient à-peu-près de la même façon,
leurs caractères, leurs goûts, leurs mœurs
feroient prefque femblables, s'ils fe fuffent fixés
aux loix primitives, émanées de l'être tout puiffant que vous appellez l'El, & s'ils fe fuffent
moins livrés aux changemens qui flattoient
leurs paffions.

Mais, pour revenir à ce qui me regarde,
le Pophar, comme mon plus proche parent,

m'incorpora dans sa famille, & me fit son compagnon & son ami. Je le suivois par tout, même
dans les assemblées publiques, où il me donnoit les marques les plus distinguées de sa bienveillance. Il s'entretenoit souvent avec moi,
& prenoit plaisir à m'instruire des coutumes, des usages, & de la politique du gouvernement Mezzoranien. Il s'informoit des
gouvernemens des états de l'Europe, & de
leurs différentes religions. Il n'a jamais été
question de m'en faire changer pour embrasser
la leur; j'avois assez de bon sens pour ne point
entamer cette matière. J'ai cru même m'appercevoir qu'il avoit une plus haute idée de
notre religion que de la sienne, quoiqu'il fût
extrêmement exact & scrupuleux à en remplir
les devoirs. Il disoit souvent qu'il étoit impossible qu'une république pût se soutenir, quand
les hommes ne vivoient pas selon les loix,
que ces loix devoient être simples & en petit
nombre; mais qu'il falloit qu'elles fussent ob-
servées avec la dernière exactitude; parce
que, continuoit-il, si les hommes viennent à
enfreindre les loix fondamentales, toutes celles
qu'on peut établir dans la suite, n'auront jamais la moitié de la force des loix primitives.
Il accompagnoit ce raisonnement de beaucoup
d'autres réflexions, qui me prouvèrent qu'il

étoit homme d'une fageffe confommée, & digne du haut rang qu'il occupoit.

De quatre enfans, il ne lui reftoit que deux filles, dont la plus âgée avoit dix ans, lorfque j'arrivai en Mezzoranie; c'eft fon portrait que vous avez vu, mes révérends pères; l'autre nâquit l'année avant le voyage du Pophar au grand-Caire. Sa femme, beaucoup plus jeune que lui, avoit encore des reftes d'une grande beauté. Elle n'avoit pas moins de bonté pour moi que le Pophar; je répondois aux careffes dont ils me combloient l'un & l'autre, par toutes les marques de reconnoiffance & d'attention dont j'étois capable.

Les gouverneurs du pays par leur vigilance & leur activité, faifoient fleurir les loix, & les maintenoient dans toute leur vigueur; les habitans fe portoient naturellement à les obferver avec tant de fcrupule, qu'ils fembloient s'y conformer plus par inclination que par crainte : ils difoient que fi les hommes n'étoient retenus que par l'appréhenfion des peines, ils agiroient alors plutôt en efclaves qu'en hommes libres : tant il eft vrai que les lumières de la nature, fortifiées par de bons principes, & cultivées par une faine éducation, ont de la force & de l'empire fur les cœurs.

Quant à moi, on me laiffa la liberté de

m'occuper de ce qui flattoit le plus mon inclination. La philosophie, avant mon esclavage,
avoit été le principal objet de mes études, la
musique & la peinture celui de mes récréa-
tions ; mais me trouvant alors chez une nation
de philosophes, la première de ces sciences,
la plus noble, la plus élevée, & la plus digne
de l'homme, m'occupa tout entier, à l'exception de quelques momens que je consacrois
aux deux autres, & sur-tout à la peinture,
pour faire plaisir au Pophar régent. Ils avoient
plusieurs anciens instrumens de musique, &
un nombre infini de musiciens pour les fêtes
& les réjouissances publiques ; mais leur musique instrumentale & vocale me paroissoit très-
inférieure à la nôtre. Je voulus y remédier ; le
Pophar me fit sentir que ce soin deviendroit
préjudiciable à la nation, parce qu'il s'étoit
apperçu, disoit-il, que leur musique, quoiqu'imparfaite, n'étoit encore que trop dangereuse, par les passions qu'elle faisoit naître
dans des cœurs aussi naturellement portés à la
tendresse ; qu'elle étoit assez mélodieuse pour
les égayer, & les faire sortir de la mélancolie, qui leur étoit naturelle.

Ils s'attachent principalement aux parties
les plus utiles de la philosophie, c'est à dire
aux parties des mathématiques qui ont le plus

de rapport aux arts. Ils cultivent l'histoire naturelle ; ils se sont fait un système fort singulier de la partie morale de la philosophie ; j'aurois dû en parler plutôt. Ils pensent que la providence se comporte, à l'égard de toutes les créatures, de manière que tout le mal qu'un homme fait à un autre, elle le fait retomber sur lui, ou sur sa postérité, au même degré qu'il l'a commis.

L'INQUISITEUR. Ayez la bonté de nous dire ce que vous pensez sur ce point. Nous nous flattons que vous ne nierez pas cette loi fondamentale de la nature & de la religion ; que la divine providence s'étend sur toutes choses & préside à tout. Nous vous croyons bien persuadé que la même providence se manifeste, non seulement dans la production & dans l'harmonie merveilleuse de toutes les causes naturelles & de tous leurs effets, mais encore qu'elle s'intéresse évidemment à la partie morale du monde, c'est-à-dire, aux actions libres des hommes, qu'elle récompense ou punit dans ce monde ou dans l'autre, suivant qu'elles sont bonnes ou mauvaises, faisant ainsi une juste compensation des biens & des maux de cette vie.

GAUDENCE. J'espére, mes révérends pères, vous prouver l'orthodoxie de mes sentimens ;

perfonne n'a plus lieu que moi d'admirer la grandeur de la providence ; mais des payens peuvent bien porter jufqu'à la fuperftition, une croyance d'ailleurs très-jufte. Il n'y a pas d'homme, pour peu qu'il ait de connoiffance, qui puiffe douter de l'exiftence d'un être qui préfide à la partie phyfique du monde, le moindre infecte fuffit pour l'en convaincre. Il voit que le grand auteur de la nature a conduit l'éternel fyftême du monde à une exécution fi parfaite, qu'il en a difpofé toutes les parties avec tant de fimétrie & le gouverne avec un ordre fi admirable, qu'il eft forcé de le reconnoître la caufe première, & le confervateur de tous les êtres qui fe meuvent dans l'univers. A l'égard de la partie morale du monde, la même raifon nous dit, que puifque le créateur s'abaiffe au point d'avoir foin du moindre infecte, il feroit abfurde de croire qu'il négligeât la partie la plus noble de la création, qu'il ne prît pas connoiffance des actions libres des hommes. La même providence qui les a doués du libre-arbitre, l'effence de leur grandeur & la fource de leurs maux, fait parfaitement les conduire par des voyes proportionnées à leur intelligence ; en leur déclarant fa volonté fouveraine, & en leur propofant des récompenfes & des punitions, suivant qu'ils seront fidèles ou rebelles à l'accomplir. Il est évident qu'on n'est pas toujours récompensé ou puni dans cette vie, puisque nous y voyons souvent triompher les méchans, tandis que les justes sont opprimés : vouloir nier qu'elles soient réservées à un autre état, c'est une erreur d'autant plus criminelle, que l'homme conviendra qu'elle est volontaire, pour peu qu'il cherche la vérité de bonne-foi.

Les Mezzoraniens, faute de pouvoir se faire des idées justes d'un autre monde, quoiqu'ils soient bien persuadés qu'il y en ait un, se trompent, en ce qu'ils pensent que toute injure qu'un homme fait à un autre, sera rendue ou à l'auteur ou à sa postérité, même dans cette vie ; & que plus la punition est différée, plus elle sera grande. C'est ainsi qu'ils rendent compte de toutes les révolutions qui arrivent sur la terre. Une mauvaise action, disent-ils, est punie par une autre ; les descendans des plus grands monarques ont été ensévelis dans l'obscurité, & réduits à la mendicité pendant des siècles ; & ceux qui les ont dépossédés, ont été traités de même à leur tour, par quelque descendant des premiers. Cette opinion, selon moi, n'est pas juste, puisqu'un repentir sincère peut effacer les plus grandes fautes. Mais, comme les hommes sont, généralement parlant, plus fenfibles aux punitions de cette vie, il ne faut pas douter que la providence ne fe venge quelquefois d'une manière exemplaire pour effrayer les méchans.

L'Inquisiteur. Pourfuivez.

Gaudence. Voyant que le Pophar avoit un goût décidé pour la peinture, je m'y appliquai beaucoup, & avec d'autant plus de plaifir, qu'il vouloit que je l'appriffe à fa fille, dont les charmes, quoique naiffans, m'avoient touché. A force de deffiner & de peindre, je me perfectionnai au point de plaire, non-feulement au Pophar, mais encore à tous ceux qui voyoient mes ouvrages.

Chacun, felon les loix du pays, étoit obligé de s'adonner à quelque art, ou à quelque fcience: le Pophar me pria d'enfeigner la peinture à plufieurs perfonnes de l'un & de l'autre fexe, & me dit que l'inventeur d'un nouvel art ne manquoit jamais de recevoir des honneurs & des récompenfes; que je pouvois y prétendre à jufte titre. Je le fis en effet; & je puis dire qu'avant de quitter la Mezzoranie, j'eus le plaifir de voir quelques-uns de mes élèves égaler & même furpaffer leur maître.

Mes heures de loifir étoient confacrées à cette forte d'occupation: il falloit cependant les quitter quelquefois pour accompagner le Pophar régent dans les nomes qu'il alloit visiter, moins pour réformer des abus actuels, que pour applaudir à la vigilance des gouverneurs, & à la tendre docilité de ceux qui leur sont confiés, & pour prévenir les abus qui auroient pu s'y glisser. Il comparoit ordinairement une république à une vaste machine composée d'un grand nombre de ressorts : l'artiste qui la visite souvent, remédie facilement à ce qui peut y manquer, parce qu'il s'en apperçoit à tems; &, par ce moyen, il conserve & entretient la régularité de son mouvement ; mais, s'il la néglige, un des ressorts venant à se briser, les autres se dérangent, l'harmonie est détruite, & bientôt toute la machine tombe en ruine.

Le Pophar, pour n'être point à charge à son peuple, alloit, excepté les jours de cérémonie, avec une suite fort peu considérable : il se faisoit accompagner seulement d'un ou de deux des anciens pour l'aider dans les fonctions de sa charge, & du jeune Pophar & de moi, qui ne le quittions jamais. Il prenoit plaisir à s'entretenir avec les officiers inférieurs de l'état, avec les moindres artisans, & même à les consulter.

Il n'y eut pendant les cinq premières années de sa régence qu'une seule affaire difficile &

de conféquence à juger, mais auffi étoit-elle des plus délicates. Quoiqu'elle ne me regarde pas, je vais vous la raconter, mes révérends pères ; elle me paroît affez extraordinaire pour mériter votre attention. C'étoit un cas nouveau, & que l'auteur de la conftitution, malgré fa fageffe, n'avoit point prévu.

Deux frères jumeaux étoient devenus amoureux de la même fille, qui les payoit tous deux d'un amour réciproque ; & voici comment. Les amans & la maîtreffe, qui habitoient différentes parties du même nome, s'étoient rencontrés par hafard à la fête du foleil, qu'on célèbre deux fois par an, parce que le royaume eft fitué entre les deux tropiques. Cette fituation fait que les habitans jouiffent de deux printems & de deux étés. Au commencement de chaque printems on célèbre dans tous les nomes des fêtes magnifiques en l'honneur du foleil. Cette cérémonie fe fait en pleine campagne, pour fignifier (comme ils le croyent en effet) que le foleil eft la caufe immédiate de toutes les productions de la nature. Ils lui offrent en facrifice dans des plats d'or, cinq petites pyramides d'encens, felon le nombre des nomes. Cinq garçons & autant de filles font députés par les gouverneurs pour placer ces pyramides fur l'autel, où on les laiffe jufqu'à ce qu'elles s'allument d'elles-mêmes. Chacun eſt habillé dè la couleur de ſon nome, & porte un diadême ſur la tête. Ils marchent gravement deux à deux, c'eſt-à-dire, un garçon & une fille entre deux rangs formés par la jeuneſſe de l'un & de l'autre ſexe, laquelle eſt placée comme dans un amphitéâtre : ce coup-d'œil eſt charmant.

Le haſard voulut qu'un des frères jumeaux fût député avec la jeune demoiſelle en queſtion, pour commencer enſemble l'offrande qui devoit être miſe ſur l'autel. Ils s'avancèrent tous deux, & après avoir poſé la pyramide d'encens, ils ſe ſaluèrent l'un & l'autre, la coutume le veut ainſi, & que, changeant de place, ils reviennent, l'homme par le côté des femmes, & la fille par le côté des hommes : c'eſt ce qui ſe fait avec une grace digne d'une aſſemblée auſſi auguſte. L'objet de cet uſage, eſt d'accoutumer la jeuneſſe à prendre un air de nobleſſe & de dignité, & à ſe montrer dans tout ſon luſtre. Dès que les dix premiers ſont revenus de l'autel, tous les autres y vont dans le même ordre, & obſervent la même formule, ce qui fournit aux jeunes gens de l'un & de l'autre ſexe, l'occaſion de ſe voir & de s'examiner.

C'eſt ordinairement dans ces entrevues que ceux qui n'ont point d'engagement, en pren-

nent ; & comme c'eſt la femme qui décide principalement en matière d'amour, les jeunes gens
s'efforcent de gagner le cœur de la perſonne
aimée, par des marques réitérées de leur inclination. Pour éviter dès le commencement,
la jalouſie & la rivalité ; ſi l'homme plaît à la
femme, elle accepte auſſi-tôt, & met dans ſon
ſein une fleur qui n'eſt point encore écloſe, que
le galant lui préſente. Elle lui en montre une, ſi
elle eſt déja engagée, pour le lui faire connoître : & ſi la fleur qu'elle montre n'eſt qu'un
bouton, c'eſt une marque qu'elle n'eſt encore
qu'à la première propoſition, & que la choſe
n'eſt point avancée. Quand la fleur eſt à moitié
épanouie, elle indique que l'amour a fait des
progrès ; mais ſi elle eſt tout-à-fait écloſe,
c'eſt une preuve que ſon choix eſt fixé, & dès-
lors il n'y a point à en revenir. Cependant elle
en eſt encore la maîtreſſe, pourvû qu'elle n'ait
point porté en public, cette marque de ſon engagement.

Lorſque la femme eſt libre, & que l'homme
qui lui préſente le bouquet ne lui plaît pas, elle
lui fait une grande révérence, & ferme les yeux
juſqu'à ce qu'il ſoit parti. Il eſt vrai, malgré
tout cela, que les femmes ne laiſſent pas d'a-
voir quelquefois un peu de coquetterie, & de
diſſimuler avec leurs amans, mais c'eſt aſſez rare.

Si l'homme eft engagé, il porte auffi une marque qui le fait connoître. A l'égard des filles
qui n'ont pas encore trouvé de parti avant l'âge
de trente ans, elles font obligées de choifir ou
de refter toujours filles, ou de fe mettre au
rang des veuves; car dès-lors on les regarde
comme telles, & ainfi qu'elles, elles ne peuvent
époufer que des veufs. Je reviens aux frères jumeaux.

Le frère qui alla à l'autel avec la demoifelle,
fe fentit de l'inclination pour elle en même-tems
qu'elle en conçut pour lui. L'un & l'autre étoient
trop occupés de la cérémonie pour pouvoir fe
le dire, ou fe le faire connoître dans l'inftant. En
revenant de l'autel, l'autre frère la vit, l'aima,
& trouva le moyen de lui préfenter le bouton
d'une fleur, dans le tems que tout le monde
étoit prêt à fe retirer. Elle le prit de lui, per-
fuadée qu'il étoit le même qui l'avoit accompagnée à l'autel; mais étant obligée de s'éloigner auffi-tôt avec les autres jeunes demoifelles,
la précipitation avec laquelle elle voulut cacher fon bouquet, fit qu'elle le laiffa tomber
fans s'en appercevoir. Peu après, venant à le
chercher, & ne le trouvant plus, elle étoit
affligée. L'autre frère furvint dans le moment,
qui lui en préfenta un à fon tour. Ah! c'eft le
même, dit-elle tout bas, je le reconnois; elle

le prit avec un air mêlé de joie & de modeftie.
L'amant l'entendit , & l'interpréta en fa faveur.
Les loix ne leur permettant pas un plus long en-
tretien, chacun fe retira chez foi.

Quelque tems après, le frère qui avoit eu le
bonheur de préfenter le premier bouquet (c'é-
toit le cadet) trouva moyen de voir fa maîtreffe la nuit à une jaloufie : ces entrevues font,
à la vérité, défendues par les loix, mais on les
tolère, parce que rien n'eft plus propre à ranimer l'amour. Il mit à profit cette occafion,
il lui exprima l'ardeur de fon amour : elle l'é-
couta fi favorablement, qu'il lui préfenta une
fleur à moitié épanouie, feconde marque de fa
tendreffe: elle la reçut, & lui donna une écharpe
brodée de cœurs, que des ronces légères fépa-
roient les uns des autres , pour fignifier qu'il
reftoit encore quelques difficultés à furmonter.
Ils fe donnèrent des affurances d'un amour réciproque ; l'amante lui permit de fe déclarer fon
amant.

Le frère aîné vint quelque tems après, & la
vit à la même fenêtre. La nuit étoit fi obfcure,
qu'il ne pouvoit pas voir la feconde fleur qu'elle
portoit dans fon fein : elle le reçut, à la vérité,
avec des témoignages de joie qui le furprirent;
mais il crut que c'étoit l'effet de la fympathie,
les amans fe flattent toujours. Il s'excufa d'avoir
été

été si long-tems sans la voir, l'assurant que s'il en croyoit son cœur, il ne se passeroit pas de nuit qu'il ne lui jurât un amour éternel. Elle admira son empressement, s'imaginant que c'é-toit le même qu'elle avoit vu depuis fort peu de tems, mais elle l'attribua à la vivacité de son amour. Elle lui donna des marques si cer-taines d'un parfait retour, qu'il crut pouvoir se dispenser de la cérémonie du second bou-quet, & lui présenter la fleur épanouie. Elle la reçut, en lui disant qu'elle ne la porteroit pas encore, qu'il falloit auparavant passer par cer-taines formalités, & qu'elle vouloit aussi s'as-surer de sa constance : en même-tems, pour lui prouver qu'elle l'aimoit, elle lui présenta, à tra-vers la grille, sa main qu'il baisa avec tous les transports d'un amant passionné, lui jurant une fidélité à toute épreuve ; elle lui donna ensuite un ruban avec deux cœurs entrelacés de ses propres cheveux, & séparés par une petite haie de grenades dont le fruit paroissoit presque mûr, pour signifier que le tems de le cueillir appro-choit.

Les deux amans & la maîtresse jouissoient ainsi d'un bonheur parfait. Les freres portoient dans toutes les assemblées publiques les marques de ses faveurs, & se félicitoient l'un l'autre du succès de leurs amours. Les amans trouvent

dans le myſtère des charmes inconnus aux autres hommes; auſſi les deux frères ſe cachèrent-
ils ſoigneuſement le nom de l'objet de leurs
vœux.

La première grande fête approchoit; le cadet
crut qu'il étoit tems d'offrir à ſa maîtreſſe la dernière marque de ſon amour, afin de pouvoir la
demander en mariage. Il lui dit qu'il eſpéroit
qu'elle couronneroit ſes feux, en portant la
fleur épanouie, comme une marque de ſon entier
conſentement; & en même-tems, il lui préſenta
un œillet artificiel, dont les feuilles étoient ar-
tiſtement entrelacées de flammes & de petits
cœurs d'or. Elle reçut encore cet hommage
comme une preuve réitérée de ſon amour, &
le mit dans ſon ſein avec ces marques de tendreſſe & de complaiſance dont le ſexe ſait, dans
tous les pays, ſi bien récompenſer dans un moment, toutes les petites peines de l'amour. Il
réſolut donc de la demander à ſes parens.

Le frère aîné, qui avoit donné également la
fleur épanouie, penſant auſſi qu'il ne manquoit
plus que le conſentement des parens de ſa maîtreſſe, réſolut de la demander. Le haſard voulut
que l'un & l'autre fiſſent choix du même jour.
Jugez, mes révérends pères, quelle fut leur ſurpriſe de ſe rencontrer dans la même maiſon;
cependant, comme chacun portoit des faveurs

différentes, ils ne furent trop qu'en penfer. Dès que le père fut arrivé, ils lui déclarèrent le fujet de leur vifite. Le père, entièrement déconcerté, leur protefta qu'il n'avoit qu'une feule fille, fur la vertu de laquelle il pouvoit compter, & qu'il étoit fûr qu'elle n'étoit pas capable d'encourager deux amans à la fois, au mépris des loix du pays. Cependant voyant que les deux frères fe reffembloient parfaitement, il s'imagina qu'il falloit qu'il y eût du *quiproquo* ; &, pour s'en éclaircir, il envoya chercher fa fille. Elle fut d'abord que fon père la mandoit pour apprendre d'elle-même de quel amant elle avoit fait choix, ainfi elle entra dans fon appartement parée des quatre fleurs qu'elle avoit reçues, ne doutant point que les deux fleurs épanouies ne lui euffent été préfentées par la même main.

Le portrait que les poëtes font de Vénus accompagnée des graces, n'approche pas de la beauté de cette jeune Mezzoranienne. Sa taille étoit majeftueufe, fon air noble & gracieux, un doux incarnat relevoit la blancheur de fon teint; mais à peine eut-elle apperçu fes deux amans, fi reffemblans l'un à l'autre, qui portoient tous deux les preuves de fon choix, qu'elle s'écria : Ah! je fuis trahie. Grand foleil, qui connois mon innocence....., (elle ne put pas achever) elle tomba évanouie, fon beau

visage fut tout-à coup couvert de la pâle couleur de la mort. Le père, accablé de douleur,
s'empressa de la relever, il la tint embrassée
dans ses bras tremblans. Vivez, ma chère fille,
lui dit-il, non, vous n'êtes point coupable;
vivez, où je meurs avec vous. Comme j'étois
la seule personne désintéressée de la compagnie,
je pensai le premier à appeller sa mère & ses
femmes, qui la firent revenir peu-à-peu à la vie.

Dès qu'elle eut repris ses sens, elle ouvrit
les yeux en soupirant, puis elle les referma en
disant : malheureuse Bérilla, te voilà donc dés-
honorée ! Tu faisois la consolation d'un père
& d'une mère qui t'aimoient uniquement, &,
pour prix de leur tendresse, tu vas leur être un
éternel sujet de déplaisir & d'amertume ! A ces
mots elle retombe accablée sous le poids de sa
douleur, & les pleurs commencèrent à couler
avec abondance. Le père désolé, détestoit sa
vie & cette funeste aventure; mais rappellant
bientôt tous ses sentimens à la tendresse, il
conjura la douleur de sa fille dans les termes
les plus touchans; il l'embrassa; enfin elle le reconnut. Ah, mon père, lui dit-elle, suis je encore digne de vous ! Si vous en êtes digne, ma
chère fille, reprit-il d'une voix entrecoupée de
sanglots, vous ne justifiez que trop votre innocence; cessez de vous affliger, si vous ne
voulez me voir cesser de vivre.

Les deux frères restèrent muets & interdits à ce triste spectacle, un sombre désespoir étoit peint sur leur visage, ils se regardoient de tems en tems d'un œil farouche, & sembloient méditer quelque noir projet. Je fus témoin de cette scène intéressante, parce que le Pophar m'avoit envoyé avertir le père de la jeune dame, de se préparer à le recevoir pour quelques ordres qu'il avoit à lui donner ; il avoit une charge importante de l'état. Toutes les fois que je me rappelle la triste situation de cette tendre amante, mon cœur en est pénétré jusqu'aux larmes.

On lui donna tant de secours, qu'elle revint à la fin de son trouble. Lorsqu'elle fut en état de parler, elle déclara que l'homme qui l'avoit conduite à l'autel lui avoit plû ; que quelque tems après, elle croyoit que le même lui avoit présenté le premier hommage de son amour qu'elle avoit reçu, & qu'enfin elle avoit consenti à se marier, en ce qu'elle avoit porté la fleur épanouie, mais qu'elle ignoroit à qui des deux frères elle appartenoit. Elle ajouta qu'elle étoit prête à se soumettre à la décision des anciens, & même à subir telle punition qu'on attacheroit à son indiscrétion, quoiqu'elle n'eût jamais eu le lâche dessein de souffrir deux amans.

R iij

Comme le réglement des mariages eft un des
objets les plus importans de l'état, il n'y avoit
aucune loi pour ce cas extraordinaire, dont on
n'avoit jamais vû d'exemple : la décifion de
l'affaire fut remife au Pophar régent, qui devoit arriver dans peu de jours : en attendant on
donna des gardes aux deux frères pour prévenir
tout accident. L'affaire fut difcutée devant le
Pophar régent, & tous les anciens du lieu, en
préfence des deux amans & de l'amante. Il eft
plus aifé de s'imaginer que de décrire les divers
mouvemens dont leurs ames étoient agitées.
Les deux frères étoient fi reffemblans, qu'on
ne les diftinguoit qu'avec peine. Le régent leur
demanda lequel des deux avoit conduit la jeune
demoifelle à l'autel. L'aîné répondit que c'étoit
lui, le cadet en convint. Bérilla avoua que celui qui lui avoit donné la main, lui avoit plû
d'abord, mais qu'il n'avoit fait fur elle qu'une
légère impreffion. On demanda enfuite lequel
des frères avoit préfenté le premier bouquet,
c'étoit le cadet. Bérilla dit qu'elle avoit perdu ce
bouquet, que fon amant le lui avoit rendu peu de
tems après, mais qu'à la vérité, il lui avoit alors
paru moins aimable qu'auparavant, quoiqu'elle
crût toujours que ce fût le même : ce qu'il y
avoit de plus embarraffant dans cette méprife,
c'eft qu'elle avoit reçu la fleur épanouie des

deux frères, quoiqu'elle n'eût porté en public
que celle du cadet. Les juges fe regardoient
tous, & n'ofoient point décider. Enfin le Pophar lui demanda fi, en donnant fon confentement, elle n'avoit pas cru le donner à celui qui
l'avoit accompagnée à l'autel. Elle en tomba
d'accord ; mais elle dit que l'amour lui avoit
parlé en faveur de celui qui lui avoit préfenté
la première fleur. Alors on fit placer les deux
frères devant elle, & on lui demanda lequel
des deux elle préféreroit, fuppofé qu'elle fût
libre de choifir. Elle rougit à cette queftion ;
& , après quelques momens de réflexion : le
cadet, dit-elle, m'a paru le plus affidu. Elle
jetta en même tems fur lui un regard qui fit
connoître parfaitement les fentimens de fon
cœur.

Chacun attendoit avec impatience la décifion du Pophar, & tâchoit de lire dans fes
yeux, l'arrêt qu'il alloit prononcer : les deux
frères, fur-tout, paroiffoient auffi inquiets, que
s'il s'étoit agi de leur vie ou de leur mort.
Enfin le Pophar, prenant un air grave & févère, fe tourna vers la jeune dame : ma fille,
lui dit-il, votre malheur, ou plutôt votre in-
difcrétion, vous empêche d'avoir jamais pour
époux aucun de ces deux amans ; il eft impoffible que vous les ayez tous deux ; vous avez

R iv

donné à l'un & à l'autre des droits également
inconteftables; fi l'un des deux veut renoncer
à fes prétentions, vous pourrez époufer l'autre ;
fans quoi il vous eft défendu d'y penfer. Eh
bien! mes fils, continua-t-il, qu'en dites-vous?
Lequel de vous deux veut facrifier fon bonheur à celui de fon frère ? L'un & l'autre répondirent qu'ils renonceroient plutôt à la vie
qu'à leurs droits. Alors le régent fe tournant
vers la demoifelle, qui fe mouroit de crainte
& de confufion, lui dit : je vous plains, mais
puifque tous les deux prétendent vous poffé-
der, je ne puis m'empêcher de vous condamner
à garder le célibat, jufqu'à ce que l'un de
vos deux amans s'engage ailleurs, ou vienne à
mourir.

Il faut obferver, mes révérends pères, que
que le célibat n'eft point en honneur chez les
Mezzoraniens, & que, par conféquent, le jugement étoit peu favorable à la jeune dame. (Il
n'eft point de nation exempte de préjugés).
L'affemblée alloit fe féparer, quand le frère
cadet, fe jettant à genoux, s'écria : arrêtez;
j'aime mieux renoncer à tous mes droits, que de
voir l'aimable Bérilla fi rigoureufement traitée;
c'eft moi qu'il faut punir des difgraces que je
lui ai attirées. Prenez-la, mon frère, puiffiez-
vous vivre éternellement heureux avec elle.

Et vous, chère Bérilla, pardonnez-moi la peine que mon amour innocent vous a caufée; c'eft l'unique grace que je vous demande. Toute l'affemblée s'étoit déja levée, & ce généreux amant s'en alloit, lorfque le régent l'arrêta. Attendez, mon fils, lui dit-il, vous méritez que votre amour foit couronné; vous n'avez plus de rival, Bérilla eft à vous; vous vous l'êtes acquife, en préférant fon bonheur au vôtre; vous vous aimez tous deux: puiffe cet amour durer autant que vous! Joignez donc ici vos mains, puifque vous êtes déja unis de cœur, & vivez fatisfaits à jamais l'un de l'autre. On les maria fur le champ. Cette décifion donna la plus haute idée, non-feulement de fa juftice, mais encore de fa fageffe & de fa pénétration dans une affaire auffi épineufe.

Je me retirai, l'imagination fi frappée de l'état de ces trois amans, que j'en fis un tableau, où je tâchai d'exprimer leurs attitudes & leurs paffions. J'en fis préfent à la charmante Sophrofine. Je lui dis, en le lui préfentant, que fi elle étoit, comme la belle Bérilla, d'humeur à recevoir des fleurs de tous ceux qui feroient forcés à lui en préfenter, les autres demoifelles n'auroient guères lieu d'en efpérer. Elle rougit, & me répondit, après l'avoir accepté, qu'elle n'en recevroit jamais que d'une feule main.

Aussitôt elle détourna la conversation avec un air d'ingénuité, & avec tant de finesse, que je restai interdit.

Les fréquens voyages que je faisois, avec le Pophar, dans les différens nomes, me procurèrent le plaisir de voir toutes les curiosités de cet empire. Les grandes villes des Mezzoraniens, & sur-tout les capitales des nomes, sont bâties, à-peu-près, comme celles que j'ai déja décrites; elles ne diffèrent que par la situation. Ces villes sont extrêmement fréquentées pendant l'hiver; on y tient les grandes assemblées; on y voit aussi des collèges pour l'éducation des jeunes gens de l'un & l'autre sexe; on les y élève avec tant de soin, que l'oisiveté & la débauche sont des vices inconnus dans ce pays; on leur inculque, dès leur plus tendre enfance, de solides principes, qu'ils prennent pour règle fondamentale de toute leur vie. On ne cesse de leur répéter qu'ils doivent respecter la religion, les loix, leurs supérieurs, leurs aînés, & vivre avec tous les autres dans une parfaite égalité. A mesure que leur raison se développe, on leur explique peu-à-peu ces principes, & on ne se lasse point de leur dire qu'ils ne sauroient être heureux, s'ils ne sont pas gens de bien. Comme les mœurs sont le principal objet de l'éducation, les maîtres ne

perdent jamais de vue leurs élèves, & n'omet-
tent rien pour graver profondément dans leurs
cœurs l'amour de la vertu, & l'horreur du vice.
Ils leur repréſentent le dernier, traînant toujours après ſoi les diſgraces, l'ignominie & les
punitions. Pour la première, ils leur apprennent
ce qu'elle eſt, plus par leur conduite, que par
leurs paroles : ils la leur montrent, tantôt couronnée de récompenſes, accueillie des applau-
diſſemens du peuple, & revêtue des premières
dignités ; tantôt ſeule, fuyant les honneurs &
le faſtueux éclat ; mais, en cela même, d'autant
plus aimable, qu'elle ſe cache, pour ainſi dire,
au fond du cœur, où elle fait la conſolation &
les délices de celui qui la poſsède ; auſſi brille-
t-elle en eux dès leur aurore. Des ſentimens
nobles & élevés, qui ne tiennent rien de la
fierté & de l'arrogance, ſont les fruits admirables de ces heureux commencemens.

Les campagnes de la Mezzoranie ſont em-
bellies de maiſons, qui ſont autant de palais.
Les villages & les villes où ſont les manufactures, ſont ſans nombre. Les lacs y ſont ſi
étendus, qu'on les prendroit pour des bras de
mer ; & tout le pays eſt arroſé de grandes rivières & de canaux, ſur les bords deſquels on
a bâti, de diſtance en diſtance, des maiſons &
des pavillons, ſéparés par de petites îles & des

bocages formés par les mains de la nature &
de l'art. L'eau est couverte, pendant l'été,
d'une infinité de bateaux qui vont & reviennent : les uns servent aux plaisirs, d'autres à la
pêche ; car les rivières & les lacs abondent en
poisson de toute espèce. Ajoutez à ces agrémens, des bois immenses, dont les arbres,
pressés, ne se surpassent point en grandeur,
& dont les allées spacieuses sont tapissées de
fleurs & de verdure : on y respire, durant les
chaleurs, une fraîcheur délicieuse. On voit,
d'un côté, des montagnes, dont les yeux peuvent à peine atteindre la hauteur ; des précipices profonds, & des rochers du haut desquels
tombent avec grand bruit des torrens d'une
eau pure comme le cristal ; de l'autre, sont de
vastes prairies & des ruisseaux qui vont, en
serpentant, se perdre dans de larges fossés. Plus
loin, on découvre des plaines charmantes, &
des côteaux qui les environnent, où paissent
des troupeaux qui y paroissent comme sus-
pendus......

J'eus tout le tems de considérer ce beau
pays, & d'y admirer les heureux effets de l'industrie de ses habitans, & de la liberté dont
ils jouissent. La nature & l'art semblent se dis-
puter le prix de la beauté dans leurs productions. Un de mes plus grands plaisirs, dans ces

voyages, étoit les parties de pêche & de chasse. La plupart des jeunes gens, accompagnés de leurs gouverneurs, se répandent, dans certaines saisons de l'année, par-tout le royaume, pour s'occuper à cet exercice. La Mezzoranie est extrêmement fertile en poisson, & peuplée de toute sorte de gibier, comme faisans, perdrix, outardes, paons & autres oiseaux que nous ne connoissons point en Italie. J'y ai vu des perdrix plus grosses que nos poules sauvages, & d'un plumage bigarré de mille couleurs différentes; mais elles sont assez rares: les autres sont comme celles que nous avons. Il y a beaucoup de lièvres. Je n'y ai jamais vu de lapin, à moins qu'on ne veuille donner ce nom à une petite espèce de lièvres qui s'enterrent dans le creux des rochers & autres lieux escarpés. Ils ont aussi une sorte de chevreuil beaucoup plus petit que le nôtre, moins agile, mais bien plus gras, & d'un goût plus exquis. On ménage le gibier, mais on travaille sérieusement à la destruction des bêtes féroces.

Les grandes chasses se font sur les montagnes & dans les forêts, qui sont remplies de bêtes sauvages. On y compte quatre ou cinq différentes espèces de cerfs; les plus grands, qui surpassent de beaucoup les nôtres, se laissent

difficilement approcher, & font d'une vîteffe
extrême : les naturels du pays en font sécher la
chair, & l'affaifonnent ; c'eft un mets des plus
délicats. Il y a deux fortes de fangliers ; les uns
font énormes, les autres plus petits, mais d'une
férocité qui épouvante les plus déterminés. La
chair en eft excellente ; ils fe nourriffent de
glands & de fruits fauvages, dans les endroits
les plus épais des forêts, où ils multiplient prodigieufement, la truye portant fouvent feize
ou dix-huit petits à la fois. J'en ai vu prendre
jufqu'à fept & huit cens dans une feule partie
de chaffe. On en envoye par-tout le royaume
où il n'y en a point. C'eft ce qui fe pratique à
tous égards ; on nomme des jeunes gens pour
porter les raretés d'un pays dans un autre, &
pour en préfenter aux gouverneurs, aux parens
& aux amis.

Outre ces parties de chaffe, il s'en fait une
générale tous les ans ; on choifit, pour le lieu
du rendez-vous, une des plus grandes vallées
du canton, où l'on dreffe des tentes. On choifit
les plus hardis de la troupe, dont on fait des
compagnies compofées de dix hommes chacune, tous armés d'une lance & d'un fufil ;
car, depuis quelques années, ils fe fervent
d'armes à feu ; ils les tirent des Perfans. Ces
petits détachemens pénètrent, en filence, dans

le plus épais des forêts, & se joignent au rendez-vous dont ils sont convenus, d'où ils considèrent l'endroit le plus propre à tendre leurs filets. Cette première expédition les occupe plusieurs jours. Lorsque ces premiers détachemens ont bien examiné les bois, toute la troupe se rassemble & se répand dans la forêt, qui retentit au loin du son des cors & des clairons, des timballes & des tambours. Tous s'avancent comme en ordre de bataille, animant leurs chiens, & faisant un bruit épouvantable ; les bêtes, effrayées, s'enfuyent tumultueusement vers le centre de la forêt : c'est-là que l'on trouve mêlés confusément un nombre prodigieux de lions, d'élans, de sangliers, de cerfs, de renards, &c. Ces bêtes font des hurlemens effroyables, & s'entre-déchirent cruellement. Le sanglier, plus furieux, reste maître du champ de bataille ; le lion même se tient à l'écart, & redoute ses terribles défenses.

Dès qu'on est à une distance convenable, on les entoure de filets, on presse les rangs, on met la bayonnette au bout du fusil, & l'on commence à tirer sur elles. C'est alors que leur rage & leur acharnement redoublent, & qu'elles s'attaquent avec plus de fureur, se dévorant les unes les autres. Les plus timides voulant fuir, vont tomber dans les pièges qu'on

leur a tendus ; & les plus fougueuses se détruisent elles-mêmes , ou tombent , à la fin ,
sous les coups qu'on leur porte.

Un jour que j'étois d'une semblable chasse,
nous trouvâmes un sanglier qui ronfloit dans
sa bauge : un de mes compagnons , mon ami
intime , & l'un de ceux avec qui j'avois tra-
versé les déserts , s'approcha de lui , la lance à
la main : le sanglier se réveilla en sursaut ; &,
le premier mouvement qu'il fit , fut de s'élancer sur son ennemi. Le jeune homme le reçut
avec intrépidité ; il lui enfonça adroitement sa
lance dans la gorge. L'animal n'en devint que
plus furieux ; son sang , qui couloit à gros
bouillons, le rendoit plus terrible , & mon ami
étoit prêt à céder à ses efforts impétueux. J'apperçus son embarras ; je couchai en joue la
bête ; je l'atteignis , d'un coup de fusil , au défaut de l'épaule ; elle tomba roide.

Nous crûmes être échappés au danger ,
lorsque la truye , que les cris de cet animal
avoient fait accourir, fondit sur nous avec tant
de rage , que nous eûmes à peine le tems de
nous reconnoître. Je lui déchargeai cependant
un si pesant coup de crosse de mon fusil sur la
tête, qu'elle fut étourdie ; je saisis ce moment,
& lui en portai encore deux, dont je la ter-
rassai , & mes compagnons l'achevèrent à coups
de

de lance. Ils applaudirent tous à mon courage; & me félicitèrent de ma victoire, comme si j'avois tué seul les deux sangliers.

Je ne pus jamais me défendre de porter la hure au bout de ma lance; ils voulurent absolument me faire cet honneur. Je la présentai à la belle Sophrosine, qui l'accepta, en me disant qu'elle espéroit que je ne lui ferois plus de pareils présens. Je ne compris pas alors le sens de ces paroles, mais la suite m'a fait assez connoître qu'elle auroit mieux aimé recevoir une fleur de ma main.

La guerre & les combats, qui détruisent tant d'hommes chez les autres nations, étant interdits aux Mezzoraniens par la loi qui leur défend l'effusion du sang humain, ils n'ont d'autre moyen de faire voir leur courage & leur adresse, qu'à la chasse des bêtes sauvages. C'est-là que, sans attendre les ordres de leurs supérieurs, ils s'exposent quelquefois à des dangers éminens, & font des actions d'une grande bravoure.

Leur pêche est de deux espèces, l'une des crocodiles, & qui est dangereuse; l'autre de poisson: elle est très-amusante. Les premiers ne se trouvent que dans les grands lacs, les plus exposés aux ardeurs du soleil, où ils multiplient beaucoup.

Tome VI. S

On se met, pour les détruire, dans des bateaux qu'on fait aller & venir lentement autour de l'endroit où l'on croit l'animal caché. On se sert de lignes très-fortes, garnies d'un fil-d'archal tors, & d'hameçons qu'on attache sous les aîles de canards, ou d'autres oiseaux aquatiques, qu'on laisse nager à une certaine distance. Dès que ces oiseaux sont proche de leur retraite, les crocodiles se jettent dessus avidement, & les avalent avec l'hameçon. La ligne qui est attachée au bout, les retient lorsqu'ils veulent se replonger dans l'eau, & tous les mouvemens qu'ils font pour se dégager, leur enfoncent l'hameçon plus avant dans la gorge. Pendant qu'ils se roulent & se débattent, on leur lance des harpons dont la pointe est très-fine & d'une trempe excellente. Ils sont attachés à des lignes avec lesquelles on les retire, quand ils ne portent pas coup. Les Mezzoraniens s'en servent avec une adresse infinie : il en faut beaucoup pour blesser ces animaux ; on ne peut les percer qu'au ventre, à cause de la dureté de leur écaille, d'où le coup réfléchit souvent sur ceux qui approchent de trop près ; c'est le dangereux de cette chasse : ainsi il faut saisir le moment où l'on découvre cette partie pour les frapper. Quand on a fait périr ainsi les vieux crocodiles, on va déterrer leurs œufs dans le

fable ; on les brûle, afin de détruire cette efpèce
fi nuifible aux hommes, & qui fait tant de
ravages dans les lacs.

Je fus quelque tems fans pouvoir me fervir
du harpon avec dextérité ; mais le defir de la
gloire, les applaudiffemens que recevoient ceux
qui excelloient dans cet exercice, & le plaifir
qu'ils avoient de préfenter les peaux de ces
animaux, comme autant de trophées, à leurs
maîtreffes ; un autre motif encore plus puiffant,
l'envie de me rendre agréable à l'aimable Sophrofine, tout cela m'anima au point, que je
m'y diftinguai en fort peu de tems.

La pêche du poiffon eft un de leurs plus
grands divertiffemens : le grand lac, ou le lac
Gil-Gol, qui a plus de cent milles italiennes
de tour, en eft rempli de toute efpèce. Il n'y
en a pas moins dans les lacs qui fe trouvent au
milieu des bois, ou au bas des vallons.

Comme l'on fait cette pêche pendant l'été,
les dames du pays vont prendre part à ce
plaifir. Sur le foir, elles reviennent dans leurs
tentes, où elles font reçues au fon des trompettes, des hautbois, & d'autres inftrumens de
mufique. On prépare un foupé magnifique, où
tous les convives s'entretiennent des travaux
de la journée. Après le foupé, on va refpirer
le frais, enfuite on fe retire.

Le Secretaire. On fonna le réfectoire, l'inquifiteur lui dit qu'il y en avoit affez pour cette fois, & qu'il connoîtroit, par les ordres qu'il alloit donner, l'eftime qu'on faifoit de lui; qu'il l'exhortoit à mériter, par fa fincérité, la bienveillance dont le tribunal vouloit bien l'honorer.

QUATRIEME PARTIE.

SI vous me voyez, mes révérends pères, dans la continuation de mon histoire, vous instruire de certaines circonstances qui entrent essentiellement dans les sentimens que mon cœur, trop tendre, a éprouvés, ce n'est que pour être exact, & vous ouvrir entièrement un cœur inondé d'amertume, après avoir été rempli de délices qu'on peut sentir, mais qu'on ne peut exprimer. L'amour dont j'ai brûlé pour Sophrosine, étoit un amour légitime, quoiqu'il n'ait été couronné que par une cérémonie superstitieuse; mon cœur n'envisageoit que l'auguste sacrement, dont on serre saintement les liens qui unissent l'homme & la femme. Hélas, je l'avoue, & ne rougis point de l'avouer; oui, mes révérends pères, j'ai été idolâtre, Sophrosine avoit tant d'empire sur mon ame, que je rapportois toutes mes actions à cette vertueuse idole. Eh! comment aurois-je pû me souvenir de toute autre divinité? je m'étois oublié moi-même, elle seule remplissoit toute mon ame; mais que j'ai payé cher cette infidélité, si du moins c'en est une, d'adorer la vertu même, qui est la véritable image de la divinité, dans le plus beau temple de l'univers!

Pardonnez, mes révérends pères, Sophrosine joignoit tant de vertu à tant de beauté, que fi vous l'aviez vue, vous feriez plus touchés qu'offenfés de l'égarement où me jette, en votre préfence, la douleur de l'avoir perdue.

LE SECRETAIRE. Ici Gaudence fufpendit fa narration ; attendri jufqu'aux larmes, il leur donna un libre cours ; les inquifiteurs eux-mêmes furent comme furpris de fe trouver émus ; enfin il reprit en ces termes :

Je vous ai dit que mon amour étoit légitime ; la belle Sophrosine l'avoit fait naître ; fa haute fageffe fe feroit allarmée de la moindre apparence de crime ; j'éviterai un détail trop circonftancié ; en amour il eft des chofes très-intéreffantes pour les amans, mais qui deviennent inutiles aux perfonnes qui, par état, font comme vous obligées d'ignorer ce fentiment ; je ne vous inftruirai que de l'effentiel.

Vous favez, mes révérends pères, que les Mezzoraniens n'ont égard ni aux biens, puifqu'ils font prefqu'en commun, ni aux dignités, puifqu'ils ont tous droit d'y prétendre, mais feulement au mérite perfonnel. Leur objet, dans le mariage, eft de rendre heureux un état qui remplit la principale partie de la vie.

Je n'avois donc qu'à aimer (quoi de plus aimable que Sophrosine) ! & à plaire ; un air de douceur que la nature avoit répandu fur mon vifage, un caractère affez liant, beaucoup de prévenances & d'attentions, jointes au titre d'étranger, pouvoient me promettre un retour de tendreffe de la part de l'objet aimé.

La fille du régent m'avoit enchanté, la prémière fois même que je l'avois vue; quoiqu'elle n'eût que dix ans, âge, où s'ignorant elle-même, & le pouvoir de fes innocens appas, elle fit une impreffion fi vive fur mon cœur, que dès-lors je ne m'occupai d'autre bonheur que de celui de lui appartenir. Si, avoir un efprit vif, retenu par beaucoup de prudence, un grand fond de douceur, & une modeftie qui s'annonce dans les moindres actions, ce degré de vivacité qui, fans promettre rien, laiffe voir cependant qu'on n'eft pas indifférent à tout; ne parler que pour faire valoir le prix de la vertu; s'occuper fans ceffe de chofes utiles, fans cependant rejetter les amufantes; fi tant de beautés de l'ame, plus touchantes encore que celles du corps, font capables d'intéreffer un homme fenfible, imaginez-vous, mes révérends pères, combien je devois les aimer & les chérir dans Sophrofine, qui les réuniffoit toutes, fans le favoir.

La première fois que le régent fon père me préfenta à cette fille, auffi vertueufe que belle, je m'apperçus qu'elle me confidéroit avec beau-

coup d'attention. J'attribuai d'abord cette efpèce d'intérêt à la curiofité qu'anime la vue d'un
étranger ; mais j'appris, dans la fuite, que fon
cœur avoit formé, dans le même inftant, le
même defir que le mien. Elle avoit dit en con-
fidence, à quelques demoifelles, que cet étranger feroit fon époux, ou qu'elle ne feroit jamais
l'époufe de perfonne. Cette impreffion fympati-
que, que notre cœur avoit reçue, n'échappa
point au pénétrant & fage régent, foit qu'il
connût parfaitement le fexe, & combien la nouveauté a de pouvoir fur fon efprit inconftant,
foit qu'il defapprouvât cette inclination naiffante, il réfolut de la mettre aux épreuves les
plus rigoureufes. Il m'avoit prié de donner des
leçons de peinture à fa fille, & à quelques autres jeunes perfonnes ; mais ma leçon ne fe donnoit jamais fans témoin, le père ou la mère y
affiftoit. Je paffe fous filence les cinq premières
années d'une inclination auffi vive, puifque je
n'ofai, pendant ce tems, lui déclarer ce que je
fentois pour elle.

Elle avoit atteint fa quinzième année, lorfque fon père lui demanda, en ma préfence, fi
fes yeux n'avoient point encore fait de conquête: la réponfe m'allarmoit ; c'étoit pour mon
amour l'inftant décifif. Je la regardai furtive-
ment: elle répondit, en rougiffant, qu'elle ne

s'en étoit point encore apperçue : je trouvai, dans ce peu de paroles, de quoi rassurer ma tendresse allarmée. Si du moins son cœur, me disois-je en moi-même, n'a point encore contracté l'habitude d'aimer, je puis me promettre de lui en faire connoître tous les charmes, par des attentions plus énergiques. Mais que cette tranquillité de mon ame fut passagère, & qu'elle fut suivie d'une allarme bien plus vive & plus désolante !

Le Pophar se tournant ensuite de mon côté, il faut, me dit-il, que je vous avertisse en ami, que vous êtes d'un âge auquel nos loix permettent difficilement à un jeune-homme de rester sans engagement. Les charmes de la fille du Bassa du Caire, continua-t-il en souriant, vous auroient-ils rendu insensible à tout autre objet ? J'en ai un à vous offrir qui resserreroit plus étroitement ces anciens liens de parenté qui nous attachent, & je crois qu'Aménophile ne refusera point de vous faire mon neveu. Je lui répondis qu'il y avoit assez de beautés en Mezzoranie, pour faire oublier tout ce qu'on auroit pu voir ailleurs ; mais qu'étant étranger, j'étois bien aise, avant de contracter un engagement aussi sérieux, de connoître à fond l'esprit de la nation, pour ne point rendre malheureuse celle à qui un doux commerce de tendresse & de réciprocité m'attacheroit. Je détournai mes regards, en difant ces dernières paroles, fur la charmante Sophro-fine, qui, de fon côté, ne me perdoit point de vue. Cette réponfe, me dit le Pophar en fou-riant, a un goût du terroir où vous êtes né. Con-fultez-vous cependant, Aménophile n'eft pas in-digne de votre fleur. Ces dernières paroles ter-minèrent un entretien auffi gênant.

Quelques jours après, le Pophar me propofa de le fuivre dans un des nomes le plus éloigné: cet honneur qui, dans tout autre tems, m'au-roit flatté infiniment, m'affligea beaucoup. Je déguifai cependant tous les effets du coup qu'il portoit à mon cœur: mais que je payai cher un honneur dont je me ferois bien paffé! Je reffentis, à mon retour, le chagrin le plus vif que puiffe reffentir un cœur épris avec vérité. La belle So-phrofine fe préfenta à moi avec une fleur dans fon fein; cette Sophrofine, que j'avois adorée cinq ans dans un filence refpectueux, & que j'avois crue jufqu'alors, finon abfolument infen-fible, du moins indéterminée. J'en tombai ma-lade de douleur, elle s'en apperçut: touchée fans doute du mal qu'elle m'avoit caufé, elle vint me rendre vifite fans bouquet. Attentive à ma contenance, elle ne perdoit point, pour ainfi dire, la moindre de ces nuances qui fe répandent fur le vifage, & qui font autant d'interprétes des différens mouvemens dont un cœur est agité lorsqu'il passe d'une passion à l'autre ; aussi s'apperçut-elle bientôt du changement que sa visite, sans bouquet, avoit produit sur moi. Je lui dis, avec une satisfaction secrette, que je plaignois beaucoup le malheureux amant qui venoit de perdre la place qu'il avoit occupée: elle me répondit d'un air naïf, & qui est toujours celui de la vérité, que la même raison qui l'avoit engagée à porter la fleur, l'avoit aussi engagée à l'ôter, & qu'elle avoit fait l'un & l'autre par estime pour la même personne.

J'étois si occupé de ses charmes, que je ne m'apperçus pas qu'elle vouloit me sonder, & voir si elle avoit touché mon cœur. Elle me quitta en me souhaitant un prompt rétablissement. Quelque tems après, je résolus de lui faire prononcer mon arrêt ; le hazard me procura l'occasion la plus favorable. Sa mère l'avoit conduite dans mon appartement, pour lui voir achever un tableau qu'elle peignoit; je lui trouvai un air triste & pensif qu'elle n'avoit pas ordinairement. A peine furent-elles entrées, que le régent envoya chercher la mère de Sophrosine. Je saisis ce moment pour lui demander la cause de son chagrin. Je le fis avec une émotion marquée, & en la regardant tendrement. Elle me parut extrêmement déconcertée, mais elle voulut me priver de cet inftant heureux; elle fortit fans me rien répondre ; je reftai interdit & défolé ; il furvint du monde qui me rappella à moi-même , je me retirai agité de mille penfées diverfes. Cependant je ne pouvois plus refter dans cette cruelle incertitude, je voulus être éclairci de mes doutes. Il y avoit une fenêtre grillée fur le derrière du palais du Pophar, & qui donnoit fur une terraffe où j'avois vu l'aimable Sophrofine fe promener quelquefois ; je n'avois jamais ofé l'y aborder. Je m'y rendis le foir ; & l'ayant apperçue, je courus à la fenêtre, je me jettai à fes genoux, je la conjurai, au nom de tout ce qui lui étoit cher, de me dire le fujet de fa douleur. Ne me le demandez pas, me répondit-elle en verfant des larmes ; auffi-tôt elle fe retira, mais fans aucune marque de colère.

Peu de tems après, je reçus ordre de l'aller trouver pour l'aider à achever fon tableau. Il faut vous dire, mes révérends pères, que j'avois tiré en cachette le portrait que vous avez vu de cette charmante beauté ; l'enfant que vous avez vu à fon côté a été ajouté. Un jour que je l'avois oublié dans mon cabinet, le Pophar entra, le vit, & me le prit fans que je m'en apperçuffe. Il l'avoit montré à la mère ; & faifant femblant de ne point voir Sophrofine, qui les écoutoit &

qui voyoit le portrait, fans croire que fon père la fût fi près, il affecta d'en parler à fa femme d'un ton menaçant, & comme un homme fort courroucé. Je n'eus que le tems, en entrant dans la chambre, de jetter les yeux fur Sophrofine; je vis non l'efpérance, mais la crainte peinte fur fon vifage.

Pardonnez, mes révérends pères, fi ce fouvenir me fait violer ma parole, je m'abandonne à des tranfports dont vous feriez en droit de vous offenfer; l'idée de ma chère Sophrofine me fait oublier où je fuis, & à qui j'ai l'honneur de parler. J'abufe de votre patience; encore un inftant, & vous allez apprendre ce qui m'a coûté des années entières de foupirs & d'inquiétudes, quoique tous mes defirs ayent été couronnés à la fin, par un bonheur inexprimable.

Le trouble que je lifois dans fes yeux, venoit de ce qu'elle avoit tiré en fecret mon portrait en mignature. Elle le cachoit foigneufement dans fon fein; cependant fa mère l'avoit trouvé, & le lui avoit pris, comme le Pophar m'avoit pris le fien: elle avoit, pour éprouver fa conftance, affecté beaucoup d'indignation d'une telle conduite. Mais ce qui faifoit encore plus de peine à Sophrofine, c'étoit la crainte que je ne le viffe. Cette marque d'amour pour moi, avant que d'en avoir reçu de ma tendreffe, auroit, avec raifon, mortifié fa délicateffe. Nous en vînmes à des éclaircissemens ; elle reçut mes deux premières fleurs ; mais comme je n'étois Mezzoranien que du côté de ma mère, on jugea qu'il falloit que nous nous donnaffions réciproquement des preuves plus qu'ordinaires de notre amour & de notre conftance. Les occafions ne nous manquèrent pas.

Sophrofine étoit la plus belle perfonne, non-feulement du royaume, mais peut-être de tout l'univers ; elle réuniffoit toutes les perfections du fexe, fans en avoir aucun défaut ; on en verra, dans la fuite, des preuves triomphantes. Sa taille étoit moyenne, mais fi bien prife, qu'elle paroiffoit plus grande qu'elle ne l'étoit en effet. Ses cheveux étoient, à la vérité, noirs (1), mais d'un noir beaucoup plus beau que celui des autres Mezzoraniennes, & moins frifés que les leurs : ils l'étoient cependant affez pour former naturellement de groffes boucles qui flottoient fur fes épaules. Ses yeux, moins grands que ceux de nos européennes, auroient touché l'homme le plus infenfible par leur vivacité & leur douceur ; des couleurs plus belles que celles

_____

(1) L'auteur eft Italien : ainfi il ne faut pas s'étonner qu'il ait trouvé les cheveux noirs moins beaux que les autres.

de l'aurore naissante, répandoient sur tous ses traits, parfaitement réguliers, un éclat éblouissant : tout sembloit conspirer à la rendre l'objet le plus dangereux & le plus charmant, que la nature ait jamais formé.

Ce fut en vain que la jeunesse la plus distinguée de la Mezzoranie cherchoit à captiver ses bonnes graces, & lui rendoit hommage ; elle regardoit les jeunes gens d'un œil indifférent, sans cependant marquer ouvertement de l'aversion pour aucun : comme elle ne cherchoit pas à leur plaire, elle évitoit aussi d'affliger leur amour-propre par des airs d'indifférence, qui ne sont ordinairement que l'effet d'un sot orgueil, fondé sur une beauté qui passe comme une fleur. Que de soins & d'inquiétudes ne me causa point l'adorable Sophrosine, avant que je susse ses sentimens pour moi ! Mais aussi dès qu'elle eut permis à mon amour d'éclater, quelle douceur ne trouvai-je pas dans sa vertu & dans sa constance ! J'eus, de mon côté, quelques épreuves à soutenir : mille beautés m'entouroient de toutes parts ; & même quelques-unes me firent entendre assez expressément qu'elles ne me haïssoient pas, soit que ma qualité d'étranger & mes traits, un peu différens de ceux des Mezzoraniens, piquât leur curiosité, soit que ma taille, plus grande que celle des naturels du pays, ou bien mon

caractère aifé & mon humeur gaye leur plût ;
quoiqu'il en foit, Sophrofine eut lieu de s'appercevoir que je lui faifois quelques facrifices.
Mais cela ne fuffifoit pas ; nous avions encore à
paffer par des épreuves bien plus rudes, & affez
fingulières, pour que je croye pouvoir vous les
rapporter, mes révérends pères, fans rifquer de
vous déplaire.

Affuré du cœur de la belle Sophrofine, je me
croyois au comble du bonheur, quand le Pophar entra un jour dans mon appartement, avec
un air fort affligé ; il me parut même plus inquiet
qu'il ne l'avoit été lors de l'aventure de la fille
du Baffa. Après m'avoir regardé quelque-tems,
il me dit : que s'étant apperçu de l'amour que
nous avions, fa fille & moi l'un pour l'autre, il
avoit cru devoir, par tendreffe pour nous, confulter les fages & les anciens du nome, qui
avoient décidé qu'étant étranger, & n'étant
point iffu de leur race du côté paternel, il ne
m'étoit pas permis d'époufer fa fille, & que, par
conféquent, je ne devois plus y penfer. Cela
n'empêche pas, ajouta-t-il, qu'on ne rende juftice à votre mérite ; on doit vous dreffer une
ftatue dans une des places publiques, parce que
vous nous avez enfeigné l'art de la peinture ; &
cette ftatue fera couronnée d'une guirlande de
fleurs, par la main de la plus belle fille de tout

le

le royaume. Renoncez donc à toutes vos prétentions fur la mienne : retournez dans votre patrie, nous vous comblerons de richeffes fuffifantes pour vous mettre en état d'époufer la plus
grande princeffe, à condition que vous nous ju-
rerez, de la manière la plus folemnelle, de ne
jamais découvrir le chemin qui conduit en ces
lieux ; mais fi vous vous entêtez, cher Gaudence, je vous le dis les larmes aux yeux, vous
êtes condamné à une prifon perpétuelle. Ce n'eft
point entêtement de ma part, lui répondis-je,
je vous refpecte trop pour ne pas céder quand
vous commandez : mais une paffion plus forte
que moi, m'attache à la divine Sophrofine : rien
n'eft capable de m'effrayer : je ne puis vous
obéir : je renonce à ma liberté, à ma vie, mais
je ne renoncerai jamais à mon amour. Prenant
alors un air févère, & diffimulant fa vive douleur, il me repliqua, en me quittant, il faut
obéir aux loix. Je ne pouvois plus douter de mon
malheur ; mais j'eus à peine le tems de réfléchir
quelques momens fur mon état déplorable, fi
du moins j'étois capable de réflexion, lorfque
quatre hommes, la triftteffe peinte fur leur vifage, entrèrent dans ma chambre, & me dirent
de les fuivre, qu'ils étoient en oyés pour me
conduire dans la prifon qu'on a deftinoit.

Cependant le Pophar alla trouver fa fille ;

après lui avoir rapporté notre converſation, il l'exhorta à ne plus ſonger à moi. Je le plains, lui dit-il, & vous auſſi, mais je ne vois point de jour à ſoulager vos maux ; le tems ſeul & ſon éloignement pourront les adoucir. Pourquoi ne pas retourner dans ſa patrie ? Comblé de richeſ-ſes, il lui ſera libre de choiſir, pour épouſe, qui il voudra, car c'eſt tout ce que ces bar-bares (parlant des Européens) recherchent dans le mariage : la plus grande marque de tendreſſe qu'un père puiſſe donner à ſa fille, eſt, ſelon eux, de vendre ſa liberté au poids de l'or ; & la fille avare ou ambitieuſe, pour vivre au ſein de l'opulence, ſe donne avec éclat à un homme qu'elle déteſte : telle eſt leur délicateſſe pour un état qui décide entièrement de l'avenir : une fille qui auroit de quoi acheter un royaume, trouve-roit chez eux un prince qui l'épouſeroit. Puis s'adreſſant plus particulièrement à l'aimable So-phroſine, qui étoit dans un accablement mortel, il lui dit : ma fille, c'eſt en cette occaſion qu'il faut montrer toute votre vertu & toute la force de votre eſprit ; car s'il eſt honteux d'être eſ-clave des richeſſes, il ne l'eſt pas moins de l'être de ſes paſſions. Triomphez de la vôtre, par reſ-pect pour les loix qui vous l'ordonnent, & par l'obéiſſance & la tendreſſe que vous devez à un père qui vous chérit. Vous êtes deſtinée au fils

du jeune Pophar (1), qui eft à-peu-près de votre âge. On va élever une ftatue à Gaudence,
continua-t-il, la plus belle perfonne de toute
la Mezzoranie doit la couronner; & c'eft vous;
chacun vous adjuge le prix de la beauté : à votre défaut, Aménophile prendra votre place.
C'étoit en effet la plus belle fille du royaume
après elle. Elle répliqua, avec une réfolution
qui furprit fon père, qu'elle aimeroit mieux
mourir que de manquer à fon devoir; mais que
les loix lui permettoient de prendre pour mari
celui qui lui plaifoit davantage; qu'elle accep-
toit de couronner la ftatue, pour donner une
dernière preuve de fa conftance à un homme
qui l'aimoit uniquement; qu'à l'égard du fils du
jeune Pophar, on fauroit fa réponfe après la
cérémonie.

Tout étant prêt, on publia à fon de trompe,
dans tous les endroits du nome, que pour avoir
appris la peinture aux Mezzoraniens, j'avois
mérité qu'on élevât une ftatue en mon honneur, qui devoit être couronnée de la main de
la plus belle perfonne de toute la Mezzoranie.
Celle qu'on m'avoit deftinée étoit de grandeur

_____

(1) Quoique le Pophar ne fût pas en âge de gouverner, il n'en avoit pas moins des enfans en état d'être
mariés.

naturelle, d'un très-beau marbre, & fur le piédeftal étoient gravés en lettres d'or mon nom, le fervice que j'avois rendu à l'Etat, &c. Cette ftatue tenoit d'une main le portrait de Sophrofine, de l'autre les emblêmes de l'art qui m'avoit mérité cet honneur.

La dernière grace qui devoit m'être accordée, étoit de voir cette cérémonie du haut d'une tour voifine de ma prifon. Je vis bientôt la foule s'ouvrir pour faire place à Sophrofine, qui s'avançoit dans le char de triomphe, tiré par huit chevaux blancs, caparaçonnés d'une étoffe en or, enrichie de pierreries; elle étoit elle-même plus brillante que le foleil, que ce peuple adore. On voyoit un trône fuperbe, d'où l'on montoit à la ftatue par quatre ou cinq marches dorées qu'on y avoit pratiquées. Dès qu'elle parut, l'air retentit de cris de joie que le peuple pouffa, pour applaudir au choix qu'on avoit fait de la beauté, & à l'ouvrage qu'elle alloit achever. Elle fe plaça fur le trône; les hérauts proclamèrent encore, à fon de trompe, le fujet de cette cérémonie. Tout le monde avoit les yeux attachés fur la fille du régent; un filence profond régnoit dans l'affemblée. Elle defcendit du trône, & s'approcha de la ftatue, tenant à la main la couronne de fleurs qu'elle montroit au peuple. Aménophile & Ménife, les deux plus belles filles du royaume, après elle, la soutenoient. Son regard étoit assuré ; elle montra une tranquillité qui n'avoit rien de l'indifférence, mais qui marquoit une résolution ferme, incapable d'être ébranlée.

Dès qu'elle eut couronné la statue, & que tout le monde l'eut applaudie par des acclamations réitérées, elle s'arrêta pendant quelque tems d'un air qui marquoit une action d'éclat ; elle se tourna ensuite vers les officiers ; elle ordonna que chacun remarquât bien ce qu'elle alloit faire ; tout le monde fut attentif. Elle remonta à la statue, après avoir choisi, dans la couronne, la fleur la plus belle, elle la mit dans la main droite de la statue, la reprit & la mit dans son sein, à côté des deux autres qu'elle avoit reçues de moi. Elle se tourna ensuite vers l'assemblée, & avec cette fermeté modeste qui persuade toujours : heureux Mezzoraniens, leur dit-elle, écoutez-moi. Nos loix sont sages : si le mariage, comme nos sages ancêtres l'ont pensé, est un état sacré qui décide du bonheur ou du malheur de la vie, pourquoi ces mêmes loix me refuseroient-elles ma félicité ? Elle consiste à être unie avec l'aimable étranger, qui est même du sang Mezzoranien. Eh ! quand il ne le seroit pas, la vertu doit-elle être rebutée par un peuple éclairé, parce qu'elle ne sort pas de son sang ?

T iij

Pourquoi donc m'enlever mon cher Gaudence ?
Cependant, fidèle à la loi, je fuis prête à me facrifier ; mais cette même loi avoit-elle prévu
qu'un étranger, vertueux autant qu'aimable,
auffi modefte que méritant, à qui nous fommes
redevables d'un art qui immortalife les hommes
& leurs vertus, s'empareroit de mon cœur ? Eh
comment ! fi elle l'avoit prévu, me feroit-elle
aujourd'hui un crime de n'avoir point réfifté aux
charmes du vrai mérite ? oui, fans doute, je me
facrifierai, mais fans ceffer d'être fenfible, d'aimer, d'adorer même cet étranger ; ces mêmes
appas, qui font aujourd'hui fon malheur, ne fe-
ront jamais la félicité d'un autre, lui feul eft digne de tous mes vœux, lui feul en eft l'objet. Je
ne vivrai que par lui & que pour lui ; puiffent
mes larmes, qui me reftent pour toute reffource,
lui prouver combien j'étois fenfible à la pureté
de fa tendreffe. Mais que dis-je ! vous vous at-
tendriffez, j'entends vos foupirs, mes douleurs
deviennent les vôtres ; ne vous refufez point
aux tendres mouvemens que la nature vous infpire. Prononcez fur le fort des deux amans les
plus tendres, je lis dans vos yeux......

On ne la laiffa point achever, tout le monde admira cette action héroïque ; les cris de joie redoublèrent à la vue d'un fi bel exemple de conftance ; fon père vola dans fes bras les yeux bai-

gnés de larmes : oui, vous l'aurez, lui dit-il ma
fille, celui que vous avez choifi ; vous avez fatisfait aux loix, & vous avez levé tous les obf-
tacles par une preuve fi rare de fidélité. Il ordonna auffitôt qu'une action fi éclatante fût en-
regiftrée dans les archives du royaume, pour
fervir d'exemple à la poftérité. Toute l'affemblée cria, où eft-il ? où eft cet époux heureux ?
Qu'il paroiffe ! que leur conftance foit récom-
penfée !

J'étois trop éloigné, mes révérends pères,
pour obferver diftinctement toutes les circonftances de cette cérémonie, c'eft de Sophrofine
que j'ai appris tout ce que vous venez d'entendre. Je ne favois à quoi attribuer le filence qu;
s'étoit fait pendant un certain tems, & les applaudiffemens redoublés dont il avoit été fuivi.
J'entendois, mais confufément, des cris de joie ;
il faut être auffi fenfible que moi pour pouvoir
fe repréfenter les mouvemens dont mon cœur
étoit agité. Récompenfe peu flatteufe, me difois-
je ! Eft-il de véritable honneur, & de gloire fenfible pour un amant, lorfqu'il ne les partage
point avec ce qu'il aime ? Mon cœur étoit accablé de ces triftes idées, lorfque je vis defcendre du trône Aménophile & Ménife ; elles montèrent dans le char où je les avois vues avec Sophrofine ; je ne favois encore pourquoi elle étoit

T iv

restée seule à côté de ma statue. Mais à quels
transports de joie mon ame ne se livra-t-elle pas,
lorsqu'on vint m'annoncer que le héroï me de
mon amante & ma constance me rendoient digne des nœuds sacrés dont on alloit couronner
ma tendresse. Venez, me dit le hérault, qui
avoit pris les devans pour m'annoncer cette
charmante nouvelle de la part du Pophar, venez vertueux étranger, montez dans le char où
vous êtes attendu des deux plus belles Mezzoraniennes, qui doivent vous rendre aux pieds
de la beauté que vous avez cru perdre. Je l'em-
brassai tendrement ; je volai dans le char ; je
m'apperçus à peine de la présence de Ménise &
d'Aménophile ; elles me parlèrent de mon bonheur ; mais j'en étois trop occupé pour leur répondre. Que votre félicité, me dit à voix basse
Aménophile, va faire couler de larmes ! Sophrosine va jouir d'un bien que d'autres pouvoient bien mériter ! Ces paroles, prononcées
d'un air un peu altéré, ne firent d'abord qu'une
légère impression sur moi : tout entier à l'objet le plus intéressant, je les avois entendues
sans les écouter, mais j'en ai bien ressenti les
suites.

Je fus reçu au milieu de l'assemblée au son des
instrumens, & aux cris redoublés de tous les
spectateurs. Qu'ils vivent ces fidèles amans, s'é-

crièrent-ils d'une voix unanime ? puissent-ils donner des enfans dignes d'eux à la Mezzoranie ! Que la postérité apprenne que le vrai bonheur consiste dans l'union de deux cœurs ! Quatre anciens s'approchèrent ensuite avec le Pophar, & me conduisirent aux pieds de la divine Sophrosine. A ce souvenir, qui rouvre la plaie de mon cœur, j'ai besoin, mes révérends pères, de toute votre indulgence ; je cède à mes transports ; je me jettai aux pieds de l'objet le plus aimable de l'univers : le ciel ouvert ne m'auroit point fait détourner mes regards ; je contemplois la vertu embellie des traits les plus expressifs & les plus attrayans ; ma chère Sophrosine, l'ame de ma vie. Le Pophar prit dans son sein la fleur qu'elle avoit mise dans la main de ma statue, dont elle l'avoit ensuite retirée. Il me la donna, je la présentai à l'idole de mon cœur : avec quelle vivacité & quelle noble modestie ne la remit-elle pas à sa place !

On nous fit descendre, je lui donnai la main : dès que nous fûmes arrivés au centre de la place, nous fûmes mariés. Plus occupé, mes révérends pères, de mon bonheur que de la cérémonie, je m'y abandonnai tout entier. On nous unit avec le cercle & les formalités, peut-être superstitieuses dont je vous ai déja parlé. Si, transporté du changement de ma situation, je me suis rendu coupable d'idolâtrie par cet oubli, je fuis prêt, que dis-je ! mes révérends pères, je vous prie, de me faire fubir la peine que vous jugerez la plus efficace pour l'expiation de ce crime : oui, c'eft avec toute la fincérité d'un chrétien pénétré de la vérité de fa religion, que j'en demande pardon à Dieu, à l'églife fon époufe, & à vous, mes révérends pères, qui en êtes les auguftes miniftres.

L'INQUISITEUR. Mais après la cérémonie, revenu à vous-même, vous êtes-vous affoupi dans ces plaifirs criminels, fans vous rappeller, & fans defirer même de faire fceller cette union du fceau facré de la religion ?

GAUDENCE. Le ciel m'eft témoin, mes révérends pères, avec quelle ardeur j'ai defiré de purifier notre tendreffe mutuelle par l'augufte facrement : la fuite de mon hiftoire vous montrera, dans un plein jour, le fouvenir fidèle que j'avois de ma religion, & la joie que j'ai reffentie, lorfque j'ai vu que Sophrofine & le Pophar fon père écoutoient, avec une affable docilité, les fimples, mais pieufes leçons que je leur donnois fur le chriftianifme.

L'INQUISITEUR. Mais il falloit facrifier un bonheur paffager à la gloire de la religion.

GAUDENCE. Hélas ! mes révérends pères, je n'avois d'autre force à oppofer aux appas & aux

vertus de Sophrofine, que ma foibleffe. Peut-
être, & il n'en faut point douter, que mes éga-
remens paffés avoient irrité l'être fuprême contre moi ; je m'étois rendu indigne de la grace
de triompher de charmes auffi puiffans.

L'INQUISITEUR. Continuez.

GAUDENCE. Aimé de ma belle-mère, eftimé
du Pophar fon époux, chéri de Sophrofine que
j'aimois fans doute trop, puifque je l'adorois, je
vivois au fein d'une paix parfaite, fi elle eût été
fans reproche du côté de la religion : je paffois
ma vie à des occupations auffi utiles à la fociété,
qu'amufantes pour moi : le Pophar, qui m'honoroit de toute fa confiance, me prenoit pour
compagnons de fes voyages ; par-tout je recevois les tendres honneurs dus à fon gendre ; &
ce qui me flattoit le plus, on me faifoit entendre
par-tout que c'étoit à mon mérite qu'on les rendoit. Je l'avoue, de quelque modeftie que je
vouluffe me parer, mon amour-propre me faifoit fentir que j'étois homme.

Je ne perdois pas de vue l'objet principal,
c'étoit, mes révérends pères, de deffiller les
yeux du Pophar, dont j'admirois la droiture
de cœur : je prenois fujet de tout ce qui frappoit
mes regards, pour l'entretenir fur les vérités de
notre religion. Tantôt je lui repréfentois qu'il
étoit ridicule de penfer que le foleil fût l'auteur

de cette harmonie, & de cette féconde variété
qui règnent dans toute la nature : le foleil, lui
difois-je, eſt un inſtrument dans la main de Dieu,
comme le cifeav dont un habile fculpteur fe fert
pour conduire fon ouvrage à fa dernière perfection. Tantôt je lui parlois auffi énergiquement
que mon génie & mon zèle pouvoient me le permettre, de la fublimité d'une croyance qui nous
afſuroit la poſſeſſion du plus grand bien, d'un
bien incorruptible. C'eſt Dieu. Je le plaignois
enfuite de ce que tant d'excellentes vertus for-
toient de principes auffi faux, & tendoient à un
objet qui l'étoit prefqu'autant. J'ajoutois qu'avec
une foi aveugle, il feroit éclairé d'une lumière
bien plus pure, à la faveur de laquelle il verroit
une éternité dont l'être fouverain récompenfe-
roit fes vertus, s'il l'avoit pour objet.

Quant au foleil, me répondit-il, pourquoi
êtes-vous furpris du culte que nous lui rendons?
Trouverez-vous dans l'univers entier un être qui
porte plus l'empreinte de la divinité que cet
aſtre lumineux, qui éclaire, échauffe & anime
toute la nature? Si l'El eût été jaloux des hommages que nous rendons à ce fidèle miniſtre de
fes volontés, fe feroit-il plu, par une injuſtice
indigne de fon eſſence, à en faire un myſtère aux
hommes pour les laiſſer dans une erreur qui ne
leur feroit pas moins funeſte, fans en être cou-

pables, qu'insultante pour son auguste majesté.
L'El est grand, plus grand que tout, ses perfections le remplissent & lui suffisent : & comme
un roi se plaît aux hommages que l'on rend à
son ministre, & qu'il les prend pour autant de
témoignages de la bonté de son choix ; de même
aussi l'El, infiniment au-dessus des hommages des
êtres créés, voit-il avec plaisir monter vers le
soleil la fumée de l'encens que nous brûlons sur
ses autels. D'ailleurs les hommes sont-ils donc
si criminels de se rapprocher de la divinité autant qu'il leur est possible ? n'est-il pas naturel
qu'ils la cherchent cette divinité, & qu'ils se la
représentent dans l'être qui leur paroît le plus
parfait ? Or les hommes ne jugent de la perfection d'une chose, que par les biens qu'ils en re-
tirent. Ce sentiment, tout intéressé qu'il paroît,
est pris dans la nature même de l'homme, qui
est sans cesse occupé de son bien-être.

Oui sans doute, lui répliquai-je avec douceur ; mais remarquez, respectable Pophar,
que toujours attaché aux effets, vous ne remon-
tez jamais à la cause ; je ne perds point de vue,
ajoutai-je, ma comparaison. Direz-vous que le
ciseau dont on s'est servi pour faire ma statue,
l'a produite en effet, & qu'il en est l'auteur,
parce qu'il est conduit par la main du statuaire
qui l'a faite ? Une raison trop éclairée vous em-

pêcheroit de tomber dans une si grande absur-
dité : lorsque les hommes ont cherché à s'élever jusqu'à Dieu, ils ont imité les esprits rebelles ; comme eux, ils sont tombés dans un
abîme de ténèbres ; alors, toujours victimes
d'un orgueil demésuré, irrités de leur chûte, ils
ont prétendu faire descendre, jusqu'à leur néant
la divinité même ; ils ont cru trouver la présence réelle de l'ouvrier dans l'ouvrage. Mais
quelle illusion ! Les Mezzoraniens, avec tant de
sagesse, sont-ils faits pour s'y livrer ?

Quant à cette lumière si pure & si belle dont
vous me parlez, cher Gaudence, ajoutoit-il,
mes yeux n'en sont point encore frappés : puis-
siez-vous me la faire voir, je ne m'y refuserai
point ; accoutumé à philosopher de bonne foi,
je cherche de même la vérité. S'il est vrai que
depuis trois mille ans nous ne l'ayons point
trouvée, & que vous parveniez à me le persua-
der, il n'est point de nome où l'on ne vous
élève des statues, des temples même. Du moins,
si nous sommes dans l'erreur, pouvons-nous
nous vanter d'avoir été constans dans des opinions que nous avons crues les plus conformes
au bien de la société, à la pureté des mœurs,
& à la gloire de l'El, source inépuisable de toute
vertu.

Charmé de ses dispositions, je ne négligeois

rien pour lui donner l'avant-goût des vérités
que la raison humaine doit respecter dans un
profond silence, & adorer avec une sincère
soumission.

Heureusement je n'étois point réduit à la nécessité de lui démontrer l'existence de la divinité dont il avoit une idée sous le nom d'El,
assez conforme à celle que nous en avons sous
celui de Dieu : elle se fait plus vivement sentir
dans le fond du cœur, qu'on ne la démontre facilement : punition attachée à la postérité d'A-
dam, dont la désobéissance a flétri la beauté de
notre nature. Il convenoit, à la honte de plusieurs chrétiens, qu'il falloit avoir une idée bien
basse de soi-même, pour nier une vérité gravée
dans toute la nature ; de l'existence de Dieu, je
le conduisois insensiblement à l'unité ; de ce
point incontestable à l'unité du culte, & de-là
à la nécessité de la révélation. Toutes ces vérités, lui disois-je, ne sont point à la portée de
notre raison, depuis qu'elle a été obscurcie par
la désobéissance du premier homme ; les ténèbres, dont elle est environnée en punition d'une
si noire ingratitude, sont le triste héritage qu'il
nous a laissé. Mais, respectable Pophar, savez-
vous que si nous connoissions Dieu aussi parfaitement qu'il se connoît lui-même, nous se-
rions égaux à lui, & par conséquent dieux comme

lui, ce qui impliqueroit contradiction ; puisque par l'idée qu'on a de la divinité, on sent qu'elle doit être, & est une, & qu'elle cesseroit d'être ce qu'elle est, si ces attributs étoient co-essentiels à quelqu'autre qui ne fût pas elle. Quoi ! Dieu nous a tirés du néant, nous lui devons tout ce que nous avons, & tout ce que nous sommes, & notre orgueil lui demandera témérairement raison de la conduite mystérieuse qu'il tient à notre égard !

Vous-mêmes, Mezzoraniens, tout doués que vous êtes des vertus les plus estimables, osez-vous demander insolemment au soleil les raisons qui le portent à vous priver quelquefois de l'éclat de ses rayons, lorsqu'ils sont obscurcis malgré lui-même par des nuages épais qu'il ne pénètre qu'avec peine ?

Savez-vous, continuois-je, que vous êtes issus d'un sang privilégié de Dieu ; que c'est de ce sang par lequel la race humaine a été conservée, que sort toute la sainte économie de notre religion ? Hélas ! & il n'en faut point douter, ce n'est qu'à la pureté de votre origine que vous devez cette sagesse lumineuse, qui seule suffiroit pour éclairer l'univers entier, si le nuage de l'idolâtrie n'obscurcissoit point les rayons qui partent des principes dont ce saint patriarche animoit toutes ses actions. Oui, mon cher père,

vous

vous êtes fils par Mezraïm, son petit-fils, de cet homme fidèle à Dieu, & que Dieu excepta dans les jours de sa colère, lorsqu'il punit toute la nature, de la corruption des hommes. Quoi ! tous ces biens promis, par une bénédiction, à la postérité du patriarche, passeront à des nations étrangères ; & vous, qui en êtes les véritables héritiers, vous n'en jouiriez pas ? Ouvrez enfin les yeux, mon cher père, vous avez dans le cœur les semences de toutes les vertus les plus pures, la seule foi qu'exige le christianisme peut les faire éclore.

Ici le Pophar, enchanté d'apprendre qu'il descendoit d'un patriarche, dont je lui avois rendu la mémoire si chère, par l'histoire que je lui avois faite des merveilles que Dieu avoit opérées en sa faveur, me répondit : je ne cherche point, mon fils, à être convaincu, je voudrois être persuadé. Une religion fondée sur des mystères, doit être reçue avec soumission, j'en conviens ; vouloir les pénétrer, c'est épaissir le voile dont est enveloppée la vérité qu'ils contiennent, je le sais. Un Dieu aussi sage, aussi juste, aussi parfait, aussi puissant que celui que vous adorez, ne peut point se manifester aux hommes en général ; leurs regards corrompus ne pourroient supporter l'éclat qui l'environne, rien de plus vrai. Ce privilège n'est dû qu'à certains hom-

mes qu'il a formés selon son cœur , & qu'il étoit
libre de choisir, comme un souverain l'est de faire
tomber ses graces sur qui bon lui semble ; je le
sens. J'apperçois, mais de loin , ce flambeau qui
devroit éclairer toute la terre ; je m'en appro-
cherai , cher Gaudence ; guidez-moi, j'y consens. J'entrevois cependant, dans l'intervalle
qui me sépare de l'objet que je desire sans le connoître, des abîmes où je pourrois me précipiter;
vous voulez me voir chrétien, & vous le voulez
de bonne foi , je souhaite le devenir ; mais on
ne quitte point une religion de trois mille ans,
pour une dont on n'entend parler que depuis fort
peu de tems. Tranquillisez-vous. Votre Dieu, à
qui, dites-vous, rien n'est caché, voit le fond de
mon cœur. Que penseriez-vous, d'ailleurs, d'un
homme qui changeroit si facilement ? Quiconque est susceptible de cette légèreté, fait voir
qu'il n'étoit guères attaché au culte qu'il abandonne , & qu'il n'est guères capable de l'être à
celui qu'il embrasse.

Des matières de religion, nous passâmes à
celles de politique ; j'épiois toujours avec soin,
l'occasion de le ramener insensiblement aux premières ; il ne pouvoit pas comprendre , disoit-
il , comment les hommes avoient eu si peu de
confiance en leur force & en leur vertu, pour se
donner eux-mêmes des entraves, en rassemblant,

dans un seul, l'autorité de plusieurs. Il faut,
continuoit-il, que les peuples de l'univers aient
un penchant bien décidé au mal, puisqu'ils ont
été obligés de recourir à la crainte de la punition pour pratiquer le bien, & de se donner des
maîtres, qui, devenant par cette cession insensée,
dispensateurs des peines & des récompenses, pu-
nissent la transgression de loix, dont quelques-
unes sont sages à la vérité, mais dont la plupart
ont été imaginées par le caprice. L'homme est
né libre ; cette indépendance, qui est l'attribut
essentiel de l'humanité, auroit toujours dû le
porter vers le bien, parce que le bien est la seule
voie qui le conduit à un bien-être invariable.
Quel génie mal-faisant peut donc lui avoir ins-
piré des desirs qui l'écartent d'un objet si naturel?
Son orgueil, lui répondis-je, & l'intérêt.
C'est ce mobile détestable qui a rompu tous
les liens de la société, & qui, par un prodige
que l'on ne peut comprendre, les serre : ainsi,
comme la cause ne pouvoit être détruite, il
falloit du moins chercher & établir des moyens
pour en arrêter les funestes effets. Vous ne le con-
noissez point ce tyran, heureux Mezzoraniens,
parce que, renfermés en vous mêmes, vous
vous suffisez ; parce que, inaccessibles à toutes
les nations, vous n'êtes point exposés à con-
fondre des principes étrangers avec les vôtres,

V ij

dont la fage fimplicité n'a point été altérée par la communication des autres peuples.

D'ailleurs cette indépendance, que vous dites effentielle à l'humanité, a été perdue, comme je vous l'ai déja dit, par la défobéiffance du premier homme ; fa poftérité corrompue eft tombée dans l'aveuglement ; il falloit donc que Dieu, ou, fi vous aimez mieux, l'El, par un effet de fa miféricorde pour des enfans, qui cependant s'en étoient rendus indignes, leur donnât des guides, qui non-feulement les éclairaffent par des loix, mais encore qui fuffent maîtres d'appefantir fur eux le bras de l'autorité, pour les faire rentrer dans la voie de la vertu dont ils s'écartent fi facilement. Il falloit, pour la fûreté de la fociété, qui n'a d'autre ame que l'intérêt, finon faire aimer la vertu, pour la gloire de la pratiquer, du moins arrêter le crime, par la punition attachée à la honte de l'avoir commis ; il falloit enfin arrêter le bras, dès qu'on ne pouvoit pas changer le cœur. Ce miniftère, que Dieu a été contraint de rendre inféparable du fceptre & de la couronne, eft le plus bel apanage de la royauté : fi les hommes ne s'étoient point égarés de la voie de la juftice, on n'auroit point eu befoin de loix ; leurs actions n'auroient eu pour principe que la probité, pour objet que la vertu,

& l'Etre, auteur de toutes chofes, pour fin dernière. Tous feroient égaux, parce qu'aucun ne voudroit être le premier ; il n'y auroit pas même de degré dans la vertu, parce que la vertu animeroit également les actions de tous ; l'amour propre, qui n'eft autre chofe que l'intérêt déguifé, n'auroit point eu d'entrée dans le cœur des hommes ; fon règne ne fe feroit point étendu, puifqu'il n'auroit point commencé : vous-mêmes, Mezzoraniens, n'en fentez-vous point les aiguillons, & ne vous prêtez-vous pas à ce tyran du genre humain, lorfque vous vous comparez avec les autres peuples ?

Mais quand vous parlez d'indépendance, ne vous faites-vous pas illufion ? La fubordination, quelle qu'elle foit, n'entre-t-elle pas auffi dans la conftitution de votre gouvernement ? Votre dépendance, dites-vous, reffemble à celle qui règne dans une famille dont le père eft vertueux, & dont les enfans font fidèles imitateurs du père. Eh bien ! un roi, par exemple, en Europe, eft le père d'une grande famille, dont tous les enfans ne fe reffemblent pas à la vérité ; les uns, nés avec des difpofitions héureufes, confommées par une excellente éducation, répondent fidèlement aux vues fages du monarque, ils ont toute fa tendreffe, ils font récompenfés ; les autres, au contraire,

V iij

dont le cœur eſt rempli de mauvais germes ; réſiſtent à cette même éducation , & par une conduite baſſe, lâche & infame , deviennent l'objet de ſa colère , ils ſont punis. L'anarchie eſt un monſtre à tant de têtes , dont chacune a ſon opinion, que , quelque effort que l'on faſſe pour prouver la poſſibilité d'un tel gouverne-ment, on ſera toujours obligé de convenir qu'il répugne à la nature de l'homme , dont l'in-conſtance eſt l'apanage , & conſéquemment, à la raiſon.

Les rois ſont l'image de la divinité ; Dieu ſe ſert d'eux pour punir ou récompenſer les peu-ples. Quel que ſoit un roi, c'eſt un préſent de Dieu ; préſent reſpeſtable. Quiconque s'écarte de ce point , viole la loi fondamentale ; puiſ-qu'en manquant à la copie, il manque à l'ori-ginal. Que penſeriez-vous, & de quelle infa-mie ne ſe couvriroit pas celui d'entre vous , qui ſe refuſeroit à l'hommage reſpeſtueux, & même idolâtre , que vous rendez aux ſtatues & aux cendres de vos ancêtres ? Sous le tendre nom de père , ne jouiſſez-vous pas vous-même de tout le reſpeſt qu'on doit à un Roi ? On vous le rend , direz-vous, parce qu'on le veut; & moi, je dis qu'on ne le veut, que parce que c'eſt l'uſage & que vous le méritez. Par l'ordre même de votre conſtitution, ſi quelque vice

flétriffoit la beauté des vertus qui femblent entrer dans l'effence des Mezzoraniens, ne feroit-
on pas obligé de refpecter en vous, non pas
le vice (à Dieu ne plaife que je veuille faire
ici, d'un fujet pénétré de fes devoirs, un idolâtre aveugle, pour qui la vertu & le crime,
armés de l'autorité, font la même chofe), mais
le titre augufte de patriarche, qui refte toujours le même, de quelques vertus que foit
doué, ou à quelques vices que foit abandonné,
celui que l'ordre de votre fucceffion en a
revêtu?

Nous nous entretenions fouvent des divers
gouvernemens établis dans les différens pays
de l'univers; il comparoit le defpotifme à un
goufre, où vont fe perdre toutes les facultés
des fujets, qui font foumis à cette forme monf-
trueufe de gouvernement. La nature, ajoutoit-
il, affligée d'une conftitution auffi injufte &
auffi cruelle, s'attache à fe venger de ceux qui
l'ont établie, fur ceux qui en ont fucé les funeftes principes. Point de gouvernement, en
effet, qui foit plus fujet aux révolutions; point
de fouverain, qui, à chaque inftant, foit plus
près de fa chûte que le defpote. C'eft un être
infatiable, qui dévore toute la fubftance de l'é-
tat, & ne la digère jamais; ne tenant qu'à lui,
pour le feul amour de lui-même, il fe trouve

V iv

seul dans les événemens malheureux ; aucun
de ses sujets n'est attaché à lui par la communication de son autorité, ainsi tous l'abandon-
nent, lorsque le sort lui fait éprouver ses caprices. Monté sur le trône par la seule autorité, il en tombe sans que l'on soit touché de
sa chûte ; il chancelle sans cesse, parce qu'il
n'a point d'appui : le monarque, au contraire,
dépositaire de toute l'autorité, la divise & la
soudivise ; &, par une circulation sage, la
rappelle à lui, comme au centre d'où elle est
partie. C'est ainsi qu'en la communiquant, il se
fait des sujets intéressés à la tranquillité de son
règne, par des vues particulières, qui influent
avantageusement sur le général de l'état.

Après le démocratique, le gouvernement monarchique lui paroissoit le plus raisonnable. Les
raisons dont il étayoit cette vérité, me paroif-
soient fondées sur d'excellens principes ; mais
il donnoit toujours la préférence au premier,
comme plus analogue, disoit-il, à l'attribut essentiel de l'humanité. Pour moi, je pense qu'il
ne le croyoit supérieur, que parce qu'il lui
trouvoit plus de rapport avec le patriarchal.

Il ne paroissoit porté à la littérature, que
pour la partie de l'histoire. Ce tableau de vertus & de crimes, disoit-il, est nécessaire ; on
le met sous les yeux des jeunes-gens, afin qu'ils

apprennent à éviter les uns , & à imiter les autres. Tous les autres , principalement la poéfie ,
en aiguifant l'efprit, corrompent quelquefois le
cœur,&le font égarer dans des voies dangereufes.

Il faifoit beaucoup de cas de quelques fciences
& des arts. Il n'eftimoit des mathématiques que
l'aftronomie & la géométrie : il vouloit principalement que les exercices du corps ne fuffent point négligés : parce , ajoutoit-il , que
l'ame raifonnable eft l'être le plus refpectable qu'il y ait dans toute la nature , & que
fon palais ne fauroit être trop embelli. Il n'eft
rien , difoit-il , qui révolte plus que de voir une
belle ame logée dans un corps tout de travers &
difforme. Auffi peut-on dire qu'il n'eft point de
nation qui ait un maintien & un port plus noble,
& qui foit plus adroite & plus lefte que les
Mezzoraniens : beaucoup de philofophie naturelle , rien du tout de la fpéculative : il fuffit que
douze des plus anciens en aient une connoiffance
paffablement étendue : cette carrière eft trop
épineufe pour les jeunes-gens , & même trop
dangereufe. L'amour-propre fe gliffe ordinairement dans ces recherches : fous prétexte d'en
vouloir de bonne-foi à la vérité, on tombe dans
l'erreur, on gémit de fe voir ignorant, après un
fiecle d'étude ; mais on ne veut point en convenir. Cet aveu eft trop humiliant ; on défend

d'abord ſes opinions, quoiqu'erronnées ; on
les étend ; la diſpute s'échauffe ; l'état ſe met
de la partie, le trouble ſuccède : on ne cherche plus à perſuader, on cherche à ſe con-
fondre ; la fermentation devient ſérieuſe &
intéreſſante ; il faut appeller l'autorité au ſecours ; les coups qu'elle porte aigriſſent les eſprits ; le feu de la ſédition s'allume, l'incendie
eſt univerſel, & l'état tombe en ruine. D'ailleurs, ajoutoit - il, nous avons un fonds de
mélancolie, qu'il faut diſſiper par des occupations qui amuſent l'eſprit & l'égayent. Sans
cette ſage précaution de notre gouvernement,
cette humeur noire deviendroit fatale aux Mezzoraniens, ſi on leur permettoit de ſe livrer à la
ſéchèreſſe des ſciences profondes. Mais, quant
à l'El, à peine ſouffrons-nous qu'on en ait même
une idée ſimple & extrêmement bornée ; il eſt
défendu aux plus anciens, d'y rien ajouter ; &
comme tous les êtres ne ſont, pour ainſi dire,
qu'une inaction de ſa toute - puiſſance, nous
penſons qu'ils ſont, à ſes yeux, des atômes agités
une fois pour toutes, & que le ſoleil eſt chargé
de continuer ce premier branle, que l'Etre,
auteur de toutes choſes, a donné en général à
toute la nature.

Vous avez vu, mes révérends pères, que
les vertus de Sophroſine m'avoient rendu ſen-

fible à fes charmes ; quelque mérite, qu'elle
m'avoit connu, l'avoit portée à me croire digne
de fon attachement ; & comme l'intérêt n'é-
toit entré pour rien dans notre engagement,
notre tendreffe, au lieu de s'ufer, fembloit
encore prendre de nouvelles forces. Toute notre
conduite n'étoit qu'un tiffu de prévenances,
d'égards & d'attention réciproques ; on eût dit
que toute la famille n'avoit qu'une même ame.
On n'y connoiffoit point de volonté ; tous vouloient la même chofe ; il ne me reftoit qu'un
fouhait à remplir, c'étoit de perpétuer mon
bonheur, en me perpétuant moi-même. Sophrofine, qui voyoit dans mon cœur auffi librement que je lifois dans le fien, étoit préffée
du même defir. Un enfant auroit mis le comble
à notre félicité ; elle me donna un garçon.
Avec quelle joie ne reçus-je point ce gage précieux de notre tendreffe ?

Je goûtois une profonde paix au fein d'une
famille refpectable à tous égards, lorfque la
jaloufie me fufcita, pour la troubler, la paffion
d'Aménophile... Vous avez déjà vu que le
bonheur de Sophrofine m'avoit paru l'inquiéter, lorfqu'elle me dit que d'autres pouvoient
bien mériter autant qu'elle de m'avoir pour
époux. Je ne laiffe jamais échapper l'occafion
de rendre juftice au Pophar. Il donna, dans

l'événement dont vous allez être inftruits, des
preuves d'une prudence confommée ; événement qui m'enleva pour quelque tems, malgré
mon innocence, la confiance de mon beau-père,
& peut-être la tendreffe de mon époufe.

Sophrofine propofa un jour à fa mère, en
préfence d'Aménophile & de Ménife, d'aller
voir une amie intime, qu'elle avoit dans le nome
voifin : fa mère y confentit ; on fixa le tems du
départ, mais non celui du retour : mon époufe
qui cherchoit mon confentement dans mes
yeux, vit bientôt que j'étois incapable de refufer quelque chofe à qui favoit tout m'accorder : il eft bien jufte, lui dis-je, que je confente
aux amufemens d'une tendre époufe, qui fait
fon occupation principale des miens ; partez,
ajoutai-je, tirez parti lu tems le mieux qu'il
vous fera poffible, votre abfence m'affligera
moins, fi je fais que la mienne ne répand point
d'amertume dans les plaifirs que vont vous offrir
les épanchemens de l'amitié.

Le fouvenir de ces dernières paroles, joint
aux circonftances que je rapporterai, ne fervit
pas peu à me faire dans la fuite foupçonner
coupable, quoiqu'elles partiffent d'un motif
entiérement innocent.

La partie fut exécutée, je reftai feul avec le
Pophar. Aménophile, dont j'ignorois le projet

impudique, profita de l'abfence de mon époufe
pour s'introduire la nuit du fixiéme jour dans
mon lit (1) : livré à un profond fommeil, je ne
m'apperçus point que j'avois une compagnie
auffi infâme, qui, en introduifant le crime dans
le lit nuptial, en vouloit fouiller la pureté :
retenue cependant par un refte de pudeur, ou
plutôt par la crainte des reproches dont je
l'aurois accablée, fi elle m'avoit éveillé, elle
impofa filence à fes defirs criminels ; elle fut
furprife par le fommeil. Mon époufe, qui arriva
le lendemain de grand matin, n'eut point de
plus grand empreffement que de venir s'informer de ma fanté. Elle entra dans ma chambre
fans m'éveiller ; mais au fpectacle humiliant
qui fe préfenta à fes yeux, ne pouvant réfifter
à la douleur qu'elle reffentit, elle tomba évanouie. Sa chûte m'éveilla. Quel fut mon étonnement de trouver dans cet état une époufe
digne de toute ma tendreffe ! mais de quelle
fureur ne me fentis-je point agité, lorfque je
vis Aménophile fortir de mon lit dans un état
capable d'allarmer la pudeur la plus aguerrie.
Les regards d'indignation que je jettai fur elle,

_____

(1) On doit fe rappeller comment les quartiers font
bâtis, & l'on verra avec quelle facilité Aménophile pouvoit s'introduire dans la chambre de Gaudence, puifqu'ils étoient l'un & l'autre du même quartier.

lui firent sentir combien sa préfence m'étoit odieufe ; elle se mettoit en état de sortir pendant que je fecourois mon époufe , lorfque le Pophar, que ce bruit avoit éveillé , entra dans ma chambre : il ne fut pas moins étonné que moi de cette aventure ; il arrêta Aménophile. Allez, me dit-il, perfide époux, laiffez-là une époufe , dont la vertu ne méritoit pas une telle récompenfe ; mettez-vous en état de paroître décemment , & ne reftez pas plus long-tems devant mes yeux, avec toutes les apparences d'un crime, qui détruit l'harmonie de la fociété. Les foins que vous rendez à ma fille font autant de coups de poignard que vous portez dans fon cœur. Les fecours d'une main criminelle affligent la vertu , loin de la confoler.

Je paffai fur moi ma robe de chambre ; je me jettai aux genoux du Pophar ; je l'affurai que j'étois innocent. Me tournant enfuite vers mon époufe, que les foins de fon père avoient rappellée à la vie : chère époufe, m'écriai-je en arrofant fes mains de mes larmes, je vous jure par le foleil , je vous jure par mon Dieu que je ne fuis point coupable : fa froideur excita mes tranfports ; parlez, dis-je à Aménophile, rendez-moi juftice, ou que vos mains, conduites par un cœur auffi lâche que le vôtre, m'arrachent la vie ; auffi bien , adorable Sophro-

C. T. Marillier del. Le Veau Sc.

fme, je ne faurois furvivre au malheur de perdre votre tendreffe.

Le Pophar, pénétré de mon état, ou faifant femblant de l'être, ordonna à Aménophile d'accufer la vérité, d'avouer enfin fi des recherches & des affiduités fecrettes de ma part, l'avoient portée à une démarche fi indigne de la vertu de fes ancêtres.

Gaudence, lui répondit-elle, mon père, en fe jettant à fes pieds, que ce tendre nom de père me foit encore permis! Je m'en fuis rendue indigne par le triomphe qu'une ame funefte a remporté fur la mienne; Gaudence eft innocent; feule coupable, je dois feule être punie.

Elle ajouta qu'elle n'avoit pu s'empêcher de m'aimer dès la première fois qu'elle m'avoit vu; que depuis ce tems, elle avoit refufé toutes les fleurs qu'on lui avoit préfentées; qu'enfin, défefpérée par le mariage de Sophrofine, qui avoit trahi toutes fes efpérances, fans ceffe attaquée par une ame étrangère, dont elle ne connoiffoit point la nature, l'ame raifonnable avoit cédé la victoire; qu'elle s'étoit portée à cette honteufe extrémité, autant dans le deffein de fe venger de Sophrofine, dont les appas puiffans lui avoient enlevé la caufe d'un bonheur qu'elle fe promettoit, que pour en jouir

contre les loix, aux dépens même de sa pudeur ; que cependant, après s'être glissée clan-
destinement dans mon lit, & m'ayant trouvé
endormi, l'ame raisonnable avoit commencé
à agir, qu'elle avoit si long tems combattu
contre l'ame ennemie, qu'elle avoit été victo-
rieuse à son tour ; que fatiguée par un combat
si violent & si long, elle avoit cédé au sommeil, qui avoit, grace au soleil, conservé sa
vertu ; qu'à la vérité, les apparences devoient
nous faire regarder comme coupables, mais
que nous étions innocens ; qu'elle protestoit
que son récit étoit fidèle, que cependant elle
alloit se rendre en prison pour y attendre le
jugement des anciens.

Elle cherchoit déjà à sortir, mais Sophrosine
& le Pophar l'arrêtèrent. Je ne parle point de
ma contenance, le seul pinceau pourroit l'exprimer. Où allez-vous, lui dit le Pophar, fille
plus digne de compassion que de blâme! Depuis
long tems je l'avois vue dans vos yeux cette
ennemie. Depuis long tems aussi avois-je con-
seillé à votre père de vous marier, pour éviter
le triomphe de l'ame de la chate, qui a attaqué
votre ame raisonnable. Vous allez en prison,
dites-vous ; est-ce pour y attendre une punition dont le souvenir perpétueroit la honte
dans votre famille ? Mais avouez-le, ma fille,

cet

cet événement qui vous fait rougir, vous
rendra-t-il à votre vertu ? vous fentez-vous
affez de force pour réfifter à cette ame ennemie ? Oui, mon père, répondit-elle fondant
en larmes ; vos fages leçons que je vous prie
de m'accorder, me donneront toute la force
néceffaire ; & vous, continua-t-elle s'adreffant
à Sophrofine, tendre époufe, fidèle amie, je
fuis privée à jamais de ce titre auffi tendre que
glorieux ; ma honte, toujours préfente à vos
yeux, va me rendre un objet déteftable, dont
vous détournerez vos regards. A ces mots, elle
s'évanouit ; on la fecourut ; elle revint, mon
époufe lui renouvella toute fon amitié ; ma
réconciliation ne fut pas fi précipitée. Le Pophar lui promit le fecret. Ne différez point,
ma fille, lui-dit-il, à accepter la fleur, de peur
que l'ame de la chatte que vous croyez vain-
cue, ne revienne à l'attaque avec plus de vigueur, & que le fommeil ne vienne point
auffi à propos à votre fecours. Quiconque
s'endort fur fa victoire, touche au moment de
fa défaite. On la retint à dîner ; je fus furpris
du ton de fincérité que l'on prit pendant le repas. Aménophile, quelque tems après, fe fou-
venant fans doute des leçons du Pophar, accepta, dans une fête du foleil, les fleurs d'un
aimable Mezzoranien. Et cette même fille que

vous venez de voir entrer dans mon lit avec
toute la hardieffe d'une perfonne qui a levé le
mafque, fe préfentera, dans la fuite de l'hiftoire,
avec tout l'éclat de la fermeté la plus héroïque
& de la fidélité la plus éprouvée. La tendreffe
fut l'ame de l'engagement qu'elle contraɗa ;
les deux époux pafſèrent leur vie dans la douceur d'une paix qui eft toujours le fruit d'un
amour fincère : à cette félicité fe joignit la
gloire de voir leurs ftatues couronnées, &
enrichies d'emblêmes, qui devoient annoncer,
à la poftérité, le prix de la fidélité conjugale.

Cependant la fuite de ce malheureux événement me fit fentir que les foupçons du Pophar & de Sophrofine, s'étoient fixés fur moi;
ma belle-mère, à qui on l'avoit caché, me
continuoit fes tendres bontés. Je m'apperçus
que le nom de fils, qui étoit fi fréquent dans
la bouche du Pophar, ne lui échappoit plus
que par un refte d'habitude; celui d'époux
devenoit extrêmement rare dans celle de Sophrofine; je trouvois les regards que l'un &
l'autre jettoient fur moi, chargés de cette gêne
qui échappe à un cœur troublé par des foucis
cuifans. Mes prévenances fatiguoient au lieu de
plaire; on accueilloit mes attentions avec une
politeffe forcée, reffource d'un cœur qui veut
mentir fans groffiéreté ; plus je cherchois à

ranimer la tendreſſe de Sophroſine par le tendre nom d'épouſe, plus elle s'attachoit à affoiblir la mienne, en me refuſant obſtinément celui d'époux. Vouloir ſe juſtifier d'un événement auſſi triſte, c'étoit rouvrir la plaie, & y verſer un venin qui auroit aigri de plus en plus Sophroſine contre moi. D'ailleurs je m'étudiois à diminuer ma peine, en attribuant ſon réfroidiſſement au ſouvenir d'une ſcéne, dont toute autre perſonne, moins délicate qu'elle, auroit été pénétrée. Mais un jour que, cédant aux tranſports d'une tendreſſe que j'avois longtems retenue dans les bornes des attentions & des égards, je voulus lui donner des marques d'une ardeur que la foi conjugale éteint chez les autres nations, elle me réſiſta; j'inſiſtai, prenant alors un ton ſévére, accompagné d'un air altéré, mais modeſte : quoique j'aye tout lieu, dit-elle, de me plaindre de vous, votre infidélité ne me ſervira point de modéle, je me reſpecte trop, pour être infidèle à mes devoirs; je n'oublie point que vous êtes mon époux & mon maître; vous n'avez qu'à vous ſervir de votre autorité & à jouir de vos droits: que vous importe, après tout, que mes ſentimens ſoient fils de l'obéiſſance ou de la tendreſſe ? Vous m'avez prouvé que vous n'en connoiſſiez pas la différence. Cette réponſe me

X ij

mit dans un état à douter de ma propre exiftence , fi l'amertume qu'elle répandit dans mon
ame ne m'eût fait fentir que j'étois en vie. A
qui pouvois-je recourir dans une fituation fi
accablante ? Il ne me reftoit pas même le
foible foulagement des malheureux ; je n'a-
vois plus perfonne dont le cœur eût voulu
fe charger de mes douleurs ; me ferois-je
adreffé au Pophar ? il étoit irrité contre moi ;
fon indifférence m'accabloit ; j'étois coupable
à fes yeux , malgré mon innocence. A fon
époufe ? c'etoit l'inftruire d'une aventure que
je devois lui cacher à tous égards. Abandonné
à moi-même, tout entier à mes chagrins, j'en
reffentis fi vivement l'impreffion , qu'une funefte mélancolie s'empara de moi , & prit
beaucoup fur ma fanté ; je devins pâle & li-
vide, mon corps n'étoit qu'un fquelette animé
d'un refte de foufle. Le Pophar partit pour
faire fa tournée dans les autres nomes ; il ne
m'invita point à le fuivre. Si du moins il m'a-
voit laiffé foupçonner que c'étoit à caufe de ma
foibleffe , j'aurois trouvé quelque confolation
dans une raifon auffi plaufible ; mais non , il
partit. Ce coup acheva de m'abbattre , toute
ma philofophie m'abandonna , je tombai dans
une efpèce d'anéantiffement , dont je ne fortois
que par des accès de fièvre les plus violens.

Mon épouſe s'acquittoit de tous les devoirs, & me donnoit tous les ſoins que pouvoit exiger ma ſituation ; mais toutes ſes attentions ne ſervoient qu'à me faire regretter le principe dont elles partoient, avant la malheureuſe cataſtrophe d'Aménophile. Elle me ſurprenoit ſouvent les yeux baignés de larmes ; je voyois auſſi avec douleur qu'elle perdoit inſenſiblement de ſon embonpoint ; que victime des ordres de ſon père, & d'une mélancolie d'autant plus dangereuſe, que pour me diſſiper elle la maſquoit d'une gaieté forcée, elle ſuccomberoit.

On obſervoit exactement de me préſenter mon fils, le matin & le ſoir ; on s'étoit ſans doute apperçu du plaiſir que je prenois à l'inſtruire ; & le Pophar avoit cru que ma ſituation ſeroit plus affligeante, ſi l'on me privoit de cette conſolation ; on me repréſentoit qu'il ne convenoit point de le laiſſer long tems auprès de moi, de peur que ma maladie n'influât ſur ſa ſanté. Peu accoutumé à vouloir avec une famille que j'avois vu juſqu'alors ſans volonté, j'embraſſois tendrement ce gage précieux d'une tendreſſe que je n'avois jamais altérée ; je le rendois à ſa mère, qui, ſans doute par l'ordre du Pophar, le remettoit entre les mains de ſa grand'-mère. Ainſi, de quelque rai-

X iij

fon que l'on couvrît la dureté d'un tel traitement, je voyois avec douleur que tout étoit
fufpeét en moi, jufqu'à la tendrefle que j'avois
pour mon fils.

Quelque foin que l'on fe donnât pour me
rétablir, il étoit inutile ; l'efprit & le cœur
étoient malades ; les fecours ordinaires de la
médecine, ne portent point à ces parties. Je
dépériflois de plus en plus, je crus m'appercevoir que je touchois au moment fatal qui
alloit me féparer de tout ce que j'avois de
plus cher au monde, & me rapprocher de ce
dont on devroit s'occuper tous les momens
de la vie ; un accès de fièvre me donna une
fecouffe fi violente, que je crus n'avoir plus que
le tems de m'entretenir avec la mère de Sophrofine. Il convenoit de l'inftruire de ce myf-
tére odieux ; il n'étoit pas jufte qu'après ma
mort, mon innocence fe trouvât flétrie d'un
foupçon auffi humiliant ; je priai mon époufe
de vouloir bien me procurer un entretien avec
fa mère : elle me répondit avec cet air pénétré
que prend la vertu lorfqu'elle fe venge par
force d'un coupable qui eft cher, qu'elle alloit
l'avertir. Je voyois, en effet, qu'elle fe contrai-
gnoit beaucoup, & que la févérité qu'elle
exerçoit à mon égard, étoit plutôt l'effet de
fon obéiffance que de fon reffentiment. Sa

mère parut au chevet de mon lit ; Sophrofine,
pour nous laiffer feuls, prit le prétexte d'aller
tenir compagnie à Ménife, fon amie intime,
qui venoit affiduement s'informer de ma fanté.

Je commençai d'abord par rappeller à ma
nouvelle confidente toutes les circonftances
les plus marquées de ma conduite paffée,
pour la préparer à me croire innocent, auffi-
tôt que je lui aurois déclaré ce qui me faifoit
croire coupable ; je lui fis enfuite tout le détail de l'événement. Vous avez dû, lui dis-je,
vous appercevoir du changement de votre
époux & de votre fille. Ma mère, ai-je jamais
eu le malheur de faire quelqu'action qui pût
m'attirer un foupçon fi honteux ? Je crains le
Dieu que j'adore, fon œil perçant voit le dernier repli des cœurs ; il eft la vérité par effence,
& terrible dans fes vengeances contre quiconque ofe la trahir. Je touche au moment
formidable où je vais paroître à fon tribunal ;
que les tréfors de fa miféricorde infinie foient
fermés pour moi, fi je fuis coupable ; & fi,
depuis que j'ai le bonheur de vous appartenir,
je me fuis jamais égaré de la voie de la vertu,
dont toute votre famille m'a donné des exemples dignes d'admiration. Moi, jaurois été capable d'une telle perfidie envers Sophrofine,
qui remplit toute mon ame ! Sophrofine, qui

X iv

eſt tout l'univers pour moi ! Hélas! ſi le Dieu
juſte qui va bientôt me juger ne me pardonne
point l'excès de la tendreſſe que j'ai pour
elle : ah! ma mère, que vais-je devenir! quelle
éternité de peines ne vois-je point préparée !
Oui, ce Dieu jaloux me fera ſans doute un crime d'avoir adoré Sophroſine ; ce tribut de notre
reconnoiſſance n'appartient qu'à lui ſeul. Ma
mère, oui, vous l'êtes ; mes douleurs pénétrent
votre ame ; je lis dans vos yeux, pleins de
bonté, la juſtice que vous rendez à mon innocence ; mais Sophroſine eſt le ſeul bien qui
puiſſe ſoutenir le reſte de mes forces, ſon
nom ſeul eſt l'ame de ce reſte de vie. Je m'af-
foiblis ; à peine je reſpire. Mère tendre, mère
juſte, mère auſſi chère que le jour que mes
yeux peuvent à peine ſupporter, que j'embraſſe mon fils, que j'embraſſe Sophroſine ;
qu'avant de mourir, je lui demande pardon d'un
crime que je n'ai pas commis ; que, du moins,
elle me rende ſa tendreſſe ; c'eſt mon bien : ſeroit elle aſſez barbare pour refuſer à la compaſſion ce qu'elle doit à la juſtice......? Mais, ma
mère, je ſens...... Sophroſine..... Mon fils ! ....
Pophar !..... O mon Dieu !... Je pardonne à Aménophile...... Je perdis connoiſſance......

Le ciel me réſervoit ſans doute à la gloire de
faire des chrétiens, de mon épouſe, de ſa mère

& du Pophar; les soins affectueux que tout le monde se donna pour me faire revenir, me rappellèrent à la vie. Ciel! quel spectacle touchant & tendre s'offrit à mes regards languissans! je me trouvai dans les bras de ma mère, mes mains baignées des précieuses larmes de mon épouse; le Pophar m'appelloit tendrement son cher fils, le nom de Gaudence échappoit à Sophrosine, à travers ses sanglots & ses soupirs. Vivez, me dirent-ils de ce ton que prend une tendresse qui a été long tems gênée. Oui, mon fils, mon cher fils, ajoutoit le Pophar, vivez. Une épreuve si belle, vous rend encore plus précieux à toute la famille.

On me laissa tranquille, de peur qu'une joie si vive ne prît encore sur le peu de force qui me restoit. Le Pophar fit sortir tout le monde, excepté mon fils, pour que je ne me livrasse pas trop à moi-même; mais à peine pouvoit-on arracher Sophrosine de mes bras. Gaudence, me disoit-elle, cher époux! Sophrosine, m'écriois-je, ah cruelle, mais trop vertueuse & tendre épouse! je passe sous silence des épanchemens qui ne peuvent être exprimés.

Peu s'en fallut que les premiers transports d'un bonheur si inattendu ne me privassent du plaisir de le goûter, ma fièvre devint plus violente; il sembloit que mon reste de vie ne fût

foutenu que par les mouvemens d'une joie ſi
précipitée. Je voyois dans les inquiétudes que
le Pophar s'efforçoit de cacher, qu'il craignoit
pour mes jours, & je ſentois en effet qu'il y
avoit tout à craindre : il n'ignoroit point cette
partie de la médecine qu'une expérience aſſi-
due rend auſſi utile à la ſociété, que les autres,
dont preſque tout l'univers eſt infecté, lui ſont
préjudiciables. Depuis quelques jours il me
faiſoit prendre du ſuc de certaines plantes qui
ne produiſoient point d'effet : s'appercevant
enfin que je m'affoibliſſois de plus en plus, il
vint me dire un jour : tenez, mon fils, mon
cher fils, voici la dernière reſſource qui me
reſte pour ſauver une vie qui nous eſt encore
plus chère qu'à vous-même. Priez le Dieu de
vos pères de répandre dans cette liqueur des
eſprits vivifians. Sophroſine & votre mère ſont
aux pieds des autels à ſupplier le ſoleil de verſer
dans le ſuc de ſa plante favorite toute l'efficacité que nous deſirons : il me donna un vaſe
plein d'eau, & y jetta trois goutes de cette
liqueur.

Je fis d'abord quelque réſiſtance, je craignois
de tomber dans quelque ſuperſtition; mais après
avoir refléchi que je pouvois m'adreſſer au
vrai Dieu pour l'effet de ce reméde, je me
déterminai à le prendre. Peu de tems après,

je sentis dans mon cœur comme un nouveau principe de vie, ma parole devint ferme & assurée, une certaine gaieté se répandit dans toutes les facultés de mon ame, les images lugubres qui les obscurcissoient disparurent, enfin je me sentis renaître. Le Pophar, qui ne me quittoit point, vit ce changement avec plaisir, il me continua ce régime, jusqu'à mon entier rétablissement. Mon épouse, c'est ici où ma joie ne put se contenir, mon épouse me dit un jour, que, convaincue de la puissance du Dieu que j'adorois, & embrasée du désir de me conserver, elle lui avoit, même à l'autel du soleil, adressé ses prières, & offert son encens ; qu'elle avoit entendu, mais confusément, au fond de son cœur, une voix plus qu'humaine, qui lui avoit promis ma guérison ; que, pénétrée de reconnoissance envers un Dieu si fidèle à ses promesses, elle ne vouloit plus en adorer d'autre. Ton Dieu, mon cher Gaudence, me dit-elle, est le maître du soleil, & il mérite de l'être. Que dis-je ; il l'est de tous les Dieux & de tout ce qui paroît, puisqu'il me rend mon tendre époux : c'est lui, Gaudence, qui t'a donné le courage de supporter mon indifférence sans l'avoir méritée. C'est lui : eh ! quel autre Dieu peut donner des sentimens si magnanimes ? c'est lui qui t'a inf-

piré le généreux pardon de la criminelle Aménophile : certes, fi les chrétiens pratiquent des
vertus fi fublimes, ils font des Dieux bien plus
dignes de notre encens que le foleil. Fais
donc, aimable époux, que, devenue ton épouse
par les liens du mariage, je devienne ta fœur
en ce Dieu fi parfait.

Vous pouvez penfer, mes révérends pères,
que, charmé d'une converfion qui, à tous égards,
me paroiffoit fincère, j'en faifis l'occafion avec
tout l'empreffement d'un chrétien pénétré de
fa religion ; mais je crus devoir l'inftruire, &
même lui faire defirer un facrement fi augufte
avant que de le lui adminiftrer. Mon épouse,
embrafée pour l'objet de fa nouvelle foi, me
furpaffoit déjà dans les vertus chrétiennes, avant
que de l'être. Elle vantoit fans ceffe à fon père
& à fa mère, les charmes qu'elle trouvoit dans
la loi fainte qu'elle alloit embraffer : ifolé
dans un pays idolâtre, je n'avois pour rendre
mon culte que mon cœur, & mon cœur étoit le
temple, le facrificateur, & la victime que je
pouvois offrir à mon Dieu.

Cependant, quoique je rapportaffe à l'être
fuprême tous les effets de la nature, je crus
devoir m'informer de la plante dont le fuc
avoit fi efficacement produit mon rétabliffe-
ment ; je priai le Pophar de m'inftruire fur ce

point important pour la fociété. Il me dit que
c'étoit le fuc de la plante éternelle, ou plante
du foleil; il m'en fit voir une: la defcription
en eft affez curieufe pour me déterminer à
vous la faire; celle que vous voyez dans mon
cabinet s'eft defféchée, elle eft méconnoiffable.
Cette plante eft élevée fur deux tiges féparées,
qui fe réuniffent ordinairement à un pied de
hauteur; elles ont la figure des jambes & des
cuiffes d'un homme; de ce tronc s'élévent de
petits rameaux, qui vont fe réunir en cercle à
un demi pied de hauteur, & fe perdent vers
le centre par une double pellicule, qui forme
cette efpèce de taches que nous appercevons
dans le foleil. Cette pellicule fe replie enfuite
vers la circonférence, & fe divife hors du cercle en rayons de fix pouces de longueur, d'où
découle cette liqueur, qui eft une efpèce d'huile
rougeâtre; ils font durs & canelés à-peu-près
comme le fureau; ils font garnis latéralement
de petites feuilles dentelées, & d'un gris d'argent, femblables à celles de la plante appellée
argentine; les deux tiges qui partent de la racine,
font d'une fubftance charnue & fpongieufe,
comme le nénuphar.

L'INQUISITEUR. Mais fans doute que defféchée, elle a encore quelque vertu qui pourroit
être de quelqu'utilité?

GAUDENCE. Oui, mes révérends pères, ré-
duite en poudre dont on fait infuser vingt-cinq
grains dans quatre ou cinq verres du meilleur
vin d'Alicante que l'on peut trouver, elle est
d'un grand secours pour les apoplexies, les
épilepsies, & sur-tout infaillible dans les para-
lysies, pourvu qu'elles ne soient pas invétérées.

LE SÉCRETAIRE. Ici les inquisiteurs se regardèrent un instant comme pour se demander
tacitement s'ils ne s'en empareroient point ;
mais le premier inquisiteur ayant fait sentir à
Gaudence que la communauté seroit bien-aise
de posséder ce trésor pour le bien du public, il
vola vers le cabinet où étoit cette plante merveilleuse, & la présenta avec un générosité
admirable. Nous en faisons du vin qu'on appelle vin de vie. Les grandes cures que nous
avons faites, le rendent extrêmement précieux,
& l'ont mis en si grande estime, qu'il produit un
grand bénéfice à notre maison.

L'Inquisiteur, après l'avoir acceptée, le
pria, d'un ton affable, de continuer son histoire.

GAUDENCE. On trouve un avantage dans
les malheurs, ils augmentent les charmes de
la félicité qui leur succède ; il semble que la
providence ait jugé nécessaire ce mélange de
maux & de biens pour le bien de notre existence. Un bonheur non interrompu, semble en

effet ceffer de l'être ; auffi je puis dire que les
cruelles épreuves que je viens de vous raconter , ajoutèrent de nouveaux attraits à la tendreffe de mon époufe , à l'amitié de ma mère ,
& à la confiance du Pophar. Mais , hélas ! cette
viciffitude de biens & de maux fut terminée
par une perte , dont le fouvenir m'anéantiroit,
fi, foutenu par la confiance que j'ai dans la bonté
de mon Dieu , je n'envifageois, dans mes douleurs, l'importance du prix qui eft attaché à la
réfignation. Ma mère fut attaquée d'une maladie dont elle mourut après avoir reçu le baptême. Mon époufe, qu'une mélancolie invété-
rée avoit affoiblie confidérablement , & pénétrée de cette mort, tomba dans un abandon &
dans une efpèce d'anéantiffement , dont ni mes
foins ni ceux du Pophar ne purent arrêter les
progrès. Je ne la quittois pas un inftant, pour
l'encourager à prendre tout ce que le Pophar
lui prefcrivoit. Soumife à mes volontés , elle
trouvoit dans l'amertume même des remèdes ,
la douceur de me plaire par fon obéiffance.
Mais Gaudence, me difoit-elle , je fens que je
n'en reviendrai point. Quand eft-ce que vous
me donnerez ce facrement après lequel je fou-
pire depuis fi long tems ? Si ce n'eft que par lui
que je puis contempler ton Dieu , hâte-toi ,
cher époux, de m'affurer ce bonheur ; je fuis

plus près que tu ne penses du terme fatal.

Hélas ! si je différai à lui accorder cette consolation, ce n'étoit que pour lui faire voir que sa maladie n'étoit point désespérée, & pour l'inviter à reprendre courage. Ce Dieu, chère Sophrosine, lui disois-je, que tu veux adorer, & qui t'aime déjà, maître de nos vies, veut & ordonne que nous les ménagions ; c'est un dépôt qu'il nous a confié ; le négliger, c'est s'en rendre comptable à son tribunal. Tu t'abandonnes, chère épouse, tu ne m'aimes donc plus ? ta mort sera suivie de la mienne. Moi, je ne t'aimerois pas, me répondit-elle ? ah ! Gaudence, je ne t'aimerois pas ? Te seroit-il bien possible de l'imaginer ? Tu as fait mon bonheur pendant toute ma vie. Tu vas me rendre heureuse après ma mort, & je ne t'aimerois pas ? Quoi, cette ingratitude entreroit dans un cœur, que tu as rempli de vertus ! ah, Gaudence, écarte cette idée, elle empoisonne celle que tu m'as donnée du vrai bonheur où j'aspire. Laisse-moi mourir : mais vis, cher époux ; que ma mort ne t'inspire point le mépris d'une vie si précieuse au gage de notre tendresse, si cher au Pophar, si nécessaire à la Mezzoranie. Vis pour ton Dieu, puisqu'en établissant son nom dans ce pays, ta vie est utile à sa gloire.

Voilà

Voilà quel étoit le fujet de nos entretiens.
Souvent elle embraffoit fon fils : avec quel zèle
ne lui exprimoit - elle pas cette tendreffe ma-
ternelle, dont les geftes font plus énergiques
que les paroles ! avec quelle douce gravité,
mais toujours prévenante & perfuafive, ne lui
vantoit-elle pas le prix d'un bonheur dont elle
ne jouiffoit point encore ? c'étoit le baptême.
Souvenez-vous, lui difoit-elle, mon fils, de la
fidélité que vous devez à votre Dieu, au Dieu
de votre père, au Dieu qui fera bientôt le
mien, à ce Dieu qui eft la pureté même : auffi
attentif à notre bonheur, que jaloux de la
moindre action qui ne l'a point pour objet, il
nous prive à jamais de cette félicité incorruptible. N'oubliez pas, mon fils, de le prier pour
moi : née dans l'Idolâtrie, je fuis indigne de le
poffeder, fi l'encens de vos innocentes prières
ne le fléchit en ma faveur : mon fils, rappellez-
vous fans ceffe qu'un double motif vous doit
faire refpecter votre père. Vous lui avez une
double obligation ; la vie mortelle, & la connoiffance de la voie qui conduit à une vie qui
ne finit point, font deux objets affez puiffans
pour exciter votre reconnoiffance ; mon cher
fils, vous fouviendrez-vous au moins de votre
mère ? O mon Dieu ! recevez ce premier hommage de mon amour, quoique je fois encore

infectée d'idolâtrie. Écoutez-moi, exaucez les vœux d'une misérable créature qui veut vous appartenir. Cruel époux, me disoit-elle ensuite, que t'ai-je fait qui mérite un traitement si rigoureux? Tu as donné à mon fils un bien qu'il ne t'a point demandé, & dont il ne connoissoit point le prix; & tu me le refuses, parce que je le desire, & parce que je sens d'avance qu'il est le seul principe de tous les biens? ah, Gaudence! ton Dieu t'ordonne-t-il tant de cruauté! Te me l'as dépeint si bon, si grand, si magnanime, versant abondamment ses graces incorruptibles dans les cœurs purs qui l'implorent. Et toi que je prends ici pour son ministre, tu me refuses ces mêmes graces, dont il t'a fait le dépositaire? ah Gaudence! ah cher époux! laisse-toi fléchir, accorde-moi ce bien, l'objet de tous mes vœux. Oui, si je l'obtiens, je te promets, puisque tu desires que je vive, je te promets de vivre.

Pénétré jusqu'aux larmes d'un discours si touchant & si vif, je crus qu'il étoit tems de joindre le baptême d'eau au baptême de feu.

La providence n'avoit sans doute soutenu le foible reste de ses forces, que pour lui donner le tems d'être écrite dans le livre de vie. Après qu'elle eut reçu le baptême, je la vis s'affoiblir à mesure qu'elle se fortifioit dans la nouvelle

foi qu'elle avoit professée. Le Pophar s'en étant
apperçu, vint, les yeux baignés de larmes, me
dire qu'il étoit sans fille, & que j'étois sans
épouse. Extrêmement borné sur les matières de
médecine, je ne croyois pas si près ce coup qui
déchira mon cœur ; je volai dans les bras de
mon épouse ; mon fils qui avoit la faculté de
sentir, (le sentiment est en effet de tout âge)
sans avoir celle de savoir pourquoi il étoit
sensible, fut ému de ma situation & de celle
de sa mère ; il jettoit des cris perçans accompagnés des noms de père & de mère ; il auroit
affecté le marbre même : le naturel dans les ames
bien nées parle de bonne heure. Mon épouse à
qui ses forces épuisées permettoient à peine de
s'exprimer, plus pénétrée de mon état que du
sien, rappella tout ce qui lui en restoit, & me
dit d'une voix assurée : foible époux ! quoi Gaudence, c'est à toi que je dois la fermeté avec
laquelle je vois approcher ce terrible, que dis-
je, cet heureux moment ; & tu succombes ? Est-
ce ainsi que, soumis aux volontés de ton Dieu
qui est devenu le mien, tu reçois ses ordres
suprêmes ? ah ! ma foi quoique naissante, mais
plus vive & plus forte, adore d'avance le
coup que la mort dont il a triomphé va me
porter...... Mon père...... je le vois ce Dieu
dans le sein de sa gloire, il me tend les bras,

il vous les ouvre.... Que je rentre dans ses mains avec l'espoir assuré que vous mourrez fidèle adorateur de ses perfections..... Mon époux, mon fils, mon père, vous pleurez! eh quoi! je ne lui appartiens que depuis un instant, à peine suis-je son bien, & déjà vous voulez le lui arracher....... Ah! vos soupirs irritent sa colère, & je sens qu'il ne veut exercer sur moi que sa bonté. Laissez-moi voler vers ce Dieu plein de charmes, cher Gaudence, vertueux époux, c'est à ta tendresse pure que je dois la félicité qui m'attend, je ne l'oublierai jamais: vis, mais que ta vie soit un sacrifice continuel de ta reconnoissance & de la mienne... Je vois...... Ah ciel! que vois-je....? Que de gloire l'environne! quel trait de lumière tombe de son trône sur la Mezzoranie......! Heureux Mezzoraniens........! Ma mère aux pieds de son trône, mère bienheureuse, tendez la main à votre fille...... Ce pieux transport fut suivi d'un silence contemplatif; ses yeux élevés vers le ciel, sembloient être arrêtés sur l'immensité de l'être qu'elle alloit posséder: mais elle revint, & saisissant ma main avec la tendresse la plus expressive... Fais-moi, me dit-elle, répéter avec toi, avec mon fils, le vœu solemnel que je lui ai fait de vivre & de mourir dans sa foi. Que ta voix, que celle de mon fils, (la vérité fort de fa bouche) que la mienne, foutenue du feü de vos prières, engagent le nouveau, mais le feul Dieu que j'adore, à me recevoir dans fon fein..... Elle s'élança vers nous: venez, vous qui m'êtes chers....... venez, que mourant dans vos bras, je rende à mon Dieu le dépôt qu'il m'a confié.... Je fens...... Adieu Gaudence...... Mon fils, je vous embraffe...... Mon père, foyez chrétien....... Mon Dieu, ne m'abandonnez...... ô mon Dieu...... Une crife la fit évanouir; mais quelques inftans après fon ame faifant un dernier effort pour brifer fes liens, lui fit jetter fur nous fon dernier regard. A peine eut-elle prononcé une fois le nom de Dieu, que fon efprit s'envola dans le fein de l'éternité. Je tins ma bouche collée fur la fienne: que ne fis-je point pour lui communiquer ma vie! mais, hélas! il falloit une plus belle ame que la mienne pour ranimer un fi beau corps.... Enfin je la perdis.

Plus le ciel nous voit répondre fidèlement à fes faintes volontés, plus il nous éprouve; la mort de mon époufe fut fuivie de celle de mon fils, par un accident particulier, dont le détail devient inutile dans mon hiftoire. Le Pophar y parut plus fenfible que moi, fans doute parce que plus âgé que moi, il voyoit dans ce lien qui l'attachoit encore plus étroitement à la fociété, le feul rejetton fur lequel il fondoit les efpérances de perpétuer fon fang. La fermeté que je fis paroître dans toutes ces pertes, dont la moindre ne pouvoit être réparée, lui donnèrent de plus en plus de hautes idées de notre religion. Point d'inftant, point d'événement que je ne rapportaffe à cet objet: tous nos entretiens rouloient fur ce point le plus important de tous: mais il n'étoit pas homme à fe laiffer convaincre par des raifons ou fóibles ou apprêtées. Il vouloit voir la vérité toute nue, ou dumoins en entrevoir autant qu'il en faut, pour faire rendre la raifon qui cherche de bonne foi la lumière.

Je m'apperçus que tous nos derniers entretiens avoient fait beaucoup d'impreffion fur l'efprit d'un homme auffi éclairé; la vérité agit avec plus de puiffance fur un efprit abattu & confterné. La docilité fuit l'infortune; & le Pophar étoit devenu le plus malheureux de tous les hommes, par la fenfibilité trop vive qu'il montroit dans les pertes que nous venions de faire: tant il eft vrai, que la fageffe qui n'a point Dieu pour principe & pour objet, n'eft qu'une fauffe fermeté, ou, pour mieux dire, n'eft qu'une foibleffe déguifée.

Il me parut déterminé, dès qu'il auroit rempli le tems de fa régence, ce qui devoit être

dans un an, à profiter du voyage du Caire, pour
venir, avec moi, en Europe, examiner les chofes
dans leur fource, croyant, avec raifon, qu'il ne
pouvoit prendre trop de peine, pour s'éclairer
fur une matière auffi importante.

En mon particulier, malgré la beauté & les
richeffes du pays, je ne pus goûter aucun plaifir
dans un lieu où j'avois perdu ce qui m'étoit le
plus cher au monde : le tems même, loin de
diminuer ma douleur, me rappelloit fans ceffe
le trifte fouvenir de mon infortune. Tout ce
qui me confoloit le plus, étoit d'avoir baptifé
de ma propre main, ma mère, mon époufe &
mon enfant. Que de fujets de réflexion fur l'inf-
tabilité du bonheur de ce monde, pour un
homme qui s'attendoit à en jouir long-tems !
Hélas ! tout avoit difparu comme un fonge ;
l'adorable Sophrofine n'étoit plus.

Le Pophar n'étoit pas moins affligé que moi :
il avoit perdu fa fille unique & fes petits-enfans :
la mort de mon fils, dont vous voyez le portrait,
lui avoit caufé, fur-tout, une douleur mortelle.
Les malheurs nous font fouvent falutaires : ceux
que le Pophar venoit d'éprouver, le difposèrent
davantage à écouter les vérités de notre divine religion, qu'il fe propofa d'étudier & d'approfondir.

Une autre raifon encore plus forte me por-

Y iv

toit à folliciter le Pophar de me permetire de
retourner dans mon pays natal, & de m'y accompagner ; c'étoit le foin de mon ame. J'avois
vécu tant d'années fans pouvoir m'acquitter
des devoirs que l'églife nous impofe, que l'inquiétude de mourir fans me réunir à elle, me
tourmentoit fans ceffe. Cependant, pour faire
tout le bien qui dépendoit de moi, dans un pays
où j'en avois été comblé, ne devant plus y refter
qu'un an, je fis fentir au régent que le royaume
pouvoit être expofé à des invafions du côté du
tropique méridional, ou du moins qu'on n'étoit
point fûr qu'il n'y eût pas, de ce côté-là, des lieux
habitables, d'où il pouvoit être plus facile d'a-
border en Mezzoranie, que par les fables de la
Lybie & de l'Egypte. Ce n'étoit pas la première
fois que je l'entretenois de ces doutes ; je lui di-
fois fouvent que, quoique le pays fût inacceffible
vers l'Egypte, à tout autre qu'à nous, il étoit
cependant poffible que du côté oppofé, il fût
plus voifin du grand océan, ou que les fables
fuffent moins étendus qu'on ne penfoit ; & que,
par conféquent, il étoit à craindre que, dans la
fuite, un peuple barbare ne le découvrît, & ne
vînt troubler la paix des habitans, fans qu'ils
fuffent en état de s'y oppofer.

Ce qui me confirma dans mon idée, étoit
que, du haut des montagnes de la Mezzoranie,

fituées au midi, j'avois apperçu des nues qui s'étendoient toujours vers la même partie de l'horifon. Je m'imaginai que ce pouvoit être des brouillards qui couvroient les fommets de quelques grandes montagnes, au bas defquelles il devoit y avoit des vallées habitables.

Pour prévenir tout danger, nous réfolûmes, le Pophar & moi, d'aller à la découverte ; &, après avoir communiqué notre deffein au con-feil des cinq, du fecret defquels nous étions fûrs, & nous être munis de tout ce qui nous étoit néceffaire dans notre voyage, nous par-tîmes pour l'extrêmité méridionale du royaume, ne menant avec nous que cinq perfonnes, & ne prenant de provifions que pour dix jours, parce que nous comptions revenir au bout de cinq, &, à notre retour, prendre d'autres me-fures, au cas qu'il nous fallût aller plus loin pour vérifier nos foupçons. Nous allâmes, fans nous détourner, vers le point de l'horifon, où j'avois remarqué que l'air paroiffoit toujours chargé de brouillards.

Le troifième jour de notre voyage les déferts nous parurent bien moins arides que nous ne le croyons : le terrein devenoit même affez ferme ; & le quatrième jour nous vîmes un peu de mouffe & quelques arbriffeaux épars, ce qui nous fit juger que nous ne tarderions pas à trouver un lieu habitable. En effet, dès le soir du même jour, nous découvrîmes les sommets des montagnes, plus éloignées, à la vérité, qu'elles ne nous l'avoient paru d'abord, de forte que, quelque diligence que nous fissions toute la nuit & lendemain, nous n'y pûmes arriver que le cinquième jour au soir.

Nous y trouvâmes une source d'eau excellente, dont nous bûmes avec grand plaisir ; nous n'osions ni dormir, quoique nous fussions extrêmement fatigués, ni marcher à l'aventure dans un lieu que nous ne connoissions pas. Le lendemain matin nous montâmes sur le sommet de la plus haute des montagnes, d'où nous découvrîmes une grande étendue de pays, entrecoupé de rochers & de précipices, & aussi stérile que les Alpes, si vous en exceptez quelques vallées assez fertiles, & des bois, dont les arbres étoient fort élevés, mais très-rares. Nous n'y vîmes pas la moindre trace d'habitans : ainsi voyant que nous ne manquerions pas des choses nécessaires pour la vie, nous ne nous mîmes pas en peine de nous remettre sitôt en chemin. Nous errâmes de tous côtés pendant cinq jours parmi les rochers & des précipices affreux. Le terrein commençoit à s'applanir vers la droite, mais les montagnes sembloient se multiplier vers la gauche.

Nous étions dans un des endroits les moins pratiquables des rochers, lorfqu'un de nos compagnons crut appercevoir quelque chofe qui reffembloit affez à un homme affis, auprès d'un petit ruiffeau, fous un rocher extrêmement efcarpé, précifément au-deffous. Nous détachâmes trois hommes de notre compagnie pour l'empêcher de fe fauver dans le bois, pendant que le Pophar & moi avancions vers lui, à pas lents. Dès qu'il nous vit, il fe fauva & difparut dans l'inftant. Nous remarquâmes à peu-près l'endroit où il s'étoit enfui ; & fûrs qu'il ne pouvoit pas nous échapper, nous nous mîmes tous à le chercher ; enfin nous le découvrîmes dans le creux d'un rocher, où il avoit coutume de fe retirer. Son lit étoit fait de feuilles féches & de mouffe, & dans un coin étoient différentes fortes de fruits fecs, dont il vivoit. Il parut étonné à notre vue ; & voyant que nous étions cinq à boucher l'entrée de fa caverne, il fe mit en devoir de fe défendre, au cas que nous vouluffions l'arrêter. Nous vîmes, en le regardant de plus près, qu'il avoit encore fur le corps des lambeaux d'un habit déchiré, avec un refte de ceinturon, ce qui nous fit connoître qu'il étoit Européen. Le Pophar lui demanda en langue franque qui il étoit, & par quel hafard il fe trouvoit dans ces déferts ? Il fecoua la tête pour

marquer qu'il ne nous entendoit pas. Je lui parlai
à mon tour en François, en Italien & en Latin,
mais il ne comprenoit aucune de ces langues.
A la fin il s'écria : *Inglis, Inglis.* J'avois appris
un peu d'Anglois pendant que je faisois mes
études à Paris. Sachant que mon père souhaitoit
que j'apprisse plusieurs langues, j'avois fait connoissance avec des Anglois & des Ecossois, qui
étudioient comme moi aux Quatre-Nations, &
m'étois lié d'amitié avec le père Johnson, bé-
nédictin Anglois, de sorte que je parlois cette
langue assez bien pour un étranger. Je dis donc
à notre sauvage de ne rien craindre, & qu'on
ne lui feroit aucun mal. Dès qu'il m'eut entendu parler, il vint à nos pieds : ayez, dit-il,
pitié d'un malheureux que la fortune s'obstine à
persécuter ; le juste ciel ne laissera point cette
œuvre de charité sans récompense : je vois en
vous quelque chose de divin qui dissipe mes
craintes, & répand dans mon ame une secrette
joie. Voilà mon songe accompli ; c'est Dieu qui
vous envoie ici pour me sauver. Il avoit plus
l'air d'une bête sauvage que d'un homme ; ses
cheveux, sa barbe & ses ongles étoient effroyables ; son visage hideux & décharné : il paroissoit être d'un tempérament fort & vigoureux ;
&, malgré le triste état où il étoit réduit, on remarquoit encore dans son air quelque chose de
distingué.

Il nous dit que son père étoit un négociant opulent qui commerçoit aux indes orientales, & sa mère Hollandoise, & native de Batavia; qu'il avoit été élevé à Londres; mais que son père, dont il n'étoit que le fils naturel, l'ayant abandonné, il avoit été obligé d'aller implorer le secours des parens de sa mère; que, par son courage & son application, il s'étoit ouvert un chemin à la fortune, & avoit été fait lieutenaut aux gardes Hollandoises à Batavia; mais qu'il avoit fait naufrage sur les côtes d'Afrique, dans une expédition secrette dont il avoit été chargé, & que, s'étant trop avancé dans le pays avec ses compagnons, qui étoient au nombre de quatre, pour chercher de quoi vivre, ils avoient été pris par des sauvages, qui leur avoient fait faire un chemin très-long par des routes inconnues dans le continent, à dessein de les manger dans la suite, ou de les sacrifier à leurs idoles : sort affreux que les autres avoient subi ; mais qu'ils l'avoient réservé, comme étant le plus gras, pour une grande fête qu'ils devoient célébrer peu de tems après. Heureusement pour lui les sauvages qui l'avoient pris, furent attaqués par un détachement de leurs ennemis; ils en vinrent aux mains ; &, dans le fort de la mêlée, il se déroba à leurs yeux, & se sauva dans le plus épais de la forêt. Il marcha toute la nuit, fans favoir où il alloit; &, après avoir erré de montagne en montagne, & de bois en bois, il arriva à un défert fablonneux, qu'il réfolut de traverfer ou de périr, plutôt que de retomber entre les mains de ces cruels antropophages. Il fut deux jours & deux nuits fans boire, ne vivant que de fruits fecs, jufqu'à ce qu'il eût rencontré ces montagnes, qu'il avoit choifies pour le lieu de fa demeure, parce qu'il n'y avoit point vu de traces qui lui indiquaffent qu'elles fuffent habitées. Enfin, il nous apprit qu'il y avoit plus de cinq ans qu'il vivoit dans cette folitude affreufe, fans favoir où il étoit, ni par où il pouvoit en fortir.

Après lui avoir promis de lui procurer une vie douce & tranquille, je lui demandai de quel côté, à-peu-près, il penfoit qu'étoit l'océan, & combien il croyoit que nous en étions éloignés. Je crois, dit-il, que la mer doit être de ce côté-là, en regardant vers le fud, & fe détournant un peu vers l'eft, & qu'il peut y avoir d'ici trente ou quarante journées de chemin : mais je vous confeille de ne jamais aller par-là, car vous n'échapperiez pas à la cruauté des fauvages : tout ce pays eft habité par eux, & fans doute, ces lieux le feroient auffi, s'ils n'avoient pas été effrayés de ces fables qu'un danger preffant m'a fait traverfer.

Pendant qu'il parloit, le Pophar l'avoit examiné attentivement. Quel monftre, me dit-il à
l'oreille, avons-nous trouvé ici ? de quelle lé-
gion d'animaux cet homme eft poffédé ! je vois
le lion, le bouc, le loup & le renard réunis
en lui. Je ne pus m'empêcher de fourire de la
métaphore du Pophar, à qui je dis que nous faurions nous garantir de leur malice. Me tournant
enfuite vers l'Anglois, je lui demandai s'il promettoit de fe conformer aux loix & aux ufages
du pays où nous avions deffein de le conduire:
fi vous êtes, lui dis-je, homme de bien, vous
y jouirez des agrémens d'une aimable fociété,
& vous y vivrez dans l'abondance. Je fuis prêt,
me répondit-il, à embraffer telle loi & telle religion que l'on voudra, pourvu qu'on me mène
feulement dans un pays habité. Ces dernières
paroles me révoltèrent, & me perfuadèrent que
la fcience du Pophar étoit mieux fondée que je
ne croyois: cependant, nous lui accordâmes de
venir avec nous, à condition qu'il fe laifferoit
bander les yeux jufqu'à ce qu'il fût arrivé. Cette
propofition l'effraya, & il commença à fon tour,
à nous mefurer des yeux: la défiance paroiffoit
dans tous fes mouvemens: mais enfin, ne pouvant jamais être plus malheureux qu'il l'étoit,
& flatté de quelqu'efpérance, il remit fon fort
entre nos mains.

Nous ne fongeâmes pas à aller plus loin, la rencontre de cet homme nous ayant procuré les éclairciffemens qui avoient été l'objet de notre voyage ; ainfi nous lui mîmes un bandeau devant les yeux, & le menâmes tantôt à pied, tantôt fur un de nos dromadaires de relais, jufqu'à ce que nous fuffions arrivés au lieu d'où nous étions partis.

Nous lui fîmes voir alors dans quel heureux pays il étoit, & lui donnâmes des habits femblables aux nôtres ; il parut rempli d'admiration & de joie, mais je vis bien qu'elle n'étoit pas fincère, & que notre défiance excitoit la fienne. La lâcheté du cœur tranfpire toujours à travers les dehors les plus féduifans. Quiconque gravera profondément cette vérité dans fon ame, apprendra infenfiblement à diftinguer un cœur porté à l'ingratitude, de celui qu'un vrai fentiment de reconnoiffance anime.

Il m'embraffa les genoux avec toutes les marques de la reconnoiffance la plus vive, mais qui m'étoit fufpecte ; il fe conforma, fans héfiter, à tous nos ufages ; il ne fe fit aucun fcrupule d'affifter à toutes les cérémonies idolâtres des Mezzoraniens avec toute la vérité de l'extérieur d'un payen. Je pris delà occafion de lui dire que j'avois appris que les habitans du pays où il avoit été élevé, étoient chrétiens, & que
j'étois

j'étois surpris de voir qu'il ne faisoit aucune difficulté d'adorer le soleil. Bon, me dit-il, il n'y a
que les simples qui sentent de semblables scru-
pules; pour moi j'ai l'ame fort au-dessus de pareils préjugés; je m'accommode de toutes les
religions, & crois que l'une vaut bien l'autre;
tous les gens d'esprit de ma nation pensent de
même. Je vis par-là que notre sauvage étoit de
la société des Politici, dont j'avois entendu
parler avant mon départ d'Italie; vrais athées
au fond du cœur, quoiqu'ils n'en convinssent
pas. Le Pophar étoit trop bon physionomiste,
pour vouloir jamais s'entretenir avec ce malheureux; il m'ordonna seulement de veiller de
près sur toutes ses actions.

Cependant les éclaircissemens qu'il nous avoit
donnés ayant vérifié mes conjectures, il fut
résolu dans le grand conseil, tenu à ce sujet,
qu'on fortifieroit la montagne la plus éloignée
du côté du midi, & qui étoit assez avancée
dans le désert, afin de se garantir des irrup-
tions des barbares habitans du continent.

Les anciens alloient fermer leur assemblée
dans l'instant que El-dara-Alim (1) se présenta;
c'est l'époux de cette Aménophile qu'un amour
criminel avoit conduite, comme je l'ai déjà dit,

_____

(1) Dieu-donné.

dans le lit nuptial, & dont la paffion infame eft la caufe principale de tous mes malheurs. Les anciens, l'ayant apperçu, lui dirent : eh bien ! notre cher fils, êtes-vous toujours dans le généreux, mais trifte deffein, de vous féparer, par tendreffe, d'une époufe qui vous aime, & que vous adorez ?

Ce difcours étonna le Pophar ; il ignoroit l'état de la queftion ; le confeil des cinq n'avoit point voulu la décider qu'il ne fût de retour du voyage que nous venions de faire pour la sûreté du pays ; d'ailleurs, il étoit néceffaire de l'attendre, parce que, fi les parties n'avoient point été contentes du jugement, elles en auroient pu appeller au Pophar. Sa préfence, dans le confeil, donne aux jugemens une force décifive ; on ne peut point en revenir ; cela fe pratique principalement dans les cas que leurs ancêtres n'ont pas prévus par la loi ; celui-ci étoit des plus nouveaux.

Le Pophar fit approcher El-dara-Alim : venez, mon fils, lui dit-il, voyons de quoi il s'agit. El-dara-Alim lui dit : mon père, depuis que j'ai époufé Aménophile, je n'ai point ceffé de bénir le foleil de m'avoir uni à tant de vertus, & à tant de beautés. Aménophile, faite pour être heureufe, & pour faire le bonheur d'un époux, doit néceffairement trouver

fon malheur en moi, & faire toute mon infortune : plus elle eft difcrette fur l'accident
dont je fuis affligé, & plus ma reconnoiffance
exige de moi que je me fépare d'elle pour
la laiffer maîtreffe d'aller chercher le bonheur qu'elle mérite, dans d'autres bras que les
miens. Depuis un an, une paralyfie a frappé
en moi cette partie par laquelle nous perpé-
tuons notre être ; moins je fuis en état de reconnoître les tendres prévenances, les égards,
& les affectueufes attentions d'Aménophile,
plus elle les redouble, & plus je fens mon
malheur. Imaginez-vous, mon père, d'état plus
cruel, que celui d'avoir toute la force de la volonté, avec toute la foibleffe de l'impuiffance?
N'eft-il pas jufte que je cherche à affoiblir mes
defirs, en m'éloignant de l'objet qui les fait
naître, plutôt que de le rendre l'infortunée
victime des fiens ? Quelle que foit la vertu
d'une femme, elle veut en trouver la récompenfe. Comment Aménophile la trouveroit-
elle avec moi ? Seroit-ce dans mes defirs, dans
le néant ? Il faut payer d'un prix réel une
vertu réelle. L'homme n'eft point capable de
cette fublimité de fentiment, qui fait que l'on
aime pour le feul plaifir d'aimer. Je demande,
(eh comment pourroit-on me refufer?) que,
puifqu'il eft certain que la nature eft muette

Z ij

en moi, il me foit permis de ne plus parler
à Aménophile, de me féparer d'elle, de rompre
le lien qui l'attache, afin qu'elle ait la liberté
de chercher ailleurs, la récompenfe de fes appas, de fes vertus & de fon caractère.

Le Pophar, qui l'avoit écouté avec beaucoup d'attention, lui demanda fi Aménophile
confentoit à cette féparation. Bien s'en faut,
répondit-il, j'en fais la demande fans qu'elle
le fache ; je prie même cette augufte affemblée de n'en parler qu'après qu'elle aura ordonné qu'Aménophile reprendra fa liberté
première.

Le Pophar délibéra quelque tems avec les
anciens, & dit enfuite à El-dara-Alim que le
confeil ne pouvoit point prononcer fur une
queftion fi délicate, qu'on n'eût entendu Aménophile. On donna ordre de l'amener : El-dara-
Alim s'y oppofoit, difant qu'il n'étoit point en
état de foutenir, dans un cas femblable, la
préfence de fon époufe. L'ordre du confeil
fut exécuté. Aménophile vint ; on fit retirer
fon époux ; elle fut interrogée en particulier ;
elle répondit avec autant de modeftie que de
bon-fens ; elle parut furprife de la demande
de fon époux, & fupplia qu'on le fît paroître.
On le fit venir devant elle ; elle fe jetta à fes
genoux ; elle le pria de lui dire en quoi elle

avoit pû lui déplaire ; que fi elle avoit mérité
fon indignation, elle étoit prête à s'en punir
elle-même de la manière la plus févère. Trop
généreufe, époufe, lui dit El-dara-Alim, levez-
vous, cette pofture n'eft pas faite pour la véritable vertu, encore moins pour la beauté
même ; votre intérêt, que ma reconnoiffance
fait le mien, exige que nous nous féparions.
Voulez-vous avec autant de beauté, avec un
cœur auffi tendre, vivre toujours vis-à-vis
d'un phantôme ? Voulez-vous, pour mettre le
comble à mon malheur, me rendre coupable
d'une telle ingratitude ? Non, Aménophile,
vos careffes, vos égards ne ferviroient qu'à
redoubler notre infortune. Je fuis perdu entièrement, puifque malgré toutes les ref-
fources d'une tendreffe auffi vive & auffi in-
génieufe que la vôtre, je ne me retrouve
point ; plus je fuis fenfible à vos affectueux
épanchemens, plus mes defirs agitent mon
cœur & le déchirent. Ce fupplice eft au-deffus
de ma foible fageffe : & vous-même, quoi que
vous difiez, victime d'une bienféance mal entendue, vous fentez qu'ils ne fervent qu'à
aiguifer les vôtres, qui s'affligent de mon inaction ; de tendre époux que je vais ceffer
d'être, ce feroit devenir bourreau. Quel titre
odieux pour un homme qui aime la vertu !

Vivez loin de moi, vertueuse épouse, je vous rends le droit de vous pourvoir plus heureusement ; oubliez à jamais un malheureux qui auroit fait, pendant toute sa vie, son suprême bonheur de vous aimer, s'il eût été en sa puissance de vous donner des marques assurées de son amour.

Aménophile l'embrassa tendrement. Eh quoi ! lui dit-elle, cher & infortuné El-dara-Alim, époux plus chéri que l'air que je respire, si je vis avec toi, je vis avec la vertu même : eh ! n'est-ce pas-là le suprême bonheur ? Quelle ame assez cruelle s'est emparée de toi, pour t'inspirer ainsi de m'enlever les charmes de ma vie ? Crois-tu, ajouta-t-elle en le serrant étroitement dans ses bras, que cet accident diminue l'amour que j'ai pour toi ? Non, El-dara-Alim, si tu n'en étois pas toi-même si touché, peut-être (tu dois m'en croire) en remercierois-je le soleil. Ignores-tu que telle est, en amour, la nature des desirs, qu'ils s'éteignent à mesure qu'on les satisfait. Tu les crois éternels, cher époux, parce que tu en sens la violence. Tu juges de l'avenir par le présent ; tu te trompes ; plus on les remplit, & plus ils s'affoiblissent ; ton impuissance assure mon bonheur. Ces desirs que mes foibles appas font naître, ne seront jamais altérés ; tu desireras sans jouir ; tu ne seras point exposé à cette satiété qui est le funeste principe de l'indifférence ; ou plutôt, cher époux, périsse à jamais cette beauté, qui, en irritant tes desirs, fait ton malheur. Oui, je cesserai d'être belle pour devenir plus aimable. Mais quoi ! je ne t'ébranle point ! Ah ! je le vois bien : tu ne connois pas toute ma délicatesse. Eh ! que sont les plaisirs que tu regrettes, & auxquels tu as l'injustice de me croire si attachée ? Que sont-ils sans l'amour ? Mais aussi, qu'est-ce que l'amour, quand il est satisfait ? Aimons-nous, mais de cette amitié dont les mouvemens sont si doux, parce qu'ils sont fondés sur une estime également nécessaire & réciproque. Après m'avoir fait partager tes plaisirs, pourquoi veux-tu priver ma reconnoissance du bonheur de partager tes peines ? El-dara-Alim, laisse-toi fléchir, ou détermine-toi, si tu persistes dans le funeste dessein de me quitter, à me voir expirer à tes yeux. Je t'aime, El-dara-Alim, mais avec grandeur, & non de ce sentiment qu'une passion fougueuse inspire. Je t'aime, prends garde à ta réponse, ta résistance irrite mon cœur. Si tu me refuses, tu me crois indigne de toi ; c'en est assez, & je suis offensée. Mais souviens-toi que la juste colère d'une femme est aussi ingénieuse que sa tendresse, & qu'elle se venge

néceffairement...... De qui me venger. ....
reprit-elle avec tranfport, d'un autre moi-
même, d'un époux pour qui je voudrois ré-
pandré tout mon fang ? Mon père, dit-elle
enfuite au Pophar, mon fort eft dans vos
mains ; j'embraffe vos genoux. Arrachez-moi
le cœur plutôt que de m'arracher à El-dara-
Alim ; mon cher père, cette vertu qui vous
furprend, & que vous admirez, eft le fruit de
vos fages confeils ; faites que j'en jouiffe toute
ma vie avec l'époux le plus digne.............

*Il faut fans doute qu'il fe foit égaré quelque feuille
de cet endroit. On n'y trouve ni la fin de cette
efpèce de plaidoyer, qui paroît affez intéreffant, ni
le jugement du Pophar. Il eft certain qu'il étoit très-
aifé de fournir à ces deux objets ; mais nous ne
fommes que tradücteurs ; notre deffein eft de fuivre
l'original, quoiqu'imparfait, plutôt que d'en impo-
fer au lecteur. Il veut être refpecté, & nous favons
qu'il le mérite. On trouve cependant dans une partie de page déchirée, qu'on éleva deux ftatues à ces
deux époux.*

Je reprens notre fauvage européen ; on peut
bien lui donner ce nom. Il étoit plus à craindre, dans une république, que les Hykfoës
même ; quoiqu'il eût reçu une éducation paf-
fable, & qu'il lui reftât encore quelques idées
des belles lettres, il n'avoit aucun fond de

favoir ni de reflexions ; fes vices & fon li-
bertinage l'avoient aveuglé & plongé dans l'a-
bîme de l'irréligion ; fes actions le firent bientôt connoître. Il prenoit des familiarités avec
nos femmes & nos filles ; tout lui étoit égal ;
mais ce qu'il y a de plus furprenant, c'eft que
celles-ci commençoient à le fouffrir & même
à le goûter. Le defir de la nouveauté fut, de
tout tems, le péché originel du fexe. Il fe mit
enfuite à critiquer notre gouvernement, à méprifer & à condamner toutes nos cérémonies
& tous nos réglemens ; mais fur-tout il s'efforçoit de corrompre notre jeuneffe, de l'engager à prendre toutes fortes de licences, &
de lui infinuer que, felon la nature, il n'y
avoit aucun mal moral, ni rien de blâmable
dans les plus grands crimes, dès qu'on pouvoit
éviter la punition & fe fouftraire aux loix.

Comme j'avois tâché de gagner fa confiance
pour mieux favoir tous fes deffeins, il me vint
trouver un jour, & me dit, que, puifque j'étois
Européen comme lui, il ne tenoit qu'à nous
de faire une belle fortune en nous liguant enfemble. Ces hommes fimples, continua-t-il, ne
favent pas faire la guerre, comme vous voyez,
& le fang leur fait peur : montrez-moi feulement le chemin pour fortir de ces lieux ; &
bientôt, fecondé d'une troupe de braves fol-

dats, je viendrai vous rejoindre ; nous jetterons l'épouvante dans ces esprits timides : ils seront forcés de céder à nos armes ; nous nous emparerons de leurs richesses immenses, & nous nous ferons les rois du pays.

J'écoutai son discours avec indignation ; mais je dissimulai, pour mieux sonder la noire profondeur de sa malice, & lui répondis en ces termes : Votre projet est élevé, l'exécution m'en paroît même assez sûre ; mais avez-vous mûrement réfléchi sur les moyens que vous me proposez ? Pour moi, je vous avoue qu'ils me font peine. Pensez que nous tenons du Pophar le bonheur dont nous jouissons vous & moi ; il m'honore de toute sa confiance ; il vous a délivré du plus cruel état : ne seroit-ce pas le comble de l'ingratitude, que de nous armer contre lui ? D'ailleurs, pourrions-nous posséder en paix une conquête arrosée du sang de mille innocentes victimes qui se dévoueroient à la mort, plutôt que de perdre la liberté ? Si vous voulez que je vous prête les mains, donnez-moi des raisons qui tranquillisent mon ame ; car l'entreprise me paroît injuste, & me causeroit des remords de conscience éternels. Des remords de conscience ! reprit-il, mais vous n'y pensez pas ; laissez cette morale à des prêtres & à des moines gagés pour la prêcher, & qui s'en-

graiffent aux dépens de l'imbécille crédulité
des hommes : pour moi, je ne connois d'autre
loi que celle du plus fort ; quand on eft puiffant, on a toujours raifon : tout le monde en
juge ainfi. Augufte n'eut jamais paffé pour grand
homme, s'il n'eût pas vaincu Antoine. Avoit-il
plus de droit que lui à l'empire romain ? Et
qu'eft-ce que l'injuftice dont vous vous mettez
tant en peine ? C'eft un être imaginaire, dont
on veut nous donner des idées réelles : c'eft la
fuppofition d'un mal qui n'a jamais exifté, ou
plutôt une erreur fucée avec le lait, dans laquelle on veut nous entretenir, à l'ombre d'un
vain phantôme de religion. Voilà comme on
nous met, dès notre tendre enfance, un voile
impofteur devant les yeux, pour mieux nous
enchaîner dans la fuite ; mais un homme raifonnable déchire ce voile odieux, brife fes
entraves, & prend un heureux effor. Ce que
vous regardez à préfent comme une injuftice,
vous le verriez bien d'un autre œil, fi vous
étiez roi. Ne fongeons plus qu'à le devenir ; il
y va de votre gloire & de la mienne : étouffez
vos fcrupules ; ce font des enfans aveugles du
préjugé, qu'il faut immoler au noble projet que
nous méditons ; l'ambition, le courage & la
fermeté font les feules vertus que je reconnoiffe ;
tout le refte n'eft rien. Je penfai trois fois l'in-

terrompre, & le traiter comme il le méritoit ;
mais je me fis violence, & lui dis, quand il eut
cessé de parler : cette affaire mérite une sérieuse
attention ; gardez-en bien le secret ; je vais y
réfléchir.

J'allai d'abord trouver le Pophar, à qui je
racontai ce que je venois d'entendre, & qui
fit convoquer le conseil. Mon récit le fit frémir
d'horreur. Quel infâme ! dit-il. Est-il possible
qu'il y ait, dans la nature, un monstre si odieux !
O mon fils, que venez-vous de m'apprendre !
Prétendre que l'injustice n'est qu'un être imaginaire, que la religion n'est qu'un vain phantôme ! Le malheureux qu'il est ! il prouve le
contraire par sa méchanceté même, puisque,
si tous les hommes pensoient comme lui, le
monde ne seroit qu'un théâtre de carnage
& d'horreurs ; il n'y auroit plus d'ordre, sans
lequel les républiques, les royaumes & les em-
pires seroient déchirés par les plus cruelles di-
visions, & tomberoient dans une confusion
épouvantable ; le plus puissant voudroit accabler le plus foible ; le plus foible, l'emporter
sur le puissant, & les plus déterminés au crime
seroient les plus heureux. Vous verrez que
cet ennemi de Dieu & de la nature périra
misérablement ; j'aurois une mauvaise idée
des Européens, si je ne vous connoissois pas.

Je lui répondis qu'ils avoient des fentimens bien différens des fiens ; que même ceux de fa nation étoient, généralement parlant, les hommes les plus doux & les plus compatiffans ; mais qu'il étoit d'une fecte d'impies qui fe nommoient déiftes, & dont les principes déteftables tendoient à fapper les fondemens de toute religion ; qu'ils n'avoient d'autre règle que leurs paffions ; & que, fans la crainte des châtimens, ils fe porteroient aux derniers excès : tels enfin que l'homme dont nous parlons. Eh bien, reprit le Pophar, qu'on l'enferme, en attendant que Dieu venge fes droits & ceux de la nature, fi indignement outragés ; qu'il foit privé du jour & de la fociété des hommes, qu'il empoifonneroit de la contagion de fes pernicieufes erreurs : ou plutôt, reléguons-le dans fon défert ; qu'il habite l'antre affreux où nous l'avons pris, & qu'il trouve en lui-même, fon bourreau & fon fupplice. Je lui repréfentai qu'étant à la veille de partir pour le Caire, nous pouvions l'y mener les yeux bandés ; & lui donner, à notre arrivée, la liberté ; mais, qu'en attendant, il falloit le tenir étroitement renfermé.

Chacun fut de mon avis : ainfi je pris avec moi fix hommes pour l'arrêter, car il étoit d'une force extrême. Nous furprîmes l'infame couché avec une jeune femme du pays, &

nous le conduisîmes pieds & mains liés dans un cachot. La femme fut punie felon les loix. Se voyant pris, il m'accabla d'injures, & me reprocha d'avoir abufé de fa confiance. Quoi! lui dis-je, c'eft donc un crime de découvrir vos coupables fecrets, & vous croyez que ce n'en eft pas un de bouleverfer un état, & de rougir fes mains du fang de fes femblables? apprenez par la juftice qu'on vous fait, à connnoître l'injuftice. Je le quittai enfuite pour lui laiffer le tems de réfléchir fur fon état.

Quelques jours après, j'allai le trouver, & lui dis, que notre confeil avoit décidé qu'on lui rendroit la liberté, & qu'on le renverroit dans le defert où nous l'avions trouvé. Ah quelle funefte liberté! repliqua-t-il; qu'on me condamne plutôt à mort. Ces lieux font peut-être à préfent infeftés de fauvages; vous voulez donc que j'en fois dévoré? vous n'auriez pas cette cruauté? pourquoi de la cruauté? repris-je, vous n'y penfez pas. Quel tort vous feront-ils? ne font-ils pas bien en droit de vous manger dès qu'ils trouvent votre chair appetiffante, & qu'ils font les plus forts? vous êtes pire que le plus cruel cannibale, il ne touche point à fes amis; mais vous, vous n'épargnez perfonne; pourquoi donc voulez-vous qu'on vous épargne? Il convint que j'avois raifon, promit de se corriger, & me supplia, les larmes aux yeux, de demander sa grace, & de ne pas permettre qu'on le traitât si rigoureusement. Mon cœur s'émût de compassion, & je lui promis de le mener dans un pays, d'où il pourroit aisément s'en retourner dans sa patrie, à condition qu'il souffriroit qu'on prît les mêmes précautions dont on avoit déjà usé avec lui, & qu'il se comporteroit avec modération. Je vous jure, dit-il, en faisant les imprécations les plus horribles, d'être soumis à tout ce qu'on exigera de moi; mais ne me livrerez-vous point aux sauvages? Je l'assurai encore qu'il n'avoit rien à craindre, & que je me ferois conscience de le tromper.

Le tems fixé pour notre voyage au Caire, approchoit, & me flattoit de la douce espérance de revoir encore ma patrie: tout étoit déjà prêt pour notre départ; nous avions, le Pophar & moi, des desseins bien différens de ceux qu'il avoit eus dans ses précédens voyages; & malgré l'impatience où nous étions de les voir accomplis, ce ne fut pas sans peine, que nous quittâmes un séjour si heureux: j'en avois senti toutes les douceurs, mais tout mon bonheur avoit été enseveli avec ma chère Sophrosine.

Le Pophar songeoit sérieusement à se faire chrétien; les vérités de notre religion ne pou-

voient pas manquer de frapper un homme de
fa pénétration ; mais toujours fage & prudent,
il prit le parti de s'en faire inftruire fur les lieux
où elle s'exerçoit avec le plus de liberté & de
fplendeur.

Nous prîmes autant d'or & de pierreries qu'il
en falloit pour fournir à toutes nos dépenfes,
& pour nous faire fubfifter abondamment toute
notre vie. J'allai trouver mon déifte dans fon
cachot ; je lui jettai une quantité de pièces
d'or & de pierres précieufes, qu'il ramaffa
avidement ; mais il changea de couleur en
voyant le fatal bonnet qui lui étoit deftiné. Il
fe fermoit par derrière au moyen d'un reffort,
& enveloppoit toute la tête ; cependant il étoit
fait de manière que l'homme pouvoit refpirer
& manger facilement, mais il lui étoit impoffible de voir à travers. Il l'effaya trois fois avant
que d'ofer confentir qu'on le lui attachât : le
foupçon étoit peint dans fes yeux ; il nous
regardoit comme autant d'ennemis qu'il auroit
bien voulu facrifier à fon reffentiment, mais
la néceffité le fit recourir à des paroles de douceur & de paix. Je fuis, dit-il, entre vos
mains, vous pouvez difpofer de mon fort à
votre gré, je m'abandonne à vous ; mais vous
êtes généreux, & la pitié agit plus dans les
grands cœurs que la vengeance ; ainfi plus je
me

me fuis rendu indigne de vos bontés; & plus vous avez lieu de faire triompher la vertu en me pardonnant. Cet exemple de modération ne fortira jamais de ma mémoire; oui, je me repréfenterai fans cesse que vous m'avez déli-vré d'un état plus affreux que la mort, que vous m'avez traité avec indulgence, & que vous ne vous êtes vengé de mon ingratitude, que par de nouveaux bienfaits. Auriez-vous le courage de perdre un malheureux qui implore votre clémence, touché du repentir le plus amer, & qui ne defire d'être remis en lieu de fureté, que pour y détefter, toute fa vie, fes crimes & fes erreurs.

Ces paroles me firent impreſſion, mais je con-noiſſois trop de quoi l'homme étoit capable pour m'y fier. Il étoit de la prudence de lui dérober la connoiſſance des lieux par lefquels nous de-vions paſſer. Je me gardai donc bien de lui faire ôter le bonnet, & me contentai de renouveller les aſſurances que je lui avois déjà données.

Le jour marqué pour notre départ étant arri-vé, le Pophar & ceux qui devoient nous ac-compagner, fe proſternèrent & baiſèrent la terre, comme ils avoient coutume de faire; j'en fis autant, par refpect pour un lieu qui con-tenoit les reſtes de ma chère Sophroſine; j'em-portai les cendres de fon cœur renfermées dans le creux de la pierre fur laquelle fon portrait eſt peint. Je ne vous entretiendrai pas des céré-monies de nos adieux, une proceſſion lugubre nous accompagna juſqu'au pont où l'on étoit venu nous recevoir qnand j'arrivai en Mezzo-ranie. Je n'eus pas tant de frayeur en traverſant les déſerts, que la première fois; ce qui nous inquiétoit le plus, étoit notre aveugle ſauvage; il faiſoit les hauts cris pour peu que ſon dro-madaire bronchât; l'idée de la mort le faiſoit frémir, quoiqu'il fût ſi hardi en d'autres occa-ſions; cependant, i! n'eut aucun mal. Enfin nous arrivâmes au Caire, ſans accident.

Alorsle Pophar m'ordonna de mettre notre déiſte en liberté. Je défis donc ſon bonnet, & lui rendis la lumière, dont il étoit ſi peu digne de jouir. Nous avons rempli, lui dis-je, notre promeſſe; vous êtes au grand-Caire, vous trouverez aiſement des moyens pour vous en retourner en Europe; &, pour l'en convaincre, je le ménai chez des négocians européens qui le lui confirmèrent: j'ajoûtai en même tems, de nouveaux préſens à ceux qu'on lui avoit faits, en lui recommandant de mener une vie plus régulière, & de ſuivre les exemples de modé-ration que nous lui avions donnés. Je lui rap-pellai, en peu de mots, ſa conduite & nos bon-tés, pour lui faire ſentir la différence qu'il y a entre les hommes qui se conduisent par des principes de sagesse, & ceux qui n'en ont pas; & après l'avoir vivement exhorté à se comporter envers les autres avec équité, & à vivre paisiblement, je lui dis adieu; mais, pour notre malheur, nous devions encore entendre parler de lui.

Dès que le Pophar & les autres eurent visité les tombeaux de leurs ancêtres, nous ne pensâmes plus, ce vénérable vieillard & moi, qu'à nous préparer à partir pour l'Italie. Il ordonna à ses gens de l'attendre au Caire, jusqu'au tems de la prochaine caravane, & leur dit de ne pas s'inquiéter, s'il ne venoit pas les rejoindre dans ce tems-là, parce qu'il avoit des affaires de conséquence qui l'obligeroient peut-être à attendre le retour de la caravane de l'année suivante. Nous fîmes prix avec un capitaine de vaisseau, pour nous mener à Venise; il étoit françois, & se nommoit M. Godart, comme j'ai déjà eu l'honneur de vous le dire, mes révérends pères.

Nous étions prêts à partir, lorsque nous vîmes venir à nous le plus détestable des hommes, à la tête d'une compagnie de Turcs, qui nous arrêtèrent tous, au nom du grand Bassa. Heureusement que, depuis notre arrivée au Caire, la reconnoissance, jointe à un peu de

curiosité, m'avoit porté à m'informer du sort
de la fille du précédent Bassa. J'appris qu'elle
avoit épousé le Sultan, père du jeune empe-
reur, qu'elle étoit régente de l'empire, & que
le Bassa du Caire étoit son frère. Le perfide
anglois nous avoit accusés de crimes contre
l'état, & de nous être emparés d'un pays rempli de richesses immenses, & dont la possession, disoit-il, seroit infiniment avantageuse
au grand-seigneur. Il n'en falloit pas davantage
pour nous faire mettre tous à la question, &
nous ne l'aurions pas évitée, si je n'avois demandé à parler en particulier au Bassa. Je lui
représentai que j'avois sauvé la vie à l'impéra-
trice sa sœur, il y avoit alors vingt-cinq ans,
& lui racontai comment & en quel endroit;
mais je ne lui parlai pas de l'amour qu'elle
avoit eu pour moi, & dont il avoit su quelques
particularités. Je lui fis voir la bague qu'elle
m'avoit donnée en reconnoissance du service
que je lui avois rendu; il la reconnut, & me
dit, avec beaucoup de douceur, cela va bien
jusqu'ici pour vous; mais ce pays & ces tré-
sors, c'est un article délicat dont je veux que
vous m'instruisiez. Hélas! lui répondis-je, ce
pays, seigneur, qu'on vous a tant vanté, est
la retraite d'un troupeau d'hommes échappés à
la fureur des flots; nous y vivons dans la sim-

plicité & dans l'innocence , & n'avons d'autres tréfors que notre induftrie ; mais connoiffez dans celui qui nous a accufés , le plus fourbe , le plus ingrat & le plus méchant des hommes. Depuis cinq ans, il traînoit une vie malheureufe dans un défert aride , où il étoit tous les jours expofé à être dévoré des fauvages. La curiofité y conduifit nos pas , nous le trouvâmes caché fous un roc , il vint fe jetter à nos pieds , nous fuppliant de le conduire dans un pays habité. Il nous dit fa patrie , le pofte qu'il occupoit dans le monde , & les dangers qu'il avoit courus fur mer & depuis qu'il étoit dans ces triftes lieux. Nous fûmes touchés jufqu'au fond du cœur , de voir un homme fi défiguré par la mifère , & l'emmenâmes avec nous. Il ne fut pas plutôt inftallé dans notre petit état , qu'il ne fongea qu'à en pervertir l'ordre , & y femer le trouble & la divifion. Bien loin de nous faire juftice de fon attentat , nous l'avons conduit ici , après-lui avoir fait tout l'avantage qui dépendoit de nous , pour lui faciliter les moyens de retourner à Londres , fon lieu natal ; mais plus on fait de bien à un méchant homme , & plus il veut de mal à ceux dont il le reçoit. Croyez-moi , feigneur , nous n'avons commis d'autre crime que d'avoir réchauffé , dans notre fein , un monftre qui étoit prêt de jetter son dernier soufle. Ce n'est point la passion qui me fait parler ainsi contre lui ; qu'il paroisse devant vous, s'il peut soutenir l'éclat de vos vertus & de vos lumières ; j'ose vous assurer que vous pénétrerez au travers des détours & des feintes dont il est capable d'user, vu la noirceur de son caractère.

Je crus devoir remonter à l'origine des Mezzoraniens, & taire l'accroissement de leur empire, dans la crainte où j'étois que le Bassa ne nous obligeât d'y conduire des troupes pour s'en emparer : au reste, il ne m'en demanda pas davantage, & me parut persuadé de notre innocence ; mais comme il aimoit la justice, il donna ordre qu'on eût à arrêter l'imposteur. Ceux qui furent chargés de cette commission arrivèrent à point, comme s'ils eussent été mandés, pour secourir la fille de la maison où il logeoit : elle étoit jeune, belle, & devoit être mariée dans peu de jours. Ce brutal l'avoit surprise dans son appartement, & vouloit lui faire violence ; elle cria au secours de toutes ses forces ; on enfonça la porte, & l'on se saisit du coupable.

Le Bassa, informé de cette aventure, nous rendit la liberté, & condamna ce scélérat aux galères à perpétuité. Il offrit de se faire turc, si on vouloit lui faire grace ; mais comme on

le connoiſſoit, on lui répondit qu'il deshono-
reroit la religion des muſulmans, & ſur le
champ on le fit marcher. Voyant qu'il n'y avoit
point de pardon à eſpérer pour lui, & ne
pouvant trouver une main plus criminelle
que la ſienne, il ſe tua lui-même d'un coup
de piſtolet.

Le Pophar ſoutint tous ces malheurs avec
une patience merveilleuſe ; ſa plus grande
douleur étoit de voir la nature humaine ſi
corrompue. Je n'aurois jamais cru, me diſoit-
il, ſi je ne l'avois vu, qu'il y eût eu au monde
un homme aſſez impie & aſſez aveugle, pour
agir comme s'il n'avoit rien à craindre, ni à
eſpérer ; mais Dieu eſt juſte, & s'il récompenſe la vertu, il ſait punir le crime: nous en
avons un terrible exemple devant les yeux :
ce malheureux qui fouloit aux pieds les loix les
plus ſacrées, vient de ſe détruire lui-même,
& a vengé, par cette horrible action, les outra-
ges qu'il a faits à l'auteur de la nature ; ainſi
ſoient confondus tous ceux qui lui reſſemblent.
Il ne vouloit plus s'entretenir que de la religion ; tout autre diſcours lui paroiſſoit frivole,
& ce vénérable vieillard étoit tout tranſporté,
lorſque je lui parlois des merveilles que Dieu
avoit opérées.

Cependant il lui tardoit de quitter le Caire

qu'il déteſtoit, & ſon impatience, jointe à quelques avant-coureurs de la peſte dont le pays étoit menacé, nous fit prendre la réſolution d'aller au plutôt à Alexandrie; & pour encourager M. Godart, le Pophar lui fit préſent d'un diamant d'un aſſez grand prix. Nous mîmes à la voile pour Candie, où M. Godart devoit relâcher le 16 août 1712; mais ſoit que les chagrins que nous avions eſſuyés euſſent altéré ſa ſanté, ſoit qu'il ne fût pas accoutumé à l'air de la mer, ou qu'il eût déjà pris l'infection de la peſte au Caire, le Pophar tomba ſi dangereuſement malade, que nous eſpérâmes à peine, pouvoir le mener en Candie. Il m'aſſura par la connoiſſance qu'il avoit de lui même & de la nature, que ſon heure étoit venue. Nous abordâmes à la première terre, où le changement d'air le remit un peu: mais, hélas, ce n'étoit qu'une eſpérance trompeuſe, car nous vîmes tous, en peu de jours, qu'il approchoit de ſa fin. Il me dit alors qu'il étoit réſolu de recevoir le baptême & de mourir chrétien. Je le fis encore inſtruire par le chapelain du vaiſſeau, qui étoit homme de mérite, & que j'avois connu à Paris. J'eus ainſi la ſeule conſolation que je pouvois deſirer, celle de voir baptiſer le meilleur des hommes, & celui qui m'étoit le plus cher. Il mourut peu de tems après , avec un courage, & une réfignation digne, du plus grand héros. Jamais, fi on excepte la mort de fa fille, je ne reffentis de douleur fi vive & fi cuifante. Il me laiffa tous fes effets, qui auroient bien fuffi pour me rendre heureux dans cette vie, fi le bonheur étoit attaché aux richeffes.

Nous avions encore quelques jours à refter en Candie, pour des affaires que M. Godard y avoit. Je me promenois triftement fur le bord de la mer , repaffant dans mon efprit plufieurs aventures de ma vie paffée, dont ce perfide élément, que je contemplois avec attention, avoit été caufe; le hazard conduifit mes pas vers un rocher très-efcarpé, à l'extrémité de l'île, & à deux cens pas de l'eau. J'allois m'affeoir, & donner un libre cours à mes triftes réflexions, quand j'apperçus un turc & deux femmes cachés fous le rocher. J'étois trop occupé de mes propres chagrins, pour avoir de la curiofité; ainfi je m'éloignois de ce lieu, lorfque la plus âgée des deux femmes, qui étoit la maîtreffe de l'autre, voyant à mon habit que j'étois étranger & chrétien, (car j'avois pris l'habillement des européens) courut vers moi, & fe jettant à mes genoux, qu'elle embraffa, elle me pria d'avoir pitié d'une femme malheureufe, qui s'attendoit à tout inftant à recevoir la mort, de la main du plus cruel des hommes, à la violence de qui elle s'étoit dérobée jufqu'en ce lieu. Je la relevai, & crus voir en elle des traits qui ne m'étoient pas inconnus, quoique le tems & l'affliction les euffent beaucoup changés. Elle me reconnut dans le même inftant : o ciel ! s'écria-t-elle ! eft-il poffible ! eft-ce bien vous ? Jugez, mes révérends pères, qu'elle fut ma furprife de reconnoître au fon de fa voix, auffi bien qu'à fes traits, la dame Curde qui m'avoit fauvé la vie, lorfque je fus pris par le pirate Hamet. Je n'ai, me dit-elle, que le tems de vous apprendre que nous fommes pourfuivies par cet homme odieux, qui a voulu vous immoler à fa fureur, & que nous fommes perdues, fi vous ne nous fauvez pas. Je lui répondis dans l'inftant, fans m'arrêter à réfléchir fur ce qui pouvoit en arriver, que j'allois faire mon poffible, pour la délivrer du danger. Je courus auffitôt au vaiffeau ; & à l'aide du turc qui m'y accompagna, je conduifis un bateau à l'endroit où étoit la dame. Je mettois pied à terre pour lui donner la main, dans le moment que quelques turcs vinrent fondre fur nous. Arrêtez, perfide, s'écria l'un d'eux, cette méchante femme ne fe fauvera pas ainfi ; & auffitôt il tira un coup de piftolet qui manqua la dame, & qui alla frapper à mort

le turc qui l'accompagnoit. J'avois pris dans le
vaisseau un cimeterre & deux pistolets, & sur
le champ je fis tomber un de nos trois ennemis.
Hamet, plus furieux que jamais, repartit d'un
second coup, qui perça le bras de la suivante
de la dame; &, prenant son cimeterre, il alloit
lui ôter la vie à elle - même. Je m'avançai à
l'instant le pistolet à la main ; mais je le tirai
avec tant de précipitation, que la balle lui
passa sous le bras & tua son second. Voyant le
feu si près de lui, il recula de quelques pas, &
me donna, par-là, le tems de m'armer de mon
cimeterre. Qui es-tu, me cria-t-il alors, pour
oser défendre au péril de tes jours, la femme la
plus indigne de vivre ? Je suis, lui dis-je, ton
plus implacable ennemi, & je vais venger sa
cause, la mienne, & celle de mon frère. Aussitôt nous nous avançâmes l'un contre l'autre :
la fureur, le désespoir, la rage étincelloient
dans ses yeux & conduisoient son bras : j'obser-
vois tous ses mouvemens pour le surprendre,
& n'en étois pas moins vif, ni moins ardent.
Il étoit plus fort & plus vigoureux que moi,
j'étois plus agile & plus adroit que lui ; il s'é-
puisoit en efforts impuissans ; je ne songeois
encore qu'à parer ses coups : cependant il m'en
porta un qui me blessa au bras ; à mon tour
je le blessai à la joue. Enfin, la justice de ma

caufe l'emporta, car lui ayant abattu le turban
d'un revers de mon cimeterre, & redoublant
le coup à l'inftant fur la tête nue, je lui ouvris
le crâne : il tomba, & expira en pouffant un
profond foupir qu'il accompagna de ces mots :
ô Mahomet, tu es jufte! j'ai tué l'époux de cette
femme, elle me fait périr à fon tour.

Je pris la dame & la menai, avec fa fuivante,
à bord du vaiffeau. M. Godart, qui avoit vu
de loin le combat, fit d'abord beaucoup de difficulté de les recevoir, difant que toute l'île
nous pourfuivroit ; il fe rendit cependant à
mes inftances, & aux préfens que je lui fis
pour le dédommager des effets qu'il étoit obligé
de laiffer, & nous mîmes auffi-tôt à la voile pour
Venife.

La dame eut alors le tems de me remercier
de fa délivrance, & moi celui de bénir ma
deftinée d'avoir trouvé une fi belle occafion
de m'acquitter de ce que je lui devois. Je la
priai de m'apprendre ce qui lui étoit arrivé
depuis que je ne l'avois vue, ajoutant que je
préfumois qu'elle ne devoit pas avoir été fort
heureufe, fous la domination d'un pareil homme.

Il vous fouvient, me dit-elle, de la promeffe
que je fis à Hamet de l'époufer, à condition
qu'il vous fauveroit la vie. Oui, madame,
repartis-je, & je fuis prêt à la rifquer encore

pour vous prouver ma reconnoissance. Vous en avez assez fait, reprit-elle, & continua en ces termes. Hamet, vous ayant vendu au marchand étranger, me mena à Alger, où il exigea de moi l'accomplissement de ma promesse. J'ignorois alors la part qu'il avoit eue dans la mort de mon époux ; au contraire le perfide s'étoit conduit avec tant d'artifice , que je croyois qu'il avoit hazardé sa propre vie , pour sauver celle de mon mari. Il étoit assez bel homme , comme vous l'avez vu ; l'amour qu'il me témoignoit, joint au peu d'apparence que je pusse jamais retourner dans ma patrie , me détermina enfin à l'épouser. Nous vécûmes ensemble quelques années en assez bonne intelligence, bien que je ne me sentisse aucune inclination pour lui ; mais le chagrin qu'il conçut de n'avoir point d'enfant avec moi , fit qu'il me traita dans la suite avec la dernière dureté.

Un de ses amis, qui est celui qui m'accompagnoit , & qu'il a tué lorsque vous m'avez secourue, avoit une belle esclave circassienne, qu'il aimoit éperduement. Hamet la vit & en devint amoureux ; sa passion l'ayant porté à vouloir l'enlever, ils se brouillèrent. Omar , c'est le nom de l'ami de Hamet, qui étoit plus honnête-homme que lui, se tint sur ses gardes ;

fes amis lui conseillèrent de cèder l'esclave à Hamet , mais il ne voulut jamais y consentir ; &
pour la dérober à son rival , dont le pouvoir
étoit à craindre , il aima mieux la remettre entre
les mains de ses parens , qui sollicitoient sa
rançon depuis long tems. Hamet au désespoir
d'avoir perdu sa proie , & me soupçonnant
d'avoir porté Omar à cette action généreuse ,
par un motif de jalousie , ne songea plus qu'aux
moyens de se venger de nous. Il fit venir un
esclave , à qui il promit la liberté , & une
somme considérable d'argent , s'il vouloit le
défaire de son ennemi. Le turc le lui promit ,
& croyant devoir s'associer un second pour
être plus sûr de son coup, il s'adressa à un réné-
gat de sa connoissance. Ce dernier avoit été
esclave d'Omar, & outre la liberté qu'il lui devoit , il lui avoit encore plusieurs obligations.
Soit que l'idée d'une crime si noir l'épouvan-
tât , soit que tout renégat qu'il étoit , il fût
encore susceptible de reconnoissance, & sensible à ce qu'il devoit à son bienfaiteur , il
n'hésita pas d'aller trouver Omar, & de l'instruire de ce qu'on tramoit contre lui ; il ajoûta
que Hamet devoit se remettre en mer incessam-
ment, que son dessein étoit de m'y mener, &
de se défaire de moi, dès que je serois à bord
de son vaisseau.

Sur le champ Omar me fit avertir qu'il avoit à me communiquer des chofes de la dernière importance, & me fupplia de lui indiquer l'heure & le lieu où il pouvoit me voir ; qu'il y alloit de ma vie, & qu'il n'y avoit pas un moment à perdre. Sachant bien que de l'humeur dont étoit Hamet, j'avois tout à craindre, je ne différai pas d'un inftant à le fatisfaire, & de fon côté, il vint exactement au rendez-vous. Ce fut alors qu'il me dévoila l'affreux myftère de la mort de mon mari ; il me dit que le traître Hamet avoit loué des arabes pour le faire affaffiner, pendant que, pour mieux me tromper, il avoit feint de le défendre lorfqu'il fut attaqué. Il ajouta plufieurs circonftances qui ne me permirent plus de douter de fon crime. Ce récit me remplit d'horreur ; je n'envifageai plus dans Hamet, qu'un monftre infernal ; & je me déteftai moi-même, de me voir unie au meurtrier de mon mari. Ce n'eft pas tout, continua Omar, ce barbare en veut encore à vos jours ; il n'a fait armer fes vaiffeaux, fous prétexte de fe mettre en courfe, que pour vous mener avec lui, & vous faire périr, dès qu'il fera en pleine mer ; je le fais d'un homme qui m'eft attaché, & qu'un malheureux efclave de Hamet, ébloui des belles promeffes de fon maître, a voulu s'affocier pour m'ôter la vie, avant d'attenter sur la vôtre; il vient de m'instruire de cet horrible projet; & je ne puis douter de la vérité de ce qu'il m'a dit: ainsi le plus sûr parti que vous ayez à prendre pour vous dérober à sa fureur, est de fuir: c'est celui que j'ai pris. Je vous offre mon secours; j'ai une barque prête: croyez-moi, n'hésitez point à vous embarquer avec moi; nous gagnerons l'ile de Candie, où nous trouverons sûrement quelque vaisseau qui pourra vous mener dans votre pays natal; mais il faut vous déterminer promptement, car, dans une affaire de cette conséquence, le tems de la réflexion seroit celui de notre perte. Je connoissois la probité d'Omar; j'acceptai la proposition, prête à tout hasarder, plutôt que de rester avec mon indigne époux; nous prîmes avec nous tous nos effets les plus précieux; &, dès le soir même, nous nous embarquâmes, & fîmes voile pour Candie, où nous arrivâmes heureusement.

Hamet, instruit, sans doute, de notre fuite, & de la route que nous avions prise, nous a poursuivis jusques dans ces lieux: nous avons appris hier son arrivée avec une surprise extrême; &, ne pouvant plus espérer de l'éviter, ni de nous embarquer à son insu dans le port même, la seule ressource qui nous restoit, étoit

de

de faire venir notre barque dans un endroit écarté de l'île, afin de la côtoyer pendant la nuit, & de nous rendre au rivage opposé. Omar m'a quitté pour aller donner les ordres nécessaires à un homme sur la fidélité duquel il se reposoit. Il est venu me rejoindre, & nous sommes sortis ensemble de la ville, avec ma femme-de-chambre : nous nous sommes avancés vers le lieu où la barque devoit se rendre : à peine avons-nous gagné la campagne, que nous avons remarqué qu'un homme nous suivoit à quelque distance ; mais, s'étant apperçu que nous tournions souvent pour le regarder, il s'est mis à courir vers la ville d'où nous sortions ; nous ne doutons pas que ce ne fût un espion de Hamet, qui alloit lui rendre compte de nos démarches. Il l'étoit en effet. Jamais trouble n'a été égal au nôtre ; ne sachant plus où fuir, & agités d'une crainte mortelle, nous sommes venus nous cacher sous le rocher où vous nous avez trouvés, n'attendant que le trépas, que nous n'aurions sûrement pas évité sans le généreux secours que vous nous avez apporté.

A peine eut-elle fini le récit de ses infortunes, que les matelots vinrent nous avertir qu'ils appercevoient deux vaisseaux qui nous poursuivoient à toutes voiles. Nous vîmes en effet qu'ils nous atteindroient en peu de tems, & opinâmes tous qu'il falloit fe défendre vigoureufement en cas d'attaque ; mais M. Godart s'y oppofa, difant que le paffeport du baffa étoit une loi pour eux qu'ils n'oferoient enfreindre, & qu'au pis aller nous ferions quittes pour nous rançonner. Son avis fut fuivi. Au premier coup qu'on nous tira, nous nous rendîmes, fans réfiftance. M. Godart leur dit même, avec une foumiffion qui me parut très-déplacée, que nous étions prêts à leur donner toute la fatisfaction qu'ils fouhaiteroient, & que nous ferions très-fâchés d'avoir le moindre démêlé avec les fujets du grand-feigneur. Ils nous firent tous prifonniers, & nous ayant apperçus, la dame perfanne & moi: les voilà, s'écrièrent-ils en nous montrant au doigt, voilà cette adultère & fon amant chargés des dépouilles du mari qu'ils viennent d'affaffiner ; fur-tout point de quartier pour eux ; nous verrons les autres après. Ce début glaça de crainte le capitaine, & m'ouvrit les yeux fur le danger où nous étions. Ces Turcs, qui nous pourfuivoient depuis l'île de Candie, fe faifirent de nous, & commençoient déjà à nous faire voir l'appareil d'une mort prochaine, lorfque rappellant à moi toute ma vigueur & ma fermeté, je leur

dis : arrêtez, vous allez vous perdre : savez-
vous qui nous sommes ? Nous appartenons
à la sultane mère, elle me doit la vie : tenez,
voilà le passeport du bassa son frère : lisez-le ;
&, si après cela, vous osez nous toucher, vous
aurez lieu de vous en repentir. Ces paroles,
prononcées d'un air résolu, les déconcertèrent ;
les uns crièrent : prenons bien garde à ce que
nous faisons ; d'autres, plus emportés, per-
sistèrent dans leur premier dessein, & nous
traitèrent d'imposteurs, disant que la sultane
ne protégoit pas des voleurs & des assassins.
Le trouble étant un peu appaisé, M. Godart
reprit courage : il eut la bonté de nous vanter comme des personnes de grande considé-
ration, quoiqu'il ne nous connût pas ; & leur
représenta qu'ils ne pouvoient éviter la mort,
s'ils attentoient sur nos jours, puisqu'ils devoient compter que quelqu'un de l'équipage
ne manqueroit pas de les décéler. Il appuya
beaucoup sur ce que j'avois sauvé la vie à la
sultane mère, que le passeport en faisoit foi,
& finit en tâchant de les ramener à la douceur.
Je leur dis, à mon tour, que, pour n'avoir
point à se repentir d'avoir trop écouté leur
fureur, ils n'avoient qu'à nous mener à Constantinople, où ils pourroient également se
venger, & même nous punir doublement, si

ce que je leur avançois ne se trouvoit pas vrai. Ils tinrent conseil entr'eux ; &, après beaucoup d'altercations de part & d'autre, ils suivirent mon avis. C'est ainsi que notre voyage de Venise fut interrompu pour quelque tems.

Dès que nous fûmes arrivés à la Porte, M. Godart fit tenir une lettre à M. de Savigny, résident de France ; & celui-ci eut la bonté d'aller trouver la sultane mère, & de lui dire qu'il y avoit, dans les prisons, un étranger qui prétendoit être celui qui lui avoit sauvé la vie, lorsqu'elle étoit au Caire, & qu'il demandoit la permission de se présenter devant sa hautesse. La sultane répondit qu'elle reconnoîtroit parfaitement l'homme, quoiqu'il y eût bien des années. Je mis un habit pareil à celui qu'elle m'avoit vu ; c'étoit, comme vous pouvez vous en souvenir, mes révérends pères, l'habit de voyage des Mezzoraniens. J'eus quelque peine à la reconnoître sous ses brillans atours ; elle me regarda avec émotion, & me dit d'approcher. Je me jettai aussitôt à ses pieds, & lui présentant la bague dont elle m'avoit fait présent : madame, lui dis-je, ma vie est en vos mains & celle de mes compagnons ; nous avons tous un besoin pressant de votre protection ; je l'implore par ce gage précieux

que vous m'en avez donné. Au lieu de me répondre, elle détourna la tête vers les dames
de fa fuite, & fut quelque tems fans parler.
Son filence me jetta dans une grande inquiétude. Enfin, elle fe tourna de mon côté, &,
fixant les yeux, tantôt fur moi, tantôt fur
la bague : non, dit-elle, il ne m'en impofe
point, c'eft lui-même : levez-vous, généreux
étranger ; je me rappelle affez qui vous êtes,
& ce que je vous dois ; reprenez cet anneau
& n'appréhendez rien. Elle fit apporter en
même tems un habillement turc extrêmement
riche, dont on me revêtit, & les ordres furent donnés fur le champ de mettre en liberté M. Godart & tous fes gens, & de nous
traiter avec diftinction, & comme amis de
la fultane mère.

Chacun fe retira ; je voulus faire de même,
mais elle me fit figne de refter & à deux
des dames de fa fuite. Dès que nous fûmes
feuls, elle fit éclater la joie qu'elle avoit de
me revoir, & n'eut point honte d'avouer que
j'étois le premier homme qu'elle eût aimé.
Je la fuivis dans un fuperbe appartement, où
elle m'invita à venir prendre quelques rafraîchiffemens. Elle ne fit aucune difficulté de fe
mettre à table avec moi. On nous fervit tout
ce que l'Orient produit de plus rare, & à

moi, en particulier, les vins les plus exquis ; car, pour elle, elle n'en buvoit point. Elle me demanda ce que j'étois devenu depuis qu'elle ne m'avoit vu. Je lui répondis, en peu de mots, que le marchand étranger m'avoit mené dans un pays inconnu, (mais je n'eus garde de parler du chemin qui y conduit), & que j'avois épousé la fille du régent du royaume. Ces dernières paroles ne lui firent pas plaisir ; je m'en apperçus, & sentis mon imprudence d'avoir touché cette corde. Je continuai, sans entrer dans un détail circonstancié de ce qui m'étoit arrivé, à lui rendre compte en général des motifs qui me ramenoient en Europe. Je lui racontai aussi la manière dont Hamet m'avoit fait prisonnier : ce qu'elle ignoroit ; par quel hasard je l'avois retrouvé ; pourquoi nous en étions venus aux mains, & comment je l'avois tué. C'est cette dernière aventure, lui dis je, madame, qui a été cause de notre malheur, ou plutôt d'un bonheur dont je ressens tout le prix. Oui, ce jour est le plus heureux de ma vie, puisque je vois votre hautesse élevée à un rang dont elle est seule digne. Elle parut étonnée de tout ce qui m'étoit arrivé. Quoi ! vous êtes donc marié, me dit elle ! votre épouse est-elle avec vous ? Je lui dis que la mort me l'avoit enlevée, avec

tous mes enfans, & que mon deſſein étoit de
me retirer dans mon pays natal, & d'y mener
une vie privée.

Nous paſſâmes ainſi la plus grande partie du
jour à diſcourir enſemble ; elle m'ordonna de
retourner à mon vaiſſeau, couvert des marques de ſa faveur. Ce ſoir, dit-elle, je vous
enverrai chercher ſecrettement, car j'ai encore
mille queſtions à vous faire. En effet, on m'in-
troduiſit dans l'intérieur du ſerail, où elle ſe
dépouilla entièrement de la grandeur & du
faſte qui l'environnoient en public, & nous
reprîmes le fil de notre converſation, dans
laquelle je lui trouvai autant de pénétration
d'eſprit, que de ſoiidité & de jugement. Il eſt
vrai qu'elle en avoit donné une grande preuve,
par l'adreſſe avec laquelle elle s'étoit ſoutenue
dans une cour auſſi inconſtante & auſſi ora-
geuſe que celle de la Porte, & dans un rang
auſſi envié que celui de la régence.

Je pris la liberté de lui demander comment
elle étoit parvenue à cette dignité, quoiqu'il
fût conſtant que perſonne au monde ne la mé-
ritât autant qu'elle ; j'ajoutai même, en ſou-
riant, que je croyois qu'elle ſentoit alors le
ſervice que je lui avois rendu, puiſque le ſort
l'avoit réſervée pour gouverner le plus bel
empire du monde, & non pour être la com-

pagne d'un malheureux efclave. Si je n'avois
pas été fûr de toute fa bonté, je n'aurois jamais
ofé hafarder de tels propos. Elle rougit d'abord;
mais, prenant un air férieux : la grandeur,
me repliqua-t-elle, n'eft pas ce qui rend les
hommes heureux : les couronnes font entourées de mille foins & de mille foucis dévorans :
il eft vrai que mon indifférence pour tout, m'a
rendu ce fardeau plus léger que bien d'autres
ne l'auroient peut-être trouvé. Quant à l'aventure du Caire, que vous me rappellez, vous
favez que les jeunes gens voyent rarement ce
qui leur convient : la violence de leurs paffions
les aveugle, & les entraîne fouvent dans des
fautes irréparables. Mais vous voulez, continua-t-elle, apprendre de moi comment je fuis
parvenue à l'empire ; je vais vous fatisfaire.

Peu de tems après votre départ, le baffa,
mon père, fut accufé fous main d'avoir mal
gouverné l'Egypte & condamné fecrétement à
être étranglé. Ces menées ne font que trop fré-
quentes dans notre cour. Mais des amis qu'il
avoit à la Porte, l'avertirent de ce qui fe paffoit, avant que l'ordre fatal arrivât. Il partit du
Caire, & fe rendit à Conftantinople par des
chemins détournés. Il m'avoit envoyée devant
pour foliciter fa grace auprès du jeune fultan,
& m'avoit indiqué le lieu où je pouvois l'inf-

truire du fuccès de ma miffion. Je me préfentai au fultan, avec une affurance modefte
qui convenoit à ma douleur, & que m'inf-
piroit mon innocence ; je me jettai à fes pieds,
& lui demandai la vie de mon père, noyée
dans mes larmes. J'étois jeune, & j'avois alors
quelques agrémens. Le fultan me regarda fort
attentivement, & foit que mes pleurs l'atten-
driffent, foit que je lui pluffe ; ou bien qu'il
fe repentît d'avoir agi avec trop de précipitation, non feulement il rétablit mon père
dans fa charge, mais encore il me fit en même
tems une déclaration d'amour. Pour fauver la
vie de mon père, je me montrai fenfible à fa
paffion ; j'eus bientôt gagné toute fa tendreffe :
mon indifférence pour tous les hommes le flattoit infiniment ; &, quoiqu'il eût ailleurs quelques inclinations, j'étois fûre de tenir la première place dans fon cœur ; parce, difoit-il,
qu'il n'avoit que de la paffion pour les autres,
& qu'il avoit de l'amour & de l'eftime pour
moi. J'accouchai enfin d'un fils, qui eft l'em-
pereur d'aujourd'hui ; &, auffi-tôt, je fus
déclarée première fultane. La mort de mon
époux, & la minorité de mon fils, me mettent
la régence entre les mains : je puis donc vous
élever au premier rang de l'empire, & rendre,
par-là, ce jour le plus heureux de ma [vi.

Je la remerciai dans des termes remplis de la plus vive reconnoissance, & m'excusai sur des obligations de religion indispensables. Eh bien, reprit-elle, conservez votre religion, si vous voulez, & soyez le premier officier de ma maison, vous serez toujours auprès de moi : au reste, continua-t-elle, personne ne sait mieux que moi, que vous ne voulez pas qu'on force vos inclinations, ainsi je vous en laisse absolument le maître ; cependant ce seroit un grand plaisir pour moi de vous posséder ici ; consultez-vous ; voyez si vous pouvez faire ce que je desire de vous. Il m'est impossible, lui répondis-je, madame ; vos vertus, ma reconnoissance, mon goût, m'y portent naturellement ; mon devoir s'y oppose : auquel des deux voulez-vous que j'obéisse ? & que penseriez-vous de moi, si je trahissois la chose du monde qui doit m'être la plus sacrée, pour être tout à mes plaisirs ? Ce seroit me rendre indigne de l'estime dont vous m'honorez. Elle reçut mon refus avec bonté, ayant acquis sur ses passions autant d'empire, qu'elle en avoit eu sur le cœur du grand-seigneur : ainsi, après m'avoir fait rester un mois à Constantinople, & m'avoir donné les marques les plus distinguées de sa faveur, elle nous permit de partir : elle auroit même fait punir ceux qui nous avoient arrêtés, fi je n'avois pas demandé leur grace. M. Godart peut certifier la vérité de ce fait ; il conviendra encore que la fultane l'a récompenfé amplement de la perte de fon tems.

Je pris congé de la fultane, & nous mîmes à la voile pour Venife. Souvenez-vous, me dit en partant cette généreufe princeffe, qu'il y a au monde une femme, une turque, fufceptible d'autant de reconnoiffance & d'honneur qu'un chrétien peut l'être.

LE SECRETAIRE. En cet endroit, un des inquifiteurs entra, tenant à la main une médaille d'or ; &, fe tournant vers l'accufé : feigneur Gaudence, lui dit-il, je crois que vous avez trouvé une parente en Italie, comme vous avez trouvé des parens en Afrique, &, qui plus eft, du même pays que votre mère. C'eft la dame Perfanne que nous avons arrêtée en même tems que vous. Nous n'avons pas voulu vous le dire, que nous n'euffions reçu des nouvelles de Venife, & trouvé un homme qui entendît la langue perfanne. Tout ce que cette dame nous a dit eft parfaitement conforme à votre confeffion ; & ce que l'on nous a mandé de Venife ne vous eft point défavantageux. A l'égard de la médaille, elle eft femblable à la vôtre : nous l'avons trouvée

en examinant les effets de cette dame, qui
nous a affuré qu'elle la portoit à fon cou dans
le tems qu'on la vendit à un marchand perfan.
Mais vous allez la voir, & vous pouvez vous
entretenir avec elle en préfence de l'interprête,
d'autant plus que vous touchez au moment de
jouir l'un & l'autre des douceurs de la liberté.
En effet, on la fit entrer avec fa femme de
chambre & l'interprête. La joie fe répandit
fur fon vifage, dès qu'elle eut vu Gaudence.
Notre prifonnier la pria de vouloir bien nous
faire part des principaux événemens de fa vie,
& fur-tout de nous dire comment elle avoit
eu la médaille. Elle le fit fur le champ en ces
termes.

Tout ce que je fais de mes premières années, c'eft que le feigneur Curde, qui m'a achetée du marchand perfan, pour fervir de com-
pagne à fa fille, qui étoit à-peu-près de mon
âge, m'a fouvent dit que j'avois été vendue
d'abord par une femme turque, qui me laiffa
cette médaille attachée au cou avec une chaîne
d'or, parce qu'elle en avoit vu une femblable
à ma fœur, & qu'elle s'imaginoit, peut-être,
que les caractères inconnus qui y font gravés,
contenoient quelque grand myftère. Je n'ai jamais connu cette fœur, ni fu ce qu'elle eft
devenue. Je plus beaucoup au feigneur Curde,

qui m'éleva avec autant de soin que fi j'eusse
été sa propre fille : il avoit un fils âgé de vingt
ans ; je n'en avois alors que dix-sept ; il conçut
de l'inclination pour moi ; son père ne désa-
prouva pas sa passion, & consentit à notre
mariage , source de tous mes chagrins & de
mes malheurs. Un autre jeune seigneur du Cur-
distan s'étoit mis en tête de m'avoir, à quelque
prix que ce fût : le prince Cali, c'étoit le nom
de mon mari, lui remontra que ses prétentions
étoient injustes, qu'ils avoient toujours vécu
en bons amis, & que c'étoit lui déclarer ouvertement la guerre, que de vouloir lui enlever son épouse qu'il aimoit tendrement.
L'autre ne voulut point entendre raison, &
lui proposa d'en décider par les armes. Le
prince Cali lui répondit qu'il ne vouloit point
hasarder un droit qu'on ne pouvoit lui con-
tester sans folie ; l'autre, plein d'amour & de
rage, le força de se battre, & mon mari le
tua. Le père rassembla une troupe d'assassins
pour venger la mort de son fils. Un jour que
le prince Cali & son père étoient à la chasse,
ces misérables tombèrent sur eux à l'entrée d'un
bois, dans le tems qu'ils y pensoient le moins :
ils se défendirent cependant vigoureusement,
& les mirent en fuite, quoiqu'ils fussent inférieurs de beaucoup en nombre. Mais, pendant

qu'ils les pourfuivoient, de nouveaux ennemis vinrent les prendre par derrière, & les autres revinrent à la charge ; enforte qu'ils furent obligés de fuir à leur tour, & mon beau-père périt malheureufement dans cette attaque.

Mon époux ayant perdu fon père, & craignant que cet attentat, de fon ennemi, ne fût pas le dernier, quitta le canton que nous avions habité jufques-là, & alla demeurer dans une autre partie du royaume. C'eft-là qu'il reçut ordre de fon roi de partir pour l'ambaffade, dans laquelle il fut affaffiné par la trahifon du perfide Hamet. Voilà l'abrégé de ma trifte vie, jufqu'au moment où j'eus le bonheur de fauver la vôtre.

LE SECRÉTAIRE. Le commencement du récit de la dame ne nous permit pas de douter que Gaudence ne fût fon neveu : nous les exhortâmes tous deux à remercier la providence de la protection vifible qu'elle leur avoit accordée, en leur procurant, à l'un & à l'autre, les moyens de fe fauver tour à tour. Alors la dame perfanne déclara la réfolution où elle étoit de fe faire chrétienne, & de vivre dans la retraite, pour y paffer le refte de fes jours dans la prière & la méditation. Nous l'avons mife dans un couvent de religieufes de notre ordre, où elle fert d'exemple de vertu & de p.été.

Les inquisiteurs ordonnèrent à Gaudence de les instruire du reste de sa vie , lui promettant, dans peu, sa liberté.

Je vous ai dit, mes révérends pères, continua Gaudence, tout ce qui m'est arrivé jusqu'au moment de notre départ de Constantinople ; notre voyage fut assez heureux, & nous arrivâmes à Venise le 10 décembre de l'an 1712. Je ne doute pas que vous ne soyez déjà instruits de la vérité de cette circonstance. J'ajouterai qu'après avoir échappé à tant de dangers, je me suis trouvé dans des situations qui ont manqué de me coûter la vie à Venise, comme le séjour de Bologne m'a coûté la liberté. Ce n'est pas que je veuille me plaindre de vous, mes révérends pères ; je n'ai d'autre dessein que de vous faire connoître mon innocence, & combien la fortune s'obstine à me persécuter.

Nous restâmes à Venise pour voir le carnaval ; la curiosité me conduisit au bal , où je vis plusieurs autres étrangers de distinction. Je mis mon habillement de Mezzoranien, brodé de soleils d'or , &, sur mon front, un bandeau couvert de pierreries. J'y allai sans masque, étant bien sûr que personne ne me connoîtroit. Tout le monde avoit les yeux attachés sur moi. Plusieurs masques, & sur-tout les dames, m'a-

bordèrent & me parlèrent diverses langues,
comme le latin, le françois, l'italien, l'espagnol, l'allemand, &c. Je leur répondis toujours en langue mezzoranienne, qui leur parut
aussi étrange que mon habillement. Les uns me
parlèrent en langue franque, turque, persane,
& d'autres un langage indien, qu'à mon tour
je n'entendis point ; mais je répondis toujours
en Mezzoranien. Deux dames, richement ha-
billées, s'attachèrent plus que toutes les autres,
à me suivre. L'une, à ce que j'ai su dans la
suite, étoit Flavilla, célèbre courtisane : l'autre
étoit la dame que vous avez trouvée chez
moi, lorsque vous m'avez fait arrêter. C'est
cette dernière, car je ne veux rien vous céler,
mes révérends pères, qui a été la cause que
je me suis établi à Bologne. La première fois,
je sortis du bal, sans qu'elles pussent découvrir
qui j'étois. J'y retournai quelques jours après,
avec le même habit, mais avec des pierreries
d'un plus grand prix. La courtisane, superbement habillée, me poursuivit encore ; &, saisissant le moment que j'étois à l'écart : signor,
me dit-elle en italien, ôtant en même tems son
masque, & me montrant une figure charmante,
vous n'ignorez pas notre langue au point que
vous en faites semblant ; quoique nous ne vous
connoissions pas, nous savons toujours que
vous

vous êtes un galant homme, & que vous parlez bien l'italien & le françois. Au reste, si vous
ne voulez pas entendre notre langage, com-
prenez, du moins, celui de mes yeux, qui ont
su mériter l'attention des premiers de l'état. Je
ne doute pas, mes révérends pères, que vous
n'ayez entendu parler de cette fameuse courtisane, & de son empire sur le plus grand des
Vénitiens. J'allois lui répliquer, lorsque l'autre
dame m'aborda ; &, ôtant aussi son masque,
elle me tint un discours bien différent. Sa modestie me charmoit encore plus que sa beauté.
Je les saluai toutes deux respectueusement, &
leur répondis, en italien, que j'étois extrêmement flatté de l'honneur qu'elles me faisoient,
& que je ne comptois pas, en venant au bal,
y trouver tant de charmes, accompagnés de
tant de modestie. Je dis ces dernières paroles
en me tournant du côté de la jeune dame ; la
courtisane ne parut pas s'en offenser ; mais pas-
sant, en femme habile dans son métier, par-
dessus le mépris que j'avois marqué pour elle,
& prenant un air plus sérieux : monsieur, me
dit-elle, j'ai appris qu'il vous est arrivé des
choses fort extraordinaires ; je serois très-cu-
rieuse de les savoir de vous ; je me nomme
Flavilla, & suis assez connue dans cette ville.

Pour moi, reprit la jeune dame, je l'avoue,

ma paſſion eſt les lettres ; & , commé monſieur
paſſe pour être fort éclairé , je ſerois charmée
de trouver quelque occaſion de m'entretenir
avec lui. Vous connoiſſez , mes révérends
pères , cette dame , que les grands biens dont
elle a hérité de ſon oncle , ont attirée en cette
ville , après le décès de ſon mari. Elle m'indi-
qua ſa demeure , & ajouta que ſi je voulois me
donner la peine de m'informer d'elle , je n'aurois pas lieu de rougir de ſa connoiſſance. Ni
de la mienne non plus , madame , interrompit
Flavilla , croyant que ce trait s'adreſſoit à elle.
Ce fut M. Godart qui , par une légéreté naturelle à ceux de ſa nation , avoit dit qui j'étois ,
quoiqu'il ne ſût de mes affaires , que ce qui
m'étoit arrivé depuis mon départ du Caire.
J'allois encore repliquer aux dames , lorſque
pluſieurs maſques nous abordèrent , & termi-
nèrent notre converſation. Je formai , dès-lors ,
le deſſein de fuir toute occaſion de les voir
l'une & l'autre ; mais le haſard en décida autrement. Quoique je ſuſſe à quoi m'en tenir au
ſujet de Flavilla , cependant j'eus la curioſité
de m'en informer : j'appris que c'étoit une cour-
tiſane impérieuſe , qui s'étoit enrichie des dépouilles de pluſieurs étrangers de la première
diſtinction : cela me confirma dans le parti que
j'avois pris , de m'éloigner d'elle ; mais un ſoir

que je me promenois avec M. Godart, pour
voir la ville, soit à dessein, soit par hasard, il
me conduisit devant la porte de Flavilla : elle
étoit assise à la fenêtre d'un des plus magnifiques
hôtels de Venise. Dès qu'elle m'eut apperçu,
elle m'envoya prier d'entrer chez elle. Je fis
d'abord quelque difficulté ; mais enfin je cédai
aux remontrances de M. Godart, qui me dit
que ce seroit une incivilité atroce, que de marquer si peu de déférence pour une dame qui me
prévenoit. Nous entrâmes donc tous les deux.
Flavilla me reçut de la façon du monde la plus
gracieuse ; elle n'avoit point cet air de confiance
& de hardiesse qui m'avoit révolté la première
fois : une douceur timide, un ton de voix touchant, des manières engageantes & modestes,
enfin tout l'extérieur d'une femme bien née &
vertueuse, Flavilla l'attrapoit à merveille.

Elle me fit entrer dans un appartement superbe, laissant M. Godart pour tenir compagnie
à une de ses amies. Pour ne pas vous tenir,
mes révérends pères, trop long-tems en sus-
pens, ni entrer dans un détail auquel je crois
vos oreilles peu accoutumées, il suffira de vous
dire que, voyant que je ne faisois pas semblant
d'entendre ce qu'elle vouloit de moi, elle me
proposa enfin de l'épouser, & qu'elle me feroit
héritier de tous ses biens. Jamais je ne fus plus

embarraffé. Je lui répondis que je ne méritois pas un fi grand bonheur ; & que, d'ailleurs, j'avois des obligations indifpenfables pour ne pas me marier. Elle rougit en me lançant un regard furieux, & fe feroit, peut-être, portée à quelques excès ; mais je profitai de fon trouble, & fortis brufquement. Mon deffein étoit de quitter Venife, dès que j'y aurois fini mes affaires. M. Godart vint me rejoindre peu de tems après, & me dit qu'il avoit été obligé de fe fauver comme moi, & que Flavilla étoit dans une rage dont il appréhendoit les fuites. En effet, le troifième jour après cette aventure, en nous promenant fur le foir, M. Godart & moi, du côté de Rialto, trois affaffins nous attaquèrent ; nous en mîmes deux hors de combat, dont l'un m'avoit bleffé dangereufement, & le troifième s'enfuit. On me porta chez moi ; je crus ma bleffure mortelle ; mais elle ne l'étoit pas. L'affaire fit beaucoup de bruit à Venife. Nous ne doûtâmes pas que les affaffins n'euffent été loués par Flavilla ; mais, en même tems, nous favions qu'elle avoit tant de crédit chez les fénateurs, que toute recherche contr'elle auroit été inutile.

Je commençois à me rétablir, lorfqu'on vint m'annoncer une dame accompagnée de deux femmes de-chambre, qui demandoit à me parler

d'une affaire très-importante. M. Godart étoit
avec moi, car il ne voulut plus quitter le chevet de mon lit, de crainte de quelque nouveau
malheur. On fit entrer la dame, c'étoit Flavilla même, en grand deuil de l'accident qui
m'étoit arrivé. Je pris la liberté de lui faire une
réprimande très-vive, & de lui reprocher les
excès auxquels la violence de ses passions l'avoit
conduite. Elle me protesta, les larmes aux yeux,
qu'elle étoit au désespoir de me voir dans cet
état, & qu'elle ne pouvoit plus se souffrir dans
le monde, après y avoir commis une action
si horrible. Depuis ce tems j'ai tant fait par
mes lettres & mes exhortations, qu'elle s'est
confinée dans la retraite. La dame Bolognienne
ayant appris le danger où j'étois, par une
compassion naturelle au sexe, fit souvent demander de mes nouvelles, & m'envoya des
meilleurs cordiaux qui fussent dans Venise.
Mais présumant que je serois encore long-tems
à guérir, elle eut la bonté de venir me voir
plusieurs fois.

Je m'étois fait informer d'elle par des gens
sûrs; & sur le rapport qu'on m'en avoit fait,
je fus charmé de m'entretenir avec une âme
d'un si rare mérite. En effet, après ma chère
Sophrosine, & la fille du bassa du Caire, c'est
la femme du monde qui me plaisoit le plus.

Nous avons contracté ensemble une amitié des plus étroites & des plus vertueuses, que notre goût réciproque pour les lettres, & la conformité de nos humeurs, ont cimentée de plus en plus. C'est cette liaison qui m'a fait prendre le parti de m'établir à Bologne : & comme j'ai quelque connoissance dans la médecine, j'ai cru la qualité de médecin propre à me faciliter les moyens de la voir plus souvent, sans causer de scandale. Elle étoit autant éloignée du mariage que moi. La conduite qu'elle a toujours tenue, & sa vertu la mettent à l'abri de tout soupçon, & moi je commence à plier sous le poids des années, & je connois trop bien la frivolité des plaisirs du monde pour m'y arrêter : ainsi nous n'avons pas pensé que notre amitié innocente pût offenser personne, d'autant plus que nous étions, l'un & l'autre, maîtres de nos actions.

Voilà, mes révérends pères, un sommaire de ma vie, où je n'ai rien déguisé. Vous savez, d'ailleurs, comment je me suis comporté ici. Rien ne peut échapper à la pénétration de vos lumières ; mais si vous vous faites un devoir de punir le crime, sans doute c'est un grand plaisir pour vous de justifier l'innocence. J'attends, mes révérends pères, l'arrêt de mon sort ; l'équité préside à tous vos jugemens ; il ne peut que m'être favorable.

LE SECRETAIRE. J'ai déja eu l'honneur de vous dire, monfieur, que nous fommes informés de tout ce que Gaudence dit lui être arrivé dans la compagnie de M. Godart, & que nous avons trouvé qu'il nous avoit accufé la vérité. Nous lui avons demandé, s'il vouloit fe charger de conduire nos miffionnaires dans ce pays in-connu; il a répondu qu'il le feroit. Cependant, pour nous affurer de lui entièrement, nous avons cru devoir, auparavant, lui donner la liberté d'aller où bon lui fembleroit; l'affurant en même tems que fi, de fon propre mouve-ment, il revenoit à Bologne, nous aurions en lui toute confiance. Il a été à Venife & à Gènes pour fes affaires, & delà il eft revenu en cette ville: ainfi nous ne pouvons plus douter qu'il ne foit, non-feulement très-véridique, mais encore très-homme de bien; & nous allons choifir des miffionnaires pour la Mezzoranie.

Fin du fixième volume.

TABLE
DES VOYAGES IMAGINAIRES.
TOME SIXIÈME.

Fin de la table du tome sixième.

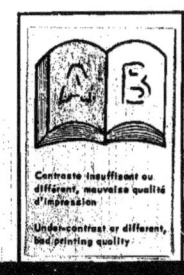

Contraste insuffisant ou
différent, mauvaise qualité
d'impression

Under-contrast or different,
bad printing quality

www.ingramcontent.com/pod-product-compliance
Lightning Source LLC
Chambersburg PA
CBHW070749030726
47504CB00003B/495